本书为上海市社科规划课题《当代俄罗斯文学思潮与流派研究》（2019BWY028）结项成果

当代俄罗斯文学思潮和流派

李新梅　（俄罗斯）达利娅·克罗托娃◎著

光明日报出版社

图书在版编目（CIP）数据

当代俄罗斯文学思潮和流派 / 李新梅，（俄罗斯）达
利娅·克罗托娃著 . -- 北京：光明日报出版社，2024.
8. -- ISBN 978 - 7 - 5194 - 8150 - 6

Ⅰ. I512.06

中国国家版本馆 CIP 数据核字第 2024XR7158 号

版权登记号：01-2024-3715

当代俄罗斯文学思潮和流派

DANGDAI ELUOSI WENXUE SICHAO HE LIUPAI

著　　者：李新梅　（俄罗斯）达利娅·克罗托娃

责任编辑：许　怡　　　　　责任校对：王　娟　乔宇佳
封面设计：中联华文　　　　责任印制：曹　净

出版发行：光明日报出版社
地　　址：北京市西城区永安路 106 号，100050
电　　话：010-63169890（咨询），010-63131930（邮购）
传　　真：010-63131930
网　　址：http://book.gmw.cn
E - mail：gmrbcbs@gmw.cn
法律顾问：北京市兰台律师事务所龚柳方律师

印　　刷：三河市华东印刷有限公司
装　　订：三河市华东印刷有限公司
本书如有破损、缺页、装订错误，请与本社联系调换，电话：010-63131930

开　　本：170mm×240mm
字　　数：287 千字　　　　　印　　张：16
版　　次：2024 年 8 月第 1 版　　印　　次：2024 年 8 月第 1 次印刷
书　　号：ISBN 978 - 7 - 5194 - 8150 - 6
定　　价：95.00 元

目　录
CONTENTS

绪　论

从 20 世纪 80 年代中后期开始，俄罗斯文学由于国家政治经济体制的根本性变革而发生重大话语转型，因此步入当代时期。在近 40 年的发展进程中，出现了大大小小、形形色色的文学思潮和流派。然而，无论是俄罗斯学界还是中国学界，对这些思潮和流派的命名各不相同，看法和观点相异，至今无法提供一个较为统一的、系统的图景，更鲜有理论性评述。因此，系统地勾勒出当代俄罗斯文学思潮和流派的全景，并给予理论界定和美学阐释，同时对代表性作家的创作结合理论进行深入的分析，无论对于当代俄罗斯文学的研究，还是对于当代俄罗斯文学的教学，都具有十分迫切的意义。

目前，国内外没有一部针对当代俄罗斯文学思潮与流派进行系统研究的专著，但它散见于当代俄罗斯文学的整体研究、某种思潮和流派的专门研究、作家作品的具体研究等成果中。

（一）当代俄罗斯文学的整体研究

在当代俄罗斯文学的整体研究中，文学思潮和流派大都作为当代文学图景的构成部分出现。这类成果在俄罗斯和中国学界都颇多。

在俄罗斯，对当代俄罗斯文学进行整体研究是学界的研究热点之一。每年都有新的专著或教材问世，尝试梳理和归纳当代俄罗斯文学的主要思潮与流派、创作主题、体裁风格等。比如，斯·伊·季明娜主编的教材《当代俄罗斯文学：20 世纪 90 年代—21 世纪初》（Современная русская литература：1990-е гг. - начало XXI в.，2005），在呈现当代俄罗斯文艺发展的整体图景和特征中，论述了后现代主义文学、科幻文学、儿童文学、大众文学、网络文学、战争文学、侨民文学、先锋派诗歌等流派和现象。尼·阿·梅日耶娃与娜·亚·孔拉多娃合著的文学教材《世界之窗：当代俄罗斯文学》（Окно в мир：Современная русская литература，2006），开辟专章分析弗拉基米尔·索罗金、维克托·佩列文等后现代主义作家的创作，鲍里斯·阿库宁、亚历山德拉·玛丽尼娜、达利娅·东佐娃、瓦连京·拉夫罗夫等当代侦探小说家的创作，弗拉基米尔·马卡宁、吉娜·鲁宾娜、玛丽娜·莫斯科维娜等当代现实主义作家的创作，帕维尔·克鲁萨诺夫、亚历山大·谢卡茨基等彼得堡派作家的创作，以及政治讽刺小说和流浪汉小说，等等。塔·季·达维多娃与伊·康·苏什利娜合著的文学教材《当代俄罗斯文学进程》（Современный литературный процесс в России, 2007），从小说、诗歌和戏剧三大体裁领域分析当代俄罗斯文学的发展过程，从中区分出后现代主义和现实主义两种主要文学思潮，同时提出"中间型"（промежуточный）、"过渡型"（переходный）等次要文学思潮。亚·格·科瓦连科的专著《全球文化空间下的当代俄罗斯文学》（Современная русская литература в глобальном культурном пространстве, 2008），在介绍世纪之交的整体文化和文学语境中，研究了引领 20 世纪末文坛的后现代主义文学思潮和诞生于当代语境的网络文学。奥·阿·波格丹诺娃的专著《20 世纪末—21 世纪初的俄罗斯小说》（Русская проза конца XX -начала XXI в., 2013），区分出现实主义、后现代主义以及新现代主义三种主流思潮，并具体分析了阿列克谢·瓦尔拉莫夫、维克托·佩列文、弗拉基米尔·索罗金、柳德米拉·乌利茨卡娅等作家的小说创作。需要指出的是，波格丹诺娃的专著中涉及的三种文学思潮与我们的提法相似，但她并没有对它们加以理论阐释，只是在对具体作家创作进行文本分析时给予了概念化框定。

中国学界对当代俄罗斯文学的整体研究成果也相当丰硕。目前已出现张建华、侯玮红、张捷、余一中四位学者很有建树的专著。张建华的专著《新时期俄罗斯小说研究：1985—2015》，结合苏联解体前后小说的话语转型和创作背景，对 30 年间俄罗斯社会世相、文学变化、价值观更替、情感纠结的状态做了全面详细且深入的揭示，并区分出现实主义、后现代主义、女性文学、通俗小说、合成小说五种当代文学思潮和现象并分别进行探讨，其中既有高度凝练和概括的理论性研究，也有具体深入的作家作品阐释和解读。侯玮红的专著《当代俄罗斯小说研究》，在梳理当代俄罗斯文学发展概况的基础上，将俄罗斯小说从题材和风格上进行了归纳和分类，并区分出现实主义、后现实主义和后现代主义小说三种主要思潮和流派并进行细致深入的探讨。值得一提的是，张建华和侯玮红两位学者都明确地从当代俄罗斯文学中区分出几大类文学思潮和流派，并从理论和实践上进行了详细深入的论述，但他们两人划分出来的思潮和流派又不尽相同。张捷的专著《当代俄罗斯文学纪事：1992—2001》，用"编年体"的方法记述了苏联解体之初 10 年间对俄罗斯文学界的各种活动、文学理论问题和文学史问题的讨论和争论、主要文学奖项、重要作家创作、代表性理论著作等。他的另一部专著《苏联解体后的俄罗斯文学：1992—2001》，梳理了苏联解体最初 10 年俄罗斯文坛具有热点性质的政治斗争、主流文学思潮和流派、文学创作的话语和风格变化等。张捷的这两部专著虽然都提到了当代文学思潮和流派，但没有进行深入系统的理论阐述。余一中的个人文集《俄罗斯文学的今天和昨天》，不仅对 20 世纪 90 年代俄罗斯文学总体发展特点进行了论述，还对维涅季克特·叶罗费耶夫、阿纳托利·金、阿列克谢·瓦尔拉莫夫的创作进行了具体分析，此外还阐释了后现代主义文学的起源和特点。除了以上专著，还有大量的研究论文从方方面面对当代俄罗斯文学进行了整体介绍和论述，比如，张冰、刘亚丁等人关于当代俄罗斯文学创作倾向和新标准的文章，张建华等人关于当代俄罗斯文学美学特征的文章，郑永旺、姜磊等人关于当代俄罗斯文学批评的文章，张捷、王树福等人关于当代俄罗斯文学奖项的文章，章廷桦、林精华等人关于当代俄罗斯文学的危机、成绩与问题的文章，王钦仁等人关于当代俄罗斯文学的翻译和传播的文章。此外，还有不少文章涉及当代俄罗斯作家和批评家的访谈、文坛状况综述、好书介绍等。

（二）对思潮和流派的专门研究

在对当代俄罗斯文学思潮和流派的专门研究成果中，中俄学界关注最多的是后现代主义和现实主义，也涉及其他思潮和流派，但研究尚不够系统深入且存在较大分歧。

关于俄罗斯后现代主义文学，俄罗斯学界关注较早且研究成果颇多。其中维·尼·库里岑、米·纳·爱泼斯坦、伊·斯·斯科罗潘诺娃、奥·阿·波格丹诺娃、亚·格·科瓦连科是几位最早开始系统研究且有论著出版的研究者。库里岑早在 2000 年就出版《俄罗斯文学的后现代主义》（Русский литературный постмодернизм）一书，但他在本书中主要阐释了西方后现代主义文学理论，未能系统提出俄罗斯文学与后现代相关的理论与创作实践，因此被戏称为西方后现代主义在俄罗斯的"代理商"。相比之下，米·纳·爱泼斯坦在同年出版的专著《后现代在俄罗斯：文学与理论》（Постмодерн в России. Литература и теория），完整勾勒出了俄罗斯后现代主义文学的形成和发展史，并对其进行了理论阐释，但这本专著对俄罗斯后现代主义文学的理解过于宽泛，甚至将 20 世纪 60 年代末期以来与苏联官方文学创作理念不同的作家作品均纳入后现代主义，因而显得过于笼统，概念模糊，脱离文坛实践，很难被认同。2001 年伊·斯·斯科罗潘诺娃出版的文学教材《俄罗斯后现代主义文学》（Русская постмодернистская литература），不仅从理论上阐述了后现代主义文学的主要美学原则和范畴，而且系统梳理了俄罗斯后现代主义文学的三次浪潮，并对代表性作家的创作进行了解读，本书的理论阐释和文本分析结合紧密，受到广泛关注和好评，但它研究的作品仅限于 20 世纪 90 年代创作的小说。2004 年，奥·阿·波格丹诺娃出版的专著《当代俄罗斯文学语境中的后现代主义：20 世纪 60-90 年代—21 世纪初》（Постмодернизм в контексте современной русской литературы：60-90-е годы XX – начало XXI в.），分别从小说、诗歌和戏剧三个体裁领域研究俄罗斯后现代主义文学，涉及的作家作品更多、更全面，且将后现代主义文学文本放到社会文化语境中进行细致入微的解读和分析，但这部著作更多显示出作者极强的文本分析能力而不是理论概括能力。亚·格·科瓦连科同年出版的文学教材《文学与后现代主义》（Литература и постмодернизм），从社会历史文化角度出发，对俄罗斯后现代主义文学文本进行了翔实的分析，同时还涉及 20 世纪末文学的整体发展趋势和特征，比如传统与创新、经典与非经典形式、作家艺术世界中的时空问题等，但研究对象主要针对小说。

中国学界对俄罗斯后现代主义的关注也较早且成果较多。不仅出现了张建华、吴泽霖、张捷、林精华、严永兴、黎皓智、王宗琥、姚霞等人的多篇文章，还出现了郑永旺、温玉霞、李新梅、赵丹、赵杨等人的多部专著。研究者们不仅从微观上具体解读安德烈·比托夫、维涅季克特·叶罗费耶夫、维克托·佩列文、弗拉基米尔·索罗金、塔吉雅娜·托尔斯泰娅、奥莉加·斯拉夫尼克娃、谢尔盖·多甫拉托夫、马克·哈里托诺夫、鲍里斯·阿库宁等作家的后现代主义作品，而且从宏观上梳理了后现代主义文学的成因、发展、命运、影响，分析其作为一种思潮的创作理念、世界图景、叙事策略、与传统的关系、与西方后现代主义的区别和联系等。

关于俄罗斯现实主义文学，俄罗斯学界既有谢·米·卡兹纳切耶夫、卡·阿·斯捷潘尼扬、帕·瓦·巴辛斯基、弗·格·邦达连科等老一辈知名研究者，也有瓦·叶·普斯托瓦娅、谢·亚·沙尔古诺夫、安·根·鲁达廖夫等新一代声名鹊起的批评家。老一辈研究者中，卡兹纳切耶夫的专著《俄罗斯现实主义的命运：诞生、发展和复兴》（Судьба русского реализма：происхождение, развитие, возрождение, 2012）具有特别重要的地位，它不仅梳理了俄罗斯现实主义文学从 18 世纪末至今的发展史和各个阶段的特征，而且具体分析了尤里·波利亚科夫、米哈伊尔·波波夫、谢尔盖·叶辛、亚历山大·普罗哈诺夫等当代现实主义作家的创作。在新一代研究者中，三位年轻的文学批评家对于新现实主义的确立起到了关键性作用，发表了具有宣言性的文章，其中包括：沙尔古诺夫的"拒绝送葬"（Отрицание траура, 2001），普斯托瓦娅的"失败者和革新者"（Пораженцы и преображенцы, 2005），鲁达廖夫的"新现实主义教义问答"（Катехизис «нового реализма», 2010）。

当前中国学界对当代俄罗斯现实主义文学的称呼、界定、内部划分等都存在较大的分歧和争议。关于其称呼，就存在"后现实主义"（周启超、于双雁等）、"新现实主义"（王树福、邱静娟等）以及笼统的"现实主义"（陈建华、张建华、侯玮红等）等各种不同的说法。关于其内部流派划分，陈建华和杨明明划分出传统型现实主义、隐喻型现实主义、另类文学、后现实主义文学四种，① 张建华划分出新经典叙事、民族文化叙事、原生态叙事、幻化叙事、非虚构叙事五种，② 侯玮红划分出批判现实主义、后现实主义、神秘现实主义三种。③ 尽管称呼和分类不同，但学者们对现实主义思潮的概念、艺术风格、叙事特点都做了自己的界定，而且得出了比较一致的结论，都认为这是现实主义在当代俄罗斯文坛中的新发展，它延续了俄罗斯现实主义文学传统，同时又有自己的创新。对于哪些作家属于这一思潮和流派，学者们的划分也是五花八门，没有统一定论。

除了后现代主义和现实主义两大思潮，俄罗斯学界近年来陆续开始有人提出新现代主义思潮并尝试进行理论阐释。本书的第二作者达利娅·克罗托娃就是其中的一位，她在 2018 年出版的个人专著《当代俄罗斯文学：后现代主义与新现代主义》（Современная русская литература. Постмодернизм и неомодернизм）中，将新现代主义作为当代俄罗斯文学中的一种新思潮和新趋势进行了理论上的阐释，同时对比阐述了后现代主义的艺术思维、美学纲要、创作原则，并对两种思潮的代表性作家的创作进行了深入浅出的分析。可以说，这是俄罗斯学界目前对新现代主义思潮研究最系统深入的一部专著。此外，玛·瓦·别兹鲁卡瓦娅的专著《当代俄罗斯小说中的新现代主义：世界范式，人之观念，作者策略》（Неомодернизм в современной русской прозе: модели мира, концепции человека, авторские стратегии, 2016），将尤里·布伊达、柳德米拉·乌利茨卡娅、爱德华·利莫诺夫、亚历山大·伊利切夫斯基、米哈伊尔·希什金、尤里·科兹洛夫、米哈伊尔·叶利扎罗夫等视为新现代主义的代表性作家，并对他们创作中的艺术图景进行了研究。亚·维·索尔达特金娜的《当代小说中的新现代主义倾向》（Неомодернистские тенденции в современной прозе）、米·米·戈卢布科夫的《时间作为当代俄罗斯文学中的一个定律问题》（Время как

---

① 陈建华，杨明明. 世纪之交俄罗斯现实主义文学的转型［J］. 同济大学学报（社会科学版），2008（5）：93-97.
② 张建华. 新时期俄罗斯小说研究：1985—2015［M］. 北京：高等教育出版社，2016.
③ 侯玮红. 继承传统、多元发展：论当代俄罗斯现实主义小说［J］. 外国文学评论，2007（3）：101-108.

aксиологическая проблема в современной русской литературе）、弗·阿·梅斯金的《阿列克谢·瓦尔拉莫夫作为象征主义小说经验的〈臆想之狼〉》（«Мысленный волк» Алексея Варламова как опыт символистского романа）等文章，也都将新现代主义作为当代文坛的一种新思潮进行了自己的思考。

中国学界对新现代主义思潮的研究尚处于起步阶段，期刊上只有个别论文尝试对其进行介绍和阐释。比如，本书两位作者曾合作发表《当代俄罗斯文学中的新现代主义思潮》一文，以叶甫盖尼·沃多拉兹金、阿列克谢·瓦尔拉莫夫、米哈伊尔·希什金、米哈伊尔·戈卢布科夫、鲍里斯·叶夫谢耶夫的作品和帕·克鲁萨诺夫的早期小说为例，阐释了新现代主义文学的艺术思维和创作原则。侯玮红在《新现代主义——新世纪俄罗斯文学批评中的新概念》一文中，借用克罗托娃的理论，阐述了新现代主义文学的起源和美学特征，并以沃多拉兹金的创作为代表进行了分析。

除了以上三大文学思潮，中俄学界还有研究者从当代俄罗斯文学中区分出大众文学、女性文学、生态文学、乡村文学（或称乡土文学）、战争文学、历史文学、传记文学、文献文学等思潮和流派，并进行了自己的阐释和研究。但我们认为，这些划分是与我们上面提到的三大思潮不属于同一范畴的概念，它们从本质上说都属于三大思潮内部涉及具体主题的文学流派，而不是反映作家整体创作理念和美学原则的文学思潮。

（三）具体作家作品研究

具体作家作品研究在国内外学界虽不胜枚举，但都存在三大共性。其一，文学思潮和流派只是解读作家作品的话语背景，研究者通常不对文学思潮和流派本身进行理论阐释，而只是将其基本概念运用于解读作家作品。其二，被研究的作品侧重于 21 世纪之前的成名作，而对 21 世纪之后尤其是近 10 年来的作品研究较少。其三，对一些风格模糊、介于现实主义和后现代主义之间的作品划归存在较大分歧。比如，阿列克谢·瓦尔拉莫夫、弗拉基米尔·马卡宁、柳德米拉·彼特鲁舍夫斯卡娅的创作被一些研究者视为后现代主义，而被另外一些研究者视为现实主义。

不难看出，在国内外学界对当代俄罗斯文学的综合研究中，对当代文学流派和思潮的研究存在划分标准不一、理论研究不足、系统性缺乏的问题；在对当代文学思潮和流派的专门研究中，较多关注后现代主义和现实主义文学，而对新现代主义文学研究不够；在对具体作家作品的研究中，对 21 世纪之后的作家作品关注不够，而且对一些风格模糊的作品划归存在较大分歧。针对以上问题和不足，本书决定采用统一的划分标准，引入新现代主义文学理论，对当代俄罗斯文学思潮和流派进行系统、深入、全面的研究。

　　本书从当代俄罗斯文学中区分出后现代主义、现实主义、新现代主义三大文学思潮，并对它们进行从理论到实践、从整体到具体的系统深入研究。研究逻辑和步骤是首先对每种思潮进行理论阐释（产生和发展史、创作理念和美学属性等），然后运用理论对每种思潮下的代表性作家作品进行具体解读，最后将三种思潮下的相同主题创作进行对比分析。研究过程中主要采用文本细读和分析法、比较法、逻辑推理和演绎法、归纳总结法。本书的研究不是为了从表面上提出几个"主义"，也不是为了给作家创作贴上标签，而是为了从纷繁芜杂的当代俄罗斯文学进程中摸清规律、把握本质。

第一章

后现代主义

第一节　产生和发展史①

后现代主义作为一种涵盖人文、社会、自然等各学科领域的一种思潮并非俄罗斯特有的现象。这一术语本身出自 1934 年西班牙诗人费德利科·奥尼斯的《西班牙暨美洲诗选》。20 世纪中叶以后，这一术语开始在欧美建筑学、绘画、音乐、文学、美学、哲学、社会学乃至自然科学等学科领域广泛传播。

后现代主义的内涵复杂且宽泛。首先，这是一种整体意义上的世界观，它是开放的、怀疑主义的、相对主义的、多元论的，避免"绝对价值、坚实的认识论基础、总体政治眼光、关于历史的宏大理论和'封闭的'概念体系"②。其次，这是一种文化思潮，是人类"经历了各种变化的文化处境"，"在这种状态下，人们承认自己知识的局限性，习惯于断裂、冲突、悖论和安于自己的定域性"③。最后，这还是人类历史上"启蒙运动之后最深刻的一次精神革命、思想革命和生活革命"④，它迫使人类重新思考有关西方社会和文化的各种重大问题。

后现代主义与现代主义有着密不可分的联系。它是从现代主义的基础上发展而来，同时也是对现代主义的颠覆和超越。众所周知，现代主义是伴随着对封建主义的批判、对资本主义工业文明的弘扬而出现的，它崇尚理性和科技，宣扬人类中心主义。但现代主义理念发展到 20 世纪中期，逐渐显示出其不足和缺憾，因为人类社会在理性高扬、科技日新月异的同时，人与人、人与社会、

---

① 本节由李新梅撰写。

② 伊格尔顿. 致中国读者［A］//伊格尔顿. 后现代主义的幻象. 华明，译. 北京：商务印书馆，2000：1.

③ 格里芬. 后现代宗教［M］. 孙慕天，译. 北京：中国城市出版社，2003：3.

④ 高宣扬. 后现代论［M］. 北京：中国人民大学出版社，2005：前言2.

人与自然的对立和矛盾日益暴露。后现代主义作为一种社会文化思潮正是在这种背景下于 20 世纪五六十年代兴起于欧美。

后现代主义文学思潮孕育于整体的后现代主义世界观和文化思潮之中。在创作理念上，后现代主义文学视现代主义文学为"艺术中过时的、封闭的潮流"①，反对现代主义文学中的二元论和单一意识形态，拒绝宏大叙事，坚持没有中心的多元论。在美学风格上，后现代主义文学既嘲笑、颠覆经典和传统，又试图恢复与经典和传统的联系，有意识地融合各种无法兼容的美学风格，从而开创出多元化的美学风格。

后现代主义文学最早诞生于欧美，之后以不同的方式和速度蔓延至其他国家，与各个国家的本土文化融合、碰撞，从而产生出各种变体。俄罗斯的后现代主义文学被视为西方后现代主义文学在东方变体中最前卫、最先锋的一支。②

诞生于欧美的后现代主义文学之所以能在俄罗斯生根发芽，与俄罗斯本土的社会文化语境和文学传统密不可分。众所周知，20 世纪 50 年代中期至 20 世纪 60 年代中期，苏维埃社会文化内部盛行"解冻"之风，部分 20 世纪二三十年代被禁的作品开始得到官方承认并出版，文艺界出现对本国白银时代文学创作遗产的关注和兴趣，同时开始译介和引进部分西方人文科学领域的经典著作。这对当时的文艺创作者产生了巨大影响，出现了一些先锋派文艺团体，比如"最年轻的天才协会"③"利昂诺佐夫流派"④"切尔科夫小组"等。这些文学团体以破除权威、追求自由为精神导向，表达出全新的创作理念，成为俄罗斯后现代主义文艺运动最早的试验。而 20 世纪六七十年代诞生于非官方文艺内部的观念主义（концептуализм），推动了俄罗斯后现代主义文学的进一步发展。以诗人德米特里·普里戈夫、列夫·鲁宾施泰因、弗谢沃洛德·涅克拉索夫，以

---

① Эпштейн М. Н. Истоки и смысл русского постмодернизма［J］. Звезда，1996（8）.

② Скоропанова И. С. Русская постмодернистская литература［M］. М.：Флинта：Наука，2004：70.

③ "最年轻的天才协会"是 1965 年根据列昂尼德·古巴诺夫的倡议组建的诗歌小组。其成员主要是莫斯科大学人文学科的大学生，包括弗拉基米尔·阿列伊尼科夫、尤里·库布拉诺夫斯基、萨沙·索科洛夫、米哈伊尔·索科洛夫、奥莉加·谢达科娃、阿廖娜·巴西洛娃等。主要的诗学特征是追求诗歌形式和意义的"原始主义"。参见 Сны о СМОГе［J］. Новое литературное обозрение，1996（20）.

④ "利昂诺佐夫流派"是 20 世纪 50 年代苏联地下文学的一个分支，以诗人叶甫盖尼·克罗皮夫尼茨基、弗谢沃洛德·涅克拉索夫、扬·萨图诺夫斯基、伊戈尔·霍林、根里赫·萨普吉尔等为代表。他们继承先锋派的创新风格，探索出"原始主义"的美学原则，其创作完全不同于苏联官方文艺。参见 Кулаков В. Лианозовская школа：история одной поэтической группы［J］. Вопросы литературы，1991（3）.

及小说家弗拉基米尔·索罗金等为代表的观念主义文学家，在创作中消解主流意识形态，颠覆等级差别，表现出相对主义和怀疑主义的世界观。

对俄罗斯后现代主义文学的产生和发展具有影响的内部因素还有很多。可以说，整个 20 世纪俄罗斯文学史上的白银时代文学、地下文学、侨民文学、战争文学、劳改营文学、农村文学、历史小说、城市小说等各种文学现象都对俄罗斯后现代主义文学的产生和发展有过影响。因为这些作品中流露出的反意识形态倾向，以及对自由和多元话语的向往，与后现代主义文学的追求是一致的。

20 世纪六七十年代之交出现的三部文学作品——阿布拉姆·捷尔茨①的《与普希金散步》（1966—1968 年）、维涅季克特·叶罗费耶夫的《从莫斯科到佩图什基》（1970 年）、安德烈·比托夫的《普希金之家》（1971 年），标志着俄罗斯后现代主义文学的正式诞生。从这一时期到 20 世纪 80 年代中期之前，属于俄罗斯后现代主义文学发展的第一个阶段（或称第一次浪潮）。该阶段俄罗斯后现代主义文学属于"被禁文学"，主要存在于"地下文学"和"侨民文学"中。

从 20 世纪中期改革时代开始，后现代主义文学光明正大地登上苏联文坛，由"非法"转向"合法"。从这个时期到 20 世纪 90 年代末，属于俄罗斯后现代主义文学发展的第二个阶段。后现代主义文学在该阶段经历了最辉煌的 10 余年发展期，一度成为引领当时俄罗斯文坛的主流思潮。国内期刊不仅公开了之前处于被禁状态的"老一辈"② 后现代主义作家和诗人的名字（比如维涅季克特·叶罗费耶夫、安德烈·比托夫、安德烈·西尼亚夫斯基、弗拉基米尔·索罗金、德米特里·普里戈夫，弗谢沃洛德·涅克拉索夫，列夫·鲁宾施泰因、萨沙·索科洛夫、弗拉基米尔·卡扎科夫，奥莉加·谢达科娃等），而且涌现出大批"小一辈"后现代主义作家和诗人的名字（比如铁木尔·基比罗夫，维克托·佩列文，阿纳托利·科罗廖夫，塔吉雅娜·托尔斯泰娅，维克托·科尔吉亚，伊戈尔·亚尔克维奇，德米特里·加尔科夫斯基，弗拉基米尔·沙罗夫，阿列克谢·帕尔希科夫等）。德里达、福柯、德勒兹、利奥塔、巴特、拉康、克里斯蒂娃等西方著名后现代主义理论家的书籍被译介到俄罗斯。在后现代主义思潮的强力席卷下，一些之前的现实主义作家也开始在创作中尝试借鉴后现代主义手法，比如弗拉基米尔·马卡宁、法兹尔·伊斯坎德尔、马克·哈里托诺夫、安德烈·沃兹涅先斯基、谢苗·利普金等。出现了一批专门研究后现代主

---

① 安德烈·西尼亚夫斯基的文学笔名。
② 这里的"老一辈"和"小一辈"与作家的年龄无关，而与他们在文坛成名的时间有关。

义文学的理论家和批评家，比如米哈伊尔·爱泼斯坦、马克·利波韦茨基、维亚切斯拉夫·库里岑、亚历山大·格尼斯、鲍里斯·格罗伊斯、伊利亚·伊利英等。

从 21 世纪开始，俄罗斯后现代主义文学进入第三个发展阶段。此阶段与 20 世纪 90 年代的强劲发展态势相比，明显有回落趋势，且由于没有出现创作理念和诗学特征的更新与变化而面临危机。因此，以利波韦茨基为代表的研究者曾在新千年之初悲观预言："后现代主义正在走向无。"① 但以娜塔利娅·伊万诺娃为代表的乐观派则说：后现代主义将继续促进各种文学思潮和流派之间的相互影响和融合，新的后现代主义艺术现象将在挑战、对立和融合的复杂体系中诞生。② 20 余年的实践证明，后现代主义至今仍旧是一部分成熟作家（比如弗拉基米尔·索罗金、维克托·佩列文、塔吉雅娜·托尔斯泰娅等）坚持的创作风格，也是一部分新生代作家（比如米哈伊尔·叶利扎罗夫、奥列格·佐贝尔、叶连娜·科利亚金娜等）模仿的对象。随着现实主义文学和新现代主义文学在 21 世纪文坛的强势崛起，后现代主义文学也开始吸收融合这些文学思潮和流派的创作手法，克服自身过度的游戏和荒诞的倾向。与此同时，它对当今文坛的现实主义、新现代主义等文学思潮和流派产生了直接且深远的影响。因此，俄罗斯后现代主义文学在 21 世纪初作为一种独特的文学思潮已经完结，但它没有死亡，其内部各种独立的流派间开始相互渗透、克服自我封闭，从而感受并确认着新的模式，并不断动摇着大众意识的成规。③

第二节　主要美学属性④

各种文学思潮的本质区别，不在于文学的技巧和形式，也不在于塑造的文学形象，而在于作家的创作理念，即如何看待文学与现实的关系，如何看待文学的功能和任务。现实主义作家主张文学要反映生活，坚持文学的道德任务。

① Лейдерман Н., Липовецкий М. Современная русская литература. В 3 кн. Кн. I [M]. М.: УРСС, 2001: 218.

② Иванова Н. Ускользающая современность. Русская литература XX – XXI веков: от "внекомплектной" к постсоветской, а теперь и всемирной [J]. Вопросы литературы, 2007 (3).

③ Тимина С. И. Современная русская литература（1990-е. гг. — начало XXI в.）[M]. М.: Академия, 2010: 68.

④ 本节由李新梅撰写。

新现代主义作家有意远离现实而构建理想天国，但他们同样重视文学的道德任务，他们对理想天国的构建恰恰是其对现实不满的影射。后现代主义作家则将文化变成现实，其塑造的世界形象建立在各种文化内部联系的基础之上，他们否定文学的道德使命，将文学视为个人游戏。后现代主义作家的这种创作理念，导致后现代主义文学的基本美学属性表现为解构、混乱、拟像、作者之死、互文性等。

一、解构

解构（俄语 деконструкция，法语 déconstruction）是后现代主义的一大重要理论和观念，其构词形式"解"（де-）和"构"（конструкция）本身表达了破坏初始意义、创建新的意义之理念。法国解构主义大师、解构主义和后现代主义鼻祖德里达在其专著《论文字学》里，将解构作为一种美学原则进行了翔实论述，认为其基本精神主要在于"反对逻各斯中心主义和言语中心主义，否定终极意义，消解二元对立，清除概念淤积，拒斥形而上学，为新的写作方式和阅读方式开辟广泛的可能性"①。

解构是贯穿俄罗斯后现代主义文学所有阶段的基本美学特征之一，其表现形式多种多样。在创作形式上，它表现为打破传统意义上的文本概念，同时又将"文本"的思想发挥到极致，口号、标语、通知，甚至是没有任何文字的空白纸张都成了文本。比如，观念主义诗人列夫·鲁宾施泰因的卡片诗是完全没有任何逻辑顺序、随意记录在一张张卡片上的诗句。在叙事声音上，解构表现为避免作家的主观评价，常用他人话语来隐匿作家的声音，甚至出现众声喧哗、无主体（或多主体）、无作者的叙事声音。弗拉基米尔·索罗金的长篇小说《排队》就是典型例证，小说主要由排队购买食品的人的闲聊和杂语构成。在叙事语言上，解构表现为将不同文体的语言交织使用，从权威的官方语言和公文事物语体到黑话、行话等低级语言和语体，从俄罗斯经典文学语言到社会主义现实主义语言。比如，在维涅季克特·叶罗费耶夫的《从莫斯科到佩图什基》中，与作者同名的主人公的语言就杂糅了各种语体风格。正是通过杂糅不同文体的语言，后现代主义作家解构了言语中心主义，揭露了所有言语都是文化意识产物、都存在话语霸权的本质。

后现代主义文学解构的对象无所不包。可以是任何时代、任何国度的经典文学，比如，安德烈·西尼亚夫斯基的《与普希金散步》，解构了人们将普希金

---

① 陆晓云.德里达《论文字学》的解构思想 [J].广西社会科学，2011（9）：142.

视为俄罗斯文学神坛最高之神的传统认知。可以是当代俄罗斯的社会文化和价值观，比如，维克托·佩列文的《"百事"一代》，解构了以西方价值观为导向的当代俄罗斯社会。甚至可以是后现代主义文学本身，比如，塔吉雅娜·托尔斯泰娅的《野猫精》，解构了后现代主义文学的解构理念。①

二、混乱

后现代主义作为一种整体的社会文化思潮之基本主张是反逻各斯中心主义，而导致这一理念出现的现实基础是 20 世纪以来混乱的现实世界和自然科学领域内的一系列重大发现。尤其是相对论的发现，动摇了人类长期以来对物质宇宙的和谐性和真理的绝对性的执着信念。因此人类意识出现了种种矛盾和混乱。

后现代主义理论家及时地反思了人类社会上的混乱现象和人类精神上的混乱感（俄语 xaoc，希腊语 Χάος）。法国后现代主义理论家利奥塔将人类对世界的混乱感概括为"后现代感"（俄语 постмодернистская чувствительность，英语 postmodern sensibility），即世界在人的感知中是混沌的、无序的。美国后现代主义理论家哈桑在《后现代转折》一书中用"不确定性"来指代"后现代感"，正是不确定性揭示出后现代主义的精神品格，这是一种对一切秩序和构成的消解，它永远处于一种动荡的否定和怀疑之中。英国后现代主义理论家齐格蒙特·鲍曼则将"混乱"解释为"秩序的他者"，其"转义是不可界定性、不连贯性、不一致性、不可协调性、不合逻辑性、非理性、歧义性、含混性、不可决断性、矛盾性"②。

俄罗斯后现代主义作家本着客观书写现实的态度，利用"混乱"美学的原则和策略，制造出后现代式的混沌和怪诞文本。混乱尤其成为 20 世纪 90 年代俄罗斯后现代主义文学的主要美学特征，表达了作家们对逻辑和理性的特别怀疑，对拆除中心与霸权的强烈诉求。比如，阿纳托利·科罗廖夫的中篇小说《果戈理的头颅》中，革命胜利者的屠刀下头颅满地、血流成河。弗拉基米尔·索罗金的长篇小说《蓝油脂》中，疯疯癫癫的阿赫玛托娃匍匐在斯大林脚下。维克托·佩列文的长篇小说《夏伯阳与普斯托塔》中，红军将领变成佛祖，而精神病患者彼得来回穿梭于 20 世纪初和 20 世纪末两大时空。

---

① Голубков М. М. Русский постмодернизм： начала и концы［J］. Литературная учёба，2003（6）：87-88.

② 鲍曼. 现代性与矛盾性［M］. 邵迎生，译. 北京：商务印书馆，2003：11.

三、拟像

拟像（俄语 симулякр，英语 simulacra）也是后现代主义文学的一大关键概念和美学属性。这一概念最早可以追溯到古希腊罗马时代的柏拉图理论，在法国后现代主义理论家德勒兹那里得到了最充分的发展。在德勒兹看来，拟像与摹本不同，"摹本是一种具有相似性的'像'，拟像是一种不具有相似性的'像'"①。

在后现代主义文学中，拟像就是对现实的戏仿。而且戏仿出来的现实常常与客观现实大相径庭，因为这种被创造出来的现实通常是结合了过去、现在甚至是想象之未来的一种现实，这类作品也常被评论家称为反乌托邦。比如，索罗金的《特辖军的一天》《糖克里姆林宫》《暴风雪》，托尔斯泰娅的《野猫精》，克鲁萨诺夫的《天使之咬》，等等。

四、"作者之死"

"作者之死"（俄语 смерть автора，英语 the death of the author）也是后现代主义文学的美学属性之一。这一概念和思想最早由法国后现代主义理论家巴特于 1968 年在《作者的死亡》一书中提出。根据巴特的观点，当一部作品有"作者"时，是确立一种限定、一个终极所指，阅读作品就成了再现作者或一个已存在的事实；只有将作者推向"死亡"，真正的写作才能登场，因为此时是语言在说话，而不是作者。"读者的诞生必须以作者的死亡为代价。"②

"作者之死"的后现代文本观说明，文学不再是作家思想的具现，而是读者在阅读过程中诞生的思想。这既为后现代主义文本的阐释提供了多种可能性，也为后现代主义文本的写作提供了开放性。比如，阿纳托利·科罗廖夫的后现代主义小说《残舌人》结尾部分，提供了同名主人公命运的多种走向。维克托·佩列文的长篇小说《恰巴耶夫与普斯托塔》结尾处，主人公融入说不清道不明的虚空和混沌之中。

五、互文性

与"作者之死"紧密相关的是互文性（俄文 интертекстуальность，英文 in-

---

① 董树宝. 差异与重复：德勒兹论拟像 [J]. 苏州大学学报（哲学社会科学版），2018，39（4）：29.

② 王先霈，王又平. 文学理论批评术语汇释 [M]. 北京：高等教育出版社，2006：418.

tertextuality）。克里斯蒂娃于 1966 年最早提出这一术语和概念，用来描述作为符号系统的文本与其他意指系统之间的关系，即每个文本都是其他文本的互文本。1968 年，她的导师巴特在提出"作者之死"理念时也声称，"文本是一个由来自多种文化中心的引语交织而成的网络"①。巴特实际上发展了克里斯蒂娃的互文性理论，进而产生了"世界就是文本"（мир как текст）的文本观。

互文性最主要的表现手法有移置、暗指、附会、引用、借用、改编、挪用、篡改、抄袭等。互文性使文学作品不再具有完整统一的思想，而变成由各种引文拼凑而成的马赛克。互文手法的大量运用使作者在创作中的地位发生巨大变化，他不再是思想的"表达者"，而只是本文的"组织者"。

俄罗斯后现代主义文学中的互文文本无所不包。既有苏维埃时代也有之前时代的各种文学和文化文本，既有俄罗斯本国的也有其他国家的各种文学和文化文本。德米特里·加尔科夫斯基的《没有尽头的死胡同》，安德烈·比托夫的《普希金之家》，维涅季克特·叶罗费耶夫的《从莫斯科到佩图什基》，等等，都是将互文手法运用到极致的后现代主义小说。

解构、混乱、拟像、作者之死、互文性不仅是俄罗斯也是其他国家后现代主义文学的基本美学属性。然而，每一个国家的后现代主义文学，必定有其独特的民族性。这种民族性在俄罗斯后现代主义文学中，表现为与社会历史现实的紧密勾连。

俄罗斯文学自古以来就关注社会现实，关注国计民生大事，关注民族精神思想和道德伦理。俄罗斯后现代主义作家作为深受本土传统文化滋养的一员，无力消除文化传统在他们意识深处的烙印，无法洗刷掉意识深处关于俄罗斯历史的各种记忆，更不可能对现实社会各种"天灾人祸"无动于衷。因此，在俄罗斯后现代主义文学中，除了少数单纯模仿西方后现代主义的作品外，多数作品都或多或少反映了俄罗斯历史和现实中的各种问题，具有明显的社会思想性，没有完全沦为文字游戏。

在俄罗斯后现代主义文学发展的第一个和第二个阶段（即 20 世纪 60 年代末—20 世纪 90 年代末），它与社会历史现实的勾连主要表现为对苏维埃意识形态和文化的解构。这种解构早在 20 世纪六七十年代创作的第一批后现代主义文学作品中就初现端倪，只不过当时文学中的解构比较含蓄。比如，安德烈·西尼亚夫斯基的《与普希金散步》表面在解构俄罗斯经典文学权威——普希金神

① 刘文. 辩证性和革命性：克里斯蒂娃和巴特的互文本理论［J］. 西南民族大学学报（人文社会科学版），2005（5）：210.

话，但实际意图是解构具有相似霸权地位的社会主义现实主义艺术。安德烈·比托夫的《普希金之家》创作于 1964—1971 年期间。这部小说旨在从俄罗斯经典文学中探索苏联社会的济世良方。维涅季克特·叶罗费耶夫的《从莫斯科到佩图什基》在众多的解构层面之下，反思和解构苏维埃意识形态和文化是最明显的一个层面。主人公维涅奇卡的个人遭遇，醉酒后的胡言乱语，清醒时的思考和悲叹，全都与社会现实紧密相关。

俄罗斯后现代主义文学发展到 20 世纪 70 年代中期以后，解构倾向越来越明显。出现的流派戏仿社会主义现实主义文学的语言机制，比如，弗拉基米尔·索罗金的早期短篇小说《工厂委员会会议》、长篇小说《排队》《定额》等，情节、语言、风格、人物性格、矛盾冲突都呈现出社会主义现实主义文学范式，但作品往往通过突兀的转折开始变得荒诞不经，显示出其真正的后现代解构目的。

苏联解体前后的 20 世纪八九十年代，俄罗斯后现代主义文学对意识形态和文化的解构方式、程度和范围达到极致，几乎没有一部后现代主义文学作品不涉及这一历史现实和文化。

21 世纪之后，随着苏维埃制度成为历史，它不再成为后现代主义文学关注的重点。作家们将注意力更多转向俄罗斯当下的现实、古代的历史和幻想的未来。比如，弗拉基米尔·索罗金的中篇小说《特辖军的一天》将解构视角投向16 世纪古罗斯专制体制。维克托·佩列文的《"百事"一代》《转型时代辩证法》和《昆虫的生活》，维克托·叶罗费耶夫的《俄罗斯美女》，等等，都将注意力集中于当代社会现实，解构俄罗斯芸芸众生在社会转型时代的道德问题。奥列格·佐贝尔的一系列短篇小说旨在解构当代生活的意义和目的。德米特里·加尔科夫斯基的长篇小说《没有尽头的死胡同》和阿列克谢·斯拉波夫斯基的长篇小说《第一次基督的第二次降临》，分别从哲学和宗教学角度解构当代社会现实，反映民众意识混乱、精神信仰坍塌之现实。而弗拉基米尔·索罗金的《糖克里姆林宫》《布罗之路》等作品，采用幻想的方式，结合俄罗斯社会的历史和现实，预测未来的社会悲剧和灾难。

总之，俄罗斯后现代主义文学传承和发展了俄罗斯文学注重社会历史现实的书写传统，这使其在解构、拟像、混乱、互文性等基本的后现代美学属性之外，显示出独特的民族美学观。而这一点也是它区别于欧美后现代主义文学的基本标志。

第三节 后现代主义第一次浪潮①

后现代主义在俄罗斯的出现几乎与西方同时。首批俄罗斯后现代主义文本出现于苏联时期，即 20 世纪 60 年代末至 20 世纪 70 年代初。但当时它属于地下秘密文学，不能合法传播，只能以自行出版（самиздат）或海外出版（тамиздат）的形式传播。

后现代主义在苏联时代的形成根源在于，越来越有必要反思其固有的法则和成规，其中既包括文学的法则和成规（社会主义现实主义首当其冲），也包括世界观、精神心理层面的法则和成规。对类似法则和陈规的反思就体现在首批公认的俄罗斯后现代主义文学典范之中，即维涅季克特·叶罗费耶夫的史诗《从莫斯科到佩图什基》（1970 年）；安德烈·比托夫的长篇小说《普希金之家》（1971 年）；安德烈·西尼亚夫斯基的《与普希金散步》（1966—1968 年，以笔名阿布拉姆·捷尔茨发表）。

是什么使这三部文本成了俄罗斯后现代主义第一阶段的代表作？除了创作时间以及上面说过的创作宗旨，这些作品还具有特别的艺术关联。在这三部文本中，我们能看到一种典型的结合：一方面结合是因为，后现代主义诗学一般是反传统的，是打破传统的，而这三部后现代主义作品却同时传承了之前的文学传统；另一方面是与之前文学传统的明显联系。"经典的"后现代主义通常否定这种联系。比如，在弗拉基米尔·索罗金的很多作品中，能明显看到与传统的示威性决裂和对它的质疑（这里主要指《玛丽娜的第三十次爱情》和《定额》中被嘲讽的社会主义现实主义传统和白银时代文学传统）。对文学传统的质疑也是佩列文创作的典型特征（尽管破坏传统只是佩列文艺术世界的一个层面，但极其重要和明显），其中最明显的例证是长篇小说《昆虫的生活》。早期俄罗斯后现代主义文学一方面否定传统、反思传统，另一方面又与传统有着明显的、紧密的直接联系。这种联系在维涅季克特·叶罗费耶夫的创作中比较明显，而在安德烈·西尼亚夫斯基的创作中较弱。早期俄罗斯后现代主义既追溯传统又否定传统的特征，在一定意义上也充当了 20 世纪后半叶俄罗斯文学与当代俄罗斯文学之间的"桥梁"。

---

① 本节由克罗托娃撰写。

一、维涅季克特·叶罗费耶夫

维涅季克特·瓦西里耶维奇·叶罗费耶夫（Венедикт Васильевич Ерофеев，1938—1990年）属于最早一批俄罗斯后现代主义作家中的重要一员，他出生于科拉半岛上的摩尔曼斯克州。大学先后就读于莫斯科大学、奥列霍沃—祖耶沃、科洛缅斯科耶、弗拉基米尔市立大学语文系，但最终未能毕业。他一生换过很多职业，而且大都是体力活，但他始终没有放弃文学事业。1970年年初，他完成史诗《从莫斯科到佩图什基》，并自行出版，1973年在耶路撒冷正式发表。并于1988—1989年删减后发表于苏联《戒酒与文化》杂志。史诗《从莫斯科到佩图什基》是维涅季克特·叶罗费耶夫文学遗产中最重要的一部作品。

史诗的情节是主人公维尼奇卡·叶罗费耶夫（其个性与作家本人相近）从莫斯科到佩图什基的一次电气火车之旅。一路上，主人公一边酗酒，一边向真实的、想象的各种交谈者详细讲述其饮酒的质量、数量、对酒的感觉，并同他们交流自己关于生活的思考。

小说的情节看似简单，却具有深刻的文学根源。其根基是俄罗斯文学中极其典型的旅行主题，类似的主题曾出现在亚历山大·拉吉舍夫的《从彼得堡到莫斯科旅行记》以及亚历山大·普希金、尼古拉·果戈理、尼古拉·涅克拉索夫、伊万·冈察洛夫、伊万·屠格涅夫等的一系列作品中。旅行主题同样出现在20世纪俄罗斯作家的创作中，比如安德烈·普拉东诺夫的长篇小说《切文古尔镇》，其中的主人公们为了寻找幸福（即被视为和谐与公正的理想的共产主义）而旅行。在叶罗费耶夫的史诗中，我们同样能看到为了寻找幸福的旅行，因为这里的福地是佩图什基，"是茉莉花开、小鸟啼鸣"① 的地方。

如同《切文古尔镇》的主人公们一样，维尼奇卡·叶罗费耶夫也没有抵达自己的旅行目的地。他以为自己在前往佩图什基，实际上却乘坐电气火车返回了莫斯科，来到他早上出发的大门前，并在那里遭遇四个匪徒，最终死于他们手中。这样一来，整部史诗就类似于"死者手记"②。除了旅行主题，叶罗费耶夫的史诗与拉吉舍夫的《从彼得堡到莫斯科旅行记》相似之处还在于"按照居民点命名的章节标题……章与章之间（有时是句与句之间）平缓的文本流动；

---

① Ерофеев Венедикт. Москва -Петушки［M］. СПб.：Азбука Азбука-Аттикус，Азбука，ИП Воробьев В. А.，2016：56.

② О поэме «Москва - Петушки» как «загробном путешествии» размышляет В. Курицын. См.：Курицын В. Мы поедем с тобой на «А» и на «Ю»［J］. Новое литературное обозрение，1992（1）.

多次偏离叙事主线的各种插入性话题"①。

重要的是，这里不仅仅是旅行，而且是铁路旅行。铁路和火车形象曾被尼古拉·涅克拉索夫、列夫·托尔斯泰、亚历山大·勃洛克等一系列作家赋予重要意义。

叶罗费耶夫本人把自己作品的体裁定性为史诗。类似的体裁让我们想起果戈理的《死魂灵》，由此不难看出两部作品之间的联系，不仅是主题上的（旅行主题），而且是体裁上的。叶罗费耶夫的作品还体现出其他一些体裁特征，比如自白体②，因为史诗的主要内容是主人公的内心独白，他讲述自己、讲述自己的生活、讲述自己的希望和快乐、讲述自己的怀疑与绝望。此外，还可以在其中看到反思性传记要素。

叶罗费耶夫的史诗，正如其他早期俄罗斯后现代主义文学典范一样，将特有的后现代主义元素与明显的传统根基紧密结合。其中的后现代主义元素体现在史诗的文本将各种意义层面（现实与幻想、事实与想象、真实与虚幻）交错相织。这一原则在这里完全可行，因为主人公的意识在酒后变得模糊不清，明显具有相似的混淆不清。维尼奇卡的意识将现实中发生的一切（乘电气火车前往佩图什基）与想象中的一切（他觉得自己时而和天使交谈、时而和上帝交谈）融合，此外他还不断回忆自己过去的经历。结果，史诗文本由各种不同性质的元素和截然相反的层面混合叠加而成。

史诗《从莫斯科到佩图什基》完全实现了后现代主义的互文性原则，史诗中充满了各种引文。主人公的意识中不断浮现出他读过的各种文本片段，其中有列宁和马克思著作引文，普希金、果戈理、陀思妥耶夫斯基等俄罗斯经典作家的作品引文，勃洛克、马雅科夫斯基、叶赛宁、曼德尔施塔姆等白银时代和20世纪二三十年代的诗歌引文，莎士比亚、拉伯雷、拜伦、歌德、黑格尔等外国作家的作品引文，古罗斯文本引文，等等。史诗的互文场中最重要的构成部分来自新约和旧约引文。互文性还体现在对著名的经典文学情节的反思，比如其中有一章描写维尼奇卡面前出现了魔鬼，而类似的情节让人联想起从歌德到陀思妥耶夫斯基的一系列文本。所有被引用的作品和出现的幻觉，在叶罗费耶夫那里获得了被降格的戏仿意义。这既营造了喜剧效果，又达到了后现代主义

① Левин Ю. Комментарий к поэме «Москва – Петушки» Венедикта Ерофеева [M]. Грац：Изд. Хайнриха Пфайля, 1996：25.

② Давыдова Т. Т., Сушилина И. К. Современный литературный процесс в России：учеб. Пособие [M]. М.：МГУП, 2007.

作家试图改变读者接受意识中固有的陈规旧套的目标。

史诗中与互文性原则紧密相关的是解构原则。这里的解构具有早期俄罗斯后现代主义典型的指向：其中最先解构了精神心理范式。俄罗斯文学批评家佐林正确地指出，叶罗费耶夫的作品展现了一幅"酗酒国度的神奇怪诞图景"①，这与时代的文学范式极不和谐。

史诗还完全实现了后现代感原则，以喜剧形式呈现，比如维尼奇卡醉得像死人一样，不知自己身在何处，周围发生了什么。但喜剧的背后隐藏着深刻的内涵，即后现代式的认知：世界混乱无序且常常仇视个性，人试图获得某种定位却做不到。在叶罗费耶夫的作品中，类似的世界观导致很多悲剧产生。

尽管史诗《从莫斯科到佩图什基》显然实现了很多重要的后现代主义原则，但也有一些后现代主义原则被抛弃。比如，其中没有"作者之死"的观念，相反作者的身份很明显，"正是作者兼叙事者的视角使史诗形成了统一的世界观"②。但仍旧有充分理由断定，《从莫斯科到佩图什基》属于后现代主义文本。

史诗存在另一面，即对俄罗斯经典文学的传承。从原则上讲，传统根基是早期俄罗斯后现代主义的典型特征，这在史诗《从莫斯科到佩图什基》中表现最明显：不仅表现在情节和体裁层面（前面已经分析过），还表现在修辞层面。显然，叶罗费耶夫在史诗中主要依靠俄罗斯文学中的民间叙事传统。众所周知，民间叙事作为一种叙事形式在 19 世纪尼古拉·果戈理、尼古拉·列斯科夫等作家的创作中迅速崛起，然后在 20 世纪上半叶米哈伊尔·左琴科、弗谢沃洛德·伊万诺夫、米哈依尔·肖洛霍夫等作家的创作中取得长足而丰硕的发展。叶罗费耶夫在史诗《从莫斯科到佩图什基》中创造的文本依靠多种民间叙事准则。典型的是民间叙事结构，比如口语定位，与特定读者群的交流等。后现代主义文学通常不采用民间叙事，因为它更多定位于解构传统修辞形式，而在史诗《从莫斯科到佩图什基》中民间叙事形式恰恰得到了明显的传承和发展。说到与米哈伊尔·左琴科的联系，史诗中这种联系非常隐蔽但深刻，且不仅仅表现在民间叙事方面。这里不仅有民间叙事元素和米哈伊尔·左琴科等俄罗斯作家创作中的讽刺传统，还有艺术手法上的联系。只要想想左琴科的《一本浅蓝色的书》就够了，这本独特的世界历史和文化"百科全书"对许多历史和文化情节故意给予了降格阐释。伟大人物的命运在《一本浅蓝色的书》中透过"凡夫俗

---

① Зорин А. Пригородный поезд дальнего следования ［J］. Новый мир, 1989 (5)：258.

② Голубков М. М. Русский постмодернизм：начала и концы ［J］. Литературная учеба, 2003 (6)：77-78.

子"的讲述人的意识棱镜显示出来，比如："俄罗斯曾经有过一位颇有声望的诗人特列季亚科夫斯基……而他是一个相当有学识的人，而且不无教养。总之，我们都很喜欢他。"①"我们为塞万提斯感到极其惋惜。笛福也很可怜。能想象得出他被唾弃时的疯狂。唉，要是我的话，都不知道该怎么办！那伏尔泰如何？也能想象得出他对这位下流公爵怀有怎样的仇恨。"② 叶罗费耶夫在自己的史诗中也通过这样的手法，重新讲述了关于歌德、席勒、穆索尔斯基、里姆斯基·科萨科夫、果戈理、巴纳耶夫、高尔基、库普林等人的故事。叶罗费耶夫与左琴科一样，都将伟大人物生活中的故事放在讲述者熟悉的语境中进行讽刺性反思。两位作家采用相似的手法营造喜剧效果，但这种手法在左琴科的创作中除了表达喜剧意义，还表达其他意义，比如悲痛惋惜现代"凡夫俗子"如此远离真正的文化，以至于只能用降格的形式来理解历史和艺术事实。叶罗费耶夫的目标不是表达类似的意义，而且他的主人公也远远不是作为左琴科艺术探索对象的"凡夫俗子"。

对传统的继承在史诗中还表现为继承和发展俄罗斯经典文学的原型，其中包括"小人物"的原型。维尼奇卡是一个无名无姓的流浪汉，是出身于西伯利亚的孤儿。

他的形象完全以俄罗斯传统的形式进行了思考，因为维尼奇卡引发了读者的怜悯和同情。"小人物"形象属于后现代主义的典型人物形象吗？通常来说，不是。后现代主义作家并不喜欢把人分成"小人物"和"大人物"，这样的范畴对他们来说没有什么意义。此外，自19世纪20年代"小人物"形象产生后就诞生的同情和怜悯主题在后现代主义文本中也并不常见，因为后现代主义文学的宗旨是总体相对主义。当然，后现代主义文学偶尔也会从俄罗斯文学的传统层面来展现"小人物"的形象，而且读者能在诸如弗拉基米尔·索罗金的中篇小说《暴风雪》中遇见对这类人物形象的熟悉阐释（这里指的是彼特鲁哈这一形象）。但总体而言，在后现代主义文本中，读者要么见不到"小人物"形象，要么这类人物形象以俄罗斯文学非传统的否定视角来阐释。比如，在弗拉基米尔·索罗金的《定额》的第一部分中，每个苏维埃人都以"小人物"的形象出现，但其生活并没有引起作者的同情，反而是讽刺和嘲笑。而维尼奇卡这一形象，明显表现出对俄罗斯文学传统的"小人物"形象的继承。

叶罗费耶夫史诗的主人公也完全可以归为俄罗斯文学另一种典型的原型，

---

① Зощенко М. М. Голубая книга［М］. СПб：Азбука-классика，2008：253.
② Зощенко М. М. Голубая книга［М］. СПб：Азбука-классика，2008：258-259.

21

即"多余人"。"小人物"和"多余人"两种19世纪艺术意识中不同的文学类型在20世纪离奇地融为一体。

叶罗费耶夫的作品在某种意义上可以被视为俄罗斯文学传统中"多余人"类型的发展高潮。其笔下的"多余人"是真正意义上的多余人,因为在他们成为醉鬼和轻佻的流浪汉后,被彻底抛向生活的边缘。维尼奇卡的身上折射出"多余人"类型的所有典型特征:智力超群、才华横溢、心思细腻、个性非凡,与此同时又无法将这些优秀品质在生活中施展出来。19世纪俄罗斯文学中重要的"多余人"原型,曾经在20世纪作家的创作中得到积极发展,比如尤里·奥列沙的长篇小说《嫉妒》,彼得·斯廖托夫的中篇小说《勇敢的阿耳戈船英雄》。可以归入"多余人"画廊的还有亚历山大·格林笔下的一些人物,以及伊利亚·伊里夫和叶甫盖尼·彼得罗夫笔下的主人公奥斯塔普·宾杰尔——一个在他所处时代找不到位置的人,尽管智力超群、才华横溢、知识渊博、善于理解他人。维尼奇卡的形象成功地终结了20世纪俄罗斯文学的"多余人"画廊,并将这一人物类型发展到最俏皮、最怪诞的形式。这里的"多余人"形象以特殊的视角展开,代表了特殊的"圣愚"意识。但"多余人"类型的文学根源在这里显而易见。

总体来说,"多余人"(同"小人物"一样)并不是后现代主义文学的典型人物类型。在这方面叶罗费耶夫的史诗与后现代主义视角相矛盾。典型的后现代主义视角应该像弗拉基米尔·索罗金在《冰上三部曲》中呈现的那样:所有人在社会中都一样,只是"人肉机器",他们中没有"多余"或"不多余"的区别,全都在世界上处于同样渺小的地位。佩列文笔下的人物(比如长篇小说《昆虫的生活》)也不按照人在社会上的需求进行区分,即所有人都是平等的,并没有谁的生活比蛾子或屎壳郎的生活更有意义。

在思想层面,叶罗费耶夫的史诗也继承了俄罗斯文学传统,与后现代主义并不完全一致。小说充满了人道主义激情,作品的中心是一个被生活摧残了个性的人物形象。人道主义并不是后现代主义世界观典型的特征,后现代主义典型的世界观是相对主义,即认为任何价值观都是相对的,其中包括个性价值。史诗《从莫斯科到佩图什基》触及爱情主题、对人的同情主题。比如,主人公思考道:"应该尊重他人心里的阴暗面。"① "最初的爱和最后的怜悯——有什么区别?上帝在十字架上快咽气时,还在为我们布道怜悯……对世界的怜悯和对

---

① Ерофеев Венедикт. Москва -Петушки［М］. СПб.：Азбука Азбука-Аттикус, Азбука, ИП Воробьев В. А., 2016：107.

世界的爱——本质上一样。"① 叶罗费耶夫在这里谈的是个性价值及其独特性，史诗在这个层面超越了后现代主义的世界观。

最后，这部作品还有一个内容层面并不完全符合后现代主义标准，即史诗《从莫斯科到佩图什基》中的悲剧意义显而易见。献辞把该史诗说成"悲凉的页章"（трагические листы）并非偶然。作品的确渗透着悲剧，这使它有别于后现代主义的美学宗旨，后现代主义从本质上是远离悲剧范畴的。后现代主义文本中"崇高被悚然替代，悲剧被荒谬替代"②。有时后现代主义还亵渎悲剧，将其变成喜剧。

悲剧作为一种审美范畴的基础是无法解决的冲突。因此，悲剧作为一种艺术范畴经常会将主人公的死亡作为无法解决之冲突的结局。而史诗的结尾（尽管模糊不清，也许只是主人公的幻觉）恰好符合这一宗旨。

总之，史诗《从莫斯科到佩图什基》一方面极具后现代主义特色，另一方面又明显继承了俄罗斯经典文学传统。史诗作者的定位不仅仅是破坏和否决这一传统（这是后现代思维的典型特色），而且是与传统的对话和互动。

二、安德烈·西尼亚夫斯基

安德烈·多纳托维奇·西尼亚夫斯基（Андрей Донатович Синявский，1925—1997 年），作家、文艺学家、文学批评家。曾以阿布拉姆·捷尔茨的笔名发表了一系列文学作品，这一笔名是敖德萨民间传说中一个流氓强盗的姓名。这一笔名也符合作家西尼亚夫斯基作为文学陈规范式的破坏者形象。20 世纪五六十年代，西尼亚夫斯基用这个笔名在国外出版自己的文学作品。1966 年，他与作家尤里·达尼埃尔一起因为在西方发表了文学作品被捕，判处 7 年牢狱之刑。在狱中，西尼亚夫斯基创作了《与普希金散步》（1966—1968 年）一书，并拆分成多个部分通过给妻子的信件转寄到狱外。该书首次于 1975 年在伦敦发表。1973 年起，西尼亚夫斯基定居法国。1978 年起，他和妻子马丽娅·罗扎诺娃一起创办的杂志《句法》开始在巴黎发行。

西尼亚夫斯基文学遗产中最重要的一部作品就是《与普希金散步》一书，该书属于最早一批俄罗斯后现代主义文学典范。该书的创作基础是后现代主义

---

① Ерофеев Венедикт. Москва -Петушки［М］. СПб.：Азбука Азбука-Аттикус，Азбука，ИП Воробьев В. А.，2016：108.

② Маньковская Н. От модернизма к постпостмодернизму via постмодернизм. Коллаж 2［М］. М.：ИФ РАН，1999：19.

的最重要原则——解构原则。西尼亚夫斯基在这部作品中为自己树立的任务是，打破传统学术界形成的普希金的惯常形象，塑造对普希金的另一种认知。解构普希金惯常形象的背后，是西尼亚夫斯基倡导的创作自由思想，以及拒绝对艺术作品及艺术家个性教条、框架式的理解。

作品标题中出现"散步"一词并非偶然。西尼亚夫斯基想强调的是，其关注的中心正是普希金的个性（即使是以漫画式的夸张形式展现）。普希金在西尼亚夫斯基的笔下首先是以人的形式出现的——可以与他散步、交谈，与他的"交流"可以是批评，也可以是讽刺。读者和研究者围绕此书争论不休，争论的焦点是，对伟大诗人的批评和讽刺的尺度可以有多大。比如，罗曼·古利认为阿布拉姆·捷尔茨是在"耍流氓"①，亚历山大·索尔仁尼琴拒不接受此书。②持有相反论调的则是列昂尼德·巴特金③、亚历山大·格尼斯④等，他们都认为这部作品具有毋庸置疑的价值。

西尼亚夫斯基本人这样解释《与普希金散步》一书的主要创作宗旨："也许，我们更能轻松认知普希金的方式不是从摆满花冠和额头带着固执的高尚表情的石膏像的正门，而是借助于街头巷尾对其响亮名声回应和报复的戏谑式漫画。"⑤ 借助解构原则，西尼亚夫斯基塑造了漫画式的普希金形象。在这幅漫画中，诗人的主要个性特征是轻浮（"对生活的轻浮态度是普希金的世界观基础，也是他的性格特点和履历特征"⑥），游手好闲（"普希金—莫扎特式的懒惰天赋"⑦），贪恋游戏（"活着的时候喜欢开玩笑和游戏……因为玩笑开得过火而死"⑧），好色、轻率、滥情（"普希金的好色一旦发作起来，会与旅行中的人

① Гуль Р. Прогулки хама с Пушкиным［J］. Кубань，1989（6）.

② Солженицын А. … Колеблет твой треножник［J］. Вестник РХД，1984（142）.

③ Баткин Л. Синявский，Пушкин –и мы［J］. Октябрь，1991（1）.

④ Генис А. Андрей Синявский：эстетика архаического постмодернизма［J］. Новое литературное обозрение，1994（7）.

⑤ Терц А.（Синявский А. Д.）Прогулки с Пушкиным［M］. М.：Глобулус，НЦ ЭНАС，2005：7.

⑥ Терц А.（Синявский А. Д.）Прогулки с Пушкиным［M］. М.：Глобулус，НЦ ЭНАС，2005：9.

⑦ Терц А.（Синявский А. Д.）Прогулки с Пушкиным［M］. М.：Глобулус，НЦ ЭНАС，2005：24

⑧ Терц А.（Синявский А. Д.）Прогулки с Пушкиным［M］. М.：Глобулус，НЦ ЭНАС，2005：12.

纠缠，会与历史人物纠缠，还会与政治人物纠缠"①）。西尼亚夫斯基从怪诞的玩笑层面解释陀思妥耶夫斯基曾思考过的天才普希金的"世界性声誉"。按照西尼亚夫斯基的观点，"世界性声誉"只是因为普希金的好动和轻浮："普希金好动，其车轮生涯使他毫不费力地消除最艰难的民族和历史障碍。肤浅是他与其他民族联络的介质。"② 在西尼亚夫斯基看来，普希金个性的根源和核心是空虚。西尼亚夫斯基的书中甚至出现了吸血鬼普希金形象，他急于从各种生活现象中吮吸养料，来填补自己的空虚，而且普希金的创作像"迎面而来的牺牲者的鲜血流向空空的容器"③。

在《与普希金散步》一书中，西尼亚夫斯基企图创造一幅漫画，这幅漫画显然会让读者生气、发怒，也会引起激烈争论。而对作家来说，重要的是重塑一个极其远离学院派陈规范式的形象，即使这个形象让人排斥、鲜有吸引力，但按照西尼亚夫斯基的观点，能够打破惯常的、僵死的文学陈规范式。

《与普希金散步》也是早期俄罗斯后现代主义文学中运用解构原则的一部典范之作。除了解构，在这部作品中还能发现一些其他后现代主义原则。首先是典型的"作者之死"理念，因为《与普希金散步》中杂糅了一个巨大的引文场，其中有出自普希金创作的片段，有出自文学随笔和普希金文学研究成果的引文（比如韦列萨耶夫的《生活中的普希金》、鲍里斯·帕斯捷尔纳克的《安全保护证》、玛丽娜·茨维塔耶娃的《普希金与普加乔夫》等），还有出自大量诗人和作家（比如维亚泽姆斯基、巴秋什科夫、别斯图热夫·马尔林斯基、莱蒙托夫、果戈理、尼克拉索夫、陀思妥耶夫斯基等）的作品引文。这样一来，作品中出现了众多"他人的"声音，而作者只是对它们进行注释。既然《与普希金散步》是一部由如此多引文构成的作品，而且西尼亚夫斯基引用的片段大多是他人的文本，最终构成了整部作品的统一意义场，那么就有充分理由说这部作品也采用了互文性原则。其次可以公正地说，这部作品制造了拟像，因为西尼亚夫斯基构建的普希金形象是一个漫画式的、笑话式的形象，故意与现实中的诗人普希金和作为一个人的普希金的形象不同。无论如何也不能说西尼亚夫斯基复原了普希金的真实面貌，只能说这是文学游戏，是一种对现实的故意

---

① Терц А.（Синявский А. Д.）Прогулки с Пушкиным［M］. М.：Глобулус, НЦ ЭНАС, 2005：18.

② Терц А.（Синявский А. Д.）Прогулки с Пушкиным［M］. М.：Глобулус, НЦ ЭНАС, 2005：34.

③ Терц А.（Синявский А. Д.）Прогулки с Пушкиным［M］. М.：Глобулус, НЦ ЭНАС, 2005：43.

拟像。这部小说完全实现了后现代主义的一大宗旨，即对现实总体讽刺的态度。

在思想层面，《与普希金散步》宣告了艺术家的自由以及艺术家创作必不可少的自由条件。西尼亚夫斯基故意往自己的作品文本中添加了 1964 年审判布罗茨基时的诉讼词，"没有做过任何对社会有益工作的懒汉和寄生虫"①。西尼亚夫斯基以此展示，这种说辞原则上可以表述任何时代、任何国家体制下诗人和政权的关系。

西尼亚夫斯基在《与普希金散步》中道出了后现代主义的一个重要公理：文学（以及整个艺术）的责任不是教育和启蒙。正如前文所述，从 20 世纪 80 年代开始，俄罗斯与上一个历史时期相比，关于作家和文学在社会上的作用的认识发生了变化。在《与普希金散步》一书的结尾处，西尼亚夫斯基这样思考艺术的作用和功能：它"服务、引导、反映、启蒙。它做着这一切——直到撞到第一根柱子，拐弯并——寻找田野上的风"②。西尼亚夫斯基不否认艺术的社会和启蒙任务，但不认为这是它的主要意义。它可以不去执行这些任务，而且谁也没有权利要求艺术家一定要去反映某种真理。

在《与普希金散步》中，还出现了将普希金"拉进"西尼亚夫斯基本人所拥护的后现代主义诗学的有趣尝试。"需不需要说"，西尼亚夫斯基问道，"普希金至少一半的创作也是戏仿（他的作品中充斥着将权威文本拽得东倒西歪的替换）？把诗人比作回声的经典比喻是普希金想出来，这是正确的，因为两者也具有呼应意义。回声在回应'任何声音'的同时，还会戏弄我们。普希金既没有发展也没有继承传统，而是戏弄它，有时甚至误入戏仿"③。

在类似强调戏仿、"戏弄"、"替换"、"将权威文本拽得东倒西歪"等的表述中，不难看出后现代主义的宗旨。西尼亚夫斯基将它们归入普希金的创作意识，这样就有意无意地将普希金也列为后现代主义的"前辈"。当然，这种诞生于 20 世纪 60 年代末的新的、"年轻的"美学体系，追求的是自我独立，是寻找自己的前辈，有时候找到的是出乎读者意料的前辈。

有研究者正确地指出，"《与普希金散步》期待多种阐释"④，而且可能是最

---

① Терц А.（Синявский А. Д.）Прогулки с Пушкиным［M］. М.：Глобулус, НЦ ЭНАС, 2005：72.

② Терц А.（Синявский А. Д.）Прогулки с Пушкиным［M］. М.：Глобулус, НЦ ЭНАС, 2005：110.

③ Терц А.（Синявский А. Д.）Прогулки с Пушкиным［M］. М.：Глобулус, НЦ ЭНАС, 2005：27.

④ Скоропанова И. С. Русская постмодернистская литература：учеб. Пособие［M］. М.：Флинта；Наука, 2006：104.

多样的、有时甚至相互矛盾的文本阐释。读者和研究者的各种阐释对于后现代主义文本来说也是典型的，因为后现代主义原本就主张每一个读者都有权利构建自己所熟悉的阐释体系。

三、安德烈·比托夫

安德烈·格奥尔吉耶维奇·比托夫（Андрей Георгиевич Битов，1937—2018 年），小说家、诗人、政论文家、文学评论家。出生于列宁格勒（现名圣彼得堡），毕业于列宁格勒矿业学院（现名圣彼得堡国家矿业大学），20 世纪 60 年代开始发表作品。1964—1971 年期间创作了长篇小说《普希金之家》，但之后被作家多次编辑和修改，1978 年和 1990 年有过两次新的版本，1978 年由美国 Ardis 出版社正式出版，1987 年在苏联首次完整出版。

小说于 1964 年开始创作。其构思是否受布罗茨基诉讼案的影响？因为比托夫直接出席了庭审，并在随后思考过这一经历对他的小说构思是否产生影响，"或许，这与审判布罗茨基有某种潜意识的关联，我不得而知。但的确有一个时代结束、某个临界点终结的感觉"①。

长篇小说《普希金之家》是俄罗斯后现代主义历史上一部重要的作品。一些研究者认为它是后现代主义文本，另外一些则认为这部作品与其说是典型的后现代主义文本，不如说它属于相应的文学思维原则并使这种思维原则成型。

小说的主要思想是反思作为俄罗斯文化精神之魂的普希金的创作，作品中可以看到普希金之家作为俄罗斯和俄罗斯文化的形象。

《普希金之家》中杂糅了各种体裁元素，"家庭日常纪事、心理和哲理小说、感伤主义小说、备忘录和书信体、学术论文、随笔、文学研究"② 等。在给小说做的注释中，作家给出了极其怪异的体裁定性，而且是真正后现代式的定性：备忘录小说（роман-протокол）、提纲小说（конспект романа）、草稿小说（набросок романа）、展示小说（роман-показание）、刑罚小说（роман-наказание）、责备小说（роман-упрек）、语文小说（филологический роман）、模仿小说（роман-попурри）、坦白小说（роман-признание）等。比托夫这样思索道：我们"被呼吁像经典作家那样写作，遵循神圣的传统。只是我们的经典作家写的不是短篇或中篇小说，而完全是其他。因此，他们所写的一半东西

---

① Битов А. Мы проснулись в незнакомой стране：Публицистика［М］. Л.：Сов. писатель，1991：14.

② Скоропанова И. С. Русская постмодернистская литература［М］. М.：Флинта：Наука，2004：124.

根本不是‘文艺’作品，而是自白、日记、书信。他们忙着另一种工作，而我们年轻的苏联作家对此毫无概念"①。

小说的结构是离心的、松散的，主要由三个部分构成，每个部分都有附件、注释和所谓的"注释遗补"。小说纳入了似乎由小说人物廖瓦和莫杰斯特·普拉东诺维奇·奥多耶夫采夫所写的文本，它们与比托夫本人对文学研究和对文化的思考有关。"拉进文学与文学研究的距离是极其后现代主义的一种特征，这一特征在比托夫这里比较成功地实现了。"②

前面已经提到，早期俄罗斯后现代主义文本的一大典型特征是后现代主义的原则与俄罗斯文学中的传统主题思想和美学宗旨相结合。这种双重性在维涅季克特·叶罗费耶夫和安德烈·比托夫的文本中尤为明显（在安德烈·西尼亚夫斯基的《与普希金散步》中，处于首位的是后现代主义艺术思维元素）。

《普希金之家》中最明显的后现代主义原则是互文性。小说的标题已经包含了互文指涉，其中包括勃洛克的诗歌《普希金之家》。小说中的各个章节命名更证明了这部作品的互文程度：第一章的标题为《父与子》，第二章《当代英雄》，第三章《贫穷的骑士》。每一章的内部小节也指涉以前的文学文本，比如《宿命论者》《波那瑟夫人》《假面舞会》《决斗》等。小说文本中充斥着潜在的引文、指涉、引喻。作家也毫不掩饰这一点，甚至宣称类似的方法是自己的创作原则，"在这部小说中，我们倾向于在普希金之家的汇集统领下遵循神圣的、博物馆式的传统，而不惧怕各种呼应和重复。恰恰相反，非常欢迎它们"③。小说中故意重复俄罗斯文学中的典型形象和典型场景（决斗场景），反思"小人物"和"当代英雄"等传统人物类型。

小说文本中还体现出一个重要的后现代主义美学原则，即拟像。拟像原则在小说中以不同层面实现。表现在，小说的事件发展以完全不同的方案进行，即情节的发展可以这样也可以那样，作者展示出好几种可能的路径。比如，读者被提供了好几种廖瓦的家庭史进行选择，而且小说对此毫不掩饰（"简言之，我们不想叙述"④）。再比如，小说具有好几种结尾方案等。

小说还体现出后现代主义文本的另一大典型特征，即手法的暴露

---

① Битов А. Комментарий [А] // Битов А. Собр. соч.: В 3 т. Т. 1 М.: Мол. гвардия，1991：565.

② Скоропанова И. С. Русская постмодернистская литература [М]. М.: Флинта；Наука，2004：131.

③ Битов А. Пушкинский дом [М]. М.: Известия，1990：7.

④ Битов А. Пушкинский дом [М]. М.: Известия，1990：92.

（обнажение приема）。作家详细地讲述自己的作品如何制作而成，他构思过哪些情节，布局过哪些细节。作家还评价自己的文本，思考某种形象的可信度。比如，作家做出的这个评价就引人注目，"我们的父亲不知为何具有双重性：他时而怯懦，是个有情结的人……时而以强健的步子自信地度量自己在研究所里令人艳羡的办公室，同时强烈地感受到自己处于时代之中。但我们并不认为这个从一开始就没有加密的矛盾是个错误。首先，这样的矛盾是常有的。其次，这部小说中还有很多双面的甚至多面的东西"①。作品开篇第一句话在这个意义上也非常典型："在小说接近尾声处，我们就描写过那扇干净的窗户，那瞥从天上投下的冰冷冷的目光——在 11 月 7 日这天一眨不眨地紧盯着涌上街道的人群……"② 作家似乎立刻让读者进入自己的工作室，详细讲述自己的工作进展。而且作家在小说中不断自省：自己在哪方面成功了，哪方面没有成功，文本是如何构建的。

在这部小说中，后现代主义艺术思维与俄罗斯经典文学传统的美学原则交织融合。难怪维涅季克特·叶罗费耶夫将这部小说定性为"纪念碑"。的确，《普希金之家》与其说是对传统的后现代式的否定，不如说是与传统的紧密联系。

小说中表达的一连串思想，都可以认为不完全是后现代式的。首先，是文化的价值思想。这种接受过去文化遗产的态度并非后现代主义意识。后现代主义在很大程度上倾向于解构过去时代的美学遗产，对其进行游戏、戏拟、反思。而在这部小说中，文化领域被视为俄罗斯民族生活的真正根基，俄罗斯所有的精神遗产被比托夫视为"普希金之家"。其次，这部小说的一个关键思想，即文学价值，也不属于后现代主义作家的典型思想。文学通常被后现代主义作家阐释或宣告为游戏，按照弗拉基米尔·索罗金的话说，就是"死亡世界"③"纸上的字母"④。尽管索罗金的言论有很大的争议性，但其中包含了对文学真正的后现代式的理解，而比托夫远不赞同这种理解。

小说中还出现了对后现代主义来说并不典型的个性价值的思想。后现代主

---

① Битов А. Пушкинский дом［М］. М.：Известия，1990：43-44.

② Битов А. Пушкинский дом［М］. М.：Известия，1990：5.

③ Литература или кладбище стилистических находок. Интервью с Владимиром Сорокиным［А］//Постмодернисты о посткультуре. Интервью с современными писателями и критиками. Сост.，автор предисл. и ред. С. Ролл М.：ЛИА Р. Элинина，1998：117.

④ Генис А. Беседы о новой словесности［М］//Генис А. Иван Петров умер. М.，1999：73.

义作家通常倾向于表达对个人内心世界之意义的怀疑（比如本章后面小节将要分析的索罗金和佩列文的创作）。《普希金之家》如同维涅季克特·叶罗费耶夫的史诗《从莫斯科到佩图什基》一样，赋予人的个性毋庸置疑的价值。其中以大篇幅塑造莫杰斯特·普拉东诺维奇·奥多耶夫采夫这一人物并非偶然，这是一个有过劳改营经历，但精神没有被摧毁、信仰没有丧失的人。

《普希金之家》与俄罗斯文学传统的联系还表现在，小说的首要主题是道德主题。俄罗斯文学批评家卡拉布契耶夫斯基认为，该小说的主要主题（或者说比托夫所有小说的主要主题）是"良心主题"①。后现代主义的特征是相对主义，而比托夫小说中的道德主题占据了首要位置。显然，这部小说与传统的联系体现在对俄罗斯文学中的彼得堡文本的继承。

维涅季克特·叶罗费耶夫的《从莫斯科到佩图什基》，安德烈·比托夫的《普希金之家》，安德烈·西尼亚夫斯基的《与普希金散步》，既开创了俄罗斯文学发展中新的后现代主义路径，又表现出与传统的紧密联系（其中叶罗费耶夫的联系最明显，西尼亚夫斯基的联系最不明显）。在俄罗斯后现代主义文学的下一个，也就是最顶峰的发展阶段，作品中首先体现出的不再是继承思想，而是解构和颠覆传统的文学范式、读者熟知的俄罗斯文学主题等。

第四节　经典后现代主义：弗拉基米尔·索罗金②

弗拉基米尔·格奥尔吉耶维奇·索罗金（Владимир Георгиевич Сорокин，1955—）是一位最能引起读者和批评家反响的作家：一些人把他列入最伟大的当代作家；另一些人则彻底否定他的创作，认为其作品的意义主要在于破坏礼数和伦理规范。从各种情况来看，读者和文学研究界在今后很长的时间内都不会停止对其创作地位、意义、艺术体系特征的争论。

索罗金出生于 1955 年，大学学习工程师专业。20 世纪 70 年代开始文学创作。20 世纪 80 年代开始在国外发表最早一批作品，在当时的苏联只能以自行出版物的形式传播。20 世纪 80 年代末才开始在苏联正式出版作品。索罗金获得过一系列文学奖项，其中包括"民族布克奖""自由奖"等。

索罗金在艺术定位上属于"纯粹"的后现代主义作家，也是俄罗斯作家中

①　Карабчиевский Ю. Точка боли［J］. Новый мир，1993（10）：222.

②　本节由克罗托娃撰写。

最一贯信仰后现代主义美学的作家。后现代主义思维原则既决定了他早期作品的思想和艺术世界，也主导了他至今创作中的思想和艺术世界。索罗金不久前出版的两部长篇小说《碲钉国》（2013 年）和《熊掌山》（2017 年），都是鲜明的后现代主义文本。索罗金的整个艺术体系的基础是全面的后现代主义解构。

需要补充说明一下索罗金 21 世纪的一些作品，米·米·戈卢布科夫等研究者正确地在其中发现了现代主义思维原则的影响，比如中篇小说《暴风雪》（2010 年）中的现代主义思维原则就非常明显。但索罗金很快又远离了现代主义范式，其最近几年的作品也证明了这一点。因此总体上可以说，索罗金的创作是后现代主义美学最经典的表达。

如果问哪一种后现代主义原则在索罗金创作思维中最典型、最具代表性，那必然是解构原则，它在索罗金的创作中具有一贯且多面的体现。

"解构"这一术语一方面暗含破坏、拆除（"解"）之义，另一方面暗含创造、构建（"构"）之义。对于索罗金而言，主要是破坏含义。也就是说，解构原则在索罗金的创作中首先是破坏。他的创作到底解构什么呢？他的创作解构艺术文本的哪些层级和要素呢？索罗金在 20 世纪八九十年代的创作，首选解构的是与社会思维、精神心理相关的陈规范式。解构时代的文学和精神心理范式是 20 世纪最后的几十年后现代主义作家的重要艺术任务，这一任务在索罗金早期创作中尤其重要。《定额》（1983 年）、《排队》（1983 年）、《玛丽娜的第三十次爱情》（1984 年）等作品的首要任务正是如此。在 20 世纪 90 年代后半叶及 21 世纪的后现代主义文学中，这一解构方法不再重要，因为苏联已经解体，其意识形态也已成为过去。但依然能在索罗金 21 世纪前 20 年的创作中看见对苏维埃陈规范式的解构。

索罗金的解构不仅表现在对苏维埃陈规范式的解构，有时还表现为全面解构，触及文艺文本的所有传统要素，比如体裁、文学主人公、风格等。

解构体裁在索罗金早期作品中就已出现。有时很难对他的早期作品进行体裁定性，比如《定额》一书由一系列不同体裁的文本构成，其中有短篇小说、书信片段、诗歌等。所以很难把《定额》归为任何一种传统体裁。

在索罗金的一些作品中，读者似乎能发现一些熟悉的体裁元素。比如，《罗曼》① 起初会被理解为像标题表现的那样，符合长篇小说体裁准则。但该书结尾一些篇章显示，情节本身和行为发展显然是为了另一个目的，即展示长篇小说体裁的破坏和死亡。读者在《玛丽娜的第三十次爱情》中也能看见对长篇小

---

① "罗曼"的俄语是 Роман，其首字母小写就表示"长篇小说"之义。

说（其中包括社会主义现实主义）体裁准则的解构，而索罗金21世纪以来的文本有时也很难用某种体裁来定性。比如，《碲钉国》由一些短篇小说、书信片段、戏剧片段构成，叙事没有统一的人物体系或连贯的叙事线。这里的美学宗旨像索罗金稍早一些的作品一样，主要是解构熟悉的体裁规则，解构传统的体裁范式。

在索罗金的创作中，被解构的还有传统意义上的文学主人公。关于文学主人公，读者通常会联想到个性、人、性格等词眼。但索罗金在自己的作品中根本不是为了反映性格或塑造个性形象，也并非为了思考人的命运。在很多情况下，索罗金笔下的人物只是一种模型、一种范式、一种文学游戏的对象。说到20世纪80年代索罗金的创作，最具代表性的是长篇小说《玛丽娜的第三十次爱情》。索罗金并非通过玛丽娜这一形象来塑造和分析性格，也不是为了思考女性命运或女性心理特征。玛丽娜及其生活史只是一种范式，作家通过它来呈现自己的讽刺思想，即解构社会精神心理和现实主义小说的陈规范式。可以说，索罗金在《玛丽娜的第三十次爱情》中解构了对文学主人公的传统理解。

同样，很难说《定额》中的行为人是真正意义上的文学主人公。作家在这部作品中树立的任务不是塑造个性形象，而是构建可以破坏时代各种陈规范式的情景。

经常有一些情况让读者觉得索罗金似乎在塑造性格，但这一幻觉在文本发展过程中被作家本人打破。比如《罗曼》起初给人一种印象，即索罗金完全是在塑造19世纪下半叶或19世纪90年代至20世纪10年代长篇小说中传统的主人公形象。索罗金本人也承认，他在这部作品中重现"中规中矩的俄罗斯长篇小说，且多少带点外省特色"①。但随着阅读的深入，读者就会发现，小说人物只是按照俄罗斯现实主义长篇小说传统构建的模型，而且这一模型很容易被破坏。由于罗曼这一人物形象本身就是构造师，他被作家用来证明自己的思想，即长篇小说体裁已自我终结。

有充足的理由说明，索罗金在21世纪的创作继续解构对文学主人公的传统认知。就像其早期作品一样，主人公只是表达某些思想的模型范式。最鲜明的例子是《冰上三部曲》（包括长篇小说《冰》《布罗之路》《23000》）。在三部曲的第二部中，似乎能看到亚历山大·斯涅吉列夫的完整性格轮廓。但这一突

---

① Литература или кладбище стилистических находок. Интервью с Владимиром Сорокиным［А］//Постмодернисты о посткультуре. Интервью с современными писателями и критиками. Сост., автор предисл. и ред. С. Ролл. М.: ЛИА Р. Элинина, 1998: 116.

出性格在随后的叙事过程中遭到明显解构：幻化情节的发展证明，斯涅吉列夫实际上是一种神秘物质，即被称为布罗之光的载体。而且他得知这一点后，其身上人的特征立刻变得模糊不清甚至消失。他变成了被光之思想控制的狂热信徒，展现在读者面前的不再是鲜活的人物性格，而是完全受控于寻找"光之兄弟"这一思想的机械意识。这一鲜明性格就这样遭到索罗金的后现代解构。

在读者见到的为数不多的例子中，索罗金有一部作品的确塑造了传统认知中的文学主人公和真正意义上的性格，即中篇小说《暴风雪》。彼特鲁哈这一形象，索罗金通过他表达了对俄罗斯民族性格及其典型特征的理解，即开朗、善良、朴实、乐于助人等性格特点。《暴风雪》中的其他一些人物，比如加林医生、磨坊主及其妻子，也都体现出某些民族性格特征。但在随后的一些大部头的作品中，比如《碲钉国》和《熊掌山》，索罗金没有继续塑造人物性格。这些作品中的主人公在很大程度上都是模型。但这种模型并不是作家的失算，而是故意为之。解构熟悉的文学文本元素（包括文学主人公范畴），体现了索罗金作为一名后现代主义作家的艺术方法。

解构原则在索罗金的创作中还体现为解构风格。索罗金是一个高超的修辞学家。他细腻地再现了各个时代的文学风格，比如 19 世纪后半叶的浪漫主义风格、白银时代的小说风格、社会主义现实主义的长篇小说风格等。但任何一种风格与其说被辉煌重现，不如说被破坏。列夫·鲁宾施泰因这样评价索罗金对各种风格精湛的处理方法，"他的所有作品虽然在主题和体裁上各个不同，但都按照同一方法构建。这种方法如此强大且有机统一，以至于一旦开始就不会中断。我更愿意把这种风格称为'歇斯底里风格'……他的作品语言……像发疯了一样，开始表现出不一致"①。

我们可以以索罗金 1980—2010 年创作的重要作品为例，来分析作家如何实现各层级的后现代解构。

《玛丽娜的第三十次爱情》（1984 年）

这部作品的艺术世界的根基也是后现代主义解构原则。它同《定额》一样，首先解构的是精神心理范式。此外，我们还可以看见对风格的解构：索罗金的文本从充满生理细节和禁忌词汇的后现代主义叙事，"变异"到生产小说，而且这一体裁的修辞风格荒诞可笑。小说的结尾处，主人公们说的全是空洞的、公

---

① Рубинштейн Л. Предисловие к пьесе В. Сорокина « Пельмени » [J]. Искусство кино，1990（6）：158.

文化的、官僚主义的话语。《玛丽娜的第三十次爱情》结尾的几页可以视为糟糕的现实主义小说文本，其中采用的是与之相应的惯常表达和情节，比如竞赛计划、集体成员互帮互助、自我批评。

索罗金这部作品的思想在于贬损和戏仿苏联思维和文学的陈规范式。文本中充满了这样一些思考，即当时的一切都是渺小的、卑俗的、丑陋的。"丑陋的"一词在文本中被重复多次，"周围是丑陋的房屋，丑陋的橱窗里冷漠地展示着丑陋的商品，丑陋的街上行驶着丑陋的汽车。在所有这些宏伟的斯大林建筑之下，在玩偶一样的克里姆林宫之下，在现代化的房屋之下，密密实实地躺着成千上万历经苦难、被恐怖的古拉格机器残害至死的尸骨……玛丽娜一边哭泣一边愤怒地祈祷，但恐怖的生活依然按照丑陋的秩序匀速流动"①。仇恨被索罗金植入女主人公的思考之中，这些思考无论如何都与年轻姑娘的形象扯不上关系。但玛丽娜不是一般意义上的文学性格。我们前面已经说过，索罗金笔下的大部分人物很难归为真正意义上的文学主人公范畴。玛丽娜与索罗金的很多其他人物一样，是作家用来表达自己思想的模型范式。玛丽娜只是一个文学构建师，作家塑造她只是为了表达自己对生活的认知，以及对意识形态范式的解构。

后现代主义解构在这部小说中还涉及一个层面，即解构对文学及其任务的传统认知。正如前文所言，后现代主义拒绝将文学视为一种道德思考和道德理想表达的传统认知，拒绝将文学理解为社会生活伦理指数的传统认知。《玛丽娜的第三十次爱情》如同《定额》一样，在原则上远离类似的任务。索罗金在自己的早期作品中已经宣告过文学与道德领域保持距离的原则，这一原则在作家21世纪前10年的创作中依然重要。

《冰上三部曲》（2002年，2004年，2005年）

在索罗金21世纪前10年的创作中，值得关注的是《冰上三部曲》，它由《冰》（2002年）、《布罗之路》（2004年）、《23000》（2005年）三部长篇小说构成。这三部小说起初分别以单行本的形式出版，之后构成了一个系列。

《冰上三部曲》以及索罗金21世纪前10年的所有创作，总体上都延续和发展了其早期创作中就已表现出来的创作宗旨。

《冰上三部曲》的情节基础是拟像，它展示了另一种可能的天体演化学。按照《冰上三部曲》的认知，世界由光之本源创造，"起初只有光之本源。而且光在绝对虚空中闪烁。光为了自我而闪烁。光由两万三千束光线构成……是我们

---

① Сорокин В. Тридцатая любовь Марины［M］. M. : Астрель : ACT, 2008：102.

创造了世界。而且世界充满了虚无。每一次，当这些光线，想创造新的世界，就出现由两万三千束光线构成的神圣光圈。所有的光线都射向光圈，于是经过二十三次脉冲之后光圈中心就诞生了新的世界。我们创造了天体，比如行星、陨石、彗星、星云与银河……我们创造了宇宙。而且它如此美好"①。

正是光线创造了地球。"有一天我们创造了一个新世界，它的七分之一都被水覆盖，这就是地球。以前我们从未创造过这样的星球，而且也从未创造过水……水在地球上形成了球面镜。只要我们一照镜子，就不再是光线，而变成活的生物。……水承载着我们微小的躯体。但我们体内依然是光之本源……我们还是两万三千束光线。我们散布在辽阔的大海上……在地球上度过了几亿年。我们和其他居住在地球的生物一起进化……然后我们就变成了人，不断繁衍，遍布整个地球。"②

乍一看，《冰上三部曲》的主题似乎偏离了后现代主义原则，因为这里出现了心灵以及心灵的交流等主题，这既不是后现代主义的典型主题，也不是索罗金个人创作的典型主题。索罗金不止一次强调过，文学不应该涉及伦理问题。而《冰上三部曲》似乎恰恰发展了伦理思想。因为光之兄弟认为，社会之人虽然活着，但心灵已经沉睡：他们只是为了满足身体的需要而活着，而他们的心灵却保持沉默。但光之兄弟的心灵没有沉睡，他们的心灵还会"互相交谈"。心灵谈话，即一颗心灵向着另一颗心灵的直接情感搏动，不需要借助语言。心灵以及心灵的交流等思想在这里似乎占据了首要位置。索罗金似乎在说，人应该苏醒，应该停止机械的、无思想的存在，应该唤醒自己的心灵。因此《冰上三部曲》的主旨思想看起来完全不是后现代主义的。

在长篇小说《冰》出版后，读者和批评家产生了一种观点，即索罗金的创作与他 20 世纪八九十年代的创作相比似乎发生了变化：作家现在的作品在思考人的个性，思考人的心灵，这与以前的传统文学类似，其中处于首要地位的是人类生活的道德主题。读者有时甚至认为，"《冰》与索罗金的其他创作不同"，是作家创作中"真正最温暖、最人性化的一部长篇小说"③，是"呼吁人身上的

---

① Сорокин В. Ледяная трилогия: Лед. Путь Бро. 23000 [M]. М.: Астрель: АСТ, 2009: 83.

② Сорокин В. Ледяная трилогия: Лед. Путь Бро. 23000 [M]. М.: Астрель: АСТ, 2009: 83-84.

③ Шульпяков Г. Сердце не камень [N]. Независимая газета, 2002-05-16.

真我"① 的一部长篇小说。但实际上，索罗金在《冰上三部曲》中依然遵循后现代主义原则，这部作品和他之前的作品一样，也以解构为基础。但在索罗金之前的作品中，解构主要针对苏维埃陈规范式和苏维埃精神心理层面，或针对体裁、风格、文学主人公等层面。在《冰上三部曲》中，除了继续解构以上要素外，还触及另一个层面，即解构道德思想本身。因为《冰上三部曲》宣称，光之兄弟具有鲜活的心灵，具有心灵的亲近，而其他人都只是"人肉机器"。在描写光之兄弟时，索罗金为自己树立的任务是质疑心灵交流这一思想。因为光之兄弟实际上只是残酷的杀人凶手，他们为了寻找"自己人"犯下大量罪行。他们鄙视普通人，认为普通人的存在毫无益处。他们把人称为"人肉机器"，认为人类生活极其呆板机械，"他们的刀子几乎每天让人肉机器轮流停止毫无意义的存在"②。宣扬心灵思想的光之兄弟，似乎完全丧失了道德本源。这一思想通过他们的政治恶行再次得以证明，因为很多光之兄弟在 20 世纪都曾是法西斯和契卡分子，20 世纪 90 年代他们潜入俄罗斯国家最高权力机构，协助光之兄弟联盟通过欺骗的方式攫取俄罗斯财富。

《冰上三部曲》的解构还涉及光之本身。在人类意识中，光传统上与善良、福祉之类的概念相关。在基督教中，光与上帝的造物自然界也联系在一起（回想一下主显圣容节就可以了）。但在《冰上三部曲》中，光却是摧毁性的致命本源，因为光之兄弟一旦汇聚，就会重新变成光束，从而导致地球灭亡。

后现代主义解构在这部作品中还涉及对文学及其任务、意义的传统认知。比如，《冰上三部曲》的其中一位主人公布罗，在翻阅陀思妥耶夫斯基小说文集时这样思考，"……我把它拿在手中，翻看着，突然明白，这本书堪称那个眼神严肃、长着大胡子的男人的一生总结，但也只不过是由各种字母组合而成的纸张"③。三部曲还宣扬了"文学无用论"：人们"努力去相信这些文字，并按照纸上的文字校对自己的生活——学着去感受、去爱、去经历、去计算、去设计、去构建，以便今后按照纸上他人的生活去生活"④。

在索罗金看来，把文学与生活挂钩的尝试是徒劳的，也是无意义的。索罗

① Мы－рисковое поколение. Беседа Сергея Шаргунова и Владимира Бондаренко［N］. Завтра，2002-12-17.

② Сорокин В. Ледяная трилогия：Лед. Путь Бро. 23000［M］. М.：Астрель：АСТ，2009：437.

③ Сорокин В. Ледяная трилогия：Лед. Путь Бро. 23000［M］. М.：Астрель：АСТ，2009：181.

④ Сорокин В. Ледяная трилогия：Лед. Путь Бро. 23000［M］. М.：Астрель：АСТ，2009：182.

金在三部曲中否定了文艺作品对人类生活的分析能力。长篇小说《布罗之路》的主人公原则上对文学不感兴趣，因为文学似乎没有告诉人任何有价值的东西，"娜塔莎·罗斯托娃和安德烈·鲍尔康斯基的世界本质上与我周围那些每天晚上在厨房因为煤油炉或污水桶吵架的邻居的世界毫无二致"①。

总之，《冰上三部曲》中的一系列思想都是典型后现代式的，其中包括：解构对文学功能的传统认知，不相信人的道德属性，怀疑人的个性中的道德根基。人不过是"人肉机器"而已，其本质与其他有生命的或无生命的客体并无二致，"人肉机器像其他东西一样都由原子构成"②；大部分人之间也没有区别，"相似的面孔汇聚成同一张嘴脸"③。索罗金这样表述自己作品的思想，"如果问我哪种思想最接近这部小说的思想，这毫无疑问是对当代人和文明的深深绝望"④。

如此一来，索罗金在21世纪前10年的创作显然是对后现代主义创作宗旨的继承和发展。这一创作宗旨在索罗金下一系列的创作中也有表现，即《特辖军的一天》（2006年）、《糖克里姆林宫》（2008年）、《暴风雪》（2010年）。这些作品在内容和美学层面都是统一的艺术体，因此有时也可以认为这是一个"三部曲"。

以上三部作品全都致力于描绘俄罗斯的未来，即21世纪20年代末被称为新俄罗斯的国家。呈现在读者面前的是新的中世纪时代的现实。一方面这是一幅奇异的、科幻的图景，其中有各种难以置信的科技成就，比如名为"小聪明"的服务人类的机器人，在人的房间里制造其在场效果的全息图，像电视机那样地询问主人需要放入什么程序、放映什么电子设备（"信息泡"），被植入人体、用来记载人的护照、性格、经历、病痛等所有详细信息的微晶片。所有这些技术成就与真正的中世纪生活规则交织融合，比如：酷刑、拷打，似乎还有刽子手职业，且该职业被视为光荣的、有益的职业。还有按照治家格言构建的各种关系规则——体罚孩子的必要性、丈夫殴打（"教训"）妻子的重要性等。人们的日常生活也接近中世纪，比如：使用畜力的交通、炉子（禁止使用燃气炉，因为要节约天然气）等。穿着也非常传统：女性穿长衫，男性穿长袍。复

---

① Сорокин В. Ледяная трилогия：Лед. Путь Бро. 23000 ［М］. М.：Астрель：АСТ，2009：41.

② Сорокин В. Ледяная трилогия：Лед. Путь Бро. 23000 ［М］. М.：Астрель：АСТ，2009：185.

③ Сорокин В. Ледяная трилогия：Лед. Путь Бро. 23000 ［М］. М.：Астрель：АСТ，2009：187.

④ Я－не брат Света, я скорее мясная машина ［EB/OL］. https：//www. peoples. ru，2004-09-16.

现中世纪的还有国家体制，比如：国家由国君领导，其权力支柱是特辖军和特种兵。直接对国君负责的特辖军乘坐标志性汽车横冲直撞，汽车保险杆上挂着狗头，行李舱上挂着扫帚（狗头和扫帚是伊凡雷帝执政时期特辖军的标志），等等。

《特辖军的一天》和《糖克里姆林宫》的基本创作主旨与索罗金的早期作品一样，都是在解构历史与现实，但现在的解构更全面。与民族生活相关的一切都被解构，其中包括关于俄罗斯民族和俄罗斯性格的传统认知。这并不是说，索罗金对他周围的一切怀有敌意。只是他的艺术思维表现出建立在解构基础上的后现代主义思维，且索罗金正是试图依靠这一原则来思考民族的精神心理。

《暴风雪》（2010 年）

在后现代主义全面解构的背景下，索罗金 21 世纪前 10 年创作中出现的中篇小说《暴风雪》有些例外。前面我们提到，米·米·戈卢布科夫在思考索罗金 21 世纪前 10 年创作中的现代主义倾向时，首先指的是这部作品。

正如《特辖军的一天》和《糖克里姆林宫》一样，这部小说的时空也指向 21 世纪 20 年代，同样展示的是"新罗斯"的现实。而且出现在读者面前的同样是未来科幻细节与中世纪标志的结合。小说的主人公即医生普拉东·伊里奇·加林，要去一个遥远的村子注射疫苗。这个村子笼罩着"玻利维亚霍乱"——棺材中的死者走出棺材去咬活人，被咬的人变成蛇神后接着去咬其他人。现在急需给剩下的健康人注射疫苗，防止他们被蛇神咬伤后的危害。医生带着疫苗，打算骑马前往村子。但他在一个驿站被告知没有马。医生焦躁不安，村子霍乱肆虐，人们不停死亡，而他却坐在驿站浪费时间。最后出现了一个可以送医生去村子的人，就是农夫彼特鲁哈。他有一个靠几十匹袖珍马拉的雪橇车。于是开始了医生和彼特鲁哈漫长而艰难的路程，一路上，时而雪橇轮子裂开，时而滑木断掉，时而出现其他一些障碍和意外。且两人全程饱受暴风雪之苦，它时而变小，时而加剧。最终，医生没能抵达目的地。在这部小说中，索罗金偏离了其艺术思维中的全面解构原则。小说的思想不仅是打破陈规范式，而且是探寻俄罗斯生活中的一些常数，展示并思考民族性格特征。

小说中处于首位的是暴风雪的象征。索罗金遵循民族文化传统，将暴风雪描绘成贯穿俄罗斯生活的一种自然力。索罗金还思考了俄罗斯民族性格特征：在彼特鲁哈这一形象上，作家再现了俄罗斯性格中典型的美好特征，比如特有的和善、对世界的坦诚友好、对所有生物的博爱。在彼特鲁哈这一形象身上，作家还表达了自己对俄罗斯神圣性、俄罗斯圣愚现象的独特理解。其他一些人物也体现了民族性格特征，比如通过磨坊主妻子塔伊西娅·马尔科夫娜这一形象，索罗金似乎想展现自己对俄罗斯女性性格的认知：磨坊主妻子总是平静、理性、善良、富有同情心，正是她的勤劳支撑着整个家庭和家业。从塔伊西娅·马尔科夫娜这一形象身上还体现出强烈的母性本源：当丈夫（一个身高不超过茶炊的"小"人）醉醺醺地发怒，她对待他就像一个小孩。她与医生短暂的性爱场面稍稍扭曲了她的形象——其行为在这些场面中与她本来的面目并不和谐。在其他方面，索罗金则塑造了一个真正的、深刻的、典型的俄罗斯女性的性格。因此说，解构原则在《暴风雪》中退居次位，而居于首位的是思考俄罗斯民族生活中的一些常数。

但在下一个阶段即 21 世纪 10 年代的创作中，索罗金重新回到后现代主义范式，回到作为自己艺术世界基础的解构原则。

《碲钉国》（2013 年）

这本书的体裁很难确定。这是一本中篇小说集，其中也包括一些戏剧和书信片段，但它们被共同的主题统领。书名中的"碲"似乎是一种可以直接作用于人脑的非凡物质。假如往人脑中塞入碲钉，人就会进入另一种现实。每个人将会拥有另一种独特的现实，且这种现实是人的梦想，是人一直在追寻却在现实生活中无法达到的东西。它可能是与死去的挚亲的相逢，或者是相爱的情感，或者是激烈的打斗（对于梦想创建过去时代英雄的那种丰功伟绩的少年来说），或者是与远古时代学者的相遇（对于沉湎于科学的人来说）。总之，一切皆有可能。显然，这部作品的思想是典型的后现代主义：现实本身在这里的意义并不重要，甚至不比意识所形成的认识重要。这是典型的后现代主义思想，关于这一点很多作家都思考过，除了索罗金，还有佩列文。

《碲钉国》的时空在很大程度上与索罗金之前的文学作品，比如《特辖军的一天》《糖克里姆林宫》等形成呼应，但并不完全相同。《碲钉国》用拟像描写了俄罗斯国家分裂成很多独立的国家——莫斯科国、梁赞国、乌拉尔共和国、贝加尔湖共和国等，且它们的关系并不和睦。21 世纪的政治变化也席卷了欧洲，穆斯林进入，而且"古老的欧洲"没有阻止。正如《特辖军的一天》和《糖克里姆林宫》一样，《碲钉国》完全可以归为反乌托邦体裁。

《碲钉国》的艺术世界，如同索罗金在 20 世纪八九十年代的作品一样，都建立在解构的基础上。其中，遭到解构的有民族意识，它呈现出混乱的图景，由形形色色的碎片混合而成，其中包括：党政口号、东正教道德规则、治家规范等。俄罗斯意识在索罗金的描绘下具有总体偏离各种意识形态范式的特征。

社会主义这种本质上属于无神论的意识形态，能够与东正教世界观融合，而自由主义价值观能够与极端保守的价值观融合。

正如《特辖军的一天》和《糖克里姆林宫》一样，《碎钉国》也解构了传统的俄罗斯精神心理特质，比如：宗教信仰和虔诚并没有杜绝极端残酷的行为发生，俄罗斯人的爱国主义没能阻止国家的分裂。很多俄罗斯人似乎也为这样的状态高兴，比如第七章中包括公爵一些人物，都为国家的分裂真诚地感到高兴。最重要的是，他在梁赞国生活得很好。他一边喝着白兰地，一边这样说起俄罗斯，"就让它成为永久的记忆吧"。

《碎钉国》中的人物同样在思考民族思想。但如同《糖克里姆林宫》和《特辖军的一天》一样，这一思想在这里显然遭到了解构，"苏联执政者……抛出了一个全民呼吁：让我们探寻民族思想吧！还搞竞赛，召集学者、政客和作家，对他们说：亲爱的，给我们造出一个民主思想吧！……愚蠢的他们并不明白，民族思想不是密封的宝藏，不是公式，也不是同时可以给一个村的病人注射的疫苗！民族意识，如果它存在的话，也仅存于国家的每个人心中——上至银行家下至扫院人。如果它不存在，却试图寻找它，说明这样的国家已经完蛋了！"①《碎钉国》中的人物给出了一种荒诞的说法：民族意识形成于俄罗斯国家的发展进程之中，只有在这种条件下人们才能感觉到自己是俄罗斯人。

索罗金在《碎钉国》中没有拒绝使用他在20世纪八九十年代创作中开创的手法，即解构陈规范式。显然，1991年之后这一方法已经不再是后现代主义作家最重要的手法了，它在索罗金的创作中也不再具有之前时期作品中那么重要的作用。在索罗金21世纪10年代的创作中，陈规范式的解构看起来更像对早期文学实验的回忆。

苏维埃国家在这里是一个袖珍国。尽管如此，其杀伤力依然很大，典型例证是来到苏维埃社会主义共和国的帕特里克和恩格尔贝格最后死亡。苏维埃体制尽管已经成了对自我的讽刺，但在索罗金的阐释里依然具有摧毁力。正如有研究者所言，"直到现在他的创作还表现出对苏维埃一切的不接受情绪"②。

《熊掌山》（2017年）

后现代主义原则甚至是索罗金近几年出版的最新长篇小说《熊掌山》的主

---

① Сорокин В. Теллурия［M］. M.：Издательство ACT：CORPUS, 2015：68.
② Давыдова Т. Т., Сушилина И. К. Современный литературный процесс в России：учеб. пособие［M］. M.：МГУП, 2007：183.

要原则。这部小说完全符合后现代主义艺术原则，而且似乎是对作家创作思维中的典型原则的总结。正如索罗金惯常的创作那样，小说的行为发生在未来，讲述的是一种新型权威职业——"图书烹饪师"。这是一种厨师，但非同一般，是在灶台上烹饪书籍的人。但并非任何书籍都适用于烹饪，只有首版古书才可以，书越古老，就越成为图书烹饪师眼里的珍贵食材。

书籍可以被做成各种各样的菜肴，比如：用陀思妥耶夫斯基的《白痴》做成鲟鱼肉串，用屠格涅夫的《猎人笔记》做成煎鹌鹑，用普拉东诺夫的《切文古尔镇》做成牛排……契诃夫的短篇小说"很适合快速阅读——可以做成大虾、蛙爪、猪耳朵……"①"不过遗憾的是"，小说的主人公、一个名叫格扎的图书烹饪师思索道，"一般不能烹饪诗歌，否则我很乐意搞一个用帕斯捷尔纳克早期诗歌烹饪出来的宴会"②。一般认为，人们享用图书烹饪出来的菜肴，就会从文艺作品中获得印象，即使他们之前对文本并不熟悉。

"图书烹饪师"是一种时髦的职业，就连全世界的富人也很感兴趣。"图书烹饪师"既体面又危险，因为"厨师"会因为毁掉珍惜书籍而被追究法律责任。"图书烹饪师"必然与犯罪有干系，因为获得首版古书并不容易——它们经常是从图书馆或私人藏书中偷来的。厨师把书籍本身称为"劈柴"，而制作菜肴的过程用他们的行话称为"阅读"（该厨师"读得很好"）。小说还写道，不是所有的图书都能熊熊燃烧，存在一些有趣的例外。比如，原来打算用来烹饪"天然味道的梭鲈鱼肉"的长篇小说《大师与玛格丽特》③，却不燃烧，因为书的内部太潮湿。这里以后现代的方式让读者回到布尔加科夫在《大师与玛格丽特》中提到的隐喻"手稿不燃烧"。

《熊掌山》的艺术世界体现出文化消亡的经典后现代主义思想。索罗金在访谈中不止一次说过，文学是死亡世界。在《熊掌山》中，作家似乎要对这一说法进行逻辑总结，因此再次强调：书只是用来在炉膛中燃烧的劈柴。作家在多年前说过的思想，在这里用长篇小说的形式展现了出来。

小说的后现代主义思想还体现在索罗金之前说过的对人的个性的认知。读者在《熊掌山》中看到的是对个性思想本身的解构，是对人的深深绝望。如果说《冰上三部曲》中的人是"人肉机器"，那么长篇小说《熊掌山》中人完全丧失了个性：任何人的头脑都可以被植入微晶片，即所谓的"跳蚤"。它们取代

---

① Сорокин В. Манарага［M］. M.：ACT：CORPUS, 2017：27.
② Сорокин В. Манарага［M］. M.：ACT：CORPUS, 2017：28.
③ Сорокин В. Манарага［M］. M.：ACT：CORPUS, 2017：170.

了记忆、想象和其他智力功能的作用，能给出有关世界的任何问题的答案，能调整人的情绪状态，能鼓励人拥有必要的情绪，能回应机体的生理状态。人的所有生命活力都通过这些微型电脑进行调整，人可以思考和感知到芯片对他的鼓励。这里表达的个性贬值、个性摧毁等，都是后现代主义和索罗金所特有的思想。这一趋势在索罗金20世纪80年代的创作《定额》《玛丽娜的第三十次爱情》中就已有体现，其中没有个性塑造，只有作家构建的用来表达某种思想的模型范式。类似的原则在《冰上三部曲》中也有体现。在《熊掌山》中，类似的创作趋势达到了高潮——个性原则上没有了，只有被特定的电脑程序赋予的思想和情感。

在长篇小说《熊掌山》中，索罗金的另一个重要创作趋势达到了高潮。这种趋势与解构民族自我意识相关，在《特辖军的一天》《糖克里姆林宫》《碲钉国》中都有体现。在小说《熊掌山》中，这一趋势自然得以延续。索罗金在这里思考的不仅仅是俄罗斯的民族自我意识，这里提出的问题比之前小说中提出的问题更广泛：未来世界还会有民族自我意识吗？在《熊掌山》中，索罗金对该问题倾向于做出否定回答。关于这一点有主人公的形象为证：他属于什么民族，觉得自己是哪种文化的载体？他的父亲是白俄罗斯犹太人，母亲是波兰鞑靼人。各种原因导致其父母来到布达佩斯，主人公也在那里出生，并取了匈牙利名字格扎。他的母语是波兰语（父母在家中说的是波兰语）。同时他被认为是"俄罗斯"厨师，因为他只烹饪俄罗斯书籍（根据《厨房法》规定，每一个厨师只烹饪某个国家的书籍）。但格扎不懂俄语，"从来没有把任何一本俄罗斯小说读到中间"[1]。这是一个从未感觉到自己融入任何一种民族传统的人。索罗金用类似的细节来证明一个思想，即未来人在很大程度上比今天的人要更少关注自己的民族归属。

在《熊掌山》中能发现所有的后现代主义思维原则，而不仅仅是解构。读者能在这里看见拟像，即对另一种现实的描绘，这是对每一个后现代主义文本都很重要的原则。小说中巨大的互文场也很醒目，其中包括对西欧文学、俄罗斯经典文学和现代主义文学（列夫·托尔斯泰、安德烈·普拉东诺夫、米哈伊尔·布尔加科夫）以及当代文学（对扎哈尔·普里列平风格的滑稽模仿）的互文。这部小说同样实现了后现代感这一原则，即把世界视为混乱、人在世界中找不到方向；人在做决定时，无力遵循道德原则和关于现实的诸多认知，因为人的所有行为、思想和感觉都只能依靠电子芯片。

---

① Сорокин В. Манарага ［M］. M.：АСТ：CORPUS, 2017：10.

总之，弗拉基米尔·索罗金的创作最完整、最明显地实现了后现代主义思维原则，从其早期作品到 21 世纪 10 年代最新大部头小说《熊掌山》，都始终如一地贯彻了后现代主义文学规则。

第五节 与文学传统紧密互动的后现代主义：
维克托·佩列文①

维克托·奥列格维奇·佩列文（Виктор Олегович Пелевин，1962—）是最著名的俄罗斯后现代主义作家之一。他毕业于莫斯科动力学院，受过工科教育。之后在高尔基文学院学习过一段时间。20 世纪 80 年代开始发表作品。1991 年出版首部短篇小说集《蓝灯》。1992 年在《旗》杂志发表长篇小说《奥蒙·拉》，1993 年又在该杂志发表长篇小说《昆虫的生活》。20 世纪 90 年代下半叶佩列文创作了长篇小说《恰巴耶夫与普斯托塔》（1996 年）、《"百事"一代》（1999 年）。21 世纪前 10 年创作长篇小说《数字》（2003 年）、《妖怪传说》（2004 年）等。近年来发表的最新长篇小说有《玛土撒拉的灯：又题秘密警察与共济会的终极之战》（2016 年）、《iPhuck 10》（2017 年）等。佩列文获得过一系列文学大奖，其中包括"小布克"奖（1993 年）、"大书"奖（2010 年）。

维克托·佩列文与弗拉基米尔·索罗金一样，都是当代俄罗斯文学中的后现代主义思潮的代表。他的作品与索罗金的文本一样，都从多个维度体现了后现代主义的主要美学原则。尽管佩列文坦言，自己根本不知道什么是"后现代主义"，也不知道这一思潮为什么会被这样称呼，既然它出现于社会主义现实主义之后。②

后现代主义美学原则在佩列文和索罗金的创作中实现方式不同。索罗金的创作是"纯粹"的后现代主义典范，最完整地体现了后现代主义原则。其中最重要的原则是解构，它涵盖了索罗金整个艺术世界的所有层面：思想的、体裁的、风格的。此外，索罗金还经常解构文本本身，破坏文学作品的"躯体"，即语言骨架（《定额》中的第五章和第八章）。在索罗金的一些作品中，读者还能

---

① 本节由克罗托娃撰写。

② 46 интервью с Пелевиным. 46 интервью с писателем，который никогда не дает интервью. Источник ［EB/OL］. https：//coollib. com/b/326052/read？ ysclid = lqoj9q9cgf387483663.

毫不费力地发现其他一系列后现代主义原则，比如互文性、拼贴、后现代感等。

佩列文的创作也体现出一些后现代主义原则，但没有索罗金那么单一。佩列文的创作尤其是早期创作中最重要的元素，是与俄罗斯文学传统的联系和积极互动。索罗金最大限度地破坏传统（其中也有中篇小说《暴风雪》这样的例外），而佩列文依靠传统、继承传统（这一点在20世纪90年代的创作中尤为明显）。这样一来，佩列文的诗学比索罗金的诗学更加多样化，因为佩列文的后现代主义原则融合了对俄罗斯文学传统（包括经典的和现代的）的依赖。

下面我们来详细分析佩列文艺术世界中的两大构成部分，即经典传统和后现代主义传统。佩列文的文本中能看出哪些后现代主义原则呢？首先，与索罗金一样，是解构原则。佩列文20世纪90年代的创作，与索罗金的早期创作一样，都解构与社会主义话语相关的陈规范式。索罗金20世纪80年代的创作正体现了这类解构（《定额》和《玛丽娜的第三十次爱情》）。佩列文作为一个作家的最初解构也始于此，最鲜明的例证是长篇小说《奥蒙·拉》，其中解构了社会主义现实主义陈规范式，解构了苏维埃意识形态中成为社会主义精神心理基础的固化口号和原则。

正如索罗金一样，佩列文对解构原则的理解随着其创作的发展不断变化，而且这种变化方向与索罗金的变化方向一致。解构在两位作家那里都是全面的，触及所有深刻的意义层。两位作家都从解构苏维埃陈规范式开始，然后走向解构对人的个性、人的内心世界、人的价值等传统认知。这在索罗金那里明显始于《冰上三部曲》，其中呈现的人只是"人肉机器"。这一趋势在佩列文这里始于长篇小说《昆虫的生活》，其中主要解构的已不是苏维埃陈规范式，而是所有关于人的认知。这里的人甚至不像动物，而像昆虫，其生活与屎壳郎、苍蝇、蛾子并无区别。

佩列文的世界观体系中与解构原则紧密相关的还有一个重要范畴，即虚空。虚空、黑洞、深远、冰冷的永恒死亡世界之形象，在佩列文的早期创作中已有表现，并在其后创作中依然具有重要地位。这一形象最鲜明地体现在长篇小说《恰巴耶夫与普斯托塔》中。小说的标题使用"虚空"① 一词（它也是主人公的姓），不失形而上的意义。

虚空作为佩列文世界观中最主要的范畴已经出现在第一部长篇小说《奥蒙·拉》中。虚空在这里成为填满整个世界空间的东西。小说主人公这样说道："我想，我们这些人相遇，哈哈大笑，互相拍拍对方的肩膀，然后各奔东西，但

---

① 《恰巴耶夫与普斯托塔》也可以翻译成《夏伯阳与虚空》——李新梅注。

在某个特殊的维度里，我们的意识有时恐惧地探头看向里面，我们就这样一动不动地悬挂在虚空中，那里不区分上与下、昨天和明天，也没有互相靠近或表现自己的意志和改变命运的希望。"①

虚空对于佩列文来说，是一个无所不包的概念。它涵盖人的周围世界，也涵盖人的意识领域。佩列文的虚空可以解释为后现代主义解构的后果，因为当文本的思想、艺术等所有重要的参数被解构时，处于首位的就是"虚空"。与此同时，虚空范畴还充满各种各样的文化隐喻：既有东方宗教传统（其中包括佛教），也有西欧哲学思想，还有现代主义文学的诸多思想。

从后现代主义角度看，佩列文的作品中还交融两个不同层面：现实和虚空。类似的交融实际上在佩列文每一部作品中都可以看见。它在作家的第一部长篇小说《奥蒙·拉》中已经显而易见：一个名叫奥蒙的小男孩的人生发生虚幻的转折，他怀着成为一名飞行员的梦想进入飞行学校学习，在那里见证了对人的奇特实验并成为牺牲者。

现实与虚幻的互动在佩列文的长篇小说《昆虫的生活》中也极其明显——从第一页开始到最后的结局场面。办公室工作人员、商务人士、克里米亚旅游小城的居民现实层面，与他们以屎壳郎、蚊子、苍蝇等昆虫形态表现出来的存在层面交织相融。在长篇小说《"百事"一代》中，现实与主人公意识状态的变化（主人公接受的周围世界在毒品的作用下变形扭曲）导致的幻觉交织。在《恰巴耶夫与普斯托塔》中，类似的情节交融主要由主人公的精神分裂症引起，因此他所理解的现实与想象的东西（由他病态的幻想诞生的形象）交错相织。小说由多个复杂层面构成，其中既有主人公病态意识的游戏，也有主人公同一病房的其他精神病人的想象。比如，其中一个病友沉湎于20世纪90年代上映的墨西哥和巴西电视剧话语：他自称"只是玛丽亚"②，其想象世界中出现了当时流行电视剧中的主人公和演员。现实与虚幻的互动还出现在佩列文其他长篇小说中，比如《妖怪传说》融合了20世纪90年代的莫斯科现实和妖怪世界。

佩列文长篇小说中广泛使用的，还有后现代主义的互文原则。比如，《奥蒙·拉》的互文场指涉阿列克谢·高尔基、尼古拉·奥斯特洛夫斯基、鲍里斯·波列伏依等。长篇小说《昆虫的生活》的第一章（标题为"俄罗斯森林"）就触及各种互文。长篇小说《"百事"一代》中的互文不仅与文学文本

---

① Пелевин В. Омон Ра. [M]. М.：Эксмо, 2015：113.

② 这里是对1992年7月3日墨西哥首播的60集电视剧《玛丽亚·梅赛德斯》的互文——李新梅注。

有关，还与 20 世纪 90 年代的政论话语以及广告词有关。

以上分析证明，后现代主义原则的确在很大程度上决定了佩列文的艺术世界。但与后现代主义原则同时出现的还有另一个层面，它对佩列文同样重要，即依赖传统。佩列文作为一个作家，为自己树立的任务不仅是后现代主义解构（索罗金在解构创作中更胜一筹），他在自己的作品中还思考了人的天性、世界的规律等，这些都是建构性的任务，而非典型的后现代主义解构任务。类似的文学观念表明，佩列文在很大程度上是俄罗斯经典文学和现代主义文学传统的继承者。文学是认识现实的媒介和方式——这是文学尤其是俄罗斯文学的传统理念。读者在佩列文那里看见的，不仅是后现代主义解构层面，还有本体论层面。

佩列文在自己的作品思考的最重要问题之一就是什么是真正的现实，哪些现象可以被赋予现实的地位。这个问题很少在索罗金的创作中占据首位。佩列文几乎在自己的每一部小说中都在思考什么是现实，哪些现象具有现实性。

这个问题原则上对现代主义文学传统也很重要，其中包括列昂尼德·安德烈耶夫。佩列文的创作与安德烈耶夫的联系非常深。现实与想象、真正的现实与意识领域——这些都是安德烈耶夫最重要的思考角度。只要回想一下他的短篇小说《思绪》就足够了，其中现实被呈现为意识的游戏。医生克尔任采夫在思想上把两种自我形象对立起来——作为精神病人的自我和完全健康的自我。这两种构建都是"现实的"，因为一种构建的是现实的一种方案，另一种构建的是现实的另一种完全不同的方案。客观的、唯一正确的现实并不存在。存在的只有想象，只有关于现实的"思绪"。

顺便说一下，安德烈耶夫有时也直接被佩列文的文本提及，比如："我……想起了，俄罗斯心灵注定要超越斯堤克斯，她临死前得到硬币的不是船夫的，而是一个身穿灰衣、出租滑冰鞋的人的。"[1] 类似的提及不仅是为了后现代游戏或讽刺，而是因为佩列文和安德烈耶夫创作拥有相似的问题、思想和形象。

佩列文思考现实的视角也与安德烈耶夫接近。比如，《奥蒙·拉》的主人公得出一个结论：现实完全是思想的仿真模型。现实不是其他，只是我们对它的认识。佩列文的主人公还是小孩的时候，就已经相信这一点，而且这一发现让他震惊。童年时代他玩飞行员游戏时就意识到，他的童年游戏就是真正的飞行，因为"飞行归根结底就是各种体验的综合，其中一些重要的体验我早就学会伪

---

① Пелевин В. Чапаев и Пустота［М］. СПб.：Азбука-классика, 2016：11.

造了"①。真正的现实由人的意识创造。俄罗斯学者科瓦连科曾正确地指出："（佩列文）任何一部新作都是对这一基本原则的发展，这一原则极具多层性和悖论性：现实世界是幻觉的一种表现，而幻觉并非他物，只是一种现实存在。"②

佩列文始终关注意识现象。对他而言，原则上最重要的问题是自我意识和个性，而这个问题并非所有后现代主义作家都感兴趣，因为后现代主义怀疑个性的价值（索罗金的"人肉机器"）。但这个问题在现代主义艺术视野中也特别重要，佩列文对这一问题的关注证明，其创作宗旨与现代主义有联系。

佩列文艺术思维的上述特征表明，白银时代文学传统对他非常重要。作家对这个时期的文化有亲和感，他也在自己的作品中思考白银时代。索罗金也思考 19 世纪、20 世纪之交的文化，以后现代主义解构的精神进行思考。只要回想一下他的短篇小说《娜斯佳》就够了，其中白银时代的艺术思维要素遭到讽刺性游戏。佩列文与白银时代文化之间的联系不仅是解构，而且是对现代主义经验的创造性再现。除了上面提到的与现代主义思维原则的联系，佩列文还将白银时代作为一个文化时代进行形象重塑。这里首指长篇小说《恰巴耶夫与普斯托塔》，其中一些章节让读者沉浸到白银时代艺术生活和文学沙龙的氛围之中。读者透过小说主人公的视角，可以看到瓦列里·布留索夫、阿列克谢·托尔斯泰等白银时代的人物。尽管这些都只是主人公患病后意识中出现的画面，但佩列文对 19 世纪、20 世纪之交时代的关注绝非偶然，作家与这个时代文化层面的联系也显而易见。

能说明佩列文与传统之间的联系的，还有他对解构原则的阐释，这一阐释并非典型的后现代式的。解构在佩列文那里不具有索罗金那样的无所不包的性质。在索罗金的创作中，解构涉及所有层面，涉及艺术世界的所有要素，比如体裁、文本、文学主人公等。在佩列文的创作中，这些元素有时也被解构，但绝非总是如此。比如，有别于索罗金的是，佩列文的文学主人公范畴在很多情况下依然保持着对传统文学中的理解。索罗金的文学主人公通常是作家用来表达思想的模型范式。佩列文的创作尤其是早期创作，却以别样的方式阐释了文学主人公范畴。他笔下的人物具有个性，内心世界被他重塑并分析。佩列文笔

① Пелевин В. Омон Ра［М］. М.：Эксмо, 2015：9-10.

② Коваленко А. Г. Мир игры и игра мирами В. Пелевина［А］//История русской литературы XX -начала XXI века. Часть III. 1991-2010 годы. Сост. и науч. ред. В. И. Коровин. М.：Владос, 2014：187.

下当然也有后现代式的人物，比如《昆虫的生活》和《妖怪传说》中的形象（例子其实还有很多）。但佩列文主人公中有一些鲜活的、有喜怒哀乐情绪的人物，比如他第一部长篇小说中的奥蒙·克里沃马佐夫。尽管这个姓名有后现代游戏甚至讽刺的色彩，而且首先包含的是游戏性联想，但这个人物还是被赋予了丰富的内心世界和真正的人的情感，比如痛苦、揪心的孤独、善于牺牲和准备牺牲的精神。能说明佩列文与俄罗斯文学传统之联系的，还有佩列文的主人公的人生经历，它表现为独特的探寻真理的旅行。这里折射的是俄罗斯典型的漫游现象，而且以后现代主义形式展现，比如奥蒙应该登上月球并插上苏维埃雷达信号旗。这里可以联想到俄罗斯文学中很多漫游者主人公形象，其中包括普拉东诺夫笔下的主人公萨沙·德瓦诺夫、科片金、莫斯科娃等。普拉东诺夫和佩列文笔下人物的旅行目的当然不同，比如萨沙·德瓦诺夫是为了寻找共产主义胜利、人们幸福生活的地方。尽管外部表现形式不同，但萨沙·德瓦诺夫和奥蒙·克里沃马佐夫两位旅行者的真正目的相同，都是为了获得真相，不管这一真相与公正的共产主义社会有关，还是与孩童时代关于宇宙的梦想有关。奥蒙在这里与其说是后现代式的设计者，不如说是鲜活的、有情感的、有思想的个性。

长篇小说《恰巴耶夫与普斯托塔》的主人公彼得虽然有病，但其内心世界丰富。他关于现实、艺术和女性的思想并不总与后现代讽刺有关，而是带有深刻的人性感知。

最后，超出后现代主义规则框架的还有佩列文的一大重要创作主题，即爱情主题，这一主题并未在所有后现代主义作家的创作中占据重要地位。比如，它在索罗金的创作中是缺失的，其文本没有在任何程度上涉及爱情主题。该主题在其他后现代主义作家笔下也并不占据首位。比如，在塔吉雅娜·托尔斯泰娅的创作中，这一主题可能会引起读者的关注，因为读者期待女性小说中能出现类似主题。但托尔斯泰娅在自己的作品中并不怎么关注这一主题。爱情体验在托尔斯泰娅的小说中经常具有讽刺性，比如短篇小说《彼得斯》以及系列文集《轻松的世界》中的短篇小说《烟与影》。长篇小说《野猫精》实际上也没有涉及这一主题，虽然本尼迪克有爱情经历，但遭到了尖锐的反思：他先是爱上了奥莲卡，然后与她结婚，接着在读者面前展开的其家庭生活图景是奥莲卡沾满酸奶油的脸蛋等。

为什么后现代主义作家很少关注爱情主题，或者即使关注也经常对该主题进行讽刺折射？这是因为，后现代主义宣扬的是全面相对主义、全面怀疑主义。后现代主义作家怀疑人的情感价值，而且通常也不相信人本身（我们可以再次回忆一下索罗金笔下的"人肉机器")。佩列文对爱情主题的关注却超越了后现代主义世界观，尽管爱情主题在他的笔下不经常出现，即并非在每部小说中出现。在《恰巴耶夫与普斯托塔》中，对爱情的描写似乎也没几页，而且对于很多文学评论家而言，这些描写对爱情主题的揭示也并不成功。但爱情主题在这部小说中具有重要意义，彼得对安娜的爱是真正的爱情，而不是后现代式的玩笑。

总之，在佩列文的创作中存在两大重要因素的互动：一方面是后现代主义因素，另一方面是依赖经典文学和现代主义文学传统。对于后者，佩列文经常不否定，也不进行讽刺反思，而是继承和发展，这尤其体现在其早期的作品中。

佩列文的典型思维原则早在其第一部长篇小说《奥蒙·拉》（1992 年）中就有体现。这部作品也明显具有我们上面所说的两大艺术元素的互动。

一方面，这部作品展示出后现代主义的重要艺术宗旨。首先是解构原则。正如索罗金的早期创作一样，这部小说首要的解构对象是与精神心理和现实主义相关的陈规范式。被解构的还有教谕小说典范，其中一个典型例证，也是最先被佩列文解构的，就是尼古拉·奥斯特洛夫斯基的长篇小说《钢铁是怎样炼成的》，难怪《奥蒙·拉》在一些学术研究文献中被定性为"柯察金神话的换喻"[1]。

长篇小说《奥蒙·拉》的情节发生在 20 世纪 60 年代末至 20 世纪 70 年代初。主人公是一个名叫奥蒙的小男孩。父亲给他取这样一个特殊的名字，是希望儿子将来能在俄罗斯特警机构工作[2]，而且这个名字也有助于他自身的仕途发展。奥蒙从童年时代起就玩宇宙飞行的游戏，幻想真正的飞行。当他中学毕业面临继续学习的方向选择时，他和最好的朋友选择去飞行学校学习。两个男孩成功地通过了入学考试，但他们刚开始学习，两人的生活就发生了巨大变化。领导告诉他们，他们被选中去执行重要的使命，即飞上月亮并在那里插上苏维埃雷达信号旗。他们的飞行是绝密任务，因为官方宣布苏联派上月球的只有机械装置、机器人等，它们在那里拍照并自动传给地球必要的数据。所有被选中执行这一使命的飞行学校学员还被告知，机械装置的深处实际上是人，真正登月的实际上也并非机器人。苏联学者还没有学会制作可以从地面进行操控的机器人，因此必须要由坐在里面的人执行登月并完成所有必需的行动。人执行完

---

① 　Русская проза конца XX века/под ред. Т. М. Колядич ［М］. М.：Литфакт, 2005：258.

② 　"Омон"（奥蒙）由专有名词"отряд милиции особого назначения"（特警）中每个单词首字母缩写而成——李新梅注。

所有任务后应该死在月球，因为还没有让他们返回地球的技术。此外，此次登月计划中还有 7 个宇航员将牺牲生命——他们被秘密安顿在登月雷达的隔舱中，而这些隔舱按照惯例应该在飞行过程中脱离宇宙飞船，留在宇宙空间。

小说中被解构的还有精神心理的一个重要层面和现实主义小说的一个关键思想，即功勋思想。"生活处处有功勋"——每个苏联人从童年时代就知道高尔基的这句名言。苏联人也被各种生活和文学中的功勋榜样（阿列克谢·马列西耶夫，亚历山大·马特洛索夫，保尔·柯察金等）感染和教育。在长篇小说《奥蒙·拉》中，功勋思想被亵渎，因为这里根本不是社会主义现实主义小说中的那种功勋，而是国家机器要求并精心掩盖的恐怖的个人牺牲。

小说主人公奥蒙接受了这一安排，而且别无选择，因为他已经猜到，谁拒绝执行这一使命，谁就会被枪决。但等待奥蒙的还有一个巨大的谎言：他即将要飞往并插上雷达信号旗的月球，实际上深埋在莫斯科地铁的"地窖"中。原来，苏维埃政府没有进行任何登月探险，只是在秘密地铁隧道中以绝密形式伪造拍摄一些关于月球表层研究的视频。

这部小说解构的不仅有功勋思想，还有整个苏维埃话语。功勋思想在小说中借助各种情节主题被解构。比如，马列西耶夫飞行学校的领导向学员们许诺，会把他们培养成"真正的人"，而且这个隐喻以诡异的方式实现了：所有学员全都像马列西耶夫一样被截去双肢。柯察金高等政治学校的毕业生全都是盲人和瘫痪者。他们是在学校被人为致残的，还是入学时招收的就是这类人——小说中并没有具体说明，但戏仿真正的功勋思想和毫无意义牺牲的主题，是这部小说的主要思想和主题。读者面前展现的是解构的常见思想和范式。

后现代讽刺贯穿整部小说。人物的姓名可以说明这一点。不仅主人公的姓名如此，其他很多人物的姓名也如此。比如，其中一位人物贝姆拉格（Бамлаг）的名字是"贝加尔—阿穆尔劳改营"（Байкало-амурский исправительнотрудовой лагерь）的半缩写，普哈泽尔·弗拉季列诺维奇（Пхадзер Владиленович）的父称"弗拉季列诺维奇"由弗拉基米尔·列宁（Владимир Ленин）的名字构成，而姓氏"普哈泽尔"（Пхадзер）则由"捷尔任斯基地区党内生产积极分子"（партийно-хозяйственный актив Дзержинского района）的缩写构成。这些缩写被佩列文赋予怪诞的、深刻的讽刺意义。

小说中明显可见对拟像的塑造，即作家构思出另一种现实。读者在这里可以看见各种层面的后现代杂糅，其中有现实的层面，也有虚幻的层面。这里还能看见互文性原则——小说的互文场主要由苏维埃文本和各种俄罗斯经典文学文本构成。比如，主人公及其早夭的哥哥的姓氏克里沃马佐夫（Кривомазов）

是对陀思妥耶夫斯基笔下的卡拉马佐夫兄弟（Брат Карамозов）的戏仿隐喻。

后现代主义思维的重要原则在这部长篇小说中有明显的、连贯的表达，与此同时小说的思想并不完全是后现代式的全面解构。除了解构，这部作品还有另一个重要层面，即本体论层面。它首先表现在对人的思考，对人的个性思考上面。佩列文探讨的是身处世界之中的人不可避免的孤独。宇宙的黑冷、虚空——这就是包围着人的一切。佩列文笔下的主人公奥蒙的确很孤独：当他还很小的时候，妈妈就死了，父亲艰难度日且喜欢酗酒，不关心儿子。孩子完全由冷漠的姨妈抚养长大。但奥蒙的孤独不能仅仅解释为缺乏父母的温情和关爱。任何人，在佩列文看来，原则上都是孤独的。克服孤独和他人的疏远是不可能的。小说中描写了奥蒙在孩童时代的思考："我在童年时期经常想象自己位于报纸前后两页的版面上，它散发着油墨味，中间还有我的巨大肖像（我戴着头盔微笑着）和签名：'宇航员奥蒙·克里沃马佐夫感觉很棒！'很难理解，我为什么要这样。也许，我渴望通过其他人，通过看我的照片想着我，想象我的思绪、情感和精神的人度过自己的一部分生活。而且，最主要的是，我想成为其他人中的一员，盯着自己由各种印刷墨点构成的脸庞，思考这人喜欢什么电影，他的女友是谁，然后突然想起，这就是奥蒙·克里沃马佐夫，也就是我。"① 每个人都希望克服孤独，想在他人心中找到对自己内心感受的情感共鸣，想体会他人对自己精神生活的兴趣和关注，但并非总能如愿。奥蒙的思考是："从那时起，我逐渐地、悄悄地发生了变化。我只是不再关心他人的看法，因为我知道：其他人根本不会关心我，他们也不会想起我，而只会冷漠地想着我的照片，就像我冷漠地想着他人的照片一样"② 。人类必然会彼此疏远，克服孤独是不可能的。

佩列文与自己的主人公一起持续思考一个问题，即什么是人。贯穿小说的一个问题就是"我"是谁，"我"是什么样。"我"首先指我的身体，抑或我的意识，也许，"我"就是我体验到的所有感觉。佩列文笔下的人是孤独无助的。他唯一相信的，也是世界上必定存在的——虚空。

虚空是小说的一大主题，也是佩列文创作的一大主题性形象，它经常出现在作家的很多作品中。虚空就是不存在，是无。只有它才是真正的存在。《奥蒙·拉》的主人公感受到周围一片虚空，且最怕虚空。当他登上"月球"执行完自己的使命后，他意识到自己氧气罐中的氧气快没了，意识到该朝自己的脑袋开

---

① Пелевин В. Омон Ра. ［М］. М.：Эксмо，2015：40-41.
② Пелевин В. Омон Ра. ［М］. М.：Эксмо，2015：41.

枪，让自己死去的时刻到了。他这样描绘自己的感觉："空气从肺部喷涌而出，我知道再过几秒就要将它呼出，并用滚烫的嘴巴吞咽虚空。"① 佩列文的虚空是恐怖的，它必不可免地环绕每个人。

总之，《奥蒙·拉》是展示佩列文特有的思维原则的一部小说，这些原则在作家接下来的创作中始终很重要。一方面，这是后现代主义的宗旨和原则（主要是解构原则）；另一方面，这是文本中的本体论层面。佩列文思考的是世界体系的问题，是关于人在世界中的地位问题，也是人的个性结构问题，而且其思考方向不仅使他的创作与后现代主义美学有了联系，还使他的创作与经典文学和现代主义文学传统有了联系。

佩列文的第二部长篇小说《昆虫的生活》（1993 年）遵循后现代主义思维范式，而且在很多方面使这些范式得以形成。小说贯穿着全面的讽刺激情，而且是对一切惯常的、固定的价值观的典型后现代式的讽刺。因为解构苏维埃陈旧的原则只对 20 世纪 80 年代以及 20 世纪八九十年代之交的后现代主义具有重要意义，而到 1993 年时已经不那么重要了。

在《昆虫的生活》中，读者可以看见典型的后现代主义认知，即人类生活毫无意义，既没有目标，也没有崇高任务。它没有宗教的、道德的、社会的任何根基。小说标题本身说明，人类的生活像蚂蚁或蟑螂的爬行。昆虫的生活，其实就是人的生活，因为大部分情况下蚊子的存在与人的存在之间没有任何区别。难怪小说中的人物时而以人的面孔出现，时而以昆虫的样子出现。把人比作昆虫的情节本身，让人产生一系列联想，比如，让·法布尔的《昆虫记》，莫里斯·梅特林克的《蜜蜂的生活》，伊万·克雷洛夫的寓言《蜻蜓和蚂蚁》，阿纳托利·金的《半人半马村》，卡莱尔·恰佩克和约瑟夫·恰佩克的《昆虫生活中的景象》，卡夫卡的《变形记》，威廉·戈尔丁的《蝇王》等。② 佩列文的隐喻范围很广——从各种文学和哲学传统到东方宗教元素。

小说中最典型的后现代主义象征符号是滚粪球的屎壳郎。第二章出现在读者面前的是父子俩，他们一边沿着滨海浴场散步，一边聊天。爸爸对儿子说，生活的意义在于滚粪球。生活中除了你面前这个一生都在滚动的粪球之外，别无其他。这个隐喻包含佩列文对人生意义这一思想的巨大嘲讽。

小说还以后现代讽刺精神反思了社会阶层一些代表的生活，比如办公室职员、军人等。女性的命运也遭到恶毒的讽刺。俄罗斯文学传统上关于女性命运

---

① Пелевин В. Омон Ра. ［М］. М.：Эксмо, 2015：142.

② Русская проза конца XX века／под ред. Т. М. Колядич ［М］. М.：Литфакт, 2005：258.

的思考都具有崇高意义，比如19世纪作家普希金、屠格涅夫、涅克拉索夫，以及20世纪作家帕斯捷尔纳克、布尔加科夫等。但在佩列文笔下，女性的生活，乃至任何"雌性个体"的生活，除了受控于本能之外，别无其他。在《昆虫的生活》中，最鲜明的例子是蚂蚁玛丽娅的生活。小说中另一个女主人公娜塔莎时而表现为年轻姑娘，时而表现为苍蝇，其性格体现在她"神秘又空虚"的眼神中。神秘是男性想象出来的，实际上女性漂亮的眼睛深处隐藏的只有虚空，别无其他。

虚空是佩列文艺术世界中最重要的范畴。它体现在《奥蒙·拉》中，也体现在《昆虫的生活》中，但如果说它在第一部小说中表现为恐怖的、死亡的样子，则它在第二部小说中表现为后现代主义讽刺。

小说中很多情节都被涂上后现代主义的讽刺色彩。比如，叙事过程中始终伴随光的主题，两个哲人蛾子吉玛和米佳在争论光的话题。他们说，光就是存在的目的，必须飞向光，获得光。但他们最终找到的光源却是散发着腐烂气息的朽烂木桩。

小说中表现的解构和深刻讽刺，不禁让人思考：作家在否定传统价值观时，是否在有意识地遵循后现代主义美学宗旨？类似的猜测不无道理。佩列文全面的讽刺也扩展到后现代主义本身。比如，《昆虫的生活》讽刺性地描写了契诃夫剧本《樱桃园》的后现代排演：一些人物手拿砍刀站在那里，加耶夫头套鱼缸，即使这种时候他仍然手抛台球。"为什么是鱼缸？"小说中一个主人公不太理解地问道。"嗯，因为这是后现代主义。"[①]　其交谈者这样回答。后现代主义的本质，正如类似的描写，在于毫无意义和目的地曲解经典范本。佩列文的怀疑甚至波及后现代主义的支流——观念主义。比如，本章对观念主义画家的画作进行了恶毒的讽刺性描写。

与此同时，《昆虫的生活》是俄罗斯后现代主义文学中最经典的一部范本。如果说佩列文的第一部小说《奥蒙·拉》与现代主义传统紧密相关，提出了现代主义意识的典型问题，展示了相应的艺术思维原则，那么《昆虫的生活》是"纯粹的"后现代主义范本。后现代主义宗旨在这里表现最明显、最直接，与之前文学传统在很大程度上表现的不是对话和联系，而是否定和怀疑。

但佩列文的下一部小说《恰巴耶夫与普斯托塔》（1996年），将我们带回后现代主义宗旨和现代主义传统的互动中。

这部小说的主人公有一个人人皆知的姓氏恰巴耶夫。关于瓦西里·伊万诺

---

① 　Пелевин В. Жизнь насекомых [M]. М.：Эксмо，2016：171.

维奇·恰巴耶夫的事迹，当代俄罗斯读者既可以通过历史课获知，也可以通过富尔曼诺夫的同名小说获知（其中描写了这位红军将领的生活和功勋），更可以通过 1934 年瓦西里耶夫兄弟根据富尔曼诺夫小说改编的电影《恰巴耶夫》获知。

但读者在佩列文的书中找不到历史的准确性。作者的目的也不是进行历史可信度的叙事。这里没有对战事场面或国内战争现实的逼真描写（这些现实虽然出现在文本中，但被重新阐释到无法辨认的地步）。主人公们——恰巴耶夫、安娜（她与"原型"机枪手安卡有关）、彼得（与恰巴耶夫的勤务兵别奇卡有关），与历史人物没有任何共性。佩列文笔下关于恰巴耶夫的情节被阐释得像苏联笑话一样，也没有与历史人物的任何共性，只有对他们形象的游戏性反思。

佩列文在这部小说中对历史材料展示出典型的后现代态度。因为后现代主义像其他当代文学思潮一样，经常关注历史。但那些继承和更新现实主义传统的作家（扎哈尔·普里列平），以及在新现代主义框架内思考的作家（阿列克谢·瓦尔拉莫夫、米哈伊尔·戈卢布科夫、叶甫盖尼·沃多拉兹金），关注历史是为了思考其发展进程中的规律。而在后现代主义作家的笔下（包括我们正在分析的佩列文的这部小说），历史人物和事件成了构建另一个世界的材料。

佩列文小说中的主要行为人不是恰巴耶夫，尽管他在叙事中占有重要地位。处于中心的是彼得·普斯托塔的意识，小说以他的名义进行叙事。这是精神病院里的一个病人，患有精神分裂症。他的意识是分裂的、病态的。小说的行为从两个层面展开。一个层面是想象的世界，这是由彼得的意识构建的世界。在这个世界中，彼得自称是国内战争的参加者、恰巴耶夫的副官，他与自己的指挥官恰巴耶夫进行哲理性谈话，他单方面爱上了恰巴耶夫的侄女安娜。彼得还自称是颓废派诗人，想象自己在世纪之交的著名杂志上发表作品，与布留索夫、里尔克、阿列克谢·托尔斯泰有私交。因为一个偶然的原因，他把自己装扮成另一个人，来到红军那里，成为恰巴耶夫最亲近的助手。但该层面与另一个层面，即 20 世纪 90 年代的现实层面交织，彼得正在精神病院接受治疗。这两个层面，正如后现代主义小说经常展现的那样，充满幻想色彩，现实与梦幻交织，事实与幻觉交融。

处于这部小说首位的，仍然是佩列文创作中最重要的一个象征性形象——普斯托塔。这既是主人公的姓，也是关键性的概念——虚空①是唯一真正的现实，是世界和人的初始存在点，也是终结存在点。虚空成为最重要的一个主题，

---

① 姓氏"普斯托塔"的俄文 Пустота 小写就表示"虚空"之义——李新梅注。

它在整部小说中以不同的变体重复出现。整部作品交织着关于虚空和虚空形象的思考。能说明这一主题的还有宇宙形象（恰巴耶夫和普斯托塔在争论：我们在哪里？他们得出的结论是我们哪儿也不在，就在虚空中）。虚空主题还与小说主人公的内心世界相关。人本身也是虚空。"那怎样才能看见虚空？"小说的主人公彼得问道。"看看你本人。"另一位主人公恰巴耶夫这样回答。① 小说中还出现了讽刺性的，同时又是深刻象征性的形象——黑色发动机固定环，其中心也是虚空。"小说中的'虚空'概念等同于'永恒'概念。"②

与此同时，小说中也反映出人的精神生活中真正的现实——这里首先指彼得对安娜的单相思。描写这一情感的几页充满了真诚的痛苦，但佩列文作为后现代主义作家最终决定贬黜主人公生活中的这一面。因为安娜只存在于彼得的想象之中，实际上她也只是他幻想的结果。此外，对安娜的爱只会让彼得感到空虚。他觉得，爱情没为他的心灵填补上新的内容，反而挤走他的个性，虚空的漩涡将他拽得更紧了。"当我看见她，我身上唯一留下的就是吮吸人的虚空，只有它能填补她的在场、她的声音、她的脸庞。"③ 爱情最终也走向虚空。

佩列文 20 世纪 90 年代和 21 世纪前 10 年的作品中，引起文学理论家和批评家特别关注的是《"百事"一代》（1999 年）和《数字》（2003 年）。

《"百事"一代》首先是关于一代人的小说，这代人获得了讽刺性绰号"百事一代"。这些人的青春大都在 20 世纪 80 年代后半叶和 20 世纪 90 年代初度过，即改革时代和苏联解体时代。正如佩列文写道，这是"苏联 70 年代的孩子"④。这仍旧是在苏维埃意识形态轨道中形成的一代，他们在童年、少年或早期青年时代就接受了苏维埃价值。但突然在 20 世纪 80 年代末至 20 世纪 90 年代初，他们的这些价值观崩塌了，现有的社会观和个人观体系彻底遭到重新审视。于是这一代人完全处于丧失定位的迷惘状态。佩列文将类似的迷惘书写在自己的小说中。

主人公瓦维连·塔塔尔斯基的命运对于整个这一代人的命运都具有典型性。他曾在青年时代就梦想实现自己的人生使命，希望成为一位大诗人并"创造永恒"，但最终在 20 世纪 90 年代的广告商界实现了自我。塔塔尔斯基在广告商界的工作、成败、充满曲折和诡异的仕途升迁都被详细描写。佩列文复原了 20 世

① Пелевин В. Чапаев и Пустота［М］. СПб.: Азбука-классика, 2016: 250-251.

② История русской литературы XX-XXI веков: учебник и практикум для академического бакалавриата/Под общ. ред. В. А. Мескина［М］. М.: Юрайт, 2016: 300.

③ Пелевин В. Чапаев и Пустота［М］. СПб.: Азбука-классика, 2016: 145.

④ Пелевин В. Generation "П"［М］. М.: Эксмо, 2015: 6.

纪 90 年代的生活氛围：经常与犯罪组织有关系且有时无法从中脱离的商界，活动家和政治现实，那个时代特有的标志——《圣芭芭拉》系列电视剧，强行植入的电视广告，甚至那个年代特有的词汇（20 世纪 90 年代有时甚至能从政治家口中听到俚语搭配"干净地说"或"现实地说"）。为了让读者沉浸在那个时代的氛围中，佩列文甚至再造了那个时代的时尚特征——被视为俄罗斯新贵象征的深红色夹克、艳丽的领带等。

与佩列文之前的大部头作品相比，长篇小说《"百事"一代》虽然关注的是另一种现实，但继续了之前时期创作的主题和思想。这里的关注中心依然是虚空范畴。佩列文展示的是，人在转折时代处于完全的、绝对的虚空之中。作家思考的是全新的苏联世界："这个世界非常可怕。表面上看，它变化不大——除了街上的穷人越来越多，周围全是房子、树木、街边长椅，但突然一切会老化、腐蚀。也不能说世界本质上变成了另外一种样子，因为它现在没有任何本质。"① 世界仿佛失去了"本质"，而人失去了思想的、道德的支撑与定位。人处于绝对的虚空中。

小说鲜明生动地阐释了后现代主义的美学原则，其中包括对佩列文思维来说典型的各层面的交融原则，比如现实与虚幻、梦幻与事实的交织相融。20 世纪 90 年代的现实被完全忠实地复现，并与主人公不断变化的意识滋生的各种幻化形象交织相融。

类似的交融在佩列文的下一部长篇小说《数字》中也有体现。作品的基础仍旧是典型的后现代主义思想，即人的存在缺乏意义。人的生活被展示成受偶然因素控制的毫无意义的流动过程。

人靠什么生活，人如何构建自己的生活，俄罗斯文学传统如何回答这一问题？19 世纪文学和 20 世纪后现代主义之前的文学说，供个性遵循的坐标体系可以是道德律和信仰（这对列夫·托尔斯泰和费奥多尔·陀思妥耶夫斯基极其重要），可以是对社会理想的自我牺牲式探索（安德烈·普拉东诺夫的主人公），可以是爱情、家庭、文学、创作等极其个人化的价值观（其中包括鲍里斯·帕斯捷尔纳克的主人公尤里·日瓦戈，米哈伊尔·布尔加科夫的主人公大师与玛格丽特，等等），也可以是明显置于任何个性利益之上的社会服务（社会主义现实主义）。

后现代主义作家佩列文展示的是，生活完全可以构建在另一种基础之上，甚至是完全荒诞的基础之上，而主人公无法接受这种荒诞基础。"长篇小说《数

---

① Пелевин В. Generation "П" [М]. М. : Эксмо, 2015：14.

字》使人想起列昂尼德·安德烈耶夫百年前创作的短篇小说《大头盔》，其中纸牌成为决定人命运的致命符号。类似的情况在佩列文的创作中也有展示：小说的人物命运由一些数字神秘地操控。不同的是，佩列文的主人公选择了神秘的、划时代的数字，并对之顶礼膜拜，让自己成为其依附者。"[1]

小说的主人公斯捷潘·米哈伊洛夫在生活中遵循的完全不是道德准则，他甚至不遵循任何原则，除了唯一的尺度，即数字的魔力。对此他本人也承认，他在生活中没有、也不可能有任何严肃的、权威的根基："时代和生活的深处如此荒诞不经，而经济和商业如此依赖于鬼知道是什么的玩意儿，以至于人在清醒分析基础上做决定时，像企图在五级风暴中滑冰。"[2]

斯捷潘·米哈伊洛夫还在青年时代就为自己选择了一个数字保护神，这个数字就是34。他本来决定选7，但很快就意识到这个数字太流行——7在世界宗教中经常是一个神圣数字，在普通人的意识中也具有特别的意义。因此，斯捷潘决定选择另一种形式的7，即3和4相加之和。斯捷潘的全部人生就受这个数字的控制，他认为它能给他带来幸福：每天早上他的起床时间不是6：30，而是6：34；见面约会安排在半点（比如5：30，6：30），而他自己总在34分左右到。睡觉时，他不是数到100，而是34，然后重新从1数到34。"在小吃店选择就餐的桌子时，他先把桌子数一圈，且每次数好几遍，直到数到34。每次从码头跳进大海时，他总是做34次快速呼吸。每当需要做决定时，他以这样或那样的方式将其与心中神圣的数字挂钩。这给他一种感觉，即他在走不同于其他人生活的独特路线。"[3]"数字34雷打不动地指导着他的一切重要行为。"[4]

斯捷潘是一个成功人士。中学毕业后他进入金融学院学习，"对会计事务的热爱他没有，只是因为这个学校的信息在高校信息册的第34页"[5]。大学毕业后，斯捷潘从商，并在整个生活和事业的各个方面都只遵循34。比如，假如某项交易与数字34相关，斯捷潘就毫不犹豫地答应。竞争者们都认为，斯捷潘是一个精明狡猾的人，善于在商业行为中考虑众多因素，但实际上斯捷潘只是遵循自己的"数字保护神"而已。

---

[1] Коваленко А. Г. Мир игры и игра мирами В. Пелевина［A］// История русской литературы XX -начала XXI века. Часть III. 1991–2010 годы. Сост. и науч. ред. В. И. Коровин. М.：Владос，2014：189.

[2] Пелевин В. Числа［M］. М.：Эксмо，2016：26.

[3] Пелевин В. Числа［M］. М.：Эксмо，2016：12.

[4] Пелевин В. Числа［M］. М.：Эксмо，2016：17.

[5] Пелевин В. Числа［M］. М.：Эксмо，2016：16.

斯捷潘也借助数字解决个人问题。作为一个成功的商业人士，他总是被女演员、女模特等漂亮女性环绕。在考虑是否与她们保持长期关系时，他用数字34来"考验"她们。比如，让她们从名单中选择宾馆房间。谁选择34，斯捷潘就会继续和她的关系；谁选择43（斯捷潘对这个数字几乎怀有敌意），这就给他们的关系决裂提供了理由。43这个"妖魔"数字是斯捷潘最大的敌人："……如果说34代表着斯捷潘生活中的一切美好，43则正好相反……斯捷潘选择34作为自己的庇护天使。而43完全自行闯入他的生活，不管他是否感兴趣。"①

最终，斯捷潘视自己个人生活之基础的数字导致其悲剧。当斯捷潘43岁时（有人提醒他，这是一个转折性年龄），其职业生涯中出现了一位强劲的竞争对手，即商人斯拉坎达耶夫。与这个竞争对手有关的一切，即使是最微不足道的细节，都被他与43联系在一起。斯捷潘决定必须杀死斯拉坎达耶夫，在他看来，这不仅是杀死竞争对手，而且是与形而上之恶的斗争，因为数字43代表着恶。斯捷潘的确尝试过杀死斯拉坎达耶夫，但他的尝试以下流闹剧终结。但当斯捷潘不再去想杀死对方的时候，斯拉坎达耶夫却死掉了。此时的斯捷潘陷入复杂的金融纠纷案，加上他曾经尝试过杀死斯拉坎达耶夫，因此他不得不仓皇地离开俄罗斯。

小说反映了一个后现代主义思想，即不值得在人生中寻找任何根基，不管是道德根基还是其他根基。因为它们根本不存在，人的生活由各种偶然性构成，恣意选择的数字可能会决定人的一生，最终可能会导致整个世界陷入混乱。长篇小说《数字》最鲜明地体现了后现代感这一原则。

小说文本中还体现了其他后现代主义思维原则，比如互文性原则。小说中充满各种引文和隐喻，但像很多后现代主义作家那样进行了戏仿处理。引人瞩目的是对经典文学的指涉，比如果戈理那疾驰在无边无垠的草原上的三套马车形象。但这一形象经过了戏仿性反思：现在这辆奔驰"有三个闪光信号灯，替代了果戈理的三套马车，沿着积满雪的历史草原不可遏制地疾驰向虚无"②。小说还有对陀思妥耶夫斯基创作主题的游戏性反思。比如，斯捷潘杀死斯拉坎达耶夫的企图未遂，却让他产生了自己是"颤抖的畜生"的想法。而斯拉坎达耶夫死了以后，斯捷潘却来到陀思妥耶夫斯基纪念碑前，直接站在广场上对自己所有曾经的罪行忏悔，读者这里自然会联想到拉斯科尔尼克夫的忏悔。而被杀

---

① Пелевин В. Числа［М］. М. : Эксмо, 2016：19.

② Пелевин В. Числа［М］. М. : Эксмо, 2016：136.

死的斯拉坎达耶夫在其一个朋友的追悼词中被称为"俄罗斯商界的阿廖沙·卡拉马佐夫"。戏仿隐喻还涉及每个读者中学时代就耳熟能详的托尔斯泰的《战争与和平》中的形象。比如，在生活的危急时刻，斯捷潘"突然感觉自己是托尔斯泰笔下的橡树"①。小说的互文场还包含 20 世纪文学，其中首先是布尔加科夫的创作。隐喻涉及布尔加科夫笔下的人物（沃兰德），且总体叙事基调是融入日常生活的神秘。这部小说还有对佩列文本人文本的指涉："总之，我现在要进入打击因特网恐怖主义斗争第五局，它正好位于卢比扬卡郊区的地堡里。以前这里是宇宙中心。"② 这里指涉的是佩列文第一部长篇小说《奥蒙·拉》。

在《数字》中还能发现佩列文之前小说中声明的典型思想，即虚空的思想。小说写道，"一切始于虚空，也终结于虚空"③。这就是佩列文钟爱的观点，即现实由思想决定——这一思想早在《奥蒙·拉》中就已有论述。长篇小说《数字》的主人公承认数字对自己的魔力，它也的确掌控着他的生活。正是思想以最直接的形式规划着现实的模型。

正如其早期小说一样，佩列文在这里思考的是思想的本质问题。主人公"多次思考过这个问题，而且得出了有趣的附属性结论。比如，一次他从头到尾追踪思想的生命，最终发现思想中的一切就像人经历的一生：孕育、分娩、痛苦的生存斗争、荒诞的死亡"④。思想就像活的生物，像任何一种机体一样独立存在。

正如长篇小说《昆虫的生活》，《数字》中也有针对后现代主义的尖锐讽刺："这就是当你做玩偶的玩偶时，你自己也成了玩偶。"⑤ 这个荒诞的表述体现了一个思想，即后现代主义思维经常建立在对过去文化遗产的游戏基础上。后现代主义"做玩偶的玩偶"，即讽刺性地思考了现有的人工制品。而"你自己也成了玩偶"表达了对后现代主义作家立场的深刻讽刺。

佩列文的创作始终如一地保持着一些典型的后现代主义思维原则，即各个艺术层面的解构、互文性、拼凑、拟像等原则。与此同时，如果把索罗金和佩列文两位后现代主义"经典作家"进行对比，索罗金的创作更直线式、更直接地表达出后现代主义美学。还需要强调的是，佩列文对文学任务的理解超出了后现代主义的美学框架，因为其中既包含解构任务，也包含破坏惯常范式的任

---

① Пелевин В. Числа [M]. M.: Эксмо, 2016: 285.

② Пелевин В. Числа [M]. M.: Эксмо, 2016: 278.

③ Пелевин В. Числа [M]. M.: Эксмо, 2016: 233.

④ Пелевин В. Числа [M]. M.: Эксмо, 2016: 124.

⑤ Пелевин В. Числа [M]. M.: Эксмо, 2016: 151.

务（尽管这毫无疑问在佩列文的创作中也有），还包含构建性任务，即认知现实，并尝试回答什么是现实、哪些现象可以被赋予现实的地位等问题。佩列文对人类意识现象的思考，即什么是意识、它如何构成等，也超出了后现代主义的美学范围。这些都不完全符合后现代主义原则，因为后现代主义质疑个性价值。而对佩列文来说，很多情况下个性与人的意识最重要。

佩列文的创作与索罗金的创作相比更多包含与传统的对话。而且佩列文这里是真正的对话，而不是为了解构（这是索罗金创作的第一宗旨）。在佩列文的创作中，能明显感觉到与现实主义文学思想世界的关联，以及与白银时代文化传统的互动。虚空作为佩列文思维最中心的范畴，一方面是典型的后现代式的，其中展示了后现代主义世界观中的全面相对主义、怀疑主义；另一方面又与现代主义思维紧密相关，与诸多其他文化和世界观体系相关。

佩列文思维的上述特征，足以让我们认为这位作家既是后现代主义者，又是俄罗斯文学传统的继承者。

第六节　融合各种文学思潮的后现代主义：塔吉雅娜·托尔斯泰娅①

塔吉雅娜·尼基季奇娜·托尔斯泰娅（Татьяна Никитична Толстая，1951—）是当代俄罗斯著名作家、记者和文学批评家。作为最受欢迎的当代俄罗斯作家之一，她的创作已成为多部学术专著和学位论文的研究对象。她的创作不仅在俄罗斯广受欢迎，在其他国家也引起极大兴趣。中国学者已写出不少很有分量的研究成果，其中广泛涉及托尔斯泰娅小说的各种问题。②

托尔斯泰娅1951年出生于列宁格勒（现名圣彼得堡）一个具有深厚文学传统的家庭：祖父就是著名作家阿列克谢·托尔斯泰，外公是著名的翻译家米哈伊尔·洛津斯基。托尔斯泰娅受过语文学教育，曾就读于列宁格勒大学（现名圣彼得堡国家大学）。20世纪80年代初开始发表作品，刊登在《阿芙罗拉》《新世界》等杂志上。她的创作很快受到批评界的欢迎。其第一部作品集《坐在

---

① 本节由克罗托娃撰写。

② Ли Синьмэй. Обзор исследований русской постмодернистской литературы в Китае［J］. Русский язык за рубежом，2013（1）：88-91.

金色台阶上……》于 1987 年出版。

托尔斯泰娅于 1990 年去了美国，在斯基德莫尔学院担任教授职务，同时在其他学校开设讲座。1999 年开始，作家又经常回俄罗斯居住。2000 年，长篇小说《野猫精》出版，引起读者和批评家们的极大兴趣。20 世纪末、21 世纪初，《爱——抑或不爱》《白昼》《黑夜》《短篇小说集》《奥克维利河》等文集出版，其中不仅收录作家的短篇小说，还收录有文章和小品文。作家还与妹妹娜塔利娅·托尔斯泰娅共同出版了《姐妹》（1998 年）、《两人的创作》（2002 年）两部文集。

2002 年开始，托尔斯泰娅担任电视节目主持人，与阿弗多吉娅·斯米尔诺娃一起主持"文化"电视台的《坏话学堂》节目。这是一个脱口秀节目，经常邀请作家、新闻记者、导演、社会活动家等社会名流参加。

托尔斯泰娅直到今天仍在积极创作。前两年她刚刚出版《轻松的世界》（2014 年）、《妙龄少女》（2015 年）、《无形的少女》（2014 年）、《毡毛世纪》（2015 年）等作品。

托尔斯泰娅的创作应该归入哪一文学流派，不少学者将其归为后现代主义，而且不无理由。但作家的立场并非完全后现代式的，因为后现代主义文学主要包含各种解构，涉及艺术和心理上的成规、范式、风格等。后现代主义作家总体上将文学视为全面的、无限的解构和游戏试验。也许，最能表达这一点的是索罗金的观点，"……文学对我来说——是一个死亡世界"，"文学在我的观念中——是划满了各种符号的纸张"。[1]

托尔斯泰娅对文学的理解与索罗金完全不同。在她的小说和访谈中，读者有时能看见她与索罗金的潜在争论。比如，短篇小说《白墙》这样写道："文学全都只是纸上文字，有人如今这么说。不，不是'全都'。"[2] 托尔斯泰娅对文学的理解更接近经典的、传统的观念，这种观念与情感世界紧密相关，与人的心理世界紧密相关。将文学全面解构，这一点根本不是托尔斯泰娅的特征。解构原则有时在托尔斯泰娅的创作中有所体现，但无论如何也不是她的主要艺术宗旨——这一点与索罗金不同。

托尔斯泰娅极其谨慎地对待整个后现代主义及其解构的思维原则。她曾在访谈中强调，她对索罗金的创作很感兴趣，但她最看重的还是其作品中的"技

---

[1]　Сорокин В. Литература как кладбище стилистических находок ［А］//Постмодернисты о посткультуре: Интервью с современными писателями и критиками. М.: ЛИА Р. Элинина, 1996: 117.

[2]　Толстая Т. День: личное ［М］. М.: Подкова, 2001: 24.

术"层面——她欣赏索罗金文本的制作过程，她能看出他的作品是职业文学创作，也能看出他对词语的精湛把握。托尔斯泰娅甚至在一次访谈中将索罗金列为"超有才华"的艺术家，但她同样说："灾难在于，我从来无法将索罗金的东西读完：很枯燥。制作很精良，谢谢，但我该走了。"① 在内容层面，托尔斯泰娅并不喜欢后现代主义的破坏激情。

后现代主义最重要的一个理论"作者之死"并不适用于托尔斯泰娅的小说。她的创作始终有作家的影子，作家的个性在托尔斯泰娅的作品中有明显的表达，作家的评价显而易见，有时甚至能看到作家与读者的直接交流。这与索罗金恰恰相反，他的创作有时根本听不见作家的声音，作家似乎在观察发生的一切，但不表达自己的态度。

但是一些后现代主义原则在托尔斯泰娅的创作中有明显且多维的反映。这里主要指的是互文性。它在长篇小说《野猫精》中的地位非常重要，其中出现了一个巨大的引文场，里面融汇了各种文本——从俄罗斯经典文学文本到白银时代诗歌甚至到当代俄罗斯文学。

托尔斯泰娅的创作理念中极其重要的原则是后现代感，即"对世界的感觉是混乱的，其中缺乏任何价值标准和意义定位"②。在混乱的、疯狂的世界中失去支撑的人是托尔斯泰娅永恒的主题之一。她曾在一次访谈中说，"存在主义式的混乱始终伴随着人类"③。混乱主题是托尔斯泰娅创作中最重要的主题之一，本节将重点阐释这一主题。

托尔斯泰娅的创作与后现代主义美学体系之间的对话很明显，同时也明显表现出与俄罗斯文学传统的互动。托尔斯泰娅的作品中有契诃夫传统的影子，尽管她坦诚自己并不喜欢契诃夫遗产中的一切，"契诃夫有的东西我喜欢，有的不喜欢。他的一些短篇小说似乎很有天赋，但全都存在败笔和污渍"④。但是，

---

① Толстая Т. Золотая середина [Интервью журналу «Итоги» [А] //Толстая Т. Толстая Н. Двое: разное. М.: Подкова, 2001: 250.

② Ильин И. П. Постмодернистская чувствительность [А] //Современное зарубежное литературоведение (Страны Западной Европы и США). Концеции. Школы. Термины: Энциклопедический справочник. М.: Интрада, 1996: 269-270.

③ Толстая Т. Писание как прохождение в другую реальность [А] //Постмодернисты о посткультуре: Интервью с современными писателями и критиками. М.: ЛИА Р. Элинина, 1996: 151-152.

④ Толстая Т. Писание как прохождение в другую реальность [А] //Постмодернисты о посткультуре: Интервью с современными писателями и критиками. М.: ЛИА Р. Элинина, 1996: 152.

托尔斯泰娅与契诃夫诗学之间的某种共性仍旧显而易见。两位作家创作都主要涉及日常生活。托尔斯泰娅与契诃夫一样，都注重描写平凡的、人们熟悉的情景：日常生活，城市住宅或城郊别墅里大家习以为常的生活和操劳等。但两位作家对日常生活的描写都具有高度概括性，充满对本体论问题的思考。契诃夫曾说："人们在吃午饭，只是吃午饭而已，但此时他们的幸福在分解，他们的生活在毁灭。"[①] 托尔斯泰娅在很大程度上也持有相似的观点。托尔斯泰娅的创作与契诃夫一样，其中事件本身的发展通常并不十分激烈，人物性格在对话和日常生活情景中展现，但读者能在极其日常生活化的描写中读到多维存在的层面。

托尔斯泰娅的创作与 20 世纪作家联系最紧密的当属安德烈·普拉东诺夫。在托尔斯泰娅和普拉东诺夫的创作中，都能看见迷失于世的孤独者，他们在世界上没有任何方向，而且总是徒劳地尝试获得方向。普拉东诺夫心爱的主人公无不如此，比如沃谢夫、萨尼卡·德瓦诺夫、莫斯科娃·契斯特诺娃等。而托尔斯泰娅作品中的人物也常常如此，比如短篇小说《彼得斯》《月亮从迷雾中出来了》《黑夜》《安静地睡吧，儿子》《迷雾中的梦游症患者》等。托尔斯泰娅本人曾坦言，她很喜欢布宁和纳博科夫的创作[②]，所以全面完整地研究这两位作家的文学创作对托尔斯泰娅创作理念的影响，是未来文学研究工作中非常重要的任务。

我们将在本节详细阐释贯穿托尔斯泰娅全部创作的两个主题——混乱主题和幻象主题。

混乱主题始终是托尔斯泰娅从 20 世纪 80 年代至今小说思考的一大主题。在阐释该主题时，一方面可以看到她 20 世纪八九十年代，以及 21 世纪前 10 年所有作品中恒定不变的因素；另一方面又能看到其动态变化，即 2010 年以后的作品出现了新的意义场、新层面的混乱意义。这两个方面我们在研究中都会涉及。

此外，在阐释混乱主题时会发现，现代主义艺术对托尔斯泰娅的创作有不断强化的影响。如果说作家在 20 世纪 80 年代的作品中主要从后现代主义角度阐释混乱，则 2010 年之后的小说则更接近现代主义美学。

托尔斯泰娅创作中存在各种维度的混乱。混乱首先是个人世界观中非常重

① Гурлянд И. Я. Из воспоминаний об А. П. Чехове [J]. Театр и искусство, 1904（28）: 521.

② Толстая Т. Писание как прохождение в другую реальность [A] //Постмодернисты о посткультуре: Интервью с современными писателями и критиками. М.: ЛИА Р. Элинина, 1996: 153.

要的一面：托尔斯泰娅笔下的人物经常感到自己陷入混乱之中，感到自己在世界上没有任何支撑。在托尔斯泰娅看来，混乱是日常生活的重要构成部分。正因如此，混乱有时被阐释为某种自古以来的存在基础，而那些被理性算计过的存在元素只是很小的一部分，是披在混乱深渊之上的外衣。混乱主题对于托尔斯泰娅来说还有一个原则性的维度：混乱是俄罗斯民族生活亘古不变的元素（小品文《俄罗斯世界》）。在女作家看来，俄罗斯世界唯一不变的恒量就是混乱。民族生活就像"团团升起的迷雾"，其中"透露着奇异的混乱模式、充满任性粒子的布朗运动"[1]。企图理解这些模式是徒劳无益的，因为它们"被武装上了明亮的逻辑和理性之光：就像针织的果冻一样"[2]，俄罗斯世界的混乱只能"参透、内省、感知"[3]。

存在的两个对立极端——和谐正面与混乱恐怖越来越成为托尔斯泰娅的一大主题。这一对立极端通过她于2001年出版的两部文集《白昼》与《黑夜》的名称也可以看出。选择这样的名称，并不意味着《白昼》只描写光明、正面的存在，《黑夜》只描写阴郁和混乱。但这种对立本身，这些边界状态的并置，是托尔斯泰娅创作理念中非常典型的特征。

这种对立的两极有时甚至故意并置在托尔斯泰娅的某部短篇小说中。比如她早期的短篇小说《爱——抑或不爱》，小说标题本身就隐藏着类似的对立。一方面是爱的世界，另一方面是不爱、混乱和黑暗的世界。而且这两种边界状态是由一个孩童来理解和感知的。爱的世界——有家，有父母，有老保姆戈鲁沙。与这个清晰易懂、善良美好的世界对立的——神秘的、令人恐惧的力量。孩子感觉到，世界充满了难以理解、恐怖阴森的现象。小说的女童主人公感到，每到夜晚就有一条恐怖的蛇钻出床底，"白天没有蛇，而到了晚上一些黄昏物质就浓缩成蛇并静候：看谁敢放下自己的腿，只要一放下——立刻用钩子钩住！未必吃掉，但要塞到墙角板下，然后将永远下沉，下沉到地板之下，到各种隔板之间"[4]。带钩子的、时刻准备钩住人并拽走和杀死的蛇的形象是托尔斯泰娅后来于2000年出版的长篇小说中的野猫精形象的雏形。野猫精成了恐惧和混乱力量的代表。这一形象是托尔斯泰娅自20世纪80年代以来的创作中逐渐形成和成熟起来的。

总体而言，托尔斯泰娅早期小说中白昼与黑夜、秩序与混乱的对立都是通

---

① Толстая Т. День：личное［М］. М.：Подкова, 2001：492.

② Толстая Т. День：личное［М］. М.：Подкова, 2001：493.

③ Толстая Т. День：личное［М］. М.：Подкова, 2001：493.

④ Толстая Т. Ночь：рассказы［М］. М.：Подкова, 2001：18.

过孩童感知的。比如短篇小说《坐在金色的台阶上……》中，充满爱、阳光和光明的世界与隐藏在背后的死亡直接意外地对立起来。小说主人公是一个小女孩，她感到与这一世界相关的恐惧，"跑离这里吧，太恐怖了——阴冷、发臭——板棚、湿气、死亡……"① 类似的通过孩童感知的对立，也表现在《与小鸟的约会》等其他短篇小说中。

如果说上述小说中读者看到的是两种对立存在的矛盾——白昼与黑夜、正面与混乱，而托尔斯泰娅其他一些作品中占据主导地位的恰恰是混乱的一面。比如，短篇小说《黑夜》本身表明，这部作品是对边界状态的艺术思考。叙事中心是阿列克谢·彼得罗维奇的意识，这是一个有着病态世界观的人，他无法真正地完整地认知现实。对他而言，整个世界都是持续不断的黑夜，世界无法理解，令人感到恐惧且不安全。周围的现实全是恶与黑暗，全部由"碎片化的东西组成"②。小说的结尾，主人公决定成为作家，急于将他突然发现的世界真相记录在纸上。他无数次写下的却是同一个词"黑夜"。

托尔斯泰娅在这部短篇小说中表现的不仅是病人的意识及其认知世界的特征，这里所表现的是存在的普遍混乱。普通健康人在每天的忙碌中有时不会注意到混乱的气息，习以为常的生活让他们感觉不到世界的另一种边界，也不会引起他们的思考和恐惧。而具有非凡意识的人与常人看待世界的样子不同，因此能全部感知这种边界。

托尔斯泰娅的长篇小说《野猫精》对混乱主题的展示达到了高潮。小说标题中的形象本身已逐渐成为混乱力量的象征。野猫精是什么，大家都说不清楚，小说中的人物都没有见过它，但全都怕它。这是恐怖的、具有破坏性的东西。"有人走进……森林，它就从后面扑向他的脖子：跳呀！然后用牙齿啃着脊柱：咯吱一声！然后用爪子摸到主要的毛细血管并咬断，于是整个人都没魂了……这就是野猫精干的事。"③ 小说的主要主人公本尼迪克特有时感到，"野猫精正看着他的背"。此时他就不由自主地感到恐惧，突然开始想一个问题——我是谁？"仿佛将自己从手中放开，差点弄掉，勉强抓起……"④。

长篇小说《野猫精》反映的是一个完全陷入混乱的世界。"……俄罗斯

---

① Толстая Т. Ночь：рассказы［М］. М.：Подкова, 2001：33.
② Толстая Т. Ночь：рассказы［М］. М.：Подкова, 2001：127.
③ Толстая Т. Кысь：роман［М］. М.：Подкова, 2001：7.
④ Толстая Т. Кысь：роман［М］. М.：Подкова, 2001：56.

自'大爆炸'后回到远古时代，同时发生了奇异的生物变异。"① 这部小说完全可以用"后现代感"来阐释，因为其中的现实是以混乱的形式表现出来的。所有的定位在这里都消失了。首先是道德定位——因为"大爆炸"之后出生的人大都在这个被摧毁的世界里遵循的不是良心、道德或责任，而只想着自己的利益或享受。很大程度上丧失的还有文化定位——因为大部分"大爆炸"后出生的人没有关于过去时代的记忆。这些人什么也不知道，而且通常也不想知道自己的历史和文化过往（瓦尔瓦拉·卢基尼奇娜这样的人物是个例外）。过去的现实对于"先辈们"——那些出生于20世纪并在"大爆炸"中幸免于难的人是真实的存在，但这些人没有能力将相应的文化观念植入后辈中，"先辈们"在这方面所做的企图最终都是滑稽的。比如，锅炉工尼基塔·伊万诺维奇在城里树立各种纪念碑，上面写着过去莫斯科街道和广场的名称——"阿尔巴特""巴尔楚克""尼基塔大门"等。城里的居民并不理解锅炉工为什么要这么做："早上你一起床，睁开眼睛，你的窗前就杵着一根柱子，上面写着'阿尔巴特'。窗户里的光线如此少，冬天飞雪时节，光线就更少了，而你突然明白，这个阿尔巴特……于是把它弄倒……拿去烧柴或补地板。"②

在托尔斯泰娅所描绘的世界里，不仅文化和伦理规范被异化，而且语言也被异化。惯常的词汇被扭曲其意义。诸如"大学""教育""哲学"等词义都被歪曲，它们的意义全部丧失。托尔斯泰娅本人说，小说《野猫精》中的世界里充满了"变异的词汇"，这也是"大爆炸"的主要后果。③

长篇小说《野猫精》中所展示的混乱到了逻辑极限。小说表现的是世界整体的混乱状态。道德和文化的联系在某种程度上被破坏，关于过去的历史记忆几乎消失。世界陷入黑暗之中，而且黑暗的表现就是那只恐怖的、非理性的野猫精。

在解读这部小说时，不能不提其在俄罗斯后现代主义历史中的作用。正如米·戈卢布科夫所言："《野猫精》是用后现代主义本身的美学手段从内部对后现代主义的颠覆；这是对后现代主义解构思想本身的解构。我想，在这部作家写了10多年（1986—2000年）的长篇小说发表之后，后现代主义思想本身注定

---

① Коваленко А. Г. Очерки художественной конфликтологии. Антиномизм и бинарный архетип в русской литературе XX века［М］. М.：РУДН，2010：411.

② Толстая Т. Кысь：роман［М］. М.：Подкова，2001：28.

③ Толстая Т. Золотая середина［Интервью журналу «Итоги»］［А］//Толстая Т. Толстая Н. Двое：разное. М.：Подкова，2001. С. 424.

不会再有现在和将来，而只成为俄罗斯文学史。"①　的确如此，托尔斯泰娅在这部小说中用戏仿的形式展现了后现代主义美学的主要原则——"作者之死"，并用小提琴家（费德罗·库兹米奇）形象代之、读者（一点也不理解自己所在文化的本尼迪克特②）的诞生、拼凑和解构。再用喜剧的方式展示后现代主义范式后，"托尔斯泰娅的长篇小说也成为俄罗斯后现代主义历史终结的标志"③。

小说在混乱主题的发展方面也是托尔斯泰娅创作中的一个里程碑。关于混乱的观念，在小说《野猫精》中表达得非常完整，以至于它似乎不可能在女作家以后的创作中再得以发展。但托尔斯泰娅21世纪以来的创作证明，混乱的范畴得以继续，而且产生了新的意义。文集《轻松的世界》（2014年）证明了这一点。混乱主题成为这部小说的基础，成为凝结文集内容的关键。

与托尔斯泰娅的早期创作一样，文集中一系列短篇小说都存在两种形象领域的对立：存在正面、阳光、白昼般的一面，以及与之对立的负面、黑暗、混乱的一面。这两面的明显对立（甚至发生矛盾冲突）尤其体现在短篇小说《祝贺通行！》中。这篇小说没有情节故事，叙事主要由一系列素描构成。行为发生地是"萨普桑"火车车厢。火车从圣彼得堡开往莫斯科（或者从莫斯科开往圣彼得堡——"这取决于从哪个方向看"④）。萨普桑——一个"富有的街区，那里珠光宝气，殷实富裕，有挂皮毛大衣的挂钩，有一百卢布就能轻松买到的汉堡，有六十卢布能买到的茶"⑤。乘客有官员、商人、衣着靓丽的女士，车厢里的生活如同电影画面，乘客中有人打手机，有人玩电脑游戏，车厢里涌动着舒适惬意的氛围。但车窗里突然飞进一颗石头，它提醒萨普桑的乘客意想不到的另一面生活的存在。这其实是位于莫斯科和圣彼得堡之间的另一世界的生活。"生活提醒我们，在A点和B点⑥之间有积雪、野兽、古老的星星、炉子里冒出的烟、八种永恒面、没有指针的表。"⑦　这个世界没有城市所常见的文明特征，人们过着完全不同的生活。"各个村子都覆盖着积雪：德列姆哈村，巴勃什诺

---

① Голубков М. М. Рубеж веков глазами современника［А］//Проблемы неклассической прозы. Вып. 2. Сост. и ред. Е. Б. Скороспелова. М. МАКС Пресс, 2016：386.

② Голубков М. М. Рубеж веков глазами современника［А］//Проблемы неклассической прозы. Вып. 2. Сост. и ред. Е. Б. Скороспелова. М. МАКС Пресс, 2016：390.

③ Голубков М. М. Рубеж веков глазами современника［А］//Проблемы неклассической прозы. Вып. 2. Сост. и ред. Е. Б. Скороспелова. М. МАКС Пресс, 2016：391.

④ Толстая Т. Легкие миры［М］. М.：АСТ, 2015：71.

⑤ Толстая Т. Легкие миры［М］. М.：АСТ, 2015：64.

⑥ 即莫斯科和圣彼得堡——达·克罗托娃注。

⑦ Толстая Т. Легкие миры［М］. М.：АСТ, 2015：63.

村，卡夫金斯基小镇……冬天将至，我们用黏土糊住炉子，不怕煤气中毒，藏起粗布服和靴子，把柴火存在干草中，我们还找到一片湖泊，在那里钻了一个冰窟窿，然后烧木柴用炉子烤土豆。"① 为什么会有石头从这个世界飞向萨普桑的窗里，这是对城市居民的仇恨还是愤怒？托尔斯泰娅的回答是"……既是仇恨也是愤怒——这是城市的语言，城市的概念，它们诞生于处处是拥挤、排队、虚荣心、难以忍受、竞争的环境中……不，其中还有另一种情感，既模糊又细微：去你妈的！别坐火车了！"②

托尔斯泰娅将这个世界称为混乱世界。它构成俄罗斯生活的主要部分，其所占比例比文明世界更多、更重要。莫斯科和圣彼得堡——地图上两个发光点，"而四面八方全是黑暗，且不断膨胀、蔓延"。莫斯科和圣彼得堡——"两个苍白瘦弱、发着亮光的盘子，两个光点，两个平台，那里可以钻出黑暗——喘口气，然后钻入下一个黑暗中"③。

如同托尔斯泰娅20世纪八九十年代的小说一样，这里的矛盾对立也很明显（秩序井然的世界和混乱无序的世界），但内部本质发生了巨大变化。如果说早期创作中的混乱形象只有消极色彩，被阐释为具有绝对破坏力，那么这里的混乱获得了其他意义——混乱不仅具有解构意义，而且成为积极之源。难怪托尔斯泰娅在这篇小说中回忆丘特切夫，因为后者将混乱视为"存在的真正基础和真正的现实。白昼，只是'闪闪发光的金缕衣'，它覆盖着恐怖深渊和混乱，覆盖着原始的、古老的、无限的、无形的、无名的但却亲近的东西"④。昏暗和混乱——"这也是一种生活，是生活诞生的基础，也是使生活失败的东西"⑤。混乱才是真正的本源，才是真正的生活基质。

总之，混乱在托尔斯泰娅文集《轻松的世界》中的意义不同于其早期创作，也不同于长篇小说《野猫精》。《野猫精》中的混乱是人类生活全面空虚、文化和伦理基础全面丧失的结果。而《轻松的世界》中的混乱——依然像以前那样恐怖，与此同时诞生了真正的生命之源。

托尔斯泰娅在《轻松的世界》中思考的混乱问题不仅仅适用于俄罗斯生活。混乱——本质上是决定存在的自然力，是存在的真正根基。女作家有一系列短篇小说写自己在美国的生活。比如，短篇小说《飓风》讲述2012年纽约遭遇的

---

① Толстая Т. Легкие миры [M]. M.：ACT, 2015：62.
② Толстая Т. Легкие миры [M]. M.：ACT, 2015：63-64.
③ Толстая Т. Легкие миры [M]. M.：ACT, 2015：71.
④ Толстая Т. Легкие миры [M]. M.：ACT, 2015：69.
⑤ Толстая Т. Легкие миры [M]. M.：ACT, 2015：70.

自然灾害——桑迪飓风。"曼哈顿像特里同一样浮起，但腰部以下浸入水中。"①飓风像任何自然灾害一样，让人恐惧。人们从城市撤离，不得不向生活的暂时不便妥协，不管怎样托尔斯泰娅还是从积极角度反思大自然中的混乱，"这终究还散发着现实生活和自然力的气息"②。

对混乱之源的思考贯穿于托尔斯泰娅的全部创作。对这个主题的阐释，一方面使女作家的创作思维与后现代主义美学有了联系，另一方面又使其脱离后现代主义美学典范。与后现代主义美学原则的联系已经包含在托尔斯泰娅关于混乱的观点之中，因为混乱范畴是后现代主义最重要的美学理念之一。与此同时，托尔斯泰娅 21 世纪前 10 年的创作表现出新特征，即将混乱视为一定意义上的创造力和生命力的源泉，这使托尔斯泰娅逐渐远离后现代主义的美学原则。后现代主义者通常将混乱视为一种全面破坏，他们对混乱主题的阐释主要包含解构意义，而托尔斯泰娅却最终将混乱视为创造力之源，这使她更接近现代主义理念。从这一点可以直接看出女作家与一些现代主义作家和诗人对混乱理解的相似之处，比如，勃洛克对混乱的阐释。在《诗人的使命》一文中，勃洛克写道："混乱是最原始、最自然的本源，宇宙是被构建的和谐与文化，宇宙诞生于混乱。自然力中隐藏着文化的种子，无序中创造和谐。"③ 和谐诞生于混乱的思想是勃洛克革命思想即变形思想的基础。正如米·米·戈卢布科夫所言："勃洛克哲学中的变形是作为矛盾现象呈现的……作为将旧世界改造成新世界的变形注定让过时的一切死亡，将其湮没在混乱中。但混乱于勃洛克而言，是富有成效的概念，因为混乱中包含着新的和谐之源。旧世界混乱的碎片中诞生和谐的新世界——这就是变形的本质。"④

托尔斯泰娅和皮利尼亚克对混乱范畴的理解也相似，皮利尼亚克在长篇小说《荒年》《机器和狼》中展示了世界的混乱状态，但这种混乱没有被理解为整体的破坏和消灭，而是某种和谐的民族生活。充满悖论的是，这种和谐是由各种混乱元素构成的。可以再回忆一下普拉东诺夫对混乱主题的阐释——混乱被理解为世界自然的、有机的状态，而尝试将这种混乱理性化，或人为归顺这种混乱，都将带来严重的悲剧后果。

---

① Толстая Т. Легкие миры [М]. М. : АСТ, 2015: 134.

② Толстая Т. Легкие миры [М]. М. : АСТ, 2015: 127.

③ Блок А. О назначении поэта [М]. М. : Советская Россия, 1971: 87.

④ Голубков М. М. Революция как метаморфоза: к вопросу об одной литературной полемике 1920 - х гг. [А] //Литература и революция. Век двадцатый под ред. О. Ю. Панова. Вып. 4. М. , 2018: 143.

托尔斯泰娅看待混乱的双重态度既接近后现代主义美学体系又接近现代主义美学体系，这反映了作家创作定位整体上的多元化。"她风格的多元融合"①在一些研究成果中已被提及，托尔斯泰娅的创作在某种意义上代表了各种文学影响的交叉融合，这些影响的综合作用通过其阐释混乱范畴的例子昭然若揭。

另一个贯穿托尔斯泰娅整个创作的是幻象主题。对幻象的文学思考在托尔斯泰娅的小说中起着非常重要的作用。其作品中的主人公经常沉浸在虚幻的空间中，他们活在自己想象构建的世界里。在揭示这一主题时，托尔斯泰娅首先强调的是伦理和心理层面，读者在她的小说中能看见诸如"幻象给人带来的是什么"的思考——是福祉还是破坏性灾难，沉浸于臆想的世界是对残酷生活的救赎还是对个性的摧残并终将导致内心的崩溃？托尔斯泰娅在创作中思考了幻象出现的各种形式，幻象世界的本质，以及幻象世界产生的"机制"。最后，审视这一主题的独特视角，表明托尔斯泰娅创作中艺术形象与后现代主义拟像之间的相互关系。

托尔斯泰娅小说到底构建了怎样的幻象世界？对所有人来说，最明显、最自然的幻象时期是童年。孩童沉浸在想象的现实中，这一现实按照自己的规律存在，完全不像客观现实。正如我们上面所言，托尔斯泰娅经常对童年世界进行艺术审视，比如她的第一部短篇小说《坐在金色的台阶上……》。小说的主人公是几个姐妹，她们觉得世界充满奇迹，而邻居巴沙叔叔房子里的宝藏最多。巴沙叔叔在她们眼里是皇帝和魔法师，是巫士和哈里发。"啊，童年的梦呀！啊，巴沙叔叔简直就是所罗门皇帝呀！你将财富之镤紧握在自己有力的手中！驼队迈着幽灵般的脚步从你房子旁穿过，然后在夏日的黄昏中丢掉自己巴格达的行李！"② 巴沙叔叔的房子里的确有各种神奇之物：瓷器人像、蛇形钟表、奇怪的花边、奇异的水晶高脚杯…… 孩童的眼光让日常现实变形，赋予其魔幻特征。托尔斯泰娅经常在自己的短篇小说中展现的正是这种幸福的童年幻象（尽管有时是从另一面来展示的——孩童想象所诞生的恐怖的、令人害怕的形象）。

早在托尔斯泰娅的第一部短篇小说中，读者就能感觉到其创作思维中最典型的转折，即幻象的破灭。臆想的世界被摧毁、被粉碎。托尔斯泰娅常常展示：由想象诞生的幻象在某个时刻瓦解，人们面对真正的现实时有受骗和张皇失措的感觉。比如，短篇小说《坐在金色的台阶上……》中的女主人公多年后长大成人，她再次来到巴沙叔叔的房子。但哪里有过去的宝藏呀，只有一堆破烂东

① Русская проза конца XX века/под ред. Т. М. Колядич ［М］. М.：Литфакт, 2005：369

② Толстая Т. Ночь：рассказы ［М］. М.：Подкова, 2001：37-38.

西……"难道"，她惊慌失措地自问，"这就是过去曾让人心驰神往的东西？就这些破布，磨损的彩色五斗橱，粗糙的漆布画，瘸腿的花架，磨破的天鹅绒，补过的窗纱，市场上淘来的拙劣手工艺品，廉价的玻璃物件？就是这些东西在歌唱，在闪烁，在召唤？你开了一个多么愚蠢的玩笑啊，生活！灰尘，残骸，阴暗。"① 正是在这部短篇小说里出现了灰尘这一象征形象——这是贯穿托尔斯泰娅之后所有创作的一个形象。它总是与沮丧、损失、彩虹般幻象世界的摧毁等主题相关。

幻灭是托尔斯泰娅对人类生活轨迹、对个人与命运思考的一个重要角度。托尔斯泰娅的主人公面对自己幻想的废墟时通常是无力的。作家在自己的小说中对这一情景进行了艺术探讨：人在经历幻灭时有什么样的感受？在短篇小说《与小鸟的约会》中，托尔斯泰娅展示了孩童的心理状态：他在童话的外衣下突然发现恐怖的、奇异的日常现实，于是他的"心灵像蛋白那样溶解了"②。另一个人物，即同名小说中的彼杰尔斯，在幻灭时感觉自己"像被电车碾压过一样"③。在托尔斯泰娅看来，幻灭——不仅仅是个别人生活中的情况，也不单是一个人遭遇的各种情况的偶然交汇。托尔斯泰娅将幻灭的情景作为一种日常生活的范式和整体类型进行展示，它们实际上在每个人的命运中都会出现。想象世界的坍塌变成一种不可避免的存在，任何人都要以不同的方式经历。

幻象与现实的冲突在托尔斯泰娅小说中占据着重要地位，这在文学中具有深刻的根源：这首先是浪漫主义时代所特有的理想与现实之间的冲突；想象与真实的二律背反于现实主义小说也很重要（巴尔扎克的《幻灭》）；与此相似的还有象征主义从浪漫主义诗学那里继承的双重世界原则。在文学史长河中还能找到类似的对立。比如，在谈到索罗古勃的诗学时，俄罗斯学者科瓦连科说："作家本人借助于他创作的无所不包的隐喻范式证明了双重世界，这种隐喻范式取自塞万提斯的《堂吉诃德》。在索罗古勃看来，来自拉曼查的主人公是第一位唯我主义艺术家，他创造了另一个充满诗情画意的现实，这个现实远离下流无趣的尘世现实。"④ 托尔斯泰娅在自己的小说中思考现实与幻象的问题时，继承了悠远丰厚的文学传统。她作为一个女性作家所特有的思维指向反映在她的很多短篇小说中，即艺术地反映幻象世界的坍塌，以及主人公与真正现实的冲突。

---

① Толстая Т. Ночь：рассказы［М］. М.：Подкова，2001：40.

② Толстая Т. Ночь：рассказы［М］. М.：Подкова，2001：85.

③ Толстая Т. Ночь：рассказы［М］. М.：Подкова，2001：240.

④ Коваленко А. Г. Очерки художественной конфликтологии. Антиномизм и бинарный архетип в русской литературе XX века［М］. М.：РУДН，2010：204.

托尔斯泰娅的短篇小说中经常出现幻灭的情节。幻灭成了小说的中心结构，成了所有主题线围绕的叙事高潮。在主人公的幻灭瞬间发生后，其世界观也发生了翻天覆地的变化，幻灭常常导致托尔斯泰娅的主人公个性崩溃。这种情况出现在短篇小说《奥克尔维里河》中。于主人公西蒙奥诺夫而言，日常现实无聊、庸常，而真正鲜活的、充满细腻情感的生活是他的幻象世界。西蒙奥诺夫钟爱声音：他收集自己喜爱的女歌唱家的唱片，心里从来不用姓或名称呼她，而用名和父称——维拉·瓦西里耶夫娜。她早在革命前就出名（小说的叙事行为主要发生在苏联时代），因此曾由她演出的浪漫曲现在只能在为数不多的歌迷那里找到。西蒙奥诺夫想象自己是维拉·瓦西里耶夫娜，想象自己是世纪初的"女河神"——长长的手套，圆圆的鞋后跟，戴面纱的帽子。西蒙奥诺夫梦见维拉·瓦西里耶夫娜傍晚时分沿着滨河街散步，雾色朦胧。"最好是蓝雾！"西蒙奥诺夫默默地对着自己的想象说。"果然是蓝雾，维拉·瓦西里耶夫娜走过，踩着圆圆的高脚鞋跟。"① 西蒙奥诺夫警惕地观察着，希望"新生活的气息"不要渗入想象中"清凉的、朦胧的世界"。就像托尔斯泰娅短篇小说中通常的那样，幻灭迟早要来临，因为它已经与现实发生了矛盾冲突。西蒙奥诺夫有一天获知，维拉·瓦西里耶夫娜活着，她似乎在革命后没有去国外，而像以前一样居住在列宁格勒（现名圣彼得堡），而且可以打听到她的地址去她那里。西蒙奥诺夫决定迈出这一步。他明白，他即将见到的不再是革命前的那个美女，而是已经上了年纪的女士，也许还满头白发、身材干瘪，他将望着她那张"枯黄的、衰老的脸庞"，向"伟大的、被人遗忘的女演员"鞠躬。但与维拉·瓦西里耶夫娜见面后，西蒙奥诺夫的幻想灰飞烟灭。他面前的是一个肥胖的女人，"脸色绯红，眉毛浓黑，大笑不止，放浪形骸"，胃口超好。西蒙奥诺夫凑巧赶上她的生日。他看见"心爱的女士"坐在桌旁，那里摆满了沙拉、鱼、黄瓜、瓶装酒，由想象所塑造的幻影般的维拉·瓦西里耶夫娜"被命运永远地夺走了"。西蒙奥诺夫感到一切坍塌了。"他的生活被摧毁，被碾压成两半。"② "肥胖的黑眉毛老太太推搡了一下，将苍白的影子打翻……维拉·瓦西里耶夫娜在桌子另一边大喊：'把蘑菇递一下！'西蒙奥诺夫递了过去，她一下子吃光了蘑菇。"③ 主人公意识到，那些曾填满他生活的真正的东西随着幻象的破灭而永远消失。在托尔斯泰娅看来，这不仅仅是想象力过于丰富的不幸的西蒙奥诺夫的命运。想象世界的

---

① Толстая Т. Ночь: рассказы［M］. М.：Подкова, 2001：336.

② Толстая Т. Ночь: рассказы［M］. М.：Подкова, 2001：342.

③ Толстая Т. Ночь: рассказы［M］. М.：Подкова, 2001：343-344.

坍塌，海市蜃楼的消失——这几乎是每个人都会经历的情景。

这样的幻灭同样发生在短篇小说《火与尘》中。小说的名字本身已清楚说明这一主题。火，是一个多维的象征，其中象征靓丽、欢快的生活。这样的未来正是小说女主人公利玛所想象的。尘，代表利玛幻象的转折，代表取代女性想象的幸福的现实。利玛年轻时觉得，生活为她准备了特别的未来。这种幸福将以什么方式结束——利玛并不清楚，但她感觉它一定会来临，而且这是为她提前安排好的，命中注定的：某种"重要的、令人不安的、伟大的东西在前方轰鸣、闪耀，就像利玛的小船……这就要驶向绿色的、幸福的、汹涌澎湃的海洋"①。正如利玛的感觉那样，"这种生活暂时并不完全真实，是想象中的生活，是旅途般的生活，不够谨慎，过于轻松——成群的废物在走廊里，半夜仍有来客……但客人们，我可爱的人儿，你们羡慕吧，巨大的幸福在前方等着我，什么样的幸福——我说不出来，我自己也不知道，但有声音在对我耳语：等着吧，等着吧！"②。有时会发生"紊乱"，幸福的许诺不知为何没有兑现，"海洋的声音变得微弱，他们也没去南方，把一切推延到未来，而未来却迟迟不来"③。利玛现在觉得，"他们全都上当受骗了"④。"夏日的天变黑了，命运惹怒了大家之后放声大笑……生活展示出自己空虚的面孔——披散的头发和深陷的眼睛。"⑤理想的面纱睡了，利玛此时才意识到，生活实际上为她准备的是"……破旧的公共住宅……未来的、还未曾生活过却已知的岁月，度过那种岁月就像在积满齐膝、齐胸、齐脖子的灰尘的路上穿行"⑥。这里再次出现诸如托尔斯泰娅第一部短篇小说那样的幻灭主题。

就像托尔斯泰娅整个创作对幻象主题的阐释一样，从这部短篇小说也可以看出她与帕斯捷尔纳克的思考之间的联系——其中包括对真正的存在不可能被取消、被临时中断的思考。帕斯捷尔纳克最喜爱的一个主人公尤里·日瓦戈的思考："……仿佛存在可以被推延一段时间一样（多么荒唐的想法呀！）。"⑦ 于帕斯捷尔纳克而言，这一原则既适用于国家的历史命运，也适用于个人的生活。企图"推延"真正的存在的人，都必将遭遇失败。短篇小说《火与尘》的女主

① Толстая Т. Ночь: рассказы [M]. М.: Подкова, 2001: 89.

② Толстая Т. Ночь: рассказы [M]. М.: Подкова, 2001: 93.

③ Толстая Т. Ночь: рассказы [M]. М.: Подкова, 2001: 96.

④ Толстая Т. Ночь: рассказы [M]. М.: Подкова, 2001: 99.

⑤ Толстая Т. Ночь: рассказы [M]. М.: Подкова, 2001: 102.

⑥ Толстая Т. Ночь: рассказы [M]. М.: Подкова, 2001: 103.

⑦ Пастернак Б. Избранное: в 2-х тт. Т. 2. Доктор Живаго [M]. СПб: Кристалл, Респекс, 1998: 156.

人公为自己选择的正是这样的道路，她将真正的生活拖延到未来，最终得到了令人忧伤的结果：她对自己的存在感到无趣、无意义。

在探讨托尔斯泰娅创作中的幻灭情景时，不能不注意她的短篇小说《江湖术士》。女主人公的偶像菲林根本不是她最初想象的那样非同寻常，而是一个庸才，而且是一个无耻的骗子。小说最后几段给人的感觉是女主人公的幻象完全破灭和死亡："再见，粉红色的宫殿，再见，理想！"① "你的言语"，她在心里对自己过去的偶像说，"只是黑夜里的烟花，瞬间的彩色旋风，黑夜中我们头顶上如火玫瑰的歇斯底里…… 好吧，我们用手指揩掉眼泪，将眼泪涂满双颊，向油灯吐口唾沫：我们的上帝死了，而且他的教堂空空如也。再见"②。

有时托尔斯泰娅的短篇小说展示的完全是另一种对幻象主题的理解。她展示的是，幻象可能会对个性起到积极正面的甚至救赎性的作用。沉浸在想象的世界中并不会导致心灵的崩塌，即使这个人依旧是想象世界的奴隶且始终相信到底。但类似的情景在托尔斯泰娅的创作中比幻灭要少得多。可以鲜明证明这一主题的是短篇小说《索尼娅》，其中女主人公成为残酷游戏的牺牲品：朋友为了捉弄索尼娅，以爱上她的男子的名义发来多封信，然后为了取乐而阅读索尼娅的所有回信。但正因为这个游戏，女主人公相信她的确被爱，同时自己也全心全意地爱着那个并不存在的尼古拉，而且这种感觉逐渐成为她生活的真正内容。索尼娅 "始终忠于幻象，没有背叛它，没有失望，她为了……那个从来没有存在过的神秘爱人牺牲了自己，献出了生命"③。但这种阐释幻象主题的方式在托尔斯泰娅那里很少见，更常见的是另一种心理艺术层面——幻灭，以及幻灭的后果——个人情感支撑丧失，个人真诚信任的一切丧失。

构建幻象世界在很大程度上是后现代主义意识特有的观点。因此托尔斯泰娅的创作常常不无理由地被归为后现代主义美学和世界观体系，尽管女作家的艺术思维里有各种思潮的互动，其中包括现实主义、新现代主义。也许把托尔斯泰娅的幻象主题与其他更接近后现代主义美学体系的作家相比会更明显，比如佩列文。他的小说也经常构建想象世界，他的人物也是自己想象的奴隶。但与托尔斯泰娅不同的是，佩列文不会去打破幻影，它们完全掌控着他的主人公的意识。比如长篇小说《奥蒙·拉》的结尾：主人公神奇地从地下铁中钻了出

---

① Толстая Т. Ночь: рассказы［M］. M.：Подкова：229.

② Толстая Т. Ночь: рассказы［M］. M.：Подкова，2001：230.

③ Беневоленская Н. П. Рассказ Татьяны Толстой « Соня »：иллюзия нравоописательного контраста［J］. Вестник Санкт-Петербургского университета. Сер. 9. Филология，2009（3）：10.

来，那里正在拍摄虚假的征服宇宙的电视片，但他完全不明白发生的一切。奥蒙完全相信，他依然在宇宙中前行："飞行在继续，我想……我抬眼望了一下与停止屏一起挂在墙上的路线图，然后开始研究我在红线上的具体位置。"① 奥蒙觉得，他还在执行他得到的任务，并沿着登月车上用红色标出的线路在运行。他的幻象根本没有被打破，而且他完全没有意识到真正的现实。长篇小说《恰巴耶夫与普斯托塔》的主人公也同样如此，他意识中现实的各种形象与他本人的幻象稳固神秘地交织在一起。佩列文的幻象是真正的后现代拟像。佩列文每个主人公的意识所诞生的世界，"只与非现实的、由幻象和非真实构成的后现代世界所制造的拟像"② 有关。佩列文的目标不是克服拟像，将自己的主人公带出想象世界，让他们接受真正的现实。在托尔斯泰娅的短篇小说中，幻象的艺术本质完全不同，完全有别于后现代主义的拟像③：幻象和真实之间存在明显的分水岭和可感知的界限，而且托尔斯泰娅几乎总让自己的主人公迟早跨越这个界限（这通常对他们造成意想不到的悲剧后果）。

　　在托尔斯泰娅的小说中，是否存在幻影不破灭，反而被实体化、获得现实的物质形式？是的，这样的转折也有可能，那些曾经只活在意识里的形象，突然在现实中得以具现，但具现与幻灭一样恐怖。作家的这种创作策略在长篇小说《野猫精》中有所表现。野猫精在小说的开始只是一种幻象，一种想象之物。但到小说的结尾处这一幻象在一定意义上成为现实。本尼迪克特自己"变成"了野猫精——他准备屠杀"可爱的人儿"，用钩子钩住他们，以占有所有书籍。幻象的实体化与幻象世界的破灭一样令人有恐惧感和死亡感。

　　托尔斯泰娅艺术世界中的幻象主题是多层面的。它不仅涉及人的个性，还可能与城市形象有关。比如，短篇小说《他人的梦》中的圣彼得堡就是这样的形象。幻象之城的形象是圣彼得堡神话重要的一面，它在 19 至 20 世纪一系列作家的创作中都出现过，而这一形象早在三百年前圣彼得堡被建造之时就开始形成。类似的神话观念在托尔斯泰娅的创作中得到明显的继承和发展。托尔斯泰娅认为，彼得大帝"建造了自己梦幻中的城市，然后死了……他死了，可城市还在，这就是我们如今生活在他人梦中的原因"④。

---

① 　Пелевин В. Омон Ра ［М］. М.：Эксмо, 2015：157-158.

② 　Голубков М. М. История русской литературной критики XX века ［М］. М.：Юрайт, 2016：330.

③ 　Логика постмодернистского симулякра действует в полной мере в романе Т. Толстой « Кысь».

④ 　Толстая Т. Девушка в цвету ［М］. М.：ACT, 2018：31.

"圣彼得堡已经不存在了"①，别尔嘉耶夫在论述安德烈·别雷长篇小说的文章里这样说过。托尔斯泰娅也把圣彼得堡想象成似乎并不客观存在的城市。它的面貌由居住其中的人的梦幻编织而成，他们曾经居住其中并在自己的诗歌和小说中塑造城市形象，"普希金、果戈理、陀思妥耶夫斯基、别雷、勃洛克将自己的梦幻蔓延至整个城市，就像细细的织网，像网状遮雨布"②。

圣彼得堡是一个充满悖论的城市，是一个充满无法解释、无法用逻辑思考的幻象的城市。"当眼睛在铸造车间、在夏天闷热的地狱里捕捉到门洞上的铭牌提示：'每天都有——鳄鱼，巨蜥，爬行动物！'对此能怎么想？谁在波尔图葡萄酒后的梦魇中辗转反侧？……谁发出了这绝望的呼喊？声音从何而来从梦中的女骑士那里，还是从幻影般的尼洛那里？……该怎么帮助他呢？"③ 但在圣彼得堡，就像在非现实的空间里一样，"无法帮助任何人，只能居住其中，做自己的梦，早上将这些梦悬挂在阳台栏杆上风干，让风儿将它们带到任何地方，就像带走肥皂沫那样"④。

托尔斯泰娅的创作中有一种特别的、同时也是完整的对幻象本质的理解。在托尔斯泰娅看来，幻象是不能被说出、被描写，且常常无法用词语表达的东西。幻象具有"超语言"的本质，它存在于无法用言语表达的感觉、印象和经历之中。比如，在短篇小说《火与尘》中，利玛幻想的东西她无法说出来。利玛对自己未来的某种无法描述的幸福只有直觉。这种幸福将以什么方式结束——利玛不知道，她的意识里只有说不清道不明、朦胧的形象。在短篇小说《奥克维利河》中，西蒙奥诺夫的幻象世界是一种声音世界，也是由声音诞生的感觉和印象世界。词语对它们来说都是过于"沉重"的枷锁。托尔斯泰娅在20世纪80年代的作品正是从这个角度思考幻象本质的，类似的思考在其21世纪以来的创作中继续发展。比如在《轻松的世界》（2014）中，托尔斯泰娅引入一个具有写作天赋的美国大学生形象。正如托尔斯泰娅在一次访谈中所言，这个人"本质上是真正的作家，也是一个被缪斯赐吻的神奇之人。与他交往可以无

① Бердяев Н. Астральный роман. Размышления по поводу романа А. Белого « Петербург » [А] //Бердяев Н. Философия творчества, культуры и искусства. В 2-х тт. Т. 2. . М. : Искусство, 1994：438.

② Толстая Т. Девушка в цвету [М]. М. : АСТ, 2018：31.

③ Толстая Т. Девушка в цвету [М]. М. : АСТ, 2018：38.

④ Толстая Т. Девушка в цвету [М]. М. : АСТ, 2018：31.

须言语，只用空气流就可以"①。他的天赋在于——能潜入幻象世界，能"轻松穿越墙壁、抵达意识诞生的彼岸，那里有想象的如风行动和理由"②。如果说现实能用词语描绘、命名，那么幻象是存在于理性思考之外的东西。这在托尔斯泰娅看来，是创作的真正来源（这在《轻松的世界》《烟与影》等短篇小说中尤为明显）。

总之，幻象主题是托尔斯泰娅艺术世界最重要的一大内容，它被进行了多角度的阐释。作家关注的中心正是幻灭主题，它被进行了多角度的思考：本体论角度（在托尔斯泰娅看来，幻灭是一种无法避免的存在）、心理学角度（人在幻灭瞬间的感觉如何，他的个性发生了怎样的变化），甚至是认识论角度（因为人有时正是因为幻灭才认知到真正的现实和自我）。幻象主题贯穿托尔斯泰娅小说始终：作家从第一部短篇小说和第一部文集开始关注这一主题，然后在长篇小说《野猫精》、21 世纪的创作甚至在不久前的作品（《轻松的世界》）中都给予了关注，其中作家最关心的是探究幻象主题和艺术创作本质之间的相互联系。

通过阐释托尔斯泰娅最重要的创作主题——混乱主题和幻象主题，可以看出作家艺术思维的主要特征在于：细致入微的心理描写，通过日常生活情节、形象和主题反映本体论问题，反映现实与幻象、现实与想象之间的紧密联系，反映各种艺术体系元素——后现代主义、现代主义和现实主义——之间的交融和互渗。

第七节　后现代主义的年轻后继者：
奥列格·佐贝尔③

2004 年，俄罗斯一个名不见经传的"80 后"新锐作家奥列格·佐贝尔以短篇小说《陷落》和《静静的杰里科》引起文学界的广泛关注。作家随后荣获当年"处女作"（"Дебют"）文学奖中的"小散文"（"Малая проза"）奖。此后，佐贝尔的作品接连不断地刊登于各大文学杂志。2008 年，"瓦格利乌斯"

---

① Князев Сергей. Татьяна Толстая о дурновкусии и нелюбви к денежной работе ［EB/OL］. 2015-11-25. https：//www.dp.ru/a/2015/11/19/Tak_ chto_ ja_ budu_ v_ skafandre? ysclid=lztlucmfwh482341629.

② Толстая Т. Легкие миры ［M］. M.：ACT, 2015：169.

③ 本节由李新梅撰写。

出版社将他的《静静的杰里科》等 20 部短篇和中篇小说汇集成同名书出版。该书一经面世，旋即受到广泛好评，作家本人也因此被认为是 21 世纪俄罗斯文坛最有前途的新生代作家之一。

佐贝尔的创作重在制造氛围而非塑造情节，重在描写人的精神活动而非实际行动，重在客观描述而非强加作者的观点，再加上主人公形象的模糊性和不确定性，因此他的创作从本质上属于后现代主义。但作为 21 世纪登上文坛的新一代后现代主义作家，他的创作与 20 世纪 90 年代成名的后现代主义作家（索罗金、佩列文）的创作有所不同。这种不同主要表现在：之前的后现代主义作家大都以解构苏维埃神话为主要目标，且作家喜欢过度运用游戏、夸张、怪诞的手法，因而作品呈现出与现实迥然不同的怪诞风格；而佐贝尔的解构对象几乎不涉及苏维埃神话，"完全失去了对过去的反射"①，只涉及新时代主人公的现实生活，而且作品都比较贴近生活，因此他被称为"日常生活故事的搜集者"②。此外，佐贝尔的后现代主义创作不同于后现代主义文学全面游戏原则，表现出"新的真诚"，文本通常清晰可读。因此，有人将他的创作归为"新感伤主义"，甚至归为"新现实主义"③，称他是"带有人的面孔的后现代主义者"④。实际上，佐贝尔的这些创作特点表明，俄罗斯后现代主义文学在 21 世纪有了新的发展特点：内容层面更关注当代俄罗斯人民生活，风格层面吸收融合了其他文学流派的文学手法。

佐贝尔后现代主义创作的最基本美学属性是解构现代生活。他笔下的主人公大都是当代俄罗斯现实生活中的年轻人，他们都期望过上美好的生活。但他们失望地发现，苏维埃体制被铲除后，生活并没有变得更好，相反越来越庸俗无聊。主人公们在现实生活中找不到自己的位置，尽管他们一度挣扎和求索，但最终都在无望的结果中越来越迷惘和颓废。可以说，他们是迷失的一代，他们在各个领域都存在，其中包括文学家、知识分子、高校学生、士兵、残疾人、神职人员等。

庸俗无聊的生活让一些主人公不免怀念辉煌的苏维埃时代，然而物是人非，由此产生出更多的伤感和无奈。与文集同名的短篇小说《静静的杰里科》，以主

---

① Пустовая В. Диптих［J］. Континент，2005（125）.

② Дьякова К. Слушайте музыку эволюции［J］. Новый мир，2008（8）.

③ Пустовая В. Пораженцы и преображены. О двух актуальных взглядах на реализм［J］. Октябрь，2005（5）.

④ Чередниченко С. Постмодернист с человеческим лицом［J］. Вопросы литературы，2010（5）.

人公跨越时空的梦隐喻传达出这种伤感和无奈。他是曾经的苏维埃少先队夏令营号手，他在梦中回到童年时代的夏令营营地，那里曾经充满欢声笑语、人声鼎沸，如今却只有残垣断壁；他想对暗恋的小女孩表白，却找不到她的踪影；他想再吹一次号，号却失灵了。号手失落地离开营地，却在返回的路上偶遇儿时好友，随后与他一起游历，见证了新俄罗斯时代乱砍滥伐、酗酒纵欲、贫穷无助、横行霸道、政权更替等种种丑态。小说通过号手穿越时空的梦，以及在梦中经历的两种社会体制下的不同生活进行对比，表达了当代俄罗斯人对新生活的失望。

与怀念往昔的号手不同，另外一些主人公竭力面对现实，对抗现实的平庸。短篇小说《梅干诺姆岬角》中的主人公是两位积极进取的青年作家。他们期望能在梅干诺姆岬角找到充满野性、诚实真实的嬉皮士，希望从他们身上汲取对抗庸俗生活的勇气和力量。但结果让他们失望，他们再也找不到这样的嬉皮士，而只找到四个瑜伽练习者。无果的痛苦甚至导致了主人公强烈的死亡感：“当我在月台上等待火车时，我感到恶心。非常想写死亡。”①

还有一些主人公企图在人类永恒的爱情和友情中抗拒庸俗的现实、重树生活的信心，然而这些真诚的情感也是可望而不可即的。短篇小说《昆采夫教区》中的主人公是一名编辑，整天修改那些脱离实际、无聊透顶的文学书稿。他想通过与突然来电的朋友交谈来摆脱这种无聊，但朋友的话题让他感到更无聊。他想与女友在电话中精神交流，但她充满物欲的谈话更将他推向孤独和绝望的深渊。在短篇小说《达到斯巴达》中，孤独的小伙子伊利亚在异国他乡认识了女同胞尼娜并对她产生好感，他原本以为自己找到了精神和灵魂伴侣，但去她家做客时与她的谈话，让他深刻意识到尼娜的肤浅和无聊，他最终怅然而归。

与上述主人公积极寻找对抗庸俗现实的主人公不同，另一类主人公选择用消极的方式对抗庸俗现实。他们有的离群隐居，有的报复生活中的恶，有的对生活冷眼旁观。短篇小说《燕子的故乡》中的主人公谢列佳目睹和体验了上司的淫威和霸道后，对整个社会失去了信任，决定前往“燕子的故乡”生活。显然，“燕子的故乡”与叶罗费耶夫笔下的佩图什基一样，是一个充满乌托邦色彩的美好世界。短篇小说《科托罗斯利河》中的男主人公带着女友来到别墅过上隐居生活，甚至在寒冷的冬夜凿开冰封的河流，企图用河水洗去从世俗世界沾染的庸俗和堕落。短篇小说《聪明人喝的可乐》中的丹尼拉选择以恶制恶，工作的不顺和感情的挫折使他的上帝信仰变成魔鬼崇拜，然而“理智的作恶”并

---

① Зоберн О. Меганом ［J］. Новый мир, 2007（6）.

不能驱除他内心的委屈和不满，他只能在痛苦中挣扎；而其中的主人公"我"却是生活的冷眼旁观者，没有孩子、没有爱情，只活在自己无所事事的幻想中。短篇小说《富苏克木偶》也出现了一个生活的旁观者，对深爱的女人不担负任何责任。这是新俄罗斯时代年轻人的一种流行病，是俄罗斯民族马尼洛夫习气在新时期的表现。

佐贝尔的解构对象不仅包括当代俄罗斯青年人的现实生活，还包括当代俄罗斯民族的宗教信仰。在他的笔下，当代俄罗斯人的宗教情结失去了崇高的精神性，而被当代物欲横流的世俗浸染。因此，他的作品中虽然有基督教人物形象，但没有丝毫宗教氛围。比如，中篇小说《不同风格》中的主人公是新时代寺院里的一名僧侣，他耳闻目睹了"圣地"的种种媚俗现象：神职人员将神职活动当作赚钱的工具和手段，将寺院当成自己的私人场所；他们不斋戒，不领圣餐，抽烟酗酒，有私人轿车和秘书，甚至偷养情人和生孩子。主人公希望自己成为真正的神父来拯救物化的社会，并希望自己招收的学生能像他一样过禁欲主义的生活，然而学生们却都不愿受难而离他而去。主人公因此陷入无望的沮丧中。短篇小说《普拉夫斯克的茶》中也出现了物化和世俗化的神父的人物形象。"他的穿着非宗教化——汗衫和牛仔裤，只能根据他的胡子推测，他与宗教有点关系。"① 他像普通年轻人一样购买外国轿车，听流行音乐，吃三明治，说青年说的俚语和骂人话，甚至接受妓女服务。

佐贝尔的创作解构了传统的主人公形象。他笔下的主人公像飘忽不定的影子，没有人生经历，也没有特别具体的言行举止，只有空虚、无聊、孤独的内心世界。为了展现主人公的孤独、无聊和空虚，作家常将叙事空间安排在开阔的村子、森林、昔日的战场（《静静的杰里科》）、偏远的小城（《达到斯巴达》）、人烟稀少的大道（《普拉夫斯克的茶》）、人迹罕至的海边（《梅干诺姆海岬》）、冰天雪地的河边（《科托罗斯利河》）等。"对于佐贝尔的主人公来说，俄罗斯的广袤比监狱还要糟糕，因为人在其中无法找到自己的位置，不知如何隐藏自我。"② 与索罗金的创作相似，"佐贝尔短篇小说的一大主题是道路"③。这一主题在后现代主义小说中表现为无关乎主人公对生活的探索，而只关乎主人公的孤独、空虚和无聊。

与索罗金相似，佐贝尔也善于用于通过对性和肉欲描写来达到解构目的。

---

① Зоберн О. Плавский чай ［J］. Новый мир，2006（4）.

② Чередниченко С. Постмодернист с человеческим лицом ［J］. Вопросы литературы，2010（5）.

③ Аверьянова Н. Дорога в никуда ［N］. Литературная Россия，2009-02-10（39）.

但与索罗金不同的是，佐贝尔的性描写不用于解构苏联神话，而是用于解构现代生活。性行为是主人公打发庸俗无聊生活的方式。比如《普拉夫斯克的茶》中主人公想通过与妓女在玉米地的片刻欢愉驱走旅途的疲劳和乏味。《燕子的故乡》中的上司因为空虚无聊而在办公室强奸纯洁的女中学生。短篇小说《东方罗曼史》中的士兵因为无聊空虚而与红头发女人轮流性交。《不同风格》中的修道院院长养情人，院长秘书搞同性恋，普通僧侣做性梦，等等。

总之，佐贝尔的后现代主义创作主要致力于解构庸俗、无聊、乏味、空虚的现代生活。这与佩列文后现代主义小说中的虚无主义有些相似。但佐贝尔的创作紧紧围绕生活本身进行，其创作素材多源于日常生活，而没有像佩列文那样构建虚幻的世界。另外，佐贝尔笔下的主人公尽管否定现实，但他们终究没有抛弃现实，而是在现实中痛苦地挣扎和探索。因此，佐贝尔的世界观并非完全虚无主义的，而是探索式的。这样的世界观反映了当代俄罗斯人由苏联解体之初对生活的绝望和彻底否定转变到当今逐步滋生出希望和拯救欲望。

佐贝尔的后现代主义创作反映了俄罗斯后现代主义文学在 21 世纪的发展趋向，即吸收融合其他文学思潮和流派的创作手法，克服自身过度的游戏和荒诞色彩的问题，逐渐回归伦理和传统，重新开始阐释人与人、人与社会之间的关系，重新拾起宗教、哲学、创作、爱情等永恒的创作命题。年轻的文学批评家普斯托瓦娅正确地指出："年轻文学中的后现代主义创作问题被现实主义的生活创作问题取代，后现代主义文学在为人的生存而战，而不再是为风格的生存而战"①。

---

① Пустовая В. Диптих［J］. Континент，2005（125）.

第二章

现实主义①

第一节　现实主义在当代之前的产生和发展史

现实主义又称"写实主义"，是文学批评中最常见的术语之一，也是世界文学中最普及、最流行的创作方法和思潮之一。它一般具有广义和狭义的概念。广义的现实主义，泛指文艺对自然（或现实）的忠诚，最早源于古希腊时期柏拉图、亚里士多德、赫拉克利特等思想家们提出的艺术模仿论。狭义的现实主义（又称现代现实主义），特指19世纪30年代首先出现于法国和英国，随后波及俄罗斯和其他欧美国家的文艺思潮。

最早一批狭义上的现实主义作家包括：法国的司汤达、巴尔扎克、福楼拜，英国的狄更斯、萨克雷，俄罗斯的普希金、果戈理等。但这些较早时期的现实主义作家"都不曾用'现实主义'这一名词来标明自己属于这个新型的文学流派"②。

勒内·韦勒克在《批评的诸种概念》一书中追溯现实主义术语在欧美各国的发生史时认为，1798年和1800年"大约是席勒和弗里德里希·施勒格尔第一次把这个术语应用到文学上来"③。在俄罗斯，现实主义手法早在18世纪末拉吉舍夫的文学创作中就已经出现，但这一术语的出现却要晚得多。首次使用"现实主义"这一术语的是文学评论家帕·瓦·安年科夫，他在1849年发表于《现代人》第1期的《1848年俄罗斯文学简讯》一文中，用"现实主义"指代"自然派"（натуральная школа）。随后，"现实主义"这一术语被亚·瓦·德鲁日

---

① 本章由李新梅撰写。
② 蒋承勇. 19世纪西方文学思潮研究：第二卷 现实主义［M］. 北京：北京大学出版社，2022：45.
③ 韦勒克. 批评的诸种概念［M］. 罗纲，王馨，杨德友，译. 上海：上海人民出版社，2015：214.

宁、尼·亚·杜勃罗留波夫等文学评论家用于分析亚·谢·普希金、伊·萨·尼基金的诗歌，但指涉的是诗歌中的现实，而非创作方法。德·伊·皮萨列夫在 19 世纪 60 年代也曾使用"现实主义者"（реалист）这一术语，但他指涉的不是现实主义作家，而是屠格涅夫笔下巴扎罗夫式的远离任何艺术、只看重实践的人。①

从 18 世纪末至今，现实主义文学在俄罗斯已经走过了 200 余年的漫长发展历程。其间无数研究者尝试按照自己的标准对俄罗斯现实主义文学发展历程进行阶段划分，其中包括 19 世纪著名文论家维·格·别林斯基、20 世纪著名符号学家尤·米·洛特曼、21 世纪文学批评家谢·米·卡兹纳切耶夫。别林斯基的划分主要涵盖 18 世纪末到 19 世纪 20 年代末，其重大贡献在于首次对写真实现象的文学进行了理论探索，将其放在同时代其他文学思潮（浪漫主义）的背景下进行比较，从而凸显其先进性和优越性。值得强调的是，别林斯基虽然是现实主义文学理论的创始人，但他从未使用过"现实主义"这一术语，而用"自然派"代之。洛特曼的划分主要涵盖 18 世纪末至 20 世纪 30 年代，其特点在于以俄罗斯社会发展历史为背景，兼顾文学与哲学、社会学、人类学、历史学、心理学、文化学等方面的联系；在追溯俄罗斯现实主义文学的产生根源时，特别强调社会政治因素，认为"俄罗斯文学史使用'现实主义'这一术语，来代表进步的文学思潮，它产生于封建社会发生危机、民主思想形成之时"，产生后"不断变化发展，经历了不同的发展阶段，获得新的具体形式，成为在历史渐进发展过程中被推上社会舞台的先进阶级手中的武器"②；在划分俄罗斯现实主义的发展阶段时，特别注重人物与环境的关系，认为作家为了塑造新的人物形象而不断探索新的创作手法和形式，从而推动了现实主义的不断发展。卡兹纳切耶夫的划分涵盖 18 世纪末到 21 世纪初，从中提炼出启蒙现实主义—批判现实主义—社会主义现实主义—新现实主义的流变脉络，其特点在于还运用文化批评方法专门阐述了新现实主义在当代文坛逐渐生成的社会文化语境。

综合各位文学史家和批评家的划分，总体上可以按照时间顺序梳理出俄罗斯现实主义文学在当代之前的四个主要发展阶段和变体：（1）18 世纪末的启蒙现实主义（просветительский реализм）；（2）19 世纪的经典现实主义（классический

---

① Литературная энциклопедия терминов и понятий / Рос. акад. наук. Ин-т науч. информ. по обществ. наукам；Гл. ред. и сост. А. Н. Николюкин ［М］. М.：Интелвак，2001：858.

② Лотман Ю. М. О русской литературе ［М］. Санкт-Петербург：Искусство-СПб.，1997：530.

реализм）；（3）20世纪一二十年代的新现实主义（неореализм）；（4）20世纪
30年代初至80年代末的社会主义现实主义（социалистический реализм）。① 每
个发展阶段和流变体既保持着这一文学思潮亘古不变的一些"常数"，又涌现出
不同时代语境下滋生的"变数"。

启蒙现实主义受18世纪末早期民主意识的影响而诞生，其标志是拉吉舍夫
的写实游记《从彼得堡到莫斯科旅行记》。正如尤·米·洛特曼所言："俄罗斯
反封建思想作为意识体系形成于18世纪末……此时出现了独特的美学观，并充
分反映在拉吉舍夫的创作中。艺术客体不再是抽象的普遍概念世界（正如古典
主义所要求的那样），而是现实的、可以感知的现实世界。"②

经典现实主义的发展延续了整个19世纪。普希金是其创始人，果戈理为其
奠定了基础，赫尔岑、冈察洛夫、陀思妥耶夫斯基、屠格涅夫、奥斯特洛夫斯
基、涅克拉索夫、谢德林、托尔斯泰、契诃夫等大批作家使其成为文坛主导思
潮，别林斯基、车尔尼雪夫斯基、杜勃罗留波夫等批评家及时从理论上进行总
结，为其健康发展铺平了道路。按照尤·米·洛特曼的观点，19世纪经典现实
主义也可以称为批判现实主义，因为其哲学理念是，世界和人都不完美。因此，
个性与环境（或个性与世界）的关系成为其文学书写的核心问题。按照尤·
米·洛特曼的观点，尽管这一关系在19世纪批判现实主义作家的笔下具体表现
不同，但最终都没有逃离一种定论：环境决定个性，个性诞生于环境中且受制
于环境；个性无法改变环境，其中闪现的民主意识、革命斗争精神最终都不能
改变环境。也就是说，作家们还未能正确看到环境与人物的辩证关系。俄罗斯
研究者尤·鲍·鲍列夫也持有类似观点，只不过他的表述不同。他首先将批判
现实主义作家笔下的个性与世界的对抗关系梳理出5种：第一，不公平世界秩
序的力量超过了没能获得规模性和组织性的高尚暴动（普希金的《杜波罗夫斯
基》《上尉的女儿》《青铜骑士》）。第二，暴力抗恶有时超过理智界限，变成
对无辜者的致命暴力（拉斯科尔尼科夫被迫杀死放高利贷的老太太的妹妹）。第
三，抗恶的暴力摧毁了反抗者本身的个性（拉斯科尔尼科夫）。第四，作为消除
社会之恶的革命暴力最后成了被个人滥用的暴力，包括个人算计、自我确立、

---

① 尽管期间还涌现出诸如魔幻现实主义（以米哈伊尔·布尔加科夫为代表）、农民现实主
义（以叶赛宁为代表）等各种小支流和变体，但由于它们的规模和影响力较小，因此
在这里不做具体讨论。

② Лотман Ю. М. О русской литературе［А］//Лотман Ю. М. О русской литературе：
статьи и исследования（1958 - 1993）：история русской прозы，теория литературы.
Санкт-Петербург：Искусство-СПб，1997：530.

虚荣游戏、自恋等（陀思妥耶夫斯基《群魔》中的彼得·韦尔霍文斯基）。第五，用无辜小孩的眼泪买不来整个世界的幸福，全世界的幸福会被眼泪毒害。而当普希金、陀思妥耶夫斯基等作家笔下的个性战胜不了环境之恶时，唯一的出路是托尔斯泰式的不以暴力抗恶和道德自我完善。①

新现实主义是对 19 世纪经典现实主义的更新与发展，也是 20 世纪初与现代主义融合、碰撞的产物。因此，它也被俄罗斯研究者鲍列夫称为"现代化的现实主义"（модернизированный реализм）之一，其美学特征是"持续关注来自民间的人，关注普通人的生活"②。代表性作家有列·尼·托尔斯泰、米·米·普利什文、叶·伊·扎米亚京、伊·谢·什梅廖夫等。这一批作家之所以有影响，主要是因为他们继承了 19 世纪经典现实主义的传统，同时得益于列·尼·托尔斯泰、弗·加·柯罗连科、安·帕·契诃夫等上一代现实主义者晚年的探索为经典现实主义带来的创新。在创作主题方面，新现实主义的主题范围比过去更宽广，闯入了过去经典现实主义不能触及的主题禁区。在人与环境的关系方面，新现实主义不仅强调人具有对抗环境不利影响的能力，而且强调人具有积极变革生活的能力。在人物性格方面，新现实主义作家一方面遵循经典现实主义作品常见的"小人物"或遭遇精神悲剧的知识分子，另一方面使人物的心理特征与世界感受变得千姿百态。在体裁和风格方面，新现实主义作家虽然放弃了 19 世纪经典现实主义波澜壮阔的史诗体裁与观照世界的完整性，但能十分敏锐地感受生活，以更强烈的情感表达作者的立场，因此灵活易变的短篇小说和特写占据了体裁的中心位置。风格上的双重性与艺术上折中成为新现实主义的典型特征，大部分新现实主义作家（除了伊·阿·布宁）的风格都不稳定，展现出这一流派既依然忠实于经典现实主义传统又开始与各种新的艺术思潮相互作用的过渡期特征。③

社会主义现实主义创作手法早在 20 世纪初"高尔基的长篇小说《母亲》中

---

① Теория литературы : В 4 т. / Рос. акад. наук. Ин-т мировой лит. им. А. М. Горького ; Редкол. : Ю. Б. Борев（гл. ред.）и др. Литературный процесс Т. 4 [М]. Москва : ИМЛИ РАН : Наследие, 2001 : 399–400.

② Теория литературы : В 4 т. / Рос. акад. наук. Ин-т мировой лит. им. А. М. Горького ; Редкол. : Ю. Б. Борев（гл. ред.）и др. Литературный процесс Т. 4 [М]. Москва : ИМЛИ РАН : Наследие, 2001 : 420.

③ 阿格诺索夫 . 20 世纪俄罗斯文学 [М]. 凌建侯，译 . 北京：中国人民大学出版社，2001：11–17.

就形成了"①，但作为一种创作原则的正式确立是在 1934 年苏联第一次作家会议上。社会主义现实主义遵循马克思主义哲学和美学，坚持"个性具有社会积极性且应融入以暴力手段创造历史的进程"的创作理念②，"要求艺术家从现实的革命发展中真实地、历史具体地去描写现实；同时艺术描写的真实性和历史具体性必须与用社会主义精神从思想上改造和教育劳动人民的任务结合起来"③。20 世纪 20 年代末至 20 世纪 50 年代中期，社会主义现实主义一直是独霸苏联官方文坛的文艺思潮，也被官方认定为唯一正确的创作方法。其书写主题在总体上也呈现出大一统式的趋势：20 世纪二三十年代革命英雄主义、集体主义和个人奉献精神（代表性作家有亚·绥·绥拉菲莫维奇、德·安·富尔曼诺夫、亚·亚·法捷耶夫等），20 世纪 40 年代卫国战争领袖、战斗英雄和劳动英雄（代表性作家有鲍·利·瓦西里耶夫、康·米·西蒙诺夫、亚·亚·法捷耶夫等），20 世纪 50 年代中期之前"所有时代和民族的总领袖"④ 的英明领导、战后经济文化重建成就（代表性作家有阿·阿·苏罗夫、阿·弗·索夫罗诺夫、米·谢·布宾诺夫、谢·彼·巴巴耶夫斯基等）。

20 世纪 50 年代中后期开始，随着斯大林个人崇拜的打破和苏共二十大的召开，苏联文艺界掀起了"正面英雄"和"无冲突论"的大讨论，社会主义现实主义原则中一些过于直露的政治要求遭到质疑，最终被删去原来定义中"艺术描写的真实性和历史具体性必须与用社会主义精神从思想上改造和教育劳动人民的任务结合起来"，同时删除"要求艺术家从现实的革命发展中真实地、历史具体地去描写现实"中的"历史具体地"一词。这样的删减和修订具有重要的意义，正如我国学者所言，"这一事实本身的象征性意义远远超过了'修改'的理论意义：它是 20 年来苏联文学界对'社会主义现实主义'的怀疑情绪的第一次公开表现，标志着这一'创作方法'权威性的动摇"⑤。从此，文艺创作者一方面继续坚持社会主义现实主义原则，另一方面开始反思其本身的价值和意义。20 世纪 60 年代中期到 20 世纪 80 年代末，苏联文学越来越关注个性特征、自然

---

① Теория литературы : В 4 т. / Рос. акад. наук. Ин-т мировой лит. им. А. М. Горького; Редкол.: Ю. Б. Борев（гл. ред.）и др. Литературный процесс Т. 4 [M]. Москва : ИМЛИ РАН : Наследие, 2001：406.

② Теория литературы : В 4 т. / Рос. акад. наук. Ин-т мировой лит. им. А. М. Горького; Редкол.: Ю. Б. Борев（гл. ред.）и др. Литературный процесс Т. 4 [M]. Москва : ИМЛИ РАН : Наследие, 2001：402−403.

③ 人民文学出版社编辑部 . 苏联文学艺术问题 [M]. 北京：人民文学出版社，1959：25.

④ Кременцов Л. П. Русская литература XX века. Т. 2 [M]. М., 2005：9.

⑤ 张杰，汪介之 . 20 世纪俄罗斯文学批评史 [M]. 南京：译林出版社，2000：448.

生态、文化传统、日常生活、道德伦理等现实主题，社会主义现实主义在自我修补、自我扩展、自我否定中逐渐走向末路。

20 世纪 90 年代初，随着俄罗斯社会文化语境和体制的巨变，从"解冻"时期之后就开始遭受质疑的社会主义现实主义完全失去了官方平台的支持，大部分作家也都公开声讨和攻击这一文学创作手法和原则。1991 年后现代主义作家和自由派代表维克托·叶罗费耶夫的《悼念苏联文学》一文的发表，具有纲领性意义。他在这篇文章中批判苏联文学，批判社会主义现实主义。"按照大部分人的观点，社会主义现实主义作为一种现象正是在这一时期彻底终止其存在。"①

第二节 中俄学界关于当代现实主义的争论

从 20 世纪 80 年代末改革时代开始，"公开""民主""多元化"不仅成为政治经济领域的口号，"也成为社会文化生活的新标准"②。俄罗斯文艺多元化趋势浩浩荡荡地开始了。不仅社会主义现实主义一统天下的局面被打破，而且后现代主义、新现代主义、新浪漫主义、新感伤主义等各种文学思潮和流派开始崛起，共同充斥着当代俄罗斯文坛。现实主义也在这种百花齐放的社会语境中继续发展和流变，诞生出无数个内部分支和流派，其中既有继承传统的经典现实主义、怪诞现实主义（гротескный реализм）、讽刺现实主义（иронический реализм），也有发展创新的残酷现实主义（жестокий реализм）、粗暴现实主义（брутальный реализм）、虚拟现实主义（виртуальный реализм）、新批判现实主义（неокритический реализм）、形而上现实主义（метафизический реализм）、元形而上现实主义（метаметафизический реализм）等。甚至连当今现实主义的总体称谓，也有后现实主义（постреализм）、新现实主义（новый реализм/неореализм）③、现实主义（реализм）三种常见指称，且中俄学界不同的人使用这些称谓时所指的内涵、代表作家也不尽相同。

---

① Казначеев С. М. Судьба русского реализма：происхождние，развитие и возрождение ［М］．М．：Издательство Литературного института им. А. М. Горького，2012：222.

② Сушилина И. К. Современный литературный процесс в России ［М］．М．，2001：16.

③ 俄罗斯文学批评家们大多用"новый реализм"表示"新现实主义"，只有少数使用"неореализм"。

一、后现实主义

"后现实主义"这一称谓最早由文学批评家列伊捷尔曼和利波韦茨基父子俩于 1993 年在《新世界》杂志上发表的《死后之生，或关于现实主义的新情况》一文中提出。① 文章认为，后现实主义将是替代后现代主义文学的新文学范式，这种新文学范式以巴赫金诗学为基础，坚持相对性、对话性和开放性原则。文章还从与巴赫金同时代的作家曼德尔施塔姆、普拉东诺夫等作家的创作中寻找后现实主义文学的起源，并以当代作家彼特鲁舍夫斯卡娅、马卡宁等人的创作为例分析了后现实主义的诗学特征。总体而言，后现实主义在这篇文章中被理解为吸收了现代主义和后现代主义风格的现实主义创作。

"后现实主义"这一称谓随后被不少中俄研究者借用。周启超、于双雁等中国研究者就借用这一术语来指称当今现实主义思潮。周启超甚至还在其内部划分出四种流派分支：带有存在主义色彩的现实主义、带有象征主义色彩的现实主义、带有自然主义色彩的现实主义、带有浪漫主义色彩的现实主义。②

二、现实主义

坚持这一称谓的最典型代表是文学批评家巴辛斯基。1993 年，当列伊捷尔曼父子提出用后现实主义指称当今现实主义文学思潮后，就立刻遭到了巴辛斯基的质疑。他在同一年发表在《新世界》杂志上的《回归：关于现实主义和现代主义的争论札记》一文中进行了批驳③，认为当今现实主义与十八、十九世纪以来的俄罗斯现实主义本质一样，甚至概念内涵都可以使用别林斯基当年的表述。巴辛斯基甚至阐述了俄罗斯现实主义 200 多年的演变历程，并提出继续用"现实主义"这一称谓来指称当今现实主义创作。两年后他又发表《何谓俄罗斯现实主义?》④ 一文，进一步阐释了现实主义文学的诗学特征，比如本体论原则、上帝信仰、自然描绘世界、语体明晰且崇高等。

中国的陈建华、张建华、侯玮红等学者也将当今现实主义思潮笼统地称呼

---

① Лейдерман Н., Липовецкий М. Жизнь после смерти, или Новые сведения о реализме [M]. Новый мир, 1993 (7).

② 周启超."后现实主义"：今日俄罗斯文学的一道风景 [J]. 求是学刊, 2016, 43 (1)：20-26.

③ Басинский П. Возвращение: Полемические заметки о реализме и модернизме [J]. Новый мир, 1993 (11).

④ Басинский П. Что такое русский реализм? [J]. Литературная учеба, 1995 (2-3)：157.

为现实主义，但对内部分支流派进行了不尽相同的划分。其中陈建华划分出传统型现实主义、隐喻型现实主义、另类文学、后现代主义文学 4 种。① 张建华划分出新经典叙事、民族文化叙事、原生态叙事、幻化叙事、非虚构叙事 5 种。② 侯玮红划分出批判现实主义、后现代主义、神秘现实主义 3 种。③

三、新现实主义

"新现实主义"这一称谓出现的时间其实最早，被中俄学界借用最多，但每个人使用这一称谓时指涉的内涵不尽相同。早在 1992 年，文学批评家斯捷潘尼扬就在《现实主义是后现代主义的结束阶段》④ 一文中，提出"新现实主义"的称谓，并把吸收了后现代主义的某些诗学成分，但作者仍相信"最高的精神本质的实际存在"的作品称为新现实主义。但斯捷潘尼扬的文章在当时没有引起较大反响。

真正使"新现实主义"开始进入理论界和创作界视野的，是 20 世纪 90 年代后半叶以高尔基文学院卡兹纳切耶夫为首的一批作家和批评家在莫斯科作家协会组织召开的讨论新现实主义的系列学术研讨会。1997 年 3 月 14 日类似主题的会议首次召开。卡兹纳切耶夫做了题为《新的现实——新的现实主义》的报告，正式将新现实主义作为一种新的文学思潮提出。他与其他与会者的发言，共同形成了关于新现实主义美学特征的初步表述。比如，人民精神，上帝信仰，心灵躁动不安、充满绝望和末世情绪的当代主人公，与主人公、读者、叙事者融为一体的作者，真实可信、充满真诚和自白的书写，紧凑凝练、鲜明直接的语言和叙事结构，小说体与自传体、散文体、政论文、回忆录等融合的合成体裁，等等。而被他们划归为新现实主义的作家很多：既包括 20 世纪 90 年代之前已成名的作家，比如维克托·阿斯塔菲耶夫、瓦西里·别洛夫、列昂尼德·博罗京、谢尔盖·多甫拉托夫、亚历山大·索尔仁尼琴、弗拉基米尔·卡塔耶夫、弗拉基米尔·马卡宁，等等；也包括 20 世纪 90 年代之后登上文坛的作家，比如斯维特兰娜·瓦西连科、弗拉基米尔·古谢夫、维克托·祖耶夫、弗拉基

---

① 陈建华，杨明明. 世纪之交俄罗斯现实主义文学的转型 [J]. 同济大学学报（社会科学版），2008（5）：93-97.

② 张建华. 新时期俄罗斯小说研究：1985—2015 [M]. 北京：高等教育出版社，2016.

③ 侯玮红. 继承传统、多元发展：论当代俄罗斯现实主义小说 [J]. 外国文学评论，2007（3）：101-108.

④ Степанян К. Реализм как заключительная стадия постмодернизма [J]. Знамя，1992（9）.

米尔·克鲁平、谢尔盖·谢尔巴科夫等。可以说，此次会议首次正式宣告了新现实主义在当代俄罗斯文坛的存在并尝试阐释其诗学特征。然而，"新现实主义"这一术语早在白银时代就出现过，今天的新现实主义到底"新"在哪里等问题引起与会者的质疑和激烈争论。

这种争论一直持续到 1999 年第二次相同主题会议召开，此次会议讨论的范围更广泛。涉及新现实主义与浪漫主义的关系，新现实主义作家与经典现实主义作家使用手法的区别等。而且对于哪些作家属于新现实主义仍旧争论不休。

2000 年，该主题的会议第三次召开。这次会议最终使创作界和理论界对这个争论多年的话题达成初步共识，形成了关于新现实主义文学本质的理论表述，其中主要包括三点：（1）继承经典俄罗斯文学传统，感知明晰、表达准确、对人和事具有深刻的洞见；（2）推崇基于存在主义哲学的人性主义；（3）借鉴各种艺术表达手法。[①]

不难看出，卡兹纳切耶夫所说的新现实主义，泛指融合了传统现实主义和当代各种文学思潮诗学手法的现实主义。他在 2012 年出版的个人专著《俄罗斯现实主义的命运：诞生、发展和复兴》中，更加系统地阐明了这样的思想。专著对俄罗斯现实主义文学从 18 世纪末到 21 世纪初 200 多年发展史进行了系统梳理，提炼出启蒙现实主义—批判现实主义—社会主义现实主义—新现实主义的流变脉络。他还运用文化批评方法专门阐述了新现实主义文学逐渐生成的社会文化语境。

首先是 20 世纪八九十年代之交，社会主义现实主义的衰亡，迫使作家们开始探寻新的创作方法。其次是传统派作家的坚守：整个 20 世纪 90 年代中叶之前，面对以盈利为导向的商业文学市场和独占鳌头的后现代主义文学，坚持传统现实主义书写的作家作品很难被出版社选择出版，因此普遍笼罩着悲观情绪；但 20 世纪 90 年代中叶之后，读者开始厌倦充斥着图书市场的后现代主义文学和大众文学，现实主义文学经过几年类似于地下状态的发展之后开始以新的姿态甚至更年轻的姿态重新出现在读者面前。

21 世纪以后，关于新现实主义文学的讨论越来越深入、具体和清晰。比如，文学批评家邦达连科在《新现实主义》一文中，不仅用新现实主义指称当代现实主义思潮，而且在其内部划分出三个作家群体。第一个群体是聚集在《十月》《新世界》两本杂志和《文学报》周围的作家，代表作家有：奥列格·帕夫洛

---

① Казначеев С. М. Судьба русского реализма：происхождние, развитие и возрождение ［М］. М., 2012：260.

夫、阿列克谢·瓦尔拉莫夫、斯维特兰娜·瓦西连科、米哈伊尔·塔尔科夫斯基和批评家帕维尔·巴辛斯基等。这一群体在后现代主义文学大行其道的背景下，坚持传统现实主义道路，成为"自由派内部的独特的反抗者"。第二个群体聚集在莫斯科作家组织内部，理论家是谢尔盖·卡兹纳切耶夫，代表作家有米哈伊尔·波波夫、维亚切斯拉夫·杰格捷夫、弗拉季斯拉夫·阿尔乔莫夫、尤里·科兹洛夫等。这些作家"最大限度地把后现代主义手法吸收到现实主义中来，实际上创造了一种游戏的现实主义"。第三个群体是一些20~25岁的青年作家，包括：谢尔盖·沙尔古诺夫、罗曼·先钦、马克西姆·斯维里坚科夫、伊琳娜·杰涅日金娜等。"他们非常细致地描写他们周围的'新现实'。用随笔手法自然呈现当代青年肮脏的现实世界，不美化，不使用象征符号，不进行抽象概括。"① 应当承认，邦达连科的划分思路整体上是正确的。但随着文学进程的不断发展和作家创作的推陈出新，个别作家的创作定性还有待商榷。

21世纪将新现实主义推上文艺理论和创作巅峰并巩固其地位的，是几位年青一代新现实主义作家和批评家具有宣言性的文章的出现。首先是作家沙尔古诺夫的《拒绝送葬》一文。② 在该文中，沙尔古诺夫首先批判了以盈利为目标的大众文艺，已经过时的后现代主义文艺，以及墨守成规的苏联作家的创作。然后提出新现实主义并阐述其美学主张，可以概括为以下几点：（1）打破文体束缚，避免墨守成规，坚持美学创新；（2）选择"普通人"（средний человек）作为文学主人公；（3）坚持文学创作的"严肃精神"，拒绝戏仿、讽刺、挖苦；（4）意识形态折中，不带任何政治倾向；（5）用"真实可信的虚构"取代不着边际的想象和荒诞；（6）反映存在主义问题；（7）将现实美学化，但不进行任何抽象；（8）坚持节奏性、简洁性、明晰性。在后来的一些文章和访谈中，沙尔古诺夫还提供了一份新现实主义代表作家名单。除了罗曼·先钦、扎哈尔·普里列平外，还包括安德烈·格拉西莫夫、伊利亚·科切尔金、伊琳娜·杰涅日金娜、亚历山大·伊利切夫斯基、阿尔卡季·巴布琴科、米哈伊尔·叶利扎罗夫、格尔曼·萨杜拉耶夫、安德烈·鲁巴诺夫、谢尔盖·萨姆索诺夫、杰尼斯·古茨科、阿利萨·加尼耶娃、亚历山大·斯涅吉列夫、伊利达尔·阿布贾罗夫等。不难看出，这份名单中主要是"70后""80后"年轻作家。

罗曼·先钦的《新现实主义——新世纪的思潮》一文也具有宣言性质。该文与沙尔古诺夫的《拒绝送葬》一文有很多观点相似。比如，鄙视各种超现实

---

① Бондаренко В. Новый реализм［N］. Завтра, 2003-08-19（34）.

② Шаргунов С. Отрицание траура［J］. Новый мир, 2001（12）.

主义、后现代主义、先锋主义甚至语文小说；完全不接受大众文学；认为当代文学正在回归"传统语言、传统形式，甚至传统的永恒主题和问题"；主张文学的"严肃性"，反对文字游戏、挖苦讽刺；希望未来的文学"深刻多样地展示存在的复杂性、多样性"；预言新一代作家将摆脱老一辈作家背负的意识形态和美学限制，带来文学新气象。① 但他在其他文章中也表达了与沙尔古诺夫不同的一些主张。比如，他认为文学的功能首先是社会功能，美学功能应服从社会功能；而沙尔古诺夫认为文体创新、克服成规等美学任务最重要；他坚持纪实性书写，提倡将文学性与纪实性结合，推崇介于虚构和非虚构之间的体裁范式，甚至提出"人类文献"（человеческий документ）体裁；而沙尔古诺夫认为作家应该创造自己的现实，只要这种现实与可具体感知的现实相似即可。②此外，先钦提供的新现实主义作家名单比沙尔古诺夫的名单范围更广，不仅包括最年轻一代作家，比如：阿尔卡季·巴布琴科、谢尔盖·沙尔古诺夫、马克西姆·斯维里坚科夫、伊琳娜·杰涅日金娜、扎哈尔·普里列平、奥列格·佐贝尔、瓦西里·阿夫琴科、瓦西里娜·奥尔洛娃、德米特里·涅斯捷罗夫、阿列克谢·叶菲莫夫、安东·季霍洛兹等；还包括比他们年长一些的作家，比如：德米特里·诺维科夫、杰尼斯·古茨科、伊利亚·科切尔金、亚历山大·卡拉肖夫、叶甫盖尼·格里什科维茨、奥列格·帕夫洛夫、娜塔利娅·鲁巴诺娃等。先钦甚至指出这两代作家之间的区别：前者虽然展示出更强的"代际反叛精神"，但总是"寻找让自己融入社会的可能性"，而后者更加个性化，他们的创作"继续钻研虽然重要但很狭窄的主题"③。

作家扎哈尔·普里列平不像谢尔盖·沙尔古诺夫和罗曼·先钦那样对新现实主义文学具有理论构想和美学期望，也不像他们那样自称是新现实主义作家，而把自己的创作称为"临床现实主义"。但是，他在《寻找自我认同的临床现实主义》一文中的观点，对于了解21世纪出现的新现实主义的社会原因具有重要意义。他认为，20世纪90年代就涌现出阿列克谢·瓦尔拉莫夫、奥列格·帕夫洛夫等大批采用现实主义方法创作的作家，只是当时的社会还没有准备好接受现实主义。而21世纪涌现新文学流派的原因在于：第一，作家们对自由主义思

---

① Сенчин Р. Новый реализм — направление нового века ［J］. Пролог, 2001（3）.

② Сенчин Р. Питомцы стабильности или грядущие бунтари? Дебютанты нулевых годов ［A］// Роман Сенчин. Не стать насекомым. Публицистика. Критика. Очерк. М.: Литературная Россия, 2011: 147.

③ Сенчин Р. Рассыпанная мозаика: Рассказ в прозе тридцатилетних ［J］. Континент, 2011: 150.

潮的绝望和对苏联的怀念；第二，人民对新的强国的需求；第三，爱德华·利莫诺夫与亚历山大·普罗哈诺夫对当代青年人的影响；第四，俄罗斯政府对文学发展的资助；第五，厌倦了后现代主义的读者对新鲜内容的期待。①

除了创作界，文学批评界也出现了一些支持新现实主义文学的年轻理论家。比如，安德烈·鲁达廖夫在具有宣言性的文章《新现实主义教义问答》中，不仅正面解读了谢尔盖·沙尔古诺夫关于新现实主义的"宣言"，而且提出了自己对"新现实主义"中的修饰语"新"的理解，即新作家、新现实、新方法、新的反抗力量和批判声音。他还强调新现实主义与传统的紧密联系，认为这是继承和回归俄罗斯文化传统、保存国家及其文化、沿俄罗斯文学十字布自我更新的运动。② 瓦列里娅·普斯托瓦娅在宣言性文章《失败者和革新者：两种关于现实主义的迫切观点》③ 中，阐述了新现实主义作家的一些基本创作原则：（1）不仅直接把可视的现实搬到纸上，还参透其本质；（2）在现实生活中的人身上看到的是痛苦的、软弱的、有罪的"真相"（правда），但从"真理"（истина）的层面来进行书写；（3）不光依赖个人的生活经验，还对其进行主观审视；（4）将人经历的痛苦折射成美，将劳动折射成思想，将物品折射成形象，将人折射成创造者，将事物折射成语言。

显而易见，21 世纪以来几位年轻的新现实主义作家和理论家提出的"新现实主义"，主要指的是 21 世纪以来活跃文坛的青年一代现实主义作家。他们提出的新现实主义是狭义上的，与卡兹纳切耶夫、邦达连科等人所说的新现实主义的内涵并不相同。后两者提出的是广义的新现实主义，指当代文坛坚持并发扬过往俄罗斯文学中的各种现实主义美学传统，同时吸纳当代文坛其他文学艺术成就的现实主义创作。

如今，中俄学界开始积极使用"新现实主义"这一术语及其内涵，但都存在广义和狭义的区分。比如，中国学界的王树福使用"新现实主义"这一称谓时，指的是 20 世纪 90 年代以来与后现代主义不断合流和多样对话的现实主

---

① Прилепин З. Клинический реализм в поисках самоидентификации［А］//Захар Прилепин. Книгочет: пособие по новейшей литературе с лирическими и саркастическими отступлениями. М.: Астрель, 2012: 201-219.

② Рудалёв А. Катехизис « нового реализма ». Вторая волна: Не так страшен « новый реализм », как его малюют［J］. Российский писатель, 2010 (4): 46-57.

③ Пустовая В. Пораженцы и преображенцы. О двух актуальных взглядах на реализм［J］. Октябрь, 2005 (5).

义①。邱静娟使用这一术语时，仅仅指 21 世纪以来青年一代的现实主义创作②。

从中俄学界关于当今现实主义的争论不难看出，这是一种很难用统一概念来指称并划分内部流派的文学思潮。因为一个基本的事实是，当今俄罗斯现实主义作家包含整个 20 世纪出生的好几代人。首先有亚历山大·索尔仁尼琴、尤里·邦达列夫、维克托·阿斯塔菲耶夫、瓦西里·别洛夫、瓦连京·拉斯普京、鲍里斯·叶基莫夫等"二战"前出生且在苏联时期就已声名远扬的作家。他们直接传承了 19 世纪的现实主义，同时又是 20 世纪各种现实主义流派（劳改营文学、战争文学、农村文学、城市文学）的奠基人或集大成者，因此他们的创作可称经典现实主义。他们在新时期的创作仍旧关注俄罗斯社会的历史与现实，传达时代情绪与民众呼声，反思民族、人类的历史命运，具有浓烈的忧患意识与沉重的社会责任。在艺术形式上依然坚持二元对立思维，真与假、美与丑、善与恶、生与死、道德与邪恶等二元对立话题依然是小说作品的基本构型方式。在写作视角上仍采用传统的全知全能视角，试图传达一种终极的道德标准、伦理价值和"上帝的声音"。

当今现实主义文学还包括弗拉基米尔·马卡宁、柳德米拉·彼特鲁舍夫斯卡娅、柳德米拉·乌利茨卡娅、格奥尔基·弗拉基莫夫、米哈伊尔·波波夫、尤里·科兹洛夫、尤里·波利亚科夫、安德烈·德米特里耶夫、弗拉基米尔·克鲁平、奥莉加·斯拉夫尼克娃等 20 世纪 90 年代成名的作家。他们的创作在 20 世纪 90 年代后现代主义文学引领文坛的背景下，或多或少借鉴和吸收了一些现代主义和后现代主义诗学成分。从这个意义上讲，他们的创作属于列伊捷尔曼和利波韦茨基父子俩所说的后现实主义。

当今现实主义文学还包括 21 世纪成名的现实主义作家，他们大部分都是青年一代作家，与 20 世纪 90 年代成名的现实主义作家存在比较明显的区别，主要表现在：（1）前者的内部存在自由派和爱国派的区分，而后者逐渐消除了这种区分；（2）前者吸收融合后现代主义文学的一些诗学手法，而后者拒斥后现代主义文学的游戏、荒诞、讽刺、戏谑等创作手法；（3）前者笔下的主人公虽然对现实不满，但没有对现存体制采取激进的措施和行动，而后者笔下的主人公经常采取激进行动，甚至呼吁推翻现行体制；（4）前者主要传达的是苏维埃人的意识，而后者主要传达的是新俄罗斯人的意识；（5）前者更个性化，没有

---

① 王树福. 当代俄罗斯新现实主义的兴起 [J]. 外国文学研究, 2018, 40 (3): 131-142.

② 邱静娟. 俄罗斯新现实主义文学流派述评 [J]. 广东开放大学学报, 2019, 28 (1): 64-67.

统一的思想和理念将他们联系起来，而后者由于受爱德华·利莫诺夫、亚历山大·普罗哈诺夫等思想的影响而具有相对统一的思想根基；（6）前者以创造精英文学为目标，而后者渴望打开大众读者的心扉，喜欢用年轻读者熟悉的语言书写，这类作家的创作堪称狭义上的新现实主义。

对于如此丰富多样的当代现实主义文坛，我们的确很难用统一的称谓来指代，所以我们主张使用现实主义这一笼统称谓。但是，当代作家的创作都是在不断发展中的过程，风格也在不断推陈出新，因此针对不同作家乃至同一作家的不同作品，应该做具体区分。与此同时，在将作家或作品划归到某一思潮或流派时，一定要说清楚这一思潮或流派的源起、美学属性等本质和内涵，这样才不会引起过多的质疑。

第三节　当代现实主义的美学传承与诗学创新

俄罗斯现实主义文学在每个历史发展阶段都具有其他阶段所不具有的"变数"，同时又具有这一文学思潮和创作方法在任何时代都保持不变的"常数"。当代现实主义也不例外，它既传承了现实主义文学在俄罗斯 200 余年发展过程中永远不变的真实性、典型性、精神道德探索等美学共性，又在审美意识、叙事表达、艺术手法、叙事体裁等方面体现出当代的创新。

一、美学传承

真实性（достоверность в изображении действительности/правдивое и объективное отражение действительности）是现实主义文艺最基本的创作原则之一。关于文艺创作的真实性，不同国度、不同时代的人有不同的看法。最早的说法可以追溯到古希腊时期由苏格拉底、柏拉图开启的"模仿论"。在俄罗斯，最早系统阐述这一文艺创作原则的是俄罗斯现实主义美学奠基人别林斯基。按照别林斯基的说法，文艺作品的真实性是指作品同它反映的社会生活相符合、相接近，与此同时被再现的现实不是从现实摹写下来的事实，而是通过作家的想象提升为文学作品的事实。总而言之，真实地再现现实要求艺术家通过创造性的想象，对来自生活的大量感性材料进行选择、提炼、加工、改造，熔铸进作家自己的审美理想。这就要求作家在创作时处理好客观性和主观性之间的关系。

真实性是任何时代的俄罗斯现实主义作家都遵循的基本创作原则之一，当代现实主义作家更是恪守这一基本原则。比如，老一辈经典现实主义作家邦达列夫在发表于 20 世纪 90 年代末的长篇小说《百慕大三角》中，通过普通家庭爷孙俩在苏联时代后期的变故和遭遇，以高度逼真的手法描写叶利钦时代的社会现实。小说的逼真程度甚至达到了纪实主义的程度，作家在小说中不仅直接描写 1993 年炮打白宫事件等当代俄罗斯社会的重大事件和重要现象，而且直呼其名地列举当时大大小小的政府首脑、官员、金融寡头、文化名流等，还借助主人公之口表达了对重大政治事件和重要现象的思索、评述、争论。另一位经典现实主义作家索尔仁尼琴在 20 世纪 90 年代的一系列中短篇小说中，以高度真实的手法回忆性地书写了整个 20 世纪俄罗斯历史中所有重大社会变革。年青一代的经典现实主义作家普里列平在长篇小说《萨尼卡》中，通过虚构的人物形象萨尼卡及其在苏联时代后期企图用暴力方式推翻当局的故事，真实地表现了苏联民众对新俄罗斯社会现实的不满，"揭示一代人在巨变时代的悲剧命运"①。另一位年轻的经典现实主义作家格鲁霍夫斯基在颇具批判现实主义风格的长篇小说《活在你手机里的我》中，通过虚构的青年大学生伊利亚经历的罪与罚，真实地揭示了当代俄罗斯社会在法制、道德、家庭等方面的问题。即使是结合了现代主义和后现代主义风格的现实主义作品，也仍旧没有放弃真实性原则。比如，叶辛在其兼具现代主义风格的现实主义小说《站在门口的女人》中，通过报社女收发员梦想破灭的隐喻性故事，真实地再现了改革时代普通民众的幻想以及幻灭过程。马卡宁兼具后现代主义风格的现实主义小说《老人与白宫》，通过几位鳏夫晚年经历的"父与子"的不和与矛盾，真实地展现了 20世纪末俄罗斯社会巨变导致的传统家庭观、道德观和血缘关系的断裂。先钦、沙尔古诺夫等新现实主义作家更是将真实性发挥到极致，他们的作品不仅充满高度真实的可信感，而且表现出毫无遮掩的真诚性和自白性。"抒情小说家们似乎直接将形象和细节从生活搬到了自己的作品中，与此同时又保留在虚构小说的框架之内。"② 先钦甚至直接提出"人类文献"体裁，主张用第一人称叙事，不带任何主观色彩地书写现实。在他以第一人称叙事的长篇小说《巴黎的雨》中，就真实客观地再现了俄罗斯外省小城及其居民在 20 世纪末社会转型期的命运。

　　典型性（типичность）或典型化（типизация）也是现实主义文艺的基本创

---

① 王宗琥．"新的高尔基诞生了"：俄罗斯文坛新锐普里列平及其新作《萨尼卡》[J]．外国文学动态，2008（2）：5.

② Казначеев С. М. Судьба русского реализма：происхождние，развитие и возрождение [M]．М.：Издательство Литературного института им. А. М. Горького，2012：246.

作原则之一，且与真实性有着紧密的关系，因为真实性有赖于通过塑造鲜明的、典型的艺术形象来实现。现实主义文学中的典型性主要指，个别的特殊的艺术形象具有体现生活中某些普遍意义的特性。典型性又包括典型人物和典型环境，且典型人物的塑造离不开典型的社会环境，因为"当代英雄"只能是同当代社会生活紧密联系、能体现时代精神特征的人物。典型性同样最早被古希腊美学家亚里士多德进行过阐述，也是俄罗斯现实主义美学奠基人别林斯基提出的主要原则。苏联符号学家尤里·洛特曼也曾详细论述过典型与个性在 19 至 20 世纪俄罗斯现实主义文学中不断探索和完善的过程。在他看来，19 世纪末之前的现实主义作家过分强调艺术形象的社会典型性而忽视个性的鲜明特征，导致个性的存在只是为了体现典型的先进意识、民族精神、时代精神或作家所要批判的肮脏现实社会；20 世纪社会主义现实主义初期阶段的作家们强调塑造代表先进阶级的典型人物，导致个性被先进性和阶级性取代，典型人物也成了典型阶级的代表。直到帕斯捷尔纳克的《日瓦戈医生》、肖洛霍夫的《静静的顿河》等经典的出现，才完美地处理了典型与个性的关系。

典型人物和典型环境依然是当代俄罗斯现实主义文学恪守的原则。比如，当代文学理论家和作家谢尔盖·卡兹纳切耶夫曾说："新时期的文学应该将新的主人公推至首位。"① 这里说的就是塑造典型人物的问题。另一位研究者罗塔伊在论及当代新现实主义文学的特征时，更详细地展开了典型人物和典型环境的问题，比如"选择当代时空，即与我们当今社会现实一致的时间和空间"，"探寻能代表当代人（通常是年轻人）及其积极生活语境的正面主人公"。② 在创作实践方面，尤里·邦达列夫的长篇小说《百慕大三角》有着传统现实主义的典型环境——苏联解体后的叶利钦时代，也有着典型的人物形象——主人公安德烈，小说情节也以典型人物为中心叙事，展现典型人物在典型环境中的命运。谢尔盖·叶辛的《站在门口的女人》中的女主人公柳德米拉和她的老邻居谢拉菲姆，则分别是对改革时代持有不同意见的民主派和白色爱国派的典型代表。弗拉基米尔·马卡宁的《老人与白宫》中的三位老人，则是当代俄罗斯老无所依、孤独凄凉的老一辈人的典型代表。扎哈尔·普里列平的《萨尼卡》中的同名男主人公，是苏联时代后期新一代红色爱国者的代表。德米特里·格鲁霍夫

---

① Казначеев С. М. Судьба русского реализма: происхождние, развитие и возрождение [M]. М.: Издательство Литературного института им. А. М. Горького, 2012: 276.

② Ротай Е. М. «Новый реализм» в современной русской прозе: художественное мировоззрение Р. Сенчина, З. Прилепина, С. Шаргунова: автореф. дисс. ... канд. фил. Наук [D]. Краснодар, 2013: 6-7.

斯基的《活在你手机里的我》中的男主人公伊利亚，则是苏联时代后期被不公正的法律制度和不良的道德秩序等共同摧毁的青年人的典型代表。先钦的《巴黎的雨》中的男主人公安德烈，是苏联时代后期在民族冲突背景下越来越丧失俄罗斯民族认同感的一代的典型代表。

如果说真实性和典型性是现实主义作为一种世界性文艺思潮的基本特征，则精神道德探索（духовно-нравственные искания）是俄罗斯现实主义文艺的民族属性。所谓的精神道德探索，就是作家在创作中对精神道德价值的探索，对改造现实环境的方法的探索。俄罗斯现实主义文学之所以有这一特殊的民族属性，是因为其自诞生起就"代表进步的文学思潮，它产生于封建社会发生危机、民主思想形成之时"，其产生后"经历了不同的发展阶段，获得新的具体形式，成为在历史渐进发展过程中被推进社会舞台的先进阶级手中的武器"。① 因此尤里·洛特曼在谈到俄罗斯现实主义与西欧现实主义的区别时正确地指出，西欧小说"通常涉及的是主人公生活地位的改变，而不涉及生活本身的改变，也不涉及主人公本人的改变"②；"但完全相反的是：俄罗斯小说从果戈理开始，提出的问题不是主人公地位的改变，而是其内在本质的改变，或者对其周围生活的改造，或者两者兼有"③。换句话说，人物与环境的关系是俄罗斯现实主义文学各个发展阶段每个作家都要首先解决的问题。在这种理念的指导下，现实主义作家总是力图塑造反映新的人物与环境关系的人物性格，寻求能够代表作家道德理想的人物形象。而作家为了塑造新的人物形象，也在不断探索新的创作手法和形式，从而推动了现实主义题材和体裁的不断变化发展。

需要指出的是，当代现实主义文学作品中塑造的环境如此之恶劣，以至于处于这种环境中的现代人常常走向改造环境失败的悲剧命运，或者成为失去改造环境的能力和信心的"迷惘一代"。尽管如此，作家仍旧借由他们表达了对道德理想的苦闷探索。比如，尤里·邦达列夫的《百慕大三角》中诚实、自律、自尊、自爱、独立、孤傲的安德烈，尽管最后为自己和他人复仇的行动失败后陷入被送上法庭的悲剧命运，但他始终没有丧失作家在他身上寄予的人生观、

---

① Лотман Ю. М. О русской литературе : статьи и исследования（1958-1993）: история русской прозы, теория литературы ［M］. Санкт-Петербург : Искусство-СПб, 1997: 530.

② Лотман Ю. В школе поэтического слова: Пушкин. Лермонтов. Гоголь: Кн. для учителя ［M］. М. : Просвещение, 1988: 333.

③ Лотман Ю. В школе поэтического слова: Пушкин. Лермонтов. Гоголь: Кн. для учителя ［M］. М. : Просвещение, 1988: 334.

价值观、爱情观和政治理想。亚历山大·索尔仁尼琴晚年系列小说中的主人公，面对自己所处的时代，最终无力坚守道德底线，但他们都是作家对个性如何在历史洪流中才能保全的道德思考。谢尔盖·叶辛在《站在门口的女人》中，通过柳德米拉的爱情和生活悲剧，表达了作家自己对改革时代随波逐流、见异思迁、见利忘义的芸芸大众的批判，而在老教授谢拉菲姆身上寄托了自己关于能独立思考、有独立人格的知识分子的理想。弗拉基米尔·马卡宁在《老人与白宫》中，通过三位鳏夫老无所依、孤独凄凉的结局，表达了自己对道德沦丧、伦理缺失的当代俄罗斯社会的失望，且作家的道德理想恰恰隐藏在这种失望中。扎哈尔·普里列平在《萨尼卡》中，通过有理想主义、英雄主义情结的男主人公暴力改造社会的失败，表达了自己对如何改造现实的道德思考。德米特里·格鲁霍夫斯基在《活在你手机里的我》中，通过风华正茂、有着美好前途的莫斯科大学青年学生公伊利亚的悲剧命运，表达了对当代俄罗斯社会青年一代命运的思考。罗曼·先钦在《巴黎的雨》中，通过男主人公安德烈对现实的绝望和迷惘，表达了作家自己关于俄罗斯民族未来发展的严肃思考。

二、诗学创新

随着社会文化语境的变化，当代作家心目中的意识形态和世界观等内在理念也在逐渐变化，这必然会引起文学创作的叙事内容、主题、风格、结构、语言发生变化。因此，当代现实主义作家在审美意识、叙事立场、艺术手法、叙事体裁上都表现出创新之处。

第一，作家的审美意识发生转型。由反映社会生活向表现"对历史人生的感受转变，由'干预生活'向表现自我对外部生活的感受转变"①。审美对象也随着审美意识的变化而变化，作家开始"从社会思索转入个体生命体验"，越来越倾向于表现"普通人的生存状态和人的生命意识"。②"对人的同情态度，对人作为个性的尊重，成为当今现实主义作家的区别性特征。"③此外，由于当代作家所处的历史文化语境脱离了意识形态控制，因此他们在创作中所描绘的事件与人物更加趋向于采取一种较为客观冷静的态度，体现出对普世价值取向的追求。老一辈现实主义作家在当代的创作最能说明这种审美意识的转型。比如，

---

① 张建华. 论俄罗斯小说转型期的美学特征 [J]. 当代外国文学，1995（4）：77-78.

② Казначеев С. М. Судьба русского реализма：происхождние，развитие и возрождение [M]. М.：Издательство Литературного института им. А. М. Горького，2012：244.

③ Казначеев С. М. Судьба русского реализма：происхождние，развитие и возрождение [M]. М.：Издательство Литературного института им. А. М. Горького，2012：244.

索尔仁尼琴晚年作品仍旧对20世纪俄罗斯历史充满悲剧意识，但他已不像年轻时那样充满愤怒和呐喊，其笔下没有绝对的好人或坏人，只有不同程度的妥协之人。作家以老者的睿智、宽容和冷静审视过，理解大部分人为了生存只能向时代妥协。而新一代现实主义作家罗曼·先钦、谢尔盖·沙尔古诺夫等人的创作更是如此，他们从一开始登上文坛就以极其个人化的审美意识书写当代现实。

第二，作家叙事立场发生变化。传统理解上的作家是一种高尚职业，与读者和主人公相比具有优越的社会地位，俄罗斯现实主义文学也曾有"生活的教科书"之称。然而，随着当代俄罗斯作家地位的下降，文学创作不再是令人尊敬的职业，作者与读者、主人公的关系也发生了变化：作家与后两者不再是以前现实主义文学中教导和被教导的关系，而变成了一种完全平等的关系，很多作者描写的主人公其实就是自己，作者面对读者时也不再像以前表现出高高在上的姿态，他们之间的距离完全消失了。这样的关系变化也反映在叙事立场的变化上，即由全知全能的上帝视角转向作者与叙事主人公合二为一的叙事视角。当然，这样的叙事倾向在20世纪60年的至20世纪80年代康斯坦丁·帕乌斯托夫斯基、尤里·纳吉宾、弗拉基米尔·索洛乌欣等人的小说中就已出现，只不过"在当代作家的小说中表现更明显、更清晰"①。这样的特点主要体现在新一代现实主义作家的创作中，比如谢尔盖·沙尔古诺夫、罗曼·先钦等。

第三，艺术手法变得丰富多样。当代现实主义作家用多样的艺术手法反映多样的现实形态。一些作家受到后现代主义、现代主义等当代文坛其他文学思潮的影响，广泛吸收和借鉴这些文学思潮的艺术手法，积极采用互文、游戏、反讽、戏谑、碎片化叙事、多时空融汇、体裁杂糅等手法。比如，弗拉基米尔·马卡宁的短篇小说《老人与白宫》，以后现代式的荒诞笔法来影射现实，描绘出一幅疯狂无序、伦理失范的非理性画卷。谢尔盖·叶辛的长篇小说《站在门口的女人》，用现代主义意识流手法替代传统的心理主义手法，来展现当代女主人公大量的回忆和复杂的思考。即使是拒不接受后现代主义文学的亚历山大·索尔仁尼琴②，其晚年小说也不能说没有受到后现代主义文学的影响。另外一些拒斥后现代主义文学、大众文学的现实主义作家，更倾向于用自然主义式的白描手法，客观、真诚地描写当代人的日常生活和精神心理，甚至出现了作者—主人公—叙事人合为一体的手法。比如，罗曼·先钦的长篇小说《巴黎的雨》。还

---

① Казначеев С. М. Судьба русского реализма：происхождние，развитие и возрождение ［М］. М.：Издательство Литературного института им. А. М. Горького，2012：294.

② Солженицын А. … Колеблет твой треножник ［J］. Вестник РХД，1984：142.

有一些作家恪守 19 世纪经典现实主义传统，因而继续采用传统的心理描写、环境描写、对话描写等手法描写当代现实，塑造当代人物形象。比如，尤里·邦达列夫的《诱惑》《百慕大三角》，德米特里·格鲁霍夫斯基的《活在你手机里的我》，扎哈尔·普里列平的《萨尼卡》。

第四，叙事体裁出现合成化趋势。"当今现实主义文学中最流行的体裁是模糊的、流动的、扩散的体裁，其中小说与自传、随笔、回忆录、政论因素奇异地组合在一起。阅读很多当代作家的作品时，很难将虚构和幻想从真正发生过的事件中区分出来，因此有时很难清楚地界定作品的体裁……"[1] 比如，维克托·阿斯塔菲耶夫的长篇小说《该诅咒的和被杀死的》，常常偏离战争的叙事主线，植入大篇幅的政论插叙，表达自己对俄罗斯历史、苏维埃政权、军事指挥乃至党政官员的个人观点，甚至插入描写俄罗斯农村生活、民俗和信仰的小故事等。[2] 整部小说的政论性极强，作家本人溢于言表的悲愤情绪，叙事线索的模糊不清，都使这部两卷本长篇小说与托尔斯泰《战争与和平》那样的史诗性小说有着天壤之别。亚历山大·索尔仁尼琴的短篇小说《热里亚布戈新村》，米哈伊尔·阿列克谢耶夫的长篇小说《我的斯大林格勒》等，都是融作家个人的前线经历和虚构为一体的卫国战争题材小说，其中很难分清哪些是作家本人的经历，哪些是作家虚构的。罗曼·先钦的长篇小说《巴黎的雨》，虚构性和文学性即使在当代现实主义小说中也首屈一指，其中男主人公的出生和成长环境与作家也具有高度相似性。

第四节　经典现实主义的延续：邦达列夫、普里列平、格鲁霍夫斯基

随着现实主义重新成为当代文坛的主导性思潮，重新建构 19 世纪经典现实主义那样的"宏大叙事"的力量也在集结，其周围不仅有老一辈的尤里·邦达列夫、瓦连京·拉斯普京、瓦西里·别洛夫、米哈伊尔·阿列克谢耶夫等苏联时代已成名的老作家，也有年青一代的扎哈尔·普里列平、德米特里·格鲁霍

---

[1]　Казначеев С. М. Судьба русского реализма: происхождние，развитие и возрождение［М］. М.：Издательство Литературного института им. А. М. Горького，2012：245.

[2]　Леонов Б. Русская литература о Великой Отечественной войне［М］. М.：ИздательствоЛитературного института им. А. М. Горького，2010：476-481.

夫斯基等新俄罗斯时代成名的作家。他们的小说情节完整连贯，没有马赛克式的拼凑；时空通常呈现出一维，没有后现代式的多维时空的交织和穿越；擅长真实地描写人物的语言、外貌、表情、心理，很少采用隐喻、象征、神话、科幻等手法；使用全知全能的上帝视角，试图传达一种终极的道德标准和伦理价值；坚持二元对立的艺术思维，小说的构型模式仍然是真善美与假丑恶、生与死、道德与邪恶等两面话语的对立；主题仍旧选择时代的主旋律与民众呼声，反思民族、人类的历史命运，作家充满高度的民族使命感和责任感。这类作家的创作构成了当代的经典现实主义。

当代经典现实主义继承了 19 世纪经典现实主义的史诗叙事风格。史诗风格"它历来就是俄罗斯文学的一个重要品种。19 世纪俄罗斯文学中已经形成史诗小说的传统，托尔斯泰的创作则标志着史诗小说发展的高峰。这一传统在苏联文学中为高尔基、阿·托尔斯泰、肖洛霍夫、费定等大师们所丰富和发展"①。从某种意义上讲，苏联时期的宏大叙事也是史诗叙事，只是附加了意识形态指向而已。

当代经典现实主义叙事去除了意识形态内涵，完全成为作家个体的审美选择和道德选择，而且其中融入作家新的思想观念和新的创作方法，表现出极大的突破性和艺术风格的独特性。比如，文本聚焦不再固封于"真实"，而是将"现实"作为一种途径和视角，以个性化色彩极其浓厚的透视生活的方法来观照大千世界中的人与事，严肃、嘲讽、诙谐、控诉并置其中，创作者们已然摆脱了种种社会期望，从而形成了现实主义的某种"民间立场"。

一、老一辈经典现实主义：老作家尤里·邦达列夫新时代的现实书写

当代文坛老作家尤里·瓦西里耶维奇·邦达列夫（Юрий Васильевич Бондарев，1924—2020 年）是一个始终将文学创作与社会现实紧密挂钩的现实主义作家。他于 1949 年开始登上文坛，时值卫国战争结束不久，因此整个 20 世纪五六十年代的创作紧紧围绕卫国战争的主题并取得夺目的成就，代表作有长篇小说《营请求火力支援》（1957 年）、《最后的炮轰》（1959 年）、《热的雪》（1970 年）等。从 20 世纪 70 年代开始，邦达列夫的文学创作将战争主题融入当时的现实生活和道德探寻中，其长篇小说三部曲《岸》（1975 年）、《选择》（1981 年）、《戏》（1985 年）就体现了题材融合、篇幅集约的新倾向。20 世纪 90 年代，邦达列夫的创作开始关注苏联解体前后的社会现实，并重点探究当代

---

① 邓蜀平. 当代苏联小说的史诗化倾向 [J]. 文艺评论，1987（6）：115.

人的道德问题，拷问上自高级知识分子和政府官员、下至普通民众的道德心灵，代表作有长篇小说《诱惑》（1992 年）、《百慕大三角》（1999 年）等。

我国著名的俄罗斯文学研究者、《诱惑》的中文译者石国雄，曾概括出邦达列夫创作的四大主要特点，即严峻的真实、丰富的内涵、探索的主人公、生动的戏剧性。① 这一概括准确地评价了邦达列夫从 20 世纪 50 年代初到 20 世纪 90 年代末一生的创作，同时也证明了邦达列夫的创作具有经典现实主义的基本特点。"国外有的评论把他的创作与托尔斯泰、契诃夫、陀思妥耶夫斯基这样的经典作家的创作相媲美，也非是偶然的了。"② 邦达列夫发表于 20 世纪 90 年代末的长篇小说《百慕大三角》，依然延续了作家之前创作中的经典现实主义手法。

小说有着传统现实主义的典型环境——苏联解体后的叶利钦时代，也有着典型的人物——主人公安德烈，小说情节也以典型人物为中心叙事，展现典型人物在典型环境中的命运。开篇就描写安德烈在 1993 年 10 月炮打白宫事件中的经历。作为一名记者，他在炮打白宫事件发生时进行现场采访，却因被警察怀疑参加保卫议会大厦行动而被逮捕。在警察局受尽各种审讯、殴打和侮辱后，安德烈逃回家并将事情的经过告诉了外祖父杰米多夫。外祖父虽然心疼安德烈遭受的不幸，也痛恨当下社会的混沌无序，但作为有着传统东正教信仰和"不以暴力抗恶"思想的知识分子，只能安慰安德烈，建议他读《圣经》来安抚心灵，劝他不要丧失理智，尤其不要指望通过内战解决问题。然而，被仇恨控制了的安德烈，认为外祖父太懦弱，不仅公开批判他的劝慰理念，而且开始悄悄制订复仇计划并采取行动，不过最终因为各种原因未能实现。这一事件带给安德烈的心灵创伤还未愈合，他又接二连三地经受了事业、爱情、亲情的重创。先是他工作的报社解雇了他，其他杂志社也拒绝了他的求职。之后，他那梦想成为模特的女友塔尼娅被国内外冒充艺术家的骗子们联合欺骗、强暴，并被迫染上毒瘾。接着，外祖父的突然去世又给安德烈精神一击。身陷贫穷和各种问题的安德烈，只能出卖自己的汽车来维持生活。在卖车过程中，安德烈偶遇昔日大学同窗斯皮林并与之开始频繁交往，其间他既感受到对方及时得力的帮助，又感受到他的威力和神秘。最终的真相是，斯皮林是俄罗斯强力机关工作人员，他不仅参与过十月事件的镇压，而且与外国势力勾结出卖国家利益，包括参与偷盗安德烈外祖父画室、让塔尼娅遭遇不幸等。国祸家仇交织在一起，使安德

---

① 石国雄. 深邃隽永的艺术世界：当代俄罗斯著名作家尤·邦达列夫的创作个性［J］. 南京大学学报（哲学社会科学版），1994（4）：75-80.

② 石国雄. 深邃隽永的艺术世界：当代俄罗斯著名作家尤·邦达列夫的创作个性［J］. 南京大学学报（哲学社会科学版），1994（4）：81.

烈最终向斯皮林开枪复仇。

小说的叙事时间从 1993 年 10 月延续到 1996 年 10 月。这样的叙事时间对于大部头的长篇小说来说显然有限，但内容却因为爷孙俩与各自的朋友、敌人的交往和对话而极度膨胀，因而最终全景式展现了 20 世纪末俄罗斯社会转型期各种负面社会问题，比如虚假的民主、无节制的自由、道德沦丧、现代暴力等。但最重要的主题是道德问题，从中能鲜明地区分出道德之善的代表（杰米多夫爷孙俩及其友人）和道德之恶的代表（杰米多夫爷孙俩的对立者）。

小说中的外祖父杰米多夫是一位画家院士，也是一位拥护苏维埃政权的红色爱国者。早在苏联时代，他就扬名四海，享有盛誉，不仅受到普通大众的追捧，而且经常被电视台和媒体关注。他的绘画才华甚至受到新政权的赏识，不少高层领导找他作画像。然而，他对新俄罗斯社会现实极为不满，清醒地意识到当今民主的虚假性和自由的破坏性，也意识到欧美大众文化对俄罗斯民族艺术文化的毁灭性影响，到处用言语进行揭露、抨击、讽刺、打击。小说在展现老杰米多夫这一人物性格时，采用了传统现实主义最基本的对话描写，通过他与外孙安德烈、同行敌人和友人的语言交锋，来展现其作为老一辈红色爱国者的性格特点及思想主张。

杰米多夫院士作为一名红色爱国者，在对话中首先表现的是对当代俄罗斯社会的批判和对昔日苏维埃大国的怀念。比如，在小说第二章中，他与从警察局死里逃生的外孙安德烈的交谈，表达了对混乱无序的当代俄罗斯社会的极度不满和愤恨。他说："长达 17 年的乱世、各种伪德米特里、背信弃义、贿赂、杀戮、淫荡、抢劫、纵酒作乐！都曾有过！不过不像现如今这样厚颜无耻、卑鄙龌龊、颠倒是非！"①在小说第四章中，杰米多夫与画家友人瓦西里的对话进一步反映了他对新俄罗斯社会现实的不满。他不仅批判当局在十月事件中的暴行，批判民主派取胜后的扬扬自得，还批判俄罗斯人民在国家和民族危难之际的善恶不分。他说："我们的人民不再受到敬重和爱戴，他们逐渐变得庸俗，变得冷漠无情……"②同时，他将昔日苏维埃大国的富裕与如今俄罗斯的物质贫穷、精神堕落、人口死亡、教育下滑、西方文化泛滥、官僚任由美国操控等现象进行对比，充满了对往昔的怀念和对当下的不满。

老杰米多夫院士作为一名红色爱国者，在对话中还体现了捍卫俄罗斯传统艺术、坚守传统人生观和艺术观的思想。比如，在小说第三章中，老杰米多夫

---

① 邦达列夫. 百慕大三角 [M]. 闫洪波，译. 北京：外国文学出版社，2002：29.
② 邦达列夫. 百慕大三角 [M]. 闫洪波，译. 北京：外国文学出版社，2002：101.

与同行敌人佩斯科夫进行了激烈争论，揭露了后者弃笔从商并与国外势力勾结倒卖画作的行为，抨击时下艺术中的各种虚无主义和荒诞派，把自由主义艺术家称为"颠倒是非的变态狂""长痔疮的废物"。在小说第七章中，老杰米多夫临死前与外孙安德烈关于艺术、爱情、死亡、时局等话题推心置腹的谈论，再次总结了他的艺术观、人生观、爱情观、世界观。对于艺术，他认为正是当下社会的都市文明和拜金主义导致俄罗斯民族艺术地位严重下滑。对于死亡，杰米多夫将它与爱情勾连在一起，认为自己即将来临的死亡是与仙逝的爱妻在天堂重逢的时刻。对于时局，他感到越来越恐惧和难以忍受，预感国家会因为内部的背叛而导致灭顶之灾，因此对安德烈说："堡垒将被攻破，外孙，不是说从外面攻进来，就是内部背叛。"①

　　老杰米多夫院士虽然到处揭露和抨击自己国家当下的各种阴暗现实，但他从来不曾背叛自己的国家，也从来不曾想要颠覆自己的国家。实际上，他的批判都是当着"自己人"进行的自我批评，而面对外敌时则表现出捍卫俄罗斯国家的一面。小说第三章中他与美国购画商怀特的言语交锋完全可以证明这一点。言谈中老杰米多夫以居高临下的鄙视态度对待怀特，因为他深知这些看似有钱的美国人不会慷慨解囊高价买下真正的艺术品，而更愿意低价购买风景画以满足观感。当怀特在他的激将下要购买充满悲剧意识的画作《灾难》时，他却以画作未完成而加以拒绝。当怀特肤浅地认为这幅画作反映了新俄罗斯社会的悲剧时，杰米多夫的爱国心更是爆发，他反驳说自己的画作并不是为了展示俄罗斯的悲剧，而是向整个人类警示暴力的灾难性后果。当怀特讨好地说俄罗斯不会灭亡，而是会效仿欧美民主体制过上文明生活时，老杰米多夫不仅抨击俄罗斯当局效仿欧美民主体制的做法，而且抨击美国式的虚假自由和肤浅文明："我憎恨俄罗斯的民主派和各种各样微不足道的小人物打着热爱人民的旗号愚弄我们，而不是带来什么生活。我们的自由就是奇谈怪论。你们的也如此。至于谈到你们的文明，那么美国的像棉花一样柔软的手纸令我震惊得头晕目眩。绝不是什么绘画作品和雕塑。你们在这方面整个是一个撒哈拉大沙漠。就是这样！"②

　　正因为深爱祖国又怒其不争、哀其不幸，老杰米多夫在小说中表现出诸多看似充满矛盾和悖谬的言行。比如，对无辜的安德烈在十月事件中遭遇警察拘捕和暴力殴打的经历，他一方面义愤填膺地批判当局的无耻行径，另一方面对

_____

① 邦达列夫．百慕大三角［M］．闫洪波，译．北京：外国文学出版社，2002：181.

② 邦达列夫．百慕大三角［M］．闫洪波，译．北京：外国文学出版社，2002：82.

安德烈进行基督徒式的劝慰和说教，并以"不以暴力抗恶"的哲学告诫安德烈不要指望通过内战解决问题。他的这一矛盾言行被安德烈视为性格懦弱，但其实他只是不希望国家再次陷入暴力和内战的悲剧。对于当局，他一方面持有保留意见，另一方面仍旧答应给最高领导人作肖像画。他的这一矛盾言行被友人瓦西里和外孙安德烈都误解为贪图荣誉和获得新政权的承认，但其实他只是为了保护俄罗斯艺术而做出的屈就，正如他对安德烈坦言："过了七十岁我永远摆脱了虚荣、摆脱了追求名利和其他荒唐无稽的欲望。有一个时期罗马准备向佛罗伦萨宣战，目的是夺回米开朗琪罗。现在艺术成了荒漠……"① 老杰米多夫死后的遗嘱是对其生前种种矛盾言行的解码，同时证明了他的拳拳爱国之心：他在遗嘱中把自己留下的绘画和雕塑品称为自己的孩子，叮嘱安德烈伺机全部捐赠给国家，还叮咛安德烈不要为他举办任何追悼会或葬礼。总之，老杰米多夫是一位红色爱国者，他深切地爱着自己的祖国、人民和艺术。正是出于爱，他才到处揭露和抨击其缺点与不足。

小说中的安德烈与外祖父杰米多夫在人生观、价值观、爱情观和政治立场上都极其相似。这是一名诚实、自律、自尊、自爱、独立、孤傲的传统爱国者。起初他在一家传统派报纸担任记者，苏联解体后他所在的报社因为资金紧张而解散。失业后的安德烈既不愿靠外祖父的退休金生活，也不愿到自由派的半淫秽刊物去工作。当他不得不用自己的"日古力"汽车靠临时拉客维持生计时，他表现出鄙视金钱的传统价值观。安德烈也不喜欢新俄罗斯时代的社会生活。在他眼里，他从小熟悉的莫斯科如今充斥着外国品牌和假货、廉价货，西方大众文化盛行，喧闹不堪；人们的行为举止粗野，不文明，女性放荡不羁、不知羞耻，男性则表现得不男不女；路人僵硬的面部表情更给他以绝望、封闭、恐惧、孤僻的感觉。安德烈对待爱情严肃认真，且具有奉献精神：他与女友塔尼娅的相识、相恋和交往，既充满浪漫真情，又恪守传统道德；他虽然对塔尼娅的模特梦想心存疑虑，但仍旧尊重和支持她的追求；而当塔尼娅在艺术学校遭遇不幸，他没有嫌弃她、抛弃她，而是积极拯救和帮助她。安德烈与外祖父的相似性还表现在，外祖父去世后他努力完成其遗愿，完整保护好其遗留下来的画作，没有在失业后陷入赤贫时把画作高价卖给投机商或国家博物馆，而坚持无偿捐赠给国家。安德烈的所作所为，证明他是俄罗斯传统文化的继承者和守护者。

安德烈作为外祖父思想的继承者，同样也表现出红色爱国者的政治主张。

---

① 邦达列夫．百慕大三角［M］．闫洪波，译．北京：外国文学出版社，2002：112.

这一点在小说中也主要通过他与其他人物的言语对话和思想交锋体现出来。比如，小说第五章中，他去一家色情娱乐杂志应聘时与主编的争论，体现了他反对自由主义的立场：主编站在民主派立场上对安德烈曾经发表的那些暴露新俄罗斯社会问题的文章进行讽刺和挖苦，对整个社会上留存的"红色"记忆进行抨击，安德烈则毫不示弱地对主编进行了还击。在小说第五章中，安德烈与大学同窗聚会时，他对他们观点的赞同或反对同样展现了他作为一名红色爱国者的政治立场。其中，他完全赞同年轻的现实主义作家坦尼斯拉夫的观点，因为对方像自己的外祖父一样，虽然极力批判俄罗斯西化改革、责备俄罗斯人民在历史进程中做出的愚蠢选择，但认为俄罗斯未来仍有希望，对俄罗斯怀有深切的爱。他对激进派新闻记者塔塔尔尼科夫的观点持有批判性赞同的态度，认同对方对俄罗斯人民在十月事件中怯懦表现的分析，但不认同对方将错误全部强加给人民。他坚决反对崇尚西方自由主义和大众文化的俄罗斯剧院演员扎尔科夫的观点，认为对方平庸无奇、头脑简单、性格轻浮，完全被西方文化侵蚀和控制，最后甚至对其言论充满愤怒，直接将其从聚会中赶走。

然而，安德烈作为新一代红色爱国者，与老一辈红色爱国者外祖父在处世哲学上存在差异。他不接受诸如"爱自己的敌人"的圣经教义，反对托尔斯泰式的"不以暴力抗恶"哲学，也反对陀思妥耶夫斯基式的顺从哲学。而且，他在实际行动中表现出以牙还牙的哲学。比如，当他从警察局死里逃生后，他始终琢磨着如何为自己和其他无辜被捕者复仇，并亲自到位于莫斯科郊区的警察局监狱进行了五次勘察，虽然最后复仇未遂，但"有时他因停止这一活动而瞧不起自己"①。安德烈的反击哲学最终践行于他杀害昔日的大学同窗、如今的当局暴力机构代表斯皮林的这一行动中。小说没有明确说出斯皮林任职机构的名称，但通过他参加大学同窗聚会时的威风和自信可以看出，他任职于一个非常有权势、有力量的暴力机构。当同窗们争论如何发动群众解决当前社会问题时，斯皮林第一个提出暴力思想，这让安德烈再次感受到对方的冷漠和恐惧。之后他虽然在斯皮林的帮助下解决了一个又一个的生活难题（帮助他成功卖掉汽车并偿还外祖父欠下的债务，帮助他找到失去音讯的女友塔尼娅并将她送到名医那里治疗，帮助他寻找外祖父被盗的画作），斯皮林给他留下的神秘感和威严感越来越强，同时也让他对他的不信任感越来越强。最终，安德烈关于如何持有个人手枪的问题，使斯皮林暴露了自己内务部特警的身份，也暴露了他唯暴力和金钱至上的价值观。安德烈带着为国祸家仇复仇的决心，用外祖父留下的枪

---

① 邦达列夫. 百慕大三角 [M]. 闫洪波, 译. 北京: 外国文学出版社, 2002: 49.

支打死了斯皮林。

作为一名忧国忧民的传统现实主义作家，邦达列夫在小说的结尾借助典型人物在典型环境中的悲剧，表达了自己对当代俄罗斯社会现实的不满。安德烈虽然复仇成功，却将因为故意杀人罪而被送上法庭，其个人命运是悲剧的。实际上，不仅安德烈的个人命运如此，塔尼娅的命运同样是悲剧的。作家在塑造这一女主人公形象时，显然承袭了托尔斯泰的笔法：塔尼娅犹如《战争与和平》中的娜塔莎那样纯洁、天真、朴质、精灵、古怪、俏皮、独立、忠诚，也如同娜塔莎一样受骗上当、误入歧途。但如果说皮埃尔最终成功解救了娜塔莎，那么安德烈却没能救赎塔尼娅：安德烈被送上法庭的命运，使在戒毒医院等待安德烈的医疗费的塔尼娅得救的希望化为泡影。如此美好正直的一对当代男女青年，却遭遇了被毁灭的命运，使小说充满悲剧色彩。

作为一名传统现实主义作家，邦达列夫把小说人物的悲剧命运归咎于外部环境，即自由主义横行、西方大众文化的肆虐。正因为如此，作家用"百慕大三角"一词为小说命名，隐喻苏联解体后险恶的俄罗斯社会环境。百慕大三角原本是位于美国南岸、百慕大群岛和大安的列斯群岛之间的一个区域，这里航行条件复杂，多艘船只和飞机在此神秘失踪，该区域又称魔鬼三角区和丧命地狱。邦达列夫在接受《苏维埃俄罗斯报》记者采访时直接指出小说名称的隐喻意义，他说："俄罗斯的大船实际上在百慕大群岛之间，在大西洋中这个神秘的三角区一动不动地停住了……我的亲爱的祖国这艘船的螺旋桨勉强转动着，罗盘的指针停止不动，仪器指示着零。我的小说的不愉快的名称和其中反映的不愉快的情绪就是由此而来的。"①

总之，老作家邦达列夫在新时期的文学创作中依然体现出经典现实主义风格，具体表现在五点。第一，高度逼真地描写现实。《百慕大三角》的逼真甚至达到了纪实主义的程度，作家在小说中直接对当代俄罗斯社会的重大事件和重要现象进行书写，且直呼其名地列举叶利钦时代的政府首脑、官员、金融寡头、文化名流等。作家还借助主人公之口表达了对重大政治事件和重要现象的思索、评述、争论。第二，塑造典型环境下的典型人物。《百慕大三角》中的杰米多夫爷孙俩及其周围的友人和敌人，是新俄罗斯时代普通民众不同的道德面貌的典型具现。第三，叙事采用全知全能的上帝视角。《百慕大三角》使用传统的第三人称叙事，且在叙事中通过大量的人物对话和心理描写直接展现人物的思想和观点，从而使人物成为作家的传声筒。第四，大量运用传统的心理主义和对话

---

① 张捷. 邦达列夫推出新作《百慕大三角》[J]. 外国文学动态，2000（6）：32-33.

主义手法。19 世纪经典现实主义文学铸就的强大心理主义和对话主义，在邦达列夫的小说中得以再现。比如，通过详细描写安德烈每一次重要人生经历后的思考和回忆，全面展现他的人生经历及道德面貌；通过描写老杰米多夫与友人或对立者的言语交锋，直接展示其性格特征和价值观、人生观、世界观。第五，运用传统二元对立思维。《百慕大三角》中的人物体系呈现出正面与反面的对立，其代表的道德立场也相应地呈现出向善与作恶的对立，他们中没有善恶交织的复杂矛盾体，只有非黑即白的鲜明个性。

二、小一辈经典现实主义：扎哈尔·普里列平、德米特里·格鲁霍夫斯基

扎哈尔·普里列平：当代文坛的高尔基

当代俄罗斯文坛不仅有老一辈作家传承了经典现实主义文学的创作理念和手法，也有新一代作家完整地继承了经典现实主义的书写模式。其中首先当属有着"当代的高尔基"之称的扎哈尔·普里列平（Захар Прилепин，1975—）。

普里列平 1975 年出生于梁赞州一个乡村教师之家，1986 年随全家迁往下诺夫哥诺德州的捷尔任斯克市。1994 年应征入伍，复员后曾在警校学习。之后进入俄罗斯内务特种部队（OMOH）工作，同时在下诺夫哥诺德大学语文系学习到 1999 年，其间于 1996 年被派往车臣参加军事行动，1999 年参加达吉斯坦的武装冲突，同年从下诺夫哥诺德大学语文系毕业并离开特种部队的工作。2000年开始在下诺夫哥诺德的《事业》杂志社工作，并用各种笔名发表作品。

普里列平不仅是一名作家，还是一名政治活动家，且在政治立场上属于红色爱国派，从 1996 年起就加入左翼的"国家布尔什维克党"（Национал-большевизм）。作为一名左翼派党员，普里列平起初在政治立场上属于反政府派。2012 年，他因为发表《致斯大林的信》一文而被舆论界视为"反犹太主义者"（антисемитизм）和"新斯大林主义者"（неосталинист）。但 2014 年后，普里列平开始反思自己对当局的态度，并于 2014 年 10 月 1 日宣布"个人与官方和解"且没有"任何冲突的动机"。①

作为 21 世纪才登上文坛的年轻作家，普里列平的创作可谓丰硕。已出版《病理学》（2005 年）、《萨尼卡》（2006 年）、《隐修院》（2014 年）、《一些人不会下地狱》（2019 年）等长篇小说，《罪孽》（2007 年）、《充满了热伏特加的靴子》（2008 年）、《八个中篇》（2011 年）、《七种人生》（2016 年）等中短篇小

---

① 参见俄文维基百科"Прилепин Захар"词条。

说文集，以及《我来自俄罗斯》（2008 年）、《这只涉及我》（2009 年）、《飞翔的纤夫》（2014 年）、《非他人骚乱》（2015 年）、《轻松即逝的生活故事》（2019 年）等随笔文集，还有《列昂尼德·列昂诺夫：他的玩笑太过火》（2010 年）、《书汇》（2012 年）、《肖洛霍夫：非法的》（2022 年）等文学评论和研究。

在普里列平年轻的创作生涯中，奠定其在当代文坛稳固地位的当属长篇小说《萨尼卡》。小说一经发表，就被比作当代版的《母亲》，而作家本人也被比作当代文坛的高尔基。这样的比喻已然说明，《萨尼卡》是新俄罗斯时期最突出的一部经典现实主义作品。甚至可以说，小说主人公萨尼卡的底层出身、救国理念、反当局活动，以及母亲的支持与教诲，都具有类似于社会主义现实主义文学作品中的红色爱国主义基调。

《萨尼卡》以同名男主人公的活动踪迹为线索，描写了他的救国救民理想和行动。萨尼卡是极端左翼组织"创造者同盟"的一名成员，该组织的目的就是要推翻现行政府。小说开篇就描写萨尼卡参加同盟在莫斯科总部的一次游行集会和破坏活动。此次行动遭遇警察的镇压，同盟领导人科斯坚科被捕入狱，萨尼卡和其他成员则从警察手里逃脱。为了逃避警察的通缉，萨尼卡在爷爷奶奶居住的外省农村、妈妈居住的外省小城、莫斯科创联党总部"地堡"之间辗转，最后还是因为联盟内部的间谍而被警察抓获。但萨尼卡面对警察的审问，没有供出创联党总部领导和积极分子，最后被释放。萨尼卡在医院疗养一段时间后出院，继续参加创联党的各种游行集会和破坏活动。然而，由于创联党内部再次出现间谍，警察局已获知创联党的所有行动和人员，使全国创联党同盟陷入危机，面临当局提供的选择：或者解散，或者让其领导人科斯坚科忍受 15 年的判刑。同盟最终选择拯救科斯坚科，同时决定将党的活动转移到国外。然而这些都未能挽救创联党莫斯科总部被警察封锁、全国创联党人遭搜捕的命运。在走投无路之际，创联党总部临时决定让分散在全国的所有支部在同一天进行反政府行动。萨尼卡率领自己小城的创联党人经过一昼夜的行动后，在第二天凌晨占领了省政府大楼，但当局调来了军队进行镇压，他们与萨尼卡等创联党人进行殊死搏斗。

小说中的萨尼卡是一个红色爱国者形象。他出生于俄罗斯农村，成长在俄罗斯外省小城，是一个诚实、善良、聪明的年轻人。然而，他在豆蔻年华遭遇了苏联解体。他为了生存干过各种底层工作，经历了一系列亲人的死亡和变故，还目睹了全社会普遍的贫穷无助和不公现象，因此他对新俄罗斯社会充满极度不满的情绪。他说："这是一个浑蛋的、虚伪的、愚蠢的国家，欺凌弱小，让无耻和庸俗大行其道——这样的国家为什么还要忍受它？生活在这样一个每分钟都在背叛自己以及自己臣民的国家里又有什么意义?"① 带着这种强烈的不满，他义无反顾地加入了创联党，希望与一群志同道合的人共同推翻将祖国和人民带入灾难的当局政府，拯救生活在水深火热之中的人民。萨尼卡甚至怀有英雄主义情怀，渴望暴力革命。当他在电视上看到早已熟知的电影《恰巴耶夫》时，"内心某个地方不太明显地颤抖了一下，某根躁动的血管微弱地颤动着……而当剧情进入高潮，恰巴耶夫骑着飞驰的战马，挥舞着出鞘的战刀，一马当先冲向敌人……他突然号啕大哭起来，这是幸福的眼泪，纯洁而充满柔情，他无力停止痛哭"②。萨尼卡的革命理想纯洁无私，完全不带个人目的，"他从来没有认真想过要夺取政权，他对权力并不感兴趣，不知道该如何使用它。他对钱的态度也很淡然，有就花"③。他甚至将救国救民理想视为自己生命存在的意义，把祖国视为可以相依相伴、永远需要他的爱和保护的妻子。

萨尼卡加入创联党后，表现出对"革命事业"绝对的忠诚和奉献精神。他不仅经常从莫斯科 500 俄里之外的故乡小城来莫斯科参加创联党总部的游行集会，而且独自带领自己故乡小城的创联党成员实施各种反政府破坏活动。当遭到警察的逮捕和审问时，他没有供出创联党的活动计划，也没有供出创联党上层领导和积极分子；当创联党遭遇危机时，他主动化解危机，甚至申请去国外执行任务；当其他创联党成员遭遇不幸时，他主动去替他们复仇。

萨尼卡也是一个充满正义感和侠义心肠的青年。他仇视富人，但这种仇视不是源自对富人的嫉妒，而是源自对整个不公平社会的不满，因为他看到富人什么也不干却养尊处优，而诸如母亲一样的普通百姓辛苦工作却无法保证温饱。当他个人的生存陷入绝境时，他有过劫富济贫的行为，但打劫之后他没有独自挥霍钱财，而是分给需要用钱的妈妈和其他人。

总之，萨尼卡是一个充满英雄主义、革命激情、正义感和侠义心肠的当代青年形象，他的周围也凝聚了如涅加季夫、波季科兄弟、阿列克谢等一批忠诚的"革命伙伴"。因此，小说有了"高尔基《母亲》的当代版本"④ 之称，作家普里列平也有"新的高尔基"⑤ 之称。然而，萨尼卡等革命青年以及他们组

---

① 普里列平. 萨尼卡［M］. 王宗琥，张建华，译. 北京：人民文学出版社，2008：112.
② 普里列平. 萨尼卡［M］. 王宗琥，张建华，译. 北京：人民文学出版社，2008：283.
③ 普里列平. 萨尼卡［M］. 王宗琥，张建华，译. 北京：人民文学出版社，2008：112.
④ 普里列平. 萨尼卡［M］. 王宗琥，张建华，译. 北京：人民文学出版社，2008：译者前言1。
⑤ 王宗琥. "新的高尔基诞生了"：俄罗斯文坛新锐普里列平及其新作《萨尼卡》［J］. 外国文学动态，2008（2）：4.

建的创联党，能否实现救国救民理想？从小说对创联党内部的描写，以及对其成员的命运交代，都可以看出作家的否定回答。

小说将创联党位于莫斯科的总部描写成缺乏组织纪律、没有明确目标、对社会不怀好意、充满疯狂破坏活动的组织。比如，小说首先借助萨尼卡的视角，描写了他和涅加季夫第一次进入总部地堡时的不好印象，"地堡里总是欢快而嘈杂。它像是一个会对社会构成威胁的非成人的寄宿学校，一个疯狂画家的作坊，或是一群好战野人的战时指挥部"①。地堡里的年轻人形形色色，有的中规中矩，教养良好；有的其貌不扬，普普通通；有的则标新立异，举止古怪。第一次进地堡的涅加季夫也流露出阴郁神情和不满情绪，他不喜欢创联党人的奇装异服，不喜欢他们粗鲁放荡的言行举止，不喜欢他们邋遢不堪的办公和居住环境。

小说还通过萨尼卡的视角描写了创联党最高领导人科斯坚科。这是一个聪明但古怪极端的青年人，最喜欢的口头禅是"绝好的""可怕的"。在萨尼卡看来，"科斯坚科自己以及他的性格都潜藏在这些简单的词汇之中"。②这个在莫斯科市中心集会游行中起着实质领导作用的人，在地堡里完全暴露出流氓习气："他目光贪婪，嘴唇猩红。身边还有一个创联党的美女相伴，而且他还不知羞耻地摸着人家的屁股。"③ 他关于党员权利的言论更是惊世骇俗："党员必须尽可能多地拥有女人"④；从创联党最高领导人的个人特征不难看出创联党的极端性和激进性，他们推翻当局的理念原始野蛮，目标也是满足某些人的私欲和权力欲，失去了善的概念，因此这种理念一旦付诸实践，就有可能成为一种错误。

小说还从人民的视角描写了对创联党的否定看法。当创联党人浩浩荡荡、喧闹着走向集会时，不仅吓倒了乘地铁的人们，还一路引来行人不满的目光。即使充满友善和好奇的人也会说："这群游行的野蛮人是多么可爱啊……"⑤ 人民的评价说明，创联党人的行为不被人民接受，这必将导致其行动的失败。

即使萨尼卡、涅加季夫、扬娜、薇拉等优秀创联党人，身上也不乏这样或那样的缺陷。萨尼卡尽管聪明、善良、诚实，但从小与父亲缺乏交流，加上读的书少，导致他与俄罗斯传统文化有着很大的断裂。这一点通过奶奶的视角展示出来："萨尼卡对她来说，只不过是一个时代的见证，那时候家庭美满，儿子

① 普里列平. 萨尼卡［M］. 王宗琥，张建华，译. 北京：人民文学出版社，2008：144.
② 普里列平. 萨尼卡［M］. 王宗琥，张建华，译. 北京：人民文学出版社，2008：151.
③ 普里列平. 萨尼卡［M］. 王宗琥，张建华，译. 北京：人民文学出版社，2008：145.
④ 普里列平. 萨尼卡［M］. 王宗琥，张建华，译. 北京：人民文学出版社，2008：145.
⑤ 普里列平. 萨尼卡［M］. 王宗琥，张建华，译. 北京：人民文学出版社，2008：199.

们都健在。但她无法让萨尼卡具有他父亲的特征，无法在萨尼卡身上感受到她传给儿子的血脉"①。萨尼卡的这些缺陷，暗示了创联党脱离群众的一面。涅加季夫与萨尼卡一样，对创联党的事业无限忠诚且充满奉献精神。当得知自己被总部委派到里加执行危险任务时，他内心异常兴奋，生怕萨尼卡抢了他的机会，最后他也忠实地去完成里加的行动。但涅加季夫忧郁沉默、不善言辞，这暗示着创联党的极端性，而他在里加活动遭当地政府镇压的结局也说明创联党行动的失败。扬娜是创联党总部的重要人物之一，这是一个聪明、美丽、果断、坚强的女革命者，萨尼卡在莫斯科总部第一次游行集会上就被她深深吸引，后来两人产生激情，萨尼卡愿意为之赴汤蹈火。但扬娜周身洋溢着神秘和冰冷的气质，她怪怪的语调，变化多端的情绪，神秘莫测的行踪，常常让萨尼卡陷入痛苦的等待和无尽的绝望。扬娜的这些特点，恰恰隐喻创联党本身缺乏明晰的目标，因而其行动必将失败。与扬娜相比，小说中的薇拉则是另一种类型的女革命者。她是萨尼卡故乡小城创联党的新成员，对萨尼卡充满崇拜和爱，跟随他一起参加首都和当地的破坏活动，一起躲避警察的追捕等。然而，萨尼卡对她只有温情没有激情，与她在一起时总是想着令他魂牵梦萦的扬娜。而薇拉在萨尼卡领导的最后一次行动前夕离开他，这既是对创联党事业的背叛，也预示着创联党行动将会失败。

　　小说还通过萨尼卡与其他非创联党人的言语辩论和交锋，来反映创联党存在的问题。其中一个是萨尼卡住院疗伤期间认识的病友廖瓦。廖瓦一方面对创联党人充满崇拜之情，认为创联党想创造一片新的充满生机与活力的土壤，另一方面发现创联党在逐渐蜕化、向黑帮发展，担心创联党的行动会导致俄罗斯再次经历流血牺牲和混乱。而面对廖瓦的担心和疑问，萨尼卡也说不出创联党行动和计划的基本主旨，由此不难看出，整个创联党缺乏清晰的行动纲领和目标。

　　另外一个与萨尼卡产生争论的非创联党人是别斯列托夫。他曾是萨尼卡父亲的学生，在萨尼卡父亲去世后表现出真诚忠厚的特点，不顾天寒地冻与萨尼卡及其母亲一起深夜将死者的尸体运回乡下安葬，甚至差点因为路上的寒冷、饥饿和疲劳而心脏病发作。然而，这也是一位精明圆滑、善于自保的自由派知识分子。重建时代，他就成了一名自由主义者。新俄罗斯时代，他从高校教职转到政府部门。对萨尼卡救国救民的理想，他激烈反对。他首先从国家已经解

①　普里列平. 萨尼卡 [M]. 王宗琥，张建华，译. 北京：人民文学出版社，2008：39-40.

体的事实来说明萨尼卡要拯救对象的无效性，他说："这个国家已经没有任何能令人满意的东西了。这里是一片荒漠，甚至连根基都没有。既没有元首政治，也没有地缘政治。连国家都不存在了。"① 然后他站在知识分子的立场、以俯视的态度认为普通人民失去了责任感和民族意识，都只顾浑浑噩噩地过自己的日子，从而造就社会暂时的井然有序，而萨尼卡等人的革命理想不仅不能给人民带来福祉，反而会带来血腥屠杀和巨大灾难。别斯列托夫成为州政府顾问后，站在捍卫当局的立场，蔑视地将创联党的行为视为无畏与滑稽的组合，将创联党人贬损为小丑，抨击他们只会搞破坏、骂人、无病呻吟、歇斯底里、说空话大话，痛骂他们的行为是法西斯主义和流氓行为。但萨尼卡反唇相讥，认为创联党并不是只会破坏，它的未来建立在正义和自尊之上；不是创联党将俄罗斯推入血腥与混乱之中，即使没有创联党也会有其他类似的力量崛起，因为革命是社会上的真理枯竭时自发产生的；抨击别斯列托夫为政权效劳、堕落为自由主义者的事实，并对俄罗斯社会蔓延的自由主义进行了批评。他说："如果抛开一切表象，自由主义在俄罗斯就像是一种攫取欲和高利贷的思想，同时夹杂着臭名昭著的选择的自由。但是您很容易就会为了保留自由主义思想的经济内容而放弃这种高利贷思想。"② 萨尼卡与别斯列托夫思想观点的不同，暴露出后者的犬儒主义和投机主义哲学，但同时也说明了创联党活动的破坏性以及与人民群众脱离等问题。别斯列托夫从政后，与萨尼卡的思想对立越来越不可调和。因此小说的最后，当萨尼卡率领的创联党人占领了省政府大楼后，他与别斯列托夫走上了生死对立关系，愤怒的萨尼卡最终把别斯列托夫从办公大楼扔出窗外。然而，创联党本身的致命缺点使他们不可能获胜，因此小说也以萨尼卡等人赴死的不归路收场。

实际上，萨尼卡最后也意识到创联党没有出路和未来。他在最后一次因为创联党内部间谍的出卖带着一群受警察追捕的创联党人回农村老家逃难的路上，开始怀疑创联党的未来，并将这个疑问抛给创联党的临时领导人马特维。马特维和其他同行的创联党人都明白，创联党已没有任何未来和出路，小说最后一句话表达出这种无力改变现状的悲剧意识："一切很快，就将结束，却什么也结束不了，以后还会是这样，而且也只能是这样。"③

总之，小说以萨尼卡等新一代红色爱国者在苏联时代后期企图用暴力方式

① 普里列平. 萨尼卡［M］. 王宗琥，张建华，译. 北京：人民文学出版社，2008：68.
② 普里列平. 萨尼卡［M］. 王宗琥，张建华，译. 北京：人民文学出版社，2008：264.
③ 普里列平. 萨尼卡［M］. 王宗琥，张建华，译. 北京：人民文学出版社，2008：372.

推翻当局的故事，表现苏联时代后期民众对新俄罗斯社会现实的不满。他们"救国救民"的行动由于缺乏目标和人民支持而最终失败，而诸如萨尼卡这类充满济世救民理想的青年人，在与时代的抗争中成为时代的牺牲品。因此也可以说，这是一部"揭示一代人在巨变时代的悲剧命运"① 的作品。

《萨尼卡》属于传统现实主义小说。作家用高度写实的艺术手法，通过对人物的言行举止，特别是大量具体活动的叙写，揭示了一代青少年生存、斗争的历史真实。小说的叙事晓畅通达，豪放粗犷，文字朴素、平实、自然。人物形象鲜活真实，富有时代气息。②

德米特里·格鲁霍夫斯基：批判现实主义的新生

德米特里·阿列克谢耶维奇·格鲁霍夫斯基（Дмитрий Алексеевич Глуховский，1979— ）对于大多数中国读者来说，可能是一个陌生的名字。但对于读过《地铁2033》《地铁2034》等"地铁"系列小说或喜欢4A Games游戏软件的中国读者来说，这应该是一个非常熟悉的名字。作家的很多书名乍看给人一种不严肃的感觉。事实上，这是一位非常严肃的年轻作家。"地铁"系列小说虽然在形式上属于科幻小说，但在内容上属于带预言和警示作用的反乌托邦小说。而作家2017年面世的最新长篇小说《活在你手机里的我》更有当代版的《罪与罚》之称，其中涉及犯罪与惩罚、青春与死亡、自由与监禁、公正与专横、弱势群体与权贵、杀人与自杀、复仇与忏悔等严肃主题，拷问的是当代俄罗斯社会的法制、人性、道德、良心、家庭等方方面面的问题。小说在叙事主题、叙事时空、体裁风格和叙事语言方面，都体现出对传统批判现实主义的继承，同时表现出自己的创新。

1. 传统的叙事主题——社会主题和道德主题

小说的情节并不复杂。青春逼人、风华正茂的莫斯科大学语文系学生伊利亚，只因为在夜店用言语顶撞了突击检查毒品的警察哈辛，就被诬陷栽赃并遭受7年牢狱之刑。7年斩断的不仅仅是伊利亚的青春，还有爱情、亲情、友情。母亲的突然离世、女友的冷酷背叛、朋友的另眼相看，还有他本人酷似陀思妥耶夫斯基主人公式的贫穷，最终将伊利亚逼上了复仇之路。他企图用"以命还命"的思想和行动，补偿自己痛失的一切。然而，杀人复仇的紧张瞬间过后，

---

① 王宗琥. "新的高尔基诞生了"：俄罗斯文坛新锐普里列平及其新作《萨尼卡》[J]. 外国文学动态，2008（2）：5.

② 王宗琥. "新的高尔基诞生了"：俄罗斯文坛新锐普里列平及其新作《萨尼卡》[J]. 外国文学动态，2008（2）：6.

他的内心却跌入恐惧的深渊。无意间落入他手中的死者哈辛的手机，让他不由自主地开始扮演哈辛的角色，来应付其父母、女友、同事等人的纠缠，从而牵连出哈辛生前的生活、情感和工作。当深陷死者的身份不能自拔，伊利亚才真正站在死者的角度体验到他的情感，并爱上了他的所爱，恨上了他的所恨。原本对生死早已看透、期盼复仇后自我了断的伊利亚，由于肩负起了死者本应肩负的情感责任而开始"复活"，他对生命和生活的渴望也越来越强烈。因此，尽管他在无数次的自我心灵对话后得出的结论是自己杀人没错，而只是成功地按照自己的方式主持了正义，但他对当初复仇行为的冲动和不可挽回感到后悔。这种后悔加重了他的良知和责任，让他做出了种种"赎罪"的行为：暗恋死者的女友并保护她肚子里死者的孩子，安慰牵挂和惦念儿子的死者的母亲，调节死者与父亲恶化到极致的关系。然而，当"赎罪"近乎成功，他也几乎为自己赢得了通往生命的"机票"时，却不得不在自己的生命和死者女友的生命之间做出选择。

小说叙事主题总体上可以分为传统的社会主题和道德主题两大类。社会主题主要体现当代俄罗斯社会警察和监狱体制的混乱无序，权贵阶层的狼狈为奸、荒淫无度，毒品买卖的猖獗，青年吸毒、酗酒、纵欲、家庭和社会责任感缺失等普遍的道德堕落问题。这些问题主要存在于在被主人公伊利亚杀死的警察哈辛及其周围人身上。哈辛是伊利亚的同龄人，出身于权贵之家。其父是一名道德堕落、生活腐化、精明圆滑的将军，他希望儿子未来走自己的路，并竭尽所能地为儿子铺垫通往权贵顶层的道路。然而，从小被权力浸淫的哈辛成年后放浪形骸、为所欲为。他对女友始乱终弃，对母亲蛮横无理，与狐朋狗友吸毒、酗酒、纵欲，利用缉毒警察的职务之便与毒品买卖团伙狼狈为奸，甚至在执行公务过程中无视他人的人权和尊严，做出违法乱纪、伤天害理的行为。正是他的栽赃陷害，使主人公伊利亚遭受 7 年牢狱之苦，断送了青春年华，失去了一切。然而，小说批判的并不是哈辛一个人，而是滋养了他这一切坏习气和流氓行为的权贵阶层，该阶层的典型代表便是哈辛的将军父亲。他对儿子从小展示的就是淫荡腐化的个人生活，欺下媚上的工作作风，官官相护、狼狈为奸的权力游戏。在父亲的负面影响下，成年后的哈辛不仅在个人生活上拥有远远超越了父亲的恶习和淫荡，甚至在工作中犯下弥天大罪并为了逃避罪责而将父亲出卖给其政治敌人。总之，这部小说揭露了当代俄罗斯社会诸多负面社会问题。从这个意义上说，它属于传统意义上的批判现实主义。作家本人在与笔者的交谈中，也承认小说属于批判现实主义。①

但小说的道德主题超越了社会主题，它主要体现在伊利亚复仇后的良心不安、忏悔与赎罪上。从复仇成功的那一刻开始，良心不安便如影随形地追随着伊利亚。他杀人后坐在返程的出租车里时的茫然与阴郁，晚上睡觉前的醉酒疗法，第二天清晨醒来后的忧伤与懊悔，都已初显其良心不安。但此时的伊利亚更多的只是意识到自己杀人犯法的良心不安，却没有道德上的忏悔。真正让他开始忏悔的是，他在杀人后第三天得知死者的女友怀上了死者的孩子时。忏悔之心使伊利亚不由自主地开始了一系列赎罪行动：他伪装成死者哈辛阻止女友妮娜的堕胎行动，弥补哈辛生前亏欠母亲的情感，调节哈辛生前与父亲恶化到极致的关系，并劝说哈辛的父母接受妮娜的孩子。这些赎罪行为也似乎让伊利亚重获新生，他放弃了自我了断的想法，滋生出逃往国外的欲望。伊利亚真正的精神复活发生在他为妮娜放弃了逃生的机会：当他历尽艰险利用哈辛的身份从贩卖毒品的头目手里骗到出国逃生的一切费用后，妮娜及肚子里的孩子却受到了威胁，最终伊利亚选择了放弃逃生的机会而保全了妮娜及其肚子里的孩子。

伊利亚最后的抉择是一次道德选择，也意味着其真正的精神复活。小说通过对比伊利亚两次去太平间看望妈妈尸体时看到的妈妈的表情进行了暗示：第一次是复仇成功后，伊利亚看到妈妈"头微微偏向一边，偏离伊利亚……眼睛深陷，微微睁着，泛着像白塑料一样的光。嘴唇紧闭，皱纹横生"；第二次是伊利亚放弃逃生后，他看到的妈妈"似乎带点微笑""直接面朝伊利亚"。此外，小说结尾描写伊利亚在警察围剿的混乱场面中自杀身亡后也进行了暗示，"当浑身插满手榴弹碎片的伊利亚被裹在床单里抬出屋子时，电视还在继续放着。有点像圣塞巴斯蒂安"。这里把死去的伊利亚比喻成受天主教徒和东正教徒尊敬的殉道圣人圣塞巴斯蒂安，显然赋予其死亡以崇高的精神和道德意义。类似的道德选择和精神复活在托尔斯泰的《复活》、陀思妥耶夫斯基的《罪与罚》《卡拉马佐夫兄弟》中都有体现。但格鲁霍夫斯基的小说更多体现出当代小说的世俗性，而托尔斯泰、陀思妥耶夫斯基的小说更具宗教性。

2. 创新的叙事时空——高度浓缩的时间和无限蔓延的空间

小说具有高度浓缩的时间和无限蔓延的空间。该小说的叙事时间始于伊利亚从牢区返回莫斯科郊区的家中，结束于伊利亚在警察围剿的困境中自杀，总

---

① 2018 年 9 月—2019 年 2 月，笔者曾受国家留学基金委的资助到莫斯科大学访学半年，在此期间受人民文学出版社的邀请翻译格鲁霍夫斯基的小说《活在你手机里的我》，因此与作家本人相约在阿尔巴特街的咖啡厅就该小说进行了深入访谈。

共持续七天。对于一部长篇小说而言，这样的叙事时间无疑是高度浓缩的，这就要求小说内部必将有庞大的"内脏"进行支撑。而这正是通过拓展叙事空间达到，这些拓展的空间主要包括：伊利亚对过去经历的回忆，以及他从哈辛的手机中看到的各种短信、视频、语音等信息空间。

在小说的拓展空间中，手机无疑起到了关键作用，它是导致伊利亚进入死者哈辛的生活和心理的介质，也是导致伊利亚命运一波三折的根本因素。伊利亚原本打算在杀人复仇后自我了断，但无意中拿到了死者的手机，受好奇心的驱使打开里面的各种照片、视频、语音、聊天记录等，由此牵扯出死者生前的生活、工作和情感，也由此激起他对死者漂亮性感的女友妮娜的爱欲，对死者母亲伟大母爱的尊敬和感动，对死者毒品交易赚钱方法的模仿。于是，他开始冒充死者，与死者的女友、母亲、狐朋狗友有了瓜葛和联系。而且，这一切的瓜葛和联系都是通过手机来进行的。手机甚至成了决定伊利亚生死的媒介：当他拥有它时，他以死者的身份生活、爱与恨，而当他最终为了消灭自己的罪证决定扔掉手机时，他不得不面对的是自己死还是所爱之人去死的抉择。因此说，手机空间无论在小说篇幅还是情节发展作用上，都占据重要地位。这恰恰体现出当代生活的特点和当代小说的创新。

3. 创新的体裁风格——严肃文学与大众文学的交融

这是一部颇为严肃的批判现实主义小说，但作家仍旧打破了文体界限，融入了心理小说、言情小说、侦探小说等各种元素，呈现出严肃文学和大众文学交融的叙事风格。

心理小说元素贯穿于整部小说始终，甚至可以说这是一部描写罪犯心理的小说。从伊利亚刑满返回莫斯科筹划复仇行动，到复仇成功后忐忑不安、试图摆脱困境，一直到最后放弃求生之路，全都充满栩栩如生的心理描写。这一点与陀思妥耶夫斯基的《罪与罚》中的心理主义手法颇为相似。

言情小说元素主要体现在两个层面：一个是伊利亚的回忆中他与昔日女友维拉的恋爱场面，另一个是伊利亚观看的死者手机视频和短信中哈辛与女友妮娜的情爱场景。小说对这两个层面的爱情描写采用了对比手法：如果说伊利亚与维拉的爱情属于传统意义上的精神恋爱，那么哈辛与妮娜的爱情充满了反传统因素，其中伴随着脱衣舞、色情片、酒精、毒品、怀孕、堕胎等元素；维拉在爱情中的矜持、娇弱、功利，也与妮娜在爱情中的开放、坚强和牺牲形成鲜明对照，从而导致观看视频后的伊利亚情不自禁地爱上了妮娜。尽管伊利亚从未真正接触过妮娜，但为了心目中的爱情做出了拯救妮娜的决定和行动，最终甚至为了保护妮娜而放弃了自己的生命。

侦探小说的特征主要体现在作家故意设置的各种巧合上，这些巧合使伊利亚经历了一系列偶然事件：意外地走上复仇之路，意外地获得了死者的手机，意外地陷入对死者女友的爱，意外地获得逃脱惩罚的机会，最后又意外地面临继续生存还是死亡的选择。伊利亚原本没有复仇计划，他只想出狱后好好活着。然而，回家后听闻深爱的母亲在他回家前夕猝死的消息，这打击了他活下去的信心。随后，昔日女友维拉的背叛和拒绝见面，进一步将他推向绝望的边缘。接着，与儿时好友见面后遭遇的冷眼旁观和另眼相看，最终将他推入绝望的深渊，使他产生了复仇的想法。复仇后的伊利亚原本打算自尽，但偶然落入他手中的死者的手机使他萌生了伪装死者身份骗取安葬母亲的钱后再自尽的想法。尽管在行骗的过程中时刻存在被识破身份的危险，但伊利亚每次都能有惊无险地意外度过。与此同时，伊利亚意外地爱上了死者的女友，滋生出活下去的愿望。而偶然路过的国际旅行社，使他意外地获得了逃至国外活下去的可能性。从这一刻开始，伊利亚开始主动冒险为自己争取活下去的机会。然而，当他最终成功完成出国的一切准备条件时，他却意外地面临死亡还是生存的选择。

4. 创新的叙事语言——标准语与非标准语共存

小说叙事既有典雅优美的文学标准语，又存在大量俚语、黑话、行话、骂人话等非标准语。小说在写景时，经常将一些不可搭配的词天马行空地搭配使用，营造出一种不可言传只可意会的美感，体现出作家非同一般的遣词造句能力。然而，在描写伊利亚与维拉、哈辛与妮娜两对现代都市情侣的情爱生活时，大量运用现代青年俚语。在描写伊利亚的牢区生活时，大量运用狱中囚犯和狱吏的黑话、行话。在描写哈辛与毒品贩子的交易时，大量运用黑市交易上的行话、黑话和骂人话。伊利亚在小说中是一个自由运用各种语言的人物：入狱前作为一个有着美好前程、积极向上的大学生，其语言大都是标准语；入狱后受监狱文化的熏染，其语言与其他囚犯和狱吏一样粗野、不文明；复仇后扮演死者哈辛的身份时，其语言又与被权力、情色、酒精、毒品淫浸过的哈辛完全一致。因此，有俄罗斯研究者称，伊利亚是当代的拉斯科尔尼克夫，他们经历了相似的犯罪与赎罪过程，只不过作家将现代生活中的各种低俗语言塞入了拉斯科尔尼克夫之口，从而蜕变成了当代的伊利亚。

总之，格鲁霍夫斯基的长篇小说《活在你手机里的我》，在叙事主题、叙事时空、体裁风格、叙事语言上既展现出其对经典现实主义的传承，也展现出其对经典现实主义的超越。小说中严肃的社会和道德主题、明确的叙事时间和空间、完整且跌宕起伏的叙事情节、当代主人公的鲜明性格塑造、优美形象的标准语言等，都具有传统意义上的经典现实主义作品的特征。而小说中的手机、网络、电视等大众媒介，毒品、酒精、性爱等大众文化元素，俚语、黑话、行话、骂人话等非标准语言，都表明这是一部书写当代俄罗斯社会现实的小说，且体现出当代小说在内容、形式、语言方面的特色。

第五节　现实主义与其他思潮的合成：叶辛、马卡宁

当代俄罗斯文学批评家、作家帕维尔·巴辛斯基曾在 20 世纪末说过一句充满辩证哲理的话："俄罗斯现实主义在今天已经不可能了，但缺少现实主义，俄罗斯文学是不可能的。"① 作为一个忠实拥护现实主义的批评家和作家，巴辛斯基的这句话并不是对现实主义在未来发展的悲观预言，恰恰相反，他肯定了现实主义在俄罗斯文坛的永恒地位，同时清醒地意识到，当代现实主义文学不可能不受其他文学思潮和流派的影响，其中首当其冲的是受后现代主义和现代主义的影响。正如另一位当代俄罗斯文学批评家、后现代主义文学的拥护者娜塔利娅·伊万诺娃面对后现代主义文学危机时的乐观预言：后现代主义将继续与其他流派并驾齐驱，将继续促进各种文学思潮和流派之间的相互影响和融合。② 的确，当代俄罗斯文坛自由多元的创作语境，使得各种文学思潮有了并驾齐驱发展、相互融合和借鉴的可能。

融合了现代主义或后现代主义的现实主义，被当代俄罗斯文学理论家列伊捷尔曼称为"后现实主义"③。他认为这不仅是当代俄罗斯文坛也是当代欧美文坛的一种趋势，且俄罗斯文坛的这种趋势应该最早追溯到 20 世纪初的现代主义。他说："也许，现实主义、现代主义和后现代主义的合成是超越了某一种民族文化的文学进程，代表着一种更广、更大范围的全新文艺范式。但俄罗斯文学的特征在于，其对后现代主义和现实主义合成的探索在很大程度上受长期被禁的 20 世纪二三十年代文学创作经验的刺激。扎米亚京、普拉东诺夫、曼德尔施塔姆、阿赫玛托娃、帕斯捷尔纳克对当代文学进程的影响从'解冻'时期以来就持续增长。临近 20 世纪 90 年代时，至少形成了两代作家，他们从小就吸

① Басинский П. Неманифест ［J］. Октябрь, 1998 (3).

② Иванова Н. Ускользающая современность. Русская литература XX – XXI веков: от "внекомплектной" к постсоветской, а теперь и всемирной ［J］. Вопросы литературы, 2007 (3).

③ Лейдерман Н. , Липовецкий М. Жизнь после смерти, или Новые сведения о реализме ［J］. Новый мир, 1993 (7).

收'被禁'经典的教训,与此同时,正是'被禁性'赋予半个世纪前创作的作品以特别的尖锐性和重要性。"① 可以说,列伊捷尔曼正确地分析了当代现实主义与现代主义、后现代主义合成的根源。的确,对于那些不排斥 20 世纪初现代主义和 20 世纪末后现代主义的现实主义作家来说,为了在创作中取得突破性创新,自然会从当代文坛红极一时的后现代主义文学和正在复兴的现代主义文学中攫取灵感。其结果是,当代文坛涌现出不少以现实主义为基调,同时积极采用后现代主义或现代主义手法的合成作品。

一、现实主义与现代主义的合成:谢尔盖·叶辛

当代俄罗斯作家谢尔盖·尼古拉耶维奇·叶辛(Сергей Николаевич Есин,1935—2017 年)1935 年出生于莫斯科。1960 年函授毕业于莫斯科大学语文系。1969 年以笔名谢·济宁(С. Зинин)发表处女中篇小说《我们只活两次》。1981 年放弃各种工作开始全身心投入文学创作,1987 年成为高尔基文学院教师,1992—2006 年担任该校校长。早在 20 世纪 80 年代,叶辛就名噪一时,发表中篇小说《四十岁男子的回忆录》(1981 年)、长篇小说《自己是自己的主人》(1985 年)、《模仿者》(1985 年)等多部作品。这些作品都属于现实主义,主要涉及社会道德主题和心理问题。从 20 世纪 90 年代开始,叶辛的创作开始反思改革时期,主要关注俄罗斯各阶层民众对改革的失望之情,他甚至被当代作家奥列格·帕夫洛夫称为"书写改革时期最主要的一位作家"。代表性作品有:中篇小说《站在门口的女人》(1992 年),长篇小说《火星被蚀》(1994 年),长篇小说《家庭教师》(1996 年)。从 21 世纪前后开始,叶辛陆续出版他从改革时代开始记载的多册日记,并创作长篇传记小说《列宁:巨人之死》(2002 年)、《侯爵》(2011 年)等,表现出对国家史和个人史的回顾与反思的倾向。

笔者曾与叶辛有过一次深度访谈,从中可以窥见其创作既秉承现实主义传统又不因循守旧。比如,他高度赞扬现实主义作家肖洛霍夫、普拉东诺夫的创作,但认为索尔仁尼琴逊色于前两者。作为新俄罗斯时代的莫斯科作家协会会长,他不排斥保守派作家也不拒绝与自由派作家交往,只要是他眼中的好作家,他都与之积极交往。他评价最高的当代作家大都属于现实主义或新现代主义创作倾向,比如爱德华·利莫诺夫、奥列格·帕夫洛夫、阿列克谢·瓦尔拉莫夫、

① Лейдерман Н. , Липовецкий М. Современная русская литература. В 3 кн. Кн. Ⅰ [М]. М. : УРСС, 2001:584.

阿纳托利·科罗廖夫、谢尔盖·沙尔古诺夫、柳德米拉·乌利茨卡娅等。对于后现代主义倾向，他并不特别感兴趣，但也肯定其中一些有才华的作家，比如弗拉基米尔·索罗金、塔吉雅娜·托尔斯泰娅。关于现实主义文学本身，他认为这是一种无穷无尽的文学创作形式，这种文学流派存在无数文学手法，但所有好作家都是现实主义的，就连乔伊斯、普鲁斯特这样的革新家也属于现实主义。①

叶辛的文学创作实践完全符合革新的现实主义，其中他最擅长的是从现代主义文学中汲取养料，积极借鉴隐喻、意识流等手法，运用到自己的现实材料中。其书写改革时期的多部作品都反映出这种创作特点。比如，中篇小说《站在门口的女人》，通过报社女收发员一场黄粱美梦破灭的故事，隐喻俄罗斯普通人改革梦想坍塌的悲剧。反乌托邦小说《一党长篇小说》，将改革失败后的俄罗斯描绘成一个与世隔绝的极权主义国家，将莫斯科描绘成到处是脏水坑的野蛮之城，从而隐喻改革不会给俄罗斯人带来任何好处。长篇小说《火星被蚀》通过改革时期一位两面派记者的悲剧，讽刺隐喻一批俄罗斯知识分子在混乱时期沽名钓誉、丧失立场和原则的可悲下场。

中篇小说《站在门口的女人》最能证明叶辛的文学创作特色，即将现代主义手法融入现实主义。这部中篇小说的情节并不复杂。小说以改革时期一家大型党报编辑部女收发员柳德米拉为主人公，以她的第一人称口吻叙事，讲述她在报社编辑部民主选举前后一昼夜的思考和经历，隐喻书写改革时代诸如柳德米拉一样的普通大众的民主梦的破灭。小说叙事从头一天傍晚开始："我"从电视上看到作家协会发生内讧、解散、争夺领导权的新闻，由此开始和同住一屋檐下的老教授谢拉斐姆·彼特罗维奇针对改革、民主、自由、集会、游行等问题进行争论。其间，"我"回忆性地讲述了教授的人生经历和性格特征，"我"参加民主派游行和集会的经历、原因及体验，"我"个人的多次情感史尤其是与来自高加索的男子卡兹别克的爱情史。第二天一大早，"我"衣着光鲜地到报社上班，期待着新时代编辑部的第一次民主选举，并在闲暇时站在会议厅门口旁听了各位新主编候选人的竞选演讲，目睹了他们争权夺利的场面。与此同时，"我"焦急地等待好久没有联系的卡兹别克的电话，但最终等来的是他要求分手的电话通知。下班后，"我"怀着受伤的心情回家，老教授因听说卡兹别克要离开"我"而怒火攻心、血压上升，但在"我"和女儿的及时照料下恢复正常。之后，"我"又开始与他就时局进行争论。突然，教授以前的一个同事的电话使

---

① 李新梅.当代俄罗斯知识分子访谈录：三 [J]. 俄罗斯文艺，2014（2）：145-150.

他再次怒火攻心、血压上升，"我"只好呼叫救护车将他送到医院。深夜时分，想起一昼夜经历的混乱无序以及爱情创伤，"我"号啕大哭。

小说的总体基调毫无疑问属于现实主义，它真实地再现了 20 世纪 80 年代中后期改革时代不同人群对待改革的不同态度。其中既有狂热支持改革、反对当局的民主派（以柳德米拉为代表），也有对改革冷眼旁观、与当局保持距离的白色爱国派（以谢拉斐姆教授为代表）。

小说中的柳德米拉是改革时代支持改革和重建的民主派的一员。她积极参与民主派组织的各种集会游行，支持自己所在的报社实行民主选举主编，因为改革对她而言是改变自己社会地位、解决情感需求和摆脱生存困境的绝佳机会。首先，柳德米拉期望通过改革能改变自己卑微的社会地位。她虽然在市里最大的党报编辑部工作，但并不是单位的骨干编辑，只是一名收发员。她干的活又多又累，在单位被人随意指使，属于单位地位最低的一类人。她对地位比她高、穿着高档时髦的编辑人员充满仇恨，认为自己处处受他们的压迫，并希望报社的民主选举能改变目前的局面。正是卑微的社会地位，使柳德米拉加入民主派大军。其次，情感的需求使柳德米拉乐于参加民主派的游行和集会。36 岁的柳德米拉是一个单身母亲，她还要抚养 13 岁的女儿。孤独的折磨和情感的需求使柳德米拉希望从游行集会中找到医学疗效，她说："无论当代知识分子如何蔑视群众，我却很喜欢群众。在人群中有一种自由感和受保护感。在这里，你可以畅所欲言，并对自己无穷无尽的力量充满自信。"① 有着强烈情欲和性欲的柳德米拉幻想自己在集会上认识不同男子并与他们发生关系，她把这视为获得愉悦休息、自我满足乃至自我认同的一种方式。在一次去参加游行集会的地铁里，柳德米拉邂逅了来自高加索的男子卡兹别克，对方在拥挤的地铁里对她偷偷实行性骚扰，柳德米拉不仅没有揭发这种龌龊，反而非常享受；随后，他们在集会的人群中再次相遇，从此正式结识并发生关系，后来他们甚至生活在一起。即使卡兹别克告诉柳德米拉自己有妻室，她仍旧全心全意爱着他并为他怀孕。显然，是情感的需求推动柳德米拉在民主派游行集会中寻求满足。最后，柳德米拉在生活中有很多困难和难以做到的事，希望能在集会游行的人群中遇到达官贵人，递交请求关照和帮助的申请。她希望自己参加游行集会的政治经历，能让女儿高考时得到好处。她甚至幻想自己能因为参加游行而入选政治协商机关，因为她从布尔什维克革命中总结出这样的经验，"在任何革命中有一条法则

---

① Есин С. Стоящая в дверях [J]. Наш современник, 1992 (39).

最实用，'什么也不是的人，最终将成为主人'"①。

如果说小说中的柳德米拉是改革时代民主派的代表，那小说中处处与她争论、对她进行劝告的老教授谢拉斐姆就是改革时代白色爱国者的代表，也是俄罗斯传统知识分子的代表。其人生经历使他从一开始就是各种社会体制巨变的反对者和冷眼旁观者。他出身于莫斯科贵族知识分子家庭，年轻时参加过卫国战争，1946 年从前线复员回到莫斯科。此时父母已被流放，家中的房子也被柳德米拉工人阶级的父母霸占。他原本可以起诉将房子收回，但没有这么做，而是与柳德米拉一家同住一片屋檐下。后来他进入大学学习，毕业后留校任教。教授一辈子生活清贫，地位卑微，年轻时遭妻子抛弃，之后一直独身。在追求轻松享乐生活和浪漫爱情奇遇的柳德米拉看来，这个同一屋檐下的邻居既笨又马虎，不懂生活，只会躲在堆满书籍的屋子里读死书。他自己生活非常拮据，却经常去买书，而且买一些稀有的天价书，有时候还送给柳德米拉的女儿，甚至把自己看过的一些报纸和书籍留给柳德米拉看。尽管教授及其家人曾遭受过政权的迫害，但在改革时期他没有乘机成为持不同政见者或加入民主派，他甚至从不参加任何游行和选举活动，从不谈论政治和领导人。不仅如此，当看见柳德米拉对所谓的民主改革充满狂热之情时，教授经常提醒她、警告她，认为她对新的未来没有清醒的认识。教授甚至预言，未来所谓的民主社会，将是穷人更穷、富人更富的不公平社会，有专长、精力充沛的人才会比现在活得更好，而柳德米拉这样的弱势群体只会生活得更差。

实际上，柳德米拉最后的结局也印证了教授的预言。小说结尾处她面临的一系列现实悲剧，都表明她所期盼的民主只是一场梦。在工作方面，她期盼的民主表面上降临到了编辑部，报社决定公开竞选主编职位，且宣布人人都有资格参与竞选。但实际上，这是一场换汤不换药的闹剧，追名逐利者在这场闹剧中顺势而为，不仅那些平时表现平平的人开始毛遂自然，而且各种投机主义者、见风使舵者和市场主义者表现得最积极。旧主编最终在竞聘中获胜，更说明了民主的假象。而在新的所谓的民主体制中，柳德米拉的遭遇更悲惨：获胜的旧主编为了顺应市场经济潮流打算重组报社并进行裁员，柳德米拉成为最有可能被裁掉的人。在爱情方面，柳德米拉同样遭遇了民主改革带来的创伤和打击：它的成功使大家赢得了自由，同时也使卡兹别克开始忙于开办企业，从此他开始逐渐忘记柳德米拉的存在，并最终弃她而去。

总之，叶辛在中篇小说《站在门口的女人》中，通过柳德米拉和老教授谢

---

① Есин С. Стоящая в дверях [J]. Наш современник，1992 (39).

拉斐姆两大人物形象，真实地再现了改革时代民主派和白色爱国派对改革持有的不同态度。通过这部小说，作家表达了自己对这场改革的反思性态度：一方面，改革是俄罗斯社会发展的必然要求，是俄罗斯大众的内心呼唤和情感所向。另一方面，改革没有给社会带来任何发展和进步，也没有给普通民众带来期待的美好，反而被新时期一些投机取巧者和追名逐利者利用，从而使整个社会陷入更深的混乱和灾难之中。

与此同时，我们发现小说的叙事结构、人物形象、叙事技巧方面都明显具有现代主义特色。

首先，小说的叙事结构出现了"客观现实"与"主观回忆（或思考）"交织的模式。小说的叙事只有一昼夜时间：始于柳德米拉前一天晚上在家看电视新闻，结束于第二天晚上她下班回家。但小说没有像索尔仁尼琴的《伊凡·杰尼索维奇》那样用自然主义的手法详细描写主人公一天内的生活细节，而采用意识流手法插入女主人公兼叙事人的大量回忆和思考，从而使小说的篇幅中回忆和现实各占一半。比如，前一天晚上柳德米拉在电视上看到作家协会内讧和解散的新闻后，产生了对民主改革的思考；到公用厨房煮燕麦粥遇到谢拉斐姆后，开始回忆他的人生经历和性格特征；与谢拉斐姆一起就民主、自由、游行等话题进行言语争论时，开始回忆她本人参加民主派游行集会的经历以及与卡兹别克的偶遇；晚上入睡前想到第二天单位即将进行的新主编民主选举时，开始回忆自己在单位的艰辛工作和卑微地位，以及与卡兹别克一起的快乐时光；第二天上班期间站在会议厅门口旁听各位新主编候选人的竞选演讲时，回忆自己与卡兹别克的爱情从甜蜜走向末路的过程；下班回家后接听到自己所在报社的主管的电话后，开始回忆这位伪民主主义的主管在改革前后的见风使舵和投机取巧。整部小说没有经典现实主义小说那样完整的、波澜起伏的故事情节，只有现实与回忆（或思考）交替构成的脉络，与法国现代主义小说《追忆似水年华》颇为相似。其中主人公兼叙述者柳德米拉的第一人称叙事，将自己在改革时期的所见所闻所思所感融于一体，既有对社会生活、人情世态的真实描写，又是对自我追求、自我经历的记录，还有大量的感想和议论。

其次，小说中的人物形象虽然是现实主义意义上的典型人物，属于"时代的主人公"，但不像经典现实主义那样用具体行为来揭示其性格特征，也不通过具体事件来展示其在典型环境中的命运发展轨迹。整部小说女主人公参与的事件主要是民主游行集会，但对其描写也不是现实主义式的客观展现，而是通过女主人公的回忆进行主观折射，这使小说的真实性大打折扣，蒙上了现代主义小说那种模糊朦胧之感。

最后，小说采用隐喻、象征、蒙太奇等多种现代主义叙事技巧。其中，柳德米拉与卡兹别克的情爱过程，隐喻柳德米拉的民主梦从诞生到幻灭的过程：与卡兹别克的相识和性爱，始于她开始参加民主派游行和集会，这显然是对她成为民主派分子的隐喻；而她在怀孕时却被卡兹别克抛弃，恰恰隐喻其民主梦的破灭。此外，小说叙事具有蒙太奇式的跳跃性和片段性。无论是关于柳德米拉的叙事，还是关于谢拉斐姆教授和卡兹别克人物的叙事，都不具有连贯性和完整性，而是以片段化和跳跃化的形式穿插在柳德米拉的回忆中。

二、现实主义与后现代主义的合成：弗拉基米尔·马卡宁

弗拉基米尔·谢苗诺维奇·马卡宁（Владимир Семёнович Маканин，1937—2017 年）在当代文坛具有重要地位，这与他喜欢借鉴现代主义和后现代主义文学手法不无关系。

马卡宁 1937 年出生于乌拉尔地区。父亲是一名建筑工程师，母亲是中学语文老师。受父母的影响，马卡宁从小对数学和文学都比较感兴趣。1954 年，马卡宁考入莫斯科大学力学数学系，1960 年毕业后进入捷尔任斯基军事科学院任教，业余时间发展自己的文学爱好。1965 年发表长篇处女作《直线》，并得到文学批评界不错的反响。1969 年加入苏联作家协会，开始职业写作生涯。

马卡宁一生的创作按照其创作风格可以分为三个阶段。第一个阶段从 20 世纪 60 年代中期至 20 世纪 70 年代末，该阶段创作主要以苏维埃人的社会和日常生活为基础，选择现实主义风格（但不是社会主义现实主义），具体地、真实地、讽刺地、带有一定距离地描写忙碌庸常的日常生活，他也因此有风俗作家（бытовик）之称。代表作有：《没有父亲的孩子》（1971 年）、《老村庄的故事》（1974 年）、《旧书》（1975 年）、《第一次呼吸》（1976 年）等。第二个阶段从 20 世纪 70 年代末至 20 世纪 80 年代末，此阶段创作重在隐喻展现"生活的自行流动"（самотечность жизни）以及个性的疏离，表现出全新的哲学倾向，即"存在主义声音"①。代表作有：《透气孔》（1978 年）、《克柳恰廖夫和阿里穆什京》（1979 年）、《大城市》（1980 年）、《反首领》（1980 年）、《嗓音》（1982 年）、《先驱者》（1982 年）、《水流湍急的河》（1983 年）、《跟不上的人》（1987 年）、《损失》（1987 年）等。第三个阶段从 20 世纪 90 年代初到作家离世，此阶段的作品重在探究包括苏联和俄罗斯在内的整个人类的善恶与存在，

---

① Лейдерман Н.，Липовецкий М. Современная русская литература. В 3 кн. Кн. Ⅰ［М］. М.：УРСС，2001：627.

作品具有反思性；依然立足现实主义，同时开始"把存在隐喻拓展到苏维埃和后苏维埃社会的广泛隐喻"①，借鉴后现代主义文学手法，形成了颇具代表性的后现实主义风格。代表性作品有：《中和的情节》（1992 年）、《审讯桌》（1993年）、《地下人，或当代英雄》（1998 年）、《字母"A"》（2000 年）、《关于爱情的成功叙事》（2000 年）、《恐惧》（2006 年）、《阿桑》（2008 年）、《两姐妹和康定斯基》（2011 年）等。也是在第三个阶段，马卡宁的创作才获得了真正意义上的认可与关注，先后荣获各项文学大奖，比如中篇小说《审讯桌》荣获1993 年"俄罗斯布克奖"，长篇小说《地下人，或当代英雄》荣获 1999 年"俄罗斯国家文学奖"，长篇小说《阿桑》荣获 2008 年"大书"文学奖。

马卡宁 2006 年发表于《新世界》杂志的短篇小说《老人与白宫》，明显地体现了作家创作第三阶段即后现实主义风格成熟期的特色。该短篇小说也被纳入作家同年出版的长篇小说《恐惧》中。《老人与白宫》以老人的视角来看待20 世纪末俄罗斯的社会巨变和道德沦丧的现象。小说没有明确说出叙事时间，但从叙事人目睹的炮轰白宫事件可以断定是 1993 年。而标题中的"老人"，既包括叙事人彼得·彼得罗维奇，也包括他的两个老邻居，还包括其他很多聚集在白宫前面的无名老人。小说将道德问题与社会问题紧密结合，表现出现实主义小说的基调，但其中全面采用象征、隐喻、蒙太奇、意识流、怪诞、叙事人称变换等手法，展示出现代主义和后现代主义的诗学特征。

小说反映的首要道德问题是，20 世纪末俄罗斯社会巨变导致传统的家庭观念和血缘关系的断裂，利益至上成为年青一代的基本原则，由此导致家庭中的"父与子"之间的不和与矛盾，进而导致整个社会老人孤独凄凉、无所依靠的凄凉生存状态。这一道德问题主要通过叙事人的两位鳏夫邻居斯捷潘内奇、瓦西里耶维奇的遭遇来体现。鳏夫斯捷潘内奇与五十多岁的女友安娜居住在自己两居室的住宅里，却在一个傍晚突然遭到儿子和儿媳妇的上门殴打。原因很简单，他们担心父亲死后将房子留给刚出现不久的安娜。遭遇殴打的当天晚上，斯捷潘内奇和安娜就因为恐惧而搬到安娜位于市中心的一居室。但"只想在自己的物品中变老、死去"的斯捷潘内奇既不习惯市中心的喧闹，也不习惯屋内陌生的一切。他感到无比忧伤烦闷，因此经常独自步行到白宫广场前散心。另一位鳏夫瓦西里耶维奇的经历也类似。他与 40 岁的女友然娜生活在自己的乡间别墅，而把自己市里的住宅让给生活不顺的小儿子。然而，当大儿子和儿媳妇得

---

① Лейдерман Н., Липовецкий М. Современная русская литература. В 3 кн. Кн. I ［М］. М.：УРСС，2001：641.

知瓦西里耶维奇要和然娜登记结婚的消息后，突然上门干涉。原因也很简单，他们担心父亲将来把别墅留给然娜。大儿子用恐吓、玩笑和劝说等各种方式，最终让瓦西里耶维奇放弃了与然娜登记结婚的打算。但然娜的离开使独自在乡间别墅生活的瓦西里耶维奇充满了孤独与忧伤。

　　小说不仅从斯捷潘内奇和瓦西里耶维奇两位老人的凄凉晚景来反思苏联解体后年青一代的道德沦丧现象，而且通过叙事人彼得·彼得罗维奇的年轻女友达莎来展现青年一代犯罪、吸毒等道德堕落现象。达莎年仅 20 岁，其父是白宫里的一位大人物。她开着父亲的豪华轿车载着彼得罗维奇前往白宫，去找她的年轻朋友取毒品。在青春、美丽、自信、无畏的达莎面前，彼得罗维奇感到衰老、自卑、怯懦，他甚至不敢同她一起走进对她来说熟悉得像游乐场一样的白宫。然而，荒诞的是，当她拽着彼得罗维奇偷偷溜进白宫时，白宫开始遭受射击。彼得罗维奇中弹受伤，而达莎毒瘾发作。她凸出的眼球、狰狞的面部肌肉、紧咬的嘴唇、腹股沟奇怪的颤抖、刺耳的尖叫，瞬间使她的美丽荡然无存。目睹着荒诞的一切，彼得罗维奇恍惚觉得像在电影里一样，难以相信一切的真实性，同时陷入无力和绝望的深渊。

　　无论是小说中叙事人的两位老邻居与子女的矛盾和冲突，还是叙事人本人与年轻女友达莎的奇遇记，都展示了当代俄罗斯社会青年一代道德沦丧的现象。这种道德沦丧的根源在于新俄罗斯社会体制：它带给人无限自由的同时，也破坏了千年道德传统。就像老作家拉斯普京所言："戈尔巴乔夫和叶利钦的'改革'不仅搞垮了共产主义这种意识形态和所有制形式，而且也破坏了俄罗斯上千年的道德规范、传统和数百年的民间风俗和文化。团结一致的民族散了，变成了居民。国家衰弱了，人们对于国家的信任感降低了。少数人的巨富和多数人的赤贫使政权丧失了威信。"① 总之，小说通过老一代人在当代俄罗斯社会的疏离感、孤独感、无助感、无用感、自卑感和恐惧感，以及年青一代的自私自利、横行霸道、空虚无聊、吸毒堕落，来展现当代俄罗斯社会的道德堕落。小说通篇渗透着恐惧感，无论是开篇两位老人遭遇的殴打和恐吓，还是后面彼得罗维奇和达莎在白宫里遭遇的炮轰和射击，无不渗透着恐惧。小说中的恐惧感源自现代生活的恐惧感，因为新俄罗斯国家无法给弱者提供任何保障，人民不仅丧失了对国家、对他人甚至对亲人的信任，还出现了对自我生存的危机感。

　　在这部与苏联社会后期现实高度挂钩的小说中，马卡宁广泛借鉴和采用了

---

① 拉斯普京. 拉斯普京访谈录：这灾难绵绵的 20 年 [M]. 王立业，李春雨，译. 北京：社会科学文献出版社，2013：262.

现代主义和后现代主义文学中常见的叙事手法。第一，明显的象征和隐喻。小说中的"老人"，显然隐喻已经成为历史的苏维埃。在新俄罗斯时代，他们不仅身体衰老、羸弱、无力，而且精神上无法接受新的价值观、道德观。这些对生活不满的老人不约而同汇聚到白宫前的广场上，满含对当下体制的不满，期待新的俄罗斯出现，并目睹和见证了1993年白宫被炮轰的过程。"1991年，如果说莫斯科市中心的广场首先跑来的是年轻人……则1993年首先蹒跚前来观看的是老人。"① 正因为如此，小说中所有的老人戴着过时的、可笑的、与天气不符的针织帽，"从桥的左边来"，这里显然隐喻反对西化改革的左派。而包括达莎在内的年轻人，象征着新俄罗斯社会，他们虽然外表光鲜、言行自由，但心灵空虚、道德堕落，根本无力肩负起俄罗斯未来的发展重任。小说中的白宫，显然隐喻俄罗斯当局和政权。1993年炮打白宫事件，本身就是新旧政权的博弈。然而，身处白宫内部的彼得罗维奇，目睹了清洁女工在新旧政权武力对峙结束收拾残局的场面后，明白了不会有任何新的俄罗斯诞生，诞生的只是新政权而已。因此，小说中收拾残局的老妇人被称为"变革老太"（старуха-перемена），而她推的小车被称为"历史的小车"（историческая тележка）。这里显然隐喻她是时代变革的见证者，而她更换白宫内部办公室门牌姓名的行为，隐喻所谓社会变革带来的只是新旧政权的更换。

第二，蒙太奇和意识流手法。小说中三个老人的生活画面以及发生在他们身上的事件互不相关，像一幅幅独立的电影镜头和画面。但它们被叙事人拼凑起来，具有明显的蒙太奇效果。此外，整篇小说主要由叙事人兼主人公彼得罗维奇的所见、所闻、所思构成，具有明显的意识流特色。比如，小说开篇描写的斯捷潘内奇和瓦西里耶维奇两位老人的故事，实际上是彼得罗维奇在乘坐达莎的车前往白宫路上的回忆。他出场后，小说叙事的重心也不是讲述他本人发生了什么，而是讲述他的各种思考、回忆，以及幻觉，其中包括：路过白宫时目睹到汇聚在白宫广场上的老人们时产生的同情和感慨，一路上对达莎家庭状况的回忆，与达莎一起进入白宫时的自卑与怯懦，在白宫里面被子弹击中后的幻觉，目睹达莎毒瘾发作时产生的幻觉，以及面对扫射时对荒诞现实的思考。

第三，小说充满戏谑、游戏和荒诞风格。比如，彼得罗维奇在白宫遭遇射击后与达莎坐在一起时，觉得这一切似乎发生在电影中，而自己是电影中的一个角色，而且很享受这一切。他从白宫大楼里面往外看到的坦克"非常可爱、

---

① Маканин В. Нимфа, рассказ；Старики и Белый дом, рассказ［J］. Новый мир，2006 (6).

好玩"，像"小蟑螂"，人也像"小甲虫"。这里用反讽和夸张的手法，展示了现实的荒诞性。在彼得罗维奇看来，自由和平的现代社会却采用武力屠杀的方式实现，其悖论性和荒谬性令人难以置信。此外，小说还通过各种语体杂糅来营造戏谑和游戏色彩。比如，小说描写彼得罗维奇中弹后的感觉时，采用了公文语体和口语体杂糅的修辞手法。而彼得罗维奇和达莎的语言中充斥着俚语、俗语、骂人话等口语体词汇，甚至在俄语里夹杂英语词汇。这种语体和语言的杂糅，既营造了狂欢和游戏氛围，也隐喻西方大众文化对当代俄罗斯社会的影响。

第四，小说运用多种叙事人称的转换。小说虽然主要以彼得罗维奇口吻进行第一人称叙事，但常常不经意间转换成第三人称，比如，"老人看见了坦克""老男人彼得·彼得罗维奇紧紧抓住（没有任何微小的机会）二十岁的小姑娘"。这种人称的转换不断提醒读者：叙事人同时是主人公，从而赋予叙事的可信度和自白语调。①

第六节　最典型的新现实主义：罗曼·先钦

首先需要说明的是，我们这里使用的"新现实主义"是这一术语的狭义，主要指 21 世纪前后登上文坛的年轻现实主义作家，他们排斥当代文坛的后现代主义文学、大众文学，甚至新现代主义文学，也不接受苏联时期墨守成规的社会主义现实主义，而在继承俄罗斯经典现实主义文学传统的基础上进行的自己的美学创新。

罗曼·瓦列里耶维奇·先钦（Роман Валерьевич Сенчин，1971—）就是最典型的新现实主义作家之一。先钦 1971 年出生于西伯利亚图瓦共和国。20 世纪 90 年代中期开始登上文坛。成名作是 2009 年发表的长篇小说《叶尔特舍夫一家》，发表当年就进入"大书""俄罗斯布克""亚斯纳亚·波利亚纳""国家畅销书"等一系列文学大奖的终审名单。2015 年，先钦又以长篇小说《淹没地带》斩获"大书"奖桂冠，巩固了自己在当代文坛的代表性地位，获得了"拉斯普京的后继者"之美称。

罗曼·先钦作为新现实主义典型作家之一，早在 2001 年发表的宣言性文章

---

① Кливенкова Д. А. Черты неореализма в романе В. С. Маканина 《Испуг》［С］// Современная филология：материалы II междунар. науч. конф. Уфа：Лето, 2013：32.

《新现实主义——新世纪的思潮》中就比较完整地提出了自己的美学主张。第一，他鄙视各种超现实主义、后现代主义、先锋主义、大众文学，甚至语文小说，反对文学中的各种文字游戏和讽刺挖苦，主张文学的严肃性，认为当代文学正在回归"传统语言、传统形式，甚至传统的永恒主题和问题"①。第二，他推崇介于文学虚构和非虚构之间的体裁范式，甚至提出用第一人称书写"将文学性与文献学结合"的"人类文献"体裁，力求将作家的主观立场降到最低。他说："在我看来，新现实主义是极度逼真的描写，类似于文献。记录人的当代状态。"② 第三，他坚持将文学的社会功能放置在第一位，认为美学功能的作用只是为了促进社会功能，促进作家书写真实感受。他甚至推崇 19 世纪别林斯基、车尔尼雪夫斯基关于文学的社会功能的观点。第四，他主张选择普通人作为人物性格和事件，但反对任何夸张，反对让文本沦为娱乐工具，希望小说通过穿透人心的力量真正反映普通人的感受，并在普通人身上挖掘出社会规律和存在规律。第五，他希望在未来的文学中看到"能够最鲜明地展现众多人物的心理，塑造典型的形象，深刻多样地展示存在的复杂性、多义性"③，预言未来的年轻作家将摆脱老一辈作家们所背负的意识形态和美学限制。

先钦的美学主张，不仅在他之前的两部代表作《叶尔特舍夫一家》和《淹没地带》中有明显体现，而且在他 2018 年发表的最新长篇小说《巴黎的雨》中得到延续。小说以年过四十的中年男人安德烈·托普金为主人公，写他在经历了三次失败婚姻、事业无成、人生无望之际，跟随旅行团到巴黎五日游的故事。巴黎是托普金从小就梦想的城市，但到了那里后，他并没有像普通的游客那样去参观游览，而从飞机落地的那一刻就开始陷入对四十年"俄罗斯往事"的回忆之中。其回忆中浮现的既有他本人从 20 世纪 70 年代到 21 世纪初的半百人生，也有他的亲朋好友、同学同事的人生经历，还有他的故乡小城克孜勒在历史变迁中的命运。先钦通过这样一部独特的"记忆"小说，展示了俄罗斯外省农村与城市在苏联解体前后的诸多问题，以及俄罗斯人在社会转型期的生存面貌。先钦在一次访谈中自称，《巴黎的雨》属于现实主义，主要献给 20 世纪 70—90 年代的俄罗斯现实，写作目的是通过逼真地描写生活，反映社会问题和存在问题，尤其表达了对当代生活的批判，小说主人公则是像大多数当代人那样的小

---

① Сенчин Р. Новый реализм-направление нового века ［J］. Пролог，2001（3）.

② Пессимистический реалист. Беседа Натальи Осс с Романом Сенчиным ［N］. Известия，2010-11-16.

③ Сенчин Р. Новый реализм-направление новоговека ［J］. Пролог，2001（3）.

人物。① 从作家本人对这部小说的写作风格、主题、人物形象的定性不难看出，这是一部典型的新现实主义作品。

作为一名新现实主义代表作家，先钦在小说中首先将社会问题与存在问题紧密结合，通过典型人物形象安德烈·托普金在社会转型期的生存变迁，客观真实地书写了当代俄罗斯人在社会巨变的背景下出现的生存危机和精神危机。主人公安德烈·托普金出生于 20 世纪 70 年代初，是一个有着传统人生观、价值观和婚恋观的普通男子。他重视友情、亲情，追求纯洁的爱情，渴望稳定的婚姻和家庭关系，尊重自食其力的劳动者，崇尚俄罗斯民族艺术和传统生活方式。但在 20 世纪末的社会巨变中，他却无法拥有理想的生存状态，甚至成为当代社会的"卢瑟"（loser）。对托普金这一人物，存在各种不同说法。有人认为，这是毕巧林式的当代英雄，时代使他无所作为。② 也有人认为，这是一个"奥勃莫洛夫式"形象，他的个人悲剧虽然与时代有关，但主要由他没有采取积极有效的行动改变现状、懒于拼搏的奥勃莫洛夫性格造成。③ 但在作家本人看来，这只是当代社会的一个普通人，像大多数人那样做事、赚钱，过着平凡的生活，偶尔会无所事事。④

作为一个典型人物形象，托普金代表了最后一代苏维埃青年。他们的童年和少年在苏维埃时代度过，却在个性和价值观正在形成的青年时代遭遇时代巨变，从而导致精神重创和生存危机。小说中的托普金 20 世纪 60 年代末出生于小城克孜勒，并在那里度过了他那一代人典型的童年和少年时光：童年时与家人一起在小城悠闲散步，听保姆朗读叶赛宁诗歌，不愿上学时赖床，生病时躺在床上随心所欲；少年时与伙伴们打架、偷盗、抽烟、集邮、骑行、拍照、蹦迪、排演、别墅度假、狂欢、垂钓、初恋。这样的童年和少年时代谈不上精彩，甚至可以说有些平淡，但在托普金的眼里充满了美好、平静与温馨。正是从小经历的稳定幸福的家庭生活、纯洁美好的友情和爱情，使托普金形成了传统的人生观、价值观和婚恋观，他希望与相爱的人结婚生子，有一份稳定的工作，过平凡的一生。

托普金在 20 世纪 80 年代末与青梅竹马的初恋女友奥莉加的第一次幸福婚

---

① Сенчин Р. В. закрытые финалы не верю［N］. Газета Культура, 2018-05-09.

② Кучер К. Какой он, герой нашего времени? Книга Романа Сенчина «Дождь в Париже». https：//www. shkolazhizni. ru/culture/articles/94740/? ysclid＝lqokjolzq9484753055. 2018-06-23.

③ Москвин А. Париж-то я и не заметил［J］. Нева , 2018（12）.

④ Рудалёв А. Возможность чуда［J］. Дружба народов, 2017（10）.

姻看似实现了他的理想生存模式，但这种幸福由于 20 世纪 90 年代的社会变迁和两人不同的生存理想而很快结束：奥莉加选择积极融入市场经济大潮，与好友联手搞起珠宝买卖；而托普金选择规避时代潮流，成为躲在家庭港湾中的"宅男"。当托普金满足于这种生活模式时，奥莉加却抛弃了他，投身于事业有成的年轻男子的怀抱。奥莉加的离开粉碎了托普金的传统价值观和生存理想，此时他才意识到："现在世界发生了变化，现在的女人，不管年龄有多大，经常抛弃变得懒惰的、萎靡不振的丈夫，去追逐自己的快乐和金钱。"① 显然，托普金第一次婚姻失败的根本原因，是他和妻子的价值观在社会巨变时发生分歧导致的。

为了适应时代和生存的要求，托普金在第一次精神重创之后试图调整自己的生存模式。他离开前岳父提供的糊口工作，开始自己找工作谋生。然而，面对真正的现实时，托普金充满了无力感和挫败感，因为他随遇而安、慵懒懈怠，甚至有些颓废的性格与充满竞争、强调商业价值的外部世界格格不入。新时代流行起来的各种销售职业，比如男性时装导购、皮划艇租赁，他要么不喜欢，要么不在行。但为了生存，托普金都耐着性子坚持干。可是，表面的生存可以维持，内心的创伤却很难愈合和修复。因此，当有一天他偶遇前妻与她事业有成的第二任丈夫迎面走来时，他出于嫉妒和报复而向自己并不爱的热尼亚求婚。热尼亚是一个天性积极、热情、喜欢热闹和交往的人，而托普金永远是一个天性温暾、懒散、喜欢安静的宅家型男子。两人天性和人生观的不同在婚后不久就暴露出来，而 20 世纪 90 年代末的经济危机使托普金再次失业。为了生存，他接受了一直抗拒、但禁不住热尼亚多次建议的教堂工作。托普金第一次婚姻的精神伤痛在与教民的诉说中慢慢得到治愈，但他越来越清醒地意识到自己并不爱热尼亚，甚至宁愿躲在教堂也不愿回家，他们的婚姻自然而然很快结束。

第二次婚姻的解体带给托普金的只有解脱感，因为他不仅摆脱了热尼亚，同时摆脱了打着宗教的幌子做着赚钱行当的伪神职人员。他也开始积极面对现实，重塑自己的价值观。他从偶遇的同窗那里得到了 21 世纪才流行起来的欧式玻璃安装的工作，这份工作虽然危险，但能赚钱，托普金接受并适应了它。可以说，托普金成功地重塑了自己的价值观。在其传统的婚恋观和家庭观的促使下，他和朴实的、贞洁的农家姑娘阿琳娜再次循规蹈矩地踏入婚姻。感受到了家庭的舒适和温暖，儿子的诞生更使他愿意与阿琳娜永远这样平淡地生活下去。然而，随着克孜勒小城民族冲突的加剧，阿琳娜像当地很多俄罗斯人一样，带

---

① Сенчин Р. Дождь в Париже［M］. M.：ACT，2018：174.

着6岁的儿子迁离克孜勒。不愿离开故乡的托普金再次沦为无妻无子的生存状态。

毫无疑问，先钦在小说中借助托普金这一典型形象，提出了俄罗斯中年男子在20世纪末社会转型期存在的问题。他们的童年和少年在苏维埃时代度过，受社会和家庭的影响，具有苏维埃式的价值观和人生观。但青春时代遭遇的国家解体和民族分离，他们的信仰和观念遭受严重考验。中年时代面临资本称霸的后期苏联社会，他们显得无所适从，成了所谓的"迷惘一代"。正如先钦在一次访谈中所说，"……我认为，当如今还在持续的野蛮资本主义终止时，当需要攫取和操纵时……男人会找到自己的位置。但现在很多男人的确处于惊慌失措的迷失状态……"相对于迷惘的男性，当代女性在某种程度上更积极、更有行动力，比如小说中托普金的三个妻子，她们在明白克孜勒没有生存未来时，就迁居他地。

先钦在小说中还借助托普金这一典型形象，表达了对昔日强国苏联的怀念，以及对强大的男性本源的怀念。这一点非常符合新现实主义小说的风格，即与过去传统不可分割的联系。托普金没有跟随父母离开克孜勒、迁居爱沙尼亚，并非出于爱国意识，只是因为这是他的故乡。甚至当他来到巴黎后，他在反省自己的一生时，思绪还是回到了故乡。这正反映出他的俄罗斯性格，这种性格就是热爱自己的故土，并为此忍耐诸多的不如意。托普金不离开故乡，体现的是俄罗斯社会之痛，这种痛发生在苏联解体后无数俄罗斯人身上，他们都会说俄语，却瞬间在自己的故乡变成异族。托普金并不需要巴黎，他需要的是他从小出生和长大的故乡，也是好几代人生活过的地方。巴黎这个他从小就熟知和向往的美好城市，最终在他对故乡的眷恋和回忆中失去了所有意义。

托普金不愿离开故乡的这一主题，实际上延续了作家在长篇小说《淹没地带》中的书写主题，即俄罗斯人与国家空间缩小、人口流失、故土荒芜化的本能对抗。因为离开克孜勒的命运主要有两种：一种是像托普金的父母那样迁居他国，完全抛弃俄罗斯身份，努力适应异国文化和生活；另一种是像阿琳娜和她的家人那样，迁居俄罗斯的其他地方，但同样面临战争等变故。因此，托普金本能做出反抗，避免使克孜勒成为"淹没地带"。托普金这类人物存在的意义，是成为俄罗斯遥远边疆地区的标志，让那里逐渐丧失的俄罗斯民族认同不要彻底消失。尽管他努力的效果微乎其微，但仍旧给人希望。小说的结尾托普金离开巴黎、重返克孜勒时，内心深处保留着对奇迹的期盼和感激。正是这种对奇迹的期盼，支撑着逐渐绝望的托普金，使他仍旧有摆脱绝望的希望。①

《巴黎的雨》作为一部新现实主义作品，通过俄罗斯边陲小城克孜勒在 20 世纪最后三十余年的发展变化来反映当代俄罗斯现实。克孜勒是俄罗斯在亚洲版图上的图瓦共和国首府，位于大小叶尼塞河汇合处。这里的主要居民是图瓦族，俄罗斯族相对较少。托普金就属于生于斯长于斯的俄罗斯族。20 世纪 70 年代初至 20 世纪 80 年代中期，他在这里度过了美好的童年和少年时代。然而，20 世纪 80 年代末至 20 世纪 90 年代初的改革时代，昔日天堂般的小城出现了人口流失、发展停滞、民族分离等各种悲剧。最悲剧的是，这个原本从地理版图和精神文化层面都属于俄罗斯的小城，出现了去俄罗斯化的现象：图瓦语取代俄语成为共和国官方语言，当地居民使用俄语的人越来越少；俄罗斯族人越来越难找工作，俄罗斯族人的生意和事业也遭受排挤和打压；城市新的重要建筑和纪念碑都抹去俄罗斯族人的印记，代之以图瓦民族英雄的名字；民族冲突不断加剧，俄罗斯族人逐渐离开克孜勒，其中包括主人公安德烈·托普金的家人、朋友和同窗。

托普金的父母从克孜勒迁居爱沙尼亚的生存方式直接反映了国家分裂和民族冲突的社会问题。老托普金夫妇是祖籍爱沙尼亚的俄罗斯族人，也是克孜勒的老居民和典型的苏维埃人。他们的一生见证了苏联从辉煌走向解体的最后历程，并以自己的生存体验感受到不同时代的特征。在他们的眼里，勃列日涅夫时代是持不同政见运动频发的时代，安德罗波夫时代是给人希望却短命的时代，契尔年科时代是令人不满的时代，戈尔巴乔夫时代是导致苏联解体的时代。值得强调的是，他们对戈尔巴乔夫改革的态度经历了从认同到否定的变化过程。起初他们欢迎改革，认为一定程度的私有化利大于弊。但时局的发展出乎他们的意料，面对商店物资匮乏、加盟共和国纷纷独立、单位大批裁员、统一苏维埃联盟军队逐渐解散等各种问题，他们越来越绝望。托普金的父亲曾是统一苏维埃联盟军队里的一名军官，之前从未想过离开故乡小城克孜勒、离开祖国苏联，但随着统一苏维埃军队的逐渐瓦解、图瓦共和国内的民族冲突，他不仅对自己的军人职业有了深刻的幻灭感，而且对继续在苏联生活都失去信心。妈妈的情况亦如此。她曾经是红极一时的苏联商场布料部的负责人，但市场经济的发展使她所在的部门逐渐压缩、最后彻底关闭，她本人也从原来的部门负责人转为普通收银员。统一国家的解体和民族冲突，让他们最终决定迁往祖籍地爱沙尼亚。

---

① Рудалёв А. Возможность чуда［J］. Дружба народов，2017（10）.

　　托普金一系列儿时好友和同窗的生存方式和状态，反映了 20 世纪末俄罗斯青年一代的生存困境。比如，儿时好友兼大学同窗别雷在少年时代有过非凡的音乐才华和美好的人生理想。在改革浪潮初期，他看似成了时代的受益者，组建起了自己的摇滚乐团，租赁商店卖唱片，到处参加巡回演出。但改革后期，他的乐团随着成员的生存不定而最终解散。别雷本人大学未毕业就参军，复员后成了保安，最后为了生存与一个带着两个孩子的老女人结婚。人到中年，当年那个才华横溢、满怀理想的别雷，变成了臃肿衰老、了无生气的人。与别雷命运迥然不同的是他的初恋女友兼前妻马丽娜。他们因爱而婚，但在生存成为第一问题的转型时代，别雷的摇滚乐事业显然无法解决生存问题，马丽娜因此抛弃了"不务正业"的丈夫，投入一个她认为务实可靠、前途可见的男子的怀抱，她本人也在市场经济大潮中成了银行经理。托普金的另一位儿时好友兼大学同窗尤尔科夫一家的生存状态也颇具悲剧性。其父与托普金的父亲一样，也曾是苏维埃部队里的军官，20 世纪 80 年代末改革时代被调到另一个条件极差的部队，即使这样也未能保全军官职务。最终全家跟随被解职的父亲迁至奶奶在库尔干草原遗留下来的老房子，导致尤尔科夫年过四十仍旧无妻无子、无家可归、没有任何财产。托普金的儿时好友博布罗夫斯基在转型时代的生存方式却极富戏剧性：在 20 世纪 80 年代末的失业大潮中，他偶然面试了一份在监狱训练警犬的工作，尽管他之前从来没有养过动物，也没有训练动物的技能，但为了生存的需求却接受并适应了这份工作。

　　托普金第三任妻子阿琳娜一家的生存变迁则反映了传统劳动者在混乱无序的转型时代无法正常生存的悲剧。这原本是叶尼塞河畔一个家族兴旺、家境殷实的哥萨克家庭。一个世纪以来，这个家庭始终保持着哥萨克农民传统的生存方式，热爱土地、热爱劳动、热爱自然。哥哥米哈伊尔作为家中的长子，不仅对两个妹妹有着如父般的权威，也担任着传承家业的责任，军队服役结束后回到家乡与父母一起经营养猪场，靠诚实劳动致富。在托普金眼里，这是一个值得尊敬的农夫，"他喜欢阿琳娜哥哥身上的勤劳、真诚，以及最主要的——成为壮实农夫的愿望……从不久前开始，周围壮实的农夫已经非常少见了……"①然而，20 世纪末的民族分离和冲突毁掉了这个原本殷实富足的哥萨克家庭。克孜勒的地痞因为眼红他们的财富而上门勒索，遭到米哈伊尔的强硬拒绝后纵火焚烧养猪场。在托普金的联邦安全局同学伊戈尔的帮忙下虽然暂时摆平了地痞，却遭到警察上门调查养猪场的事。性格冲动的米哈伊尔在得罪警察后被追究刑

---

　　①　Сенчин Р. Дождь в Париже［М］. М.：ACT, 2018：332.

事责任，最后全家准备杀掉所有的猪并运往图瓦共和国之外卖掉。但这个计划还没有来得及实施，又因为猪瘟的传闻而被当地政府勒令上交销毁。这个最终丧失一切家产的哥萨克家庭，怀着对生活了一个多世纪的克孜勒的眷恋与不舍，迁居他乡白手起家。然而，新的居住地附近就是战场，米哈伊尔在迁居后不久就被征入民兵团。年迈的父母不仅要承受家庭失去壮年劳动力的艰辛劳动，还要时刻为身在前线的儿子担忧。

总之，小说通过俄罗斯边陲小城克孜勒及其普通居民在 20 世纪末历史变迁中的命运，反映了 20 世纪 80 年代末改革和 20 世纪 90 年代初苏联解体造成的一系列社会问题：改革使主人公眼中那个虽不可爱却熟悉可知的世界崩塌，而新的世界充满未知数且残酷可怕，到处是国家分裂导致的民族冲突、仇恨甚至战争，传统价值观崩塌导致的资本霸权，苏维埃信仰覆灭导致的精神危机，新时代无限度的自由导致的混乱无序，等等。

从《巴黎的雨》中不难看出，先钦完全按照他目睹的现实描绘，不进行任何多余的复杂化、隐喻化。小说中的人物形象、主题内容、语言文体、结构安排，兼有对现实主义传统的传承和创新，堪称新现实主义的典范之作。

首先是人物形象塑造的传承和创新。小说中的主人公托普金具有现实主义文学的真实性，甚至带有作家自传色彩。他与作家是同龄人且都出生于克孜勒，父母都很早迁离克孜勒，而他们都留在了故乡。先钦在一次访谈中也承认，主人公有具体的人物原型。然而，与托尔斯泰、陀思妥耶夫斯基等注重主人公的性格塑造和心理描写的现实主义不同，这部小说拒绝详细研究主人公的性格，拒绝深入其心灵。因为对于新现实主义作家来说，"那里如今没有任何完整的东西……那里只有混乱和不安"！①

其次是主题内容的传承和创新。小说内容具有传统现实主义的真实性，全景式展现了当代俄罗斯外省农村和城市的生活，是作家对当代庸常现实的文学化。"他的文本从不向普通读者讲述他们不知道的东西。他的创作没有美学新发现，没有无限的启示，没有至高的顿悟；没有语言和结构试验，没有精心构思的情节，没有后现代戏份；没有冷嘲热讽，也没有预言企图。只有千篇一律的无聊和令人痛苦的庸常。"② 但小说没有像经典现实主义文学那样规避庸常现实中一些"上不了台面"的内容，比如性爱描写。在主人公托普金的回忆中，不

---

① Скрипко В. Возвращение к язычеству. О новом романе Сенчина « Дождь в Париже » [N]. День литературы, 2018-06-08.

② Гуга В. С открытым забралом [J]. Урал, 2013 (4).

仅有他与三任妻子和众多女子的情爱描写，甚至有他对性爱和肉欲的直接赞美。这一点充分体现了新现实主义文学对任何现实不加处理和修饰的美学主张。

再次是语言文体的传承和创新。小说没有现代主义式的含混隐喻和象征，也没有后现代主义式的荒诞不经和语言游戏，采取的是传统现实主义意义明确的语言。但书中的自然主义手法以及非标准词汇的运用，又使这部小说的风格与经典现实主义文学有一定的距离。此外，与很多经典现实主义作家喜欢抒发个人好恶、宣泄个人情感不同，这部小说只是客观地记录当代生活。"作家就像勤勉的编年史作者，只记载生活的进程和发生的事件，同时记录人的个性如何逐渐变成整个消费社会千篇一律的一分子。"① 与一些经典现实主义作家义愤填膺、慷慨激昂的叙事语调不同，这部小说的叙事语调不紧不慢、不温不火。这种"编年史般的沉着镇定"正是作者为这部小说找到的成功手法，而且这种手法不负众望，因为苏联的一切已经坍塌，应该及时地描写过去时代的断面，然后反思。②

最后是叙事结构的传承和创新。小说叙事整体上采取了现实与回忆交织的手法，且关于过去的回忆占据了小说主要篇幅，这让人很容易将其视为现代主义意识流创作。但其实这是一部现实主义作品，因为小说中的"回忆"其实也是现实而非幻觉，是主人公过去的真实经历而非天马行空的想象。此外，小说章节的回环结构与陀思妥耶夫斯基的《罪与罚》、布尔加科夫的《大师与玛格丽特》颇为相似，而结尾的开放性也与托尔斯泰的《复活》具有相似性，关于这一点作家在访谈中也坦承过。③ 但叙事结构中还表现出与同时代作家的对话性和互文性。比如，托普金在巴黎街头的街心花园迷路时，想起当代作家多甫拉托夫小说中迷路的主人公。而他回忆苏联社会排队购物现象时产生的厌恶感，又让读者情不自禁联想到当代作家索罗金的《排队》等作品。

总之，先钦是一个鲜明的、独特的当代作家，也是新现实主义最典型的代表，他重在反映当代社会的日常生活，是一位值得关注的当代作家。

---

① Скрипко В. Возвращение к язычеству. О новом романе Сенчина «Дождь в Париже» [N]. День литературы, 2018-06-08.

② Скрипко В. Возвращение к язычеству. О новом романе Сенчина «Дождь в Париже» [N]. День литературы, 2018-06-08.

③ Сенчин Р. В. закрытые финалы не верю [N]. Газета Культура, 2018-05-09.

第三章

新现代主义①

第一节　新现代主义的形成渊源

传统上将 20 世纪末、21 世纪初的俄罗斯文学分为两大思潮，即后现代主义和现实主义。但完全可以再分出一类重要思潮，即新现代主义（неомодернизм），它与现代主义文学的更新式复苏有关。

文学中的新现代主义的形成晚于后现代主义和现实主义：1990—2000 年期间才出现首批新现代主义文本，且直到 21 世纪 10 年代才迎来繁荣发展期。可以预测，这一思潮将成为今后数年里俄罗斯文学发展进程中的主流思潮。由于不久前才出现一些鲜明而重要的新现代主义文学成果，所以这一流派在俄罗斯文学中还未得到详细全面的研究。

可以被归为新现代主义流派的当代作家有：叶甫盖尼·沃多拉兹金，米哈伊尔·希什金，鲍里斯·叶夫谢耶夫，米哈伊尔·戈卢布科夫，帕维尔·克鲁萨诺夫的早期作品等。

为什么现代主义文艺在 20 世纪末如此具有影响力，以至于在它的基础上形成了独立的文学思潮——新现代主义？为了回答这个问题，需要简短追溯俄罗斯文学中的现代主义文学的发展史。众所周知，现代主义思潮的发展的起点是 1892 年梅列日科夫斯基所做的著名讲座《论当代俄罗斯文学衰落的原因及新思潮》，该讲座稿于次年以单册形式发表。从 19 世纪 90 年代起，俄罗斯文学中的现代主义思潮开始蓬勃发展。第一个且最具影响力的现代主义流派为象征主义，它由新老两代诗人和作家构成。从 20 世纪 10 年代起，文学中的后象征主义流派开始产生和发展，其中包括阿克梅主义、未来主义、新农民主义的诗歌和小说，以及帕斯捷尔纳克、沃洛斯、霍达谢维奇和茨维塔耶娃等无流派作家的创作。在下一个文学—历史发展阶段，即 20 世纪 20 年代，现代主义思潮无论在

---

①　本章由克罗托娃撰写。

诗歌还是小说方面都继续蓬勃发展，这个时期的著名现代主义作家有：普拉东诺夫、帕斯捷尔纳克、布尔加科夫、扎米亚京、奥列沙等。从1934年第一次全苏作家代表大会召开起，现代主义思潮的发展明显被中止，因为社会主义现实主义文学被认定为苏联文学的基本创作方法，它明显地排斥任何现代主义元素。在接下来的几十年苏维埃时期，现代主义思潮以"地下文学"的形式存在。读者对许多现代主义作家和诗人的作品并不熟悉，因为他们的大部分作品被禁止出版。比如，从那时起到20世纪80年代后半叶乃至20世纪90年代初的苏维埃时期，被禁止发表的作品包括：古米廖夫的抒情诗，阿赫玛托娃的《安魂曲》，普拉东诺夫的《切文古尔镇》《基坑》和《幸福的莫斯科娃》等，帕斯捷尔纳克的长篇小说《日瓦戈医生》，布尔加科夫的《魔障》《狗心》《不祥的蛋》等。直到公开性和民主化的改革初期，侨民作家和诗人的作品也完全没有或极少得到出版，其中很多都属于现代主义文学分支，比如巴尔蒙特、茨维塔耶娃、布宁、霍达谢维奇、阿达莫维奇、加兹达诺夫、阿尔达诺夫。现代主义公开出版期始于1986年，标志是侨民作家纳博科夫的《防守》首次公开出版。这一事件为之前大量被禁作品的出版"开辟了道路"。20世纪80年代后半叶至20世纪90年代初，俄罗斯国内读者得以阅读大量现代主义文学遗产。毫无疑问，当时的读者和作家对现代主义文学的兴趣极其浓厚，这在很大程度上导致了新现代主义文学思潮的形成。

第二节　新现代主义的基本创作原则

一、普世性

新现代主义艺术意识可以用一系列创作原则来定性，其中最重要的原则是普世性（универсализация），它源于现代主义艺术意识。斯科罗斯佩洛娃和戈卢布科夫等权威俄罗斯学者都认为，正是对普世性的追求使现代主义艺术意识区别于现实主义，因为它探寻人类生活的普遍性特征，"从描绘某一具体历史面貌转向理解其全世界的意义和深层本质"①。新现代主义的艺术视野投向不依赖于时间和社会文化存在的基础。这首先是对道德问题的思考和对人类生活的精

---

① Скороспелова Е. Б. Русская проза XX века：от А. Белого（《 Петербург 》）до Б. Пастернака（《 Доктор Живаго 》）［M］. M.：ТЕИС，2003：74.

神支柱的追求，是关于信仰、爱、生与死等永恒主题的研究，也是对才华、创作和艺术天赋本质的探寻。这些普世性层面既是 20 世纪一二十年代现代主义作家的创作主旨，也是新现代主义作家艺术体系中的关键层面。

新现代主义和现代主义作家对具体历史事件并非不感兴趣。恰恰相反，这一层面出现在他们的文本中且被多维思考。一些著名的现代主义小说均有体现，比如：米哈伊尔·布尔加科夫的《大师与玛格丽特》全景式展现了 20 世纪 30 年代莫斯科生活，鲍里斯·帕斯捷尔纳克的《日瓦戈医生》很多篇幅都描写革命和革命后的现实，尤里·奥列沙的《嫉妒》再现了 20 世纪 20 年代苏维埃生活的景象。但在现代主义文本中，处于首位的是与时间和社会文化无关的普世性的问题，比如：善恶问题，理解恶的真正本质和它与良好世界秩序之间相互作用的问题（《大师与玛格丽特》）；世界上的创造力和艺术认知的奥秘问题，个性可能因爱情而发生精神改变的秘密问题（《日瓦戈医生》）；对现实的情绪化感性理解和过度理性理解等不同的极端理解方式之间的对立问题（《嫉妒》）。

新现代主义作家即使重视具体历史环境，也更重视普世性的、本体论的层面。米哈伊尔·希什金的创作极其鲜明地证明了新现代主义艺术意识中的类似宗旨。作家在访谈中不止一次强调，自己的作品旨在思考关于存在和永恒本源的问题——这在我们看来显然是新现代主义文学的特点。米哈伊尔·希什金承认，"真正的文学始于时间蒸发而只留下永恒之时"[①]。用作家的话说，长篇小说《书信集》中的行为不是发生在某个特定的时代，而是"随时随地"在发生。这句话也可以作为本文的"词眼"，因为它鲜明准确地描绘了新现代主义艺术思维的主要特征。

二、不同历史时代的交织

受普世性原则的影响，新现代主义小说中常出现不同历史时代的交错相织。对于新现代主义作家而言，重要的是揭示人类生存中永远重要且不受社会环境制约的层面。比如，希什金的长篇小说《书信集》中的主人公沃洛佳和萨尼卡彼此相爱且互通书信，但他们生活在完全不同的时代。沃洛佳生活在 19、20 世纪之交（他是镇压义和团运动的参与者），而萨尼卡生活的时代比他晚了几十年，在苏联后期时代。时间的距离没有阻碍两位主人公强烈真挚的情感。沃洛

---

① Михайл Шишкин о своем новом романе « Письмовник ». Беседа с Л. Данилкиным ［N］. Афиша Daily, 2010-08-16.

佳和萨尼卡生活在完全不同的现实生活环境中，有着完全不同的社会体验，但这些具体的历史问题并不重要，在本体的爱情力量面前这些都不值一提。

不同历史时代的交错相织将小说的行为发展从具体历史层面提升至本体论层面，这样的特点还存在于希什金的其他作品中，包括著名的长篇小说《攻克伊兹梅尔》和《爱神草》。

沃多拉兹金的创作也非常鲜明地采用了时间杂糅法。读者在他的长篇、中篇和短篇作品中都可以发现不同时间的杂糅，而且通常是相距久远的时间。他的长篇小说《月桂树》就是鲜明的例证，其中中世纪的现实与当代现实交错相织。这既体现在情节层面（小说中的一个经典片段是，生活在 15 世纪的阿尔谢尼和乌斯季娜在森林散步时，看到前一年的枯草下有废弃的塑料瓶），也体现在语言层面（小说中古俄语和现代俄语的杂糅，一句话可能以古俄语开头，以现代俄语结尾）。这种不同层面的词汇杂糅也成为实现普世性的一种手段，即克服某一历史时代的制约，走向超脱时间的存在层面。作家本人也承认："本书讲述的不是中世纪，而是关于我们的时代。"[1]

希什金在长篇小说《攻克伊兹梅尔》中怀着同样的目的采用了将不同语言的话语杂糅的方法。比如，在讲述亚历山大和奥莉加·维尼阿米诺夫娜的关系时，现代俄语写成的句子和古俄语文本片段交替出现。这样，爱情冲突就获得了超越时间的意义，具体历史和社会环境退居次位。

沃多拉兹金像希什金一样经常坦言，他最感兴趣的是具有普世性的永恒问题。比如，短篇小说《时移世易》中的自传式主人公说："从一开始我就面临亚当曾经面临的问题：时间和受难！"[2]主人公似乎一下子就被置于具体的历史时间之外而迈入永恒。从这个意义上讲，主人公作为我们的同时代人与上帝创造的第一人亚当是"平等"的，都为离奇形象。当然，在小说中也能找到具体时间（苏联时代）背景下的现实描写，但占主导地位的还是本体论层面。类似的创作宗旨是新现代主义艺术意识最典型的特点。

普世性原则也是瓦尔拉莫夫的思维特点，其创作也属于新现代主义流派。普世性逻辑在他最早的文学实践中就初见端倪，比如中篇小说《诞生》通过一个莫斯科家庭的悲剧反映了整整一代人的命运。小说中的主人公没有明确的姓名，而仅以男人、女人和孩子代称，这并不偶然。这个家庭中的丈夫和妻子原

---

① Kansan Uutiset（Финляндия）：писатель надежды и смерти верит в добро（интервью с Е. Водолазкиным）［EB/OL］. https：//inosmi. ru，2019-01-26.

② Водолазкин Е. Совсем другое время［M］. М.：ACT，2014：467.

本内心疏离，但因孩子的诞生而彼此亲近，这个家庭的命运被视为是永恒的、超越时间的，尽管小说也明显地描写了一系列社会事件（与20世纪90年代初俄罗斯政权选替相关的转折性事件）。而瓦尔拉莫夫21世纪10年代之后的小说更明显地体现出新现代主义特征，其中最典型的当数长篇小说《臆想之狼》。小说书名本身就反映出本体论层面，因为"臆想之狼"是恶的广义象征。它是文艺复兴以来就逐渐兴起的个人主义的化身，之后影响日渐壮大，最终反映在尼采的哲学体系中。形形色色的个人主义渗透到俄罗斯并在俄罗斯文化中逐渐发展，导致20世纪初一系列极其悲剧化的事件，其中首推革命运动，它在1917年的十月革命中达到顶峰。"臆想之狼"普遍象征着整个人类生活和意识中具有破坏性的、解构性的本源。阿列克谢·瓦尔拉莫夫作为一个有着新现代主义艺术定位的作家，在自己的小说中没有用具体历史和社会原因来解读革命事件，而是用本体论的恶（社会的恶只是普遍的恶的投影）来解读。"臆想之狼"的意象本身取自东正教祷告文，祷告文的原意是，人类怕陷入罪恶之网（《臆想之狼》）并祈求上帝的庇护。使用祷告文本并让其成为小说标题隐喻的来源，使这部作品达到了超越时间的存在高度。

三、永恒主题

在构成新现代主义基础内容的众多层面中，最主要的层面是对永恒、死亡、信仰和爱情等范畴的思考。永恒范畴几乎在每一部新现代主义作品中都有思考，它尤其鲜明地体现在沃多拉兹金和希什金的作品中。两位作家在创作中持续关注的不是瞬间性的空间，而是永恒的空间。沃多拉兹金关于永恒的思考，与宗教起源和基督徒的生死观有密切联系，而希什金关于永恒的思考少有宗教意义，更多的是对永恒作为无限存在的本质的思考。尽管两位作家的思考根基不同，但他们的很多观点不谋而合。比如，两位作家都认为，永恒意味着时间的不存在。沃多拉兹金在一次访谈中说："时间是暂时的，一切始于永恒并走向永恒。"[1] 在讲述一位音乐家命运的长篇小说《布里斯班》中，艺术被认为是通往永恒的路径，因为音乐与本体论的起源有关。希什金也有类似的观念。《书信集》中的主人公想："没有音乐就活不下去。所有非固有的、不必要的东西，都会像树皮一样飞逝，只留下当前之物。"[2]

---

[1] Водолазкин Е. Помнить о смерти – это улучшать жизнь. Интервью ［EB/OL］. https：//sputnik. by, 2019-02-08.

[2] Шишкин М. Письмовник ［M］. M.：Издательство АСТ, 2017：409.

沃多拉兹金和希什金对事件的理解有着相似的视角。两位作家都认为，所有永恒性的事件都是同时发生的，不分"起初"和"然后"。沃多拉兹金在一次访谈中用生动的例子来阐释这一思想："永恒事件就像挂在圣诞树上的玩具。"① 在希什金的《书信集》中，主人公萨尼卡在失去爱人后，和一位拥有高等神学知识的人（文中用代词"他"指代）交谈。"他"告诉萨尼卡，物质世界的物品都是暂时的，而感受存于永恒且永远停留在那里，"……温暖将一直会是温暖……比如你们约定在纪念碑旁约会。但事实上这不是在纪念碑旁约会，而是纪念碑在约会时出现了。纪念碑会在某一天倒下，而约会将持续永远"②。

沃多拉兹金用基督教的方式思考，认为通往永恒和灵魂不朽的方式在于接近上帝，创造善行，完善个人道德。希什金则认为通往永恒的方式在于语言。语言保存生活，它像独特的"诺亚方舟"，拯救一切存在的现象，避免它们被人遗忘。长篇小说《书信集》的主人公也说过类似的话，诺亚"应该创建一艘方舟，为了救赎……我也建了自己的方舟，只是我的方舟不是用木头做的，而是用语言做的…… 我应该记录下重要的一切——人、事、物、回忆、画面、声音"③。主人公还时刻对自己用语言建造的"诺亚方舟"提出异议，坦承重要的不是语言，而是生活本身。与此同时，语言作为生活的唯一忠实保存者和通往永恒之路的思想贯穿米哈伊尔·希什金的创作，作家追求"在语言中摆脱死亡的负担"④。难怪希什金称《书信集》是自己最好的小说，并用标题本身强调语言作为重要存在范畴的作用。

时间主题在新现代主义小说中也与对永恒的思索息息相关。它算是新现代主义作家艺术意识中最重要的一个主题，因为几乎每一个新现代主义作家都会在自己的创作中或多或少涉及这一主题。沃多拉兹金、希什金和戈卢布科夫都认为，时间是一种幻觉。比如，沃多拉兹金不止一次在访谈中说，"时间不存在""时间是暂时的"⑤。这些思想与戈卢布科夫的《米乌斯广场》中的思想具有异曲同工之妙，其中说到时间只是一种假设。小说第一部中的一位主人公瓦里杰尔·冯·施塔因想："也许并不存在什么时间。也就是说没有仿佛已发生的

---

① Водолазкин Е. Я. знал, второго « Лавра » писать нельзя. Интервью. Источник［EB/OL］. https://sputnik. by, 2019-02-08.

② Шишкин М. Письмовник［M］. M.：Издательство ACT, 2017：114.

③ Шишкин М. Письмовник［M］. M.：Издательство ACT, 2017：234.

④ Хлебус М. А. Феноменология слова в романах М. Шишкина « Венерин волос »（2005），« Письмовник »（2010）［J］. Мир науки, культуры, образования, 2018（4）：461.

⑤ Водолазкин Е. Помнить о смерти -это улучшать жизнь ». Интервью. Источник［EB/OL］. https://sputnik. by, 2019-02-08.

过去，也没有仿佛在前方的未来。或者说它们都存在，但是同时发生。"① 在希什金的《书信集》中，时间的限制并不那么重要，因为相爱的人在不同历史时代仍能彼此交流。所有新现代主义小说都有类似的时间观，即不仅将时间视为人类生活亘古不变的属性，还将其视为与永恒对立且可以被克服的存在范畴。

以人类存在的普世性为准则的新现代主义定位，自然使作家们对死亡主题也进行多维度的思考。新现代主义小说的一大特点是明显的末世论倾向。沃多拉兹金在一次访谈中说："死亡在我的作品中被赋予重要作用。"② 在另一次访谈中，他更明确地表达了该主题在他创作中的意义，坦承对他而言"缪斯——就是死亡"③。

沃多拉兹金和希什金对死亡的思考惊人地相似。比如，沃多拉兹金将《布里斯班》中一位人物弗兰采·彼得尔说过的一句话称为全文主旨："生活就是习惯死亡的长期过程。"这与《书信集》的主人公的说法呼应："我以前觉得，生活就是为死亡做准备。"两位作家都认为死亡是人类生存中最重要的一个阶段，但人经历死亡后不会消失，也不会停止存在，而会在永恒空间中得以新生。难怪《书信集》中的女主人公将死亡时刻视为"人生中最重要的时刻"④。沃多拉兹金用宗教理念即基督教义来理解死亡，而希什金用抽象本体论来理解死亡。这样一来，无论是沃多拉兹金还是希什金，思考的是同一个问题：死亡——不是人类存在的"终极状态"，而只是一个时间段，紧随其后的是永恒生命阶段。在两位作家的观念中，死亡可以被克服。希什金的长篇小说《攻克伊兹梅尔》中有这样一句话："你们其实知道，死亡并不存在。"⑤

在新现代主义小说中可以看见不同类型的死亡。有时死亡超脱于道德标准之外，与善恶毫无关联。比如，《月桂树》就这样展示乌斯季娜的死亡场景。其中的死亡是各种不幸境遇交汇的结果，阿尔谢尼由于缺乏生活经验、没预料到事态会转向悲剧而成了罪人。在乌斯季娜弥留之际，他梦见前来带走爱人灵魂的死神。死神在这里并不是邪恶的化身，它与阿尔谢尼的灵魂进行交谈并让他相信：只要他对乌斯金娜的爱足够强烈、坚定，他一定会和自己的爱人"在没

① Голубков М. М. Миусская площадь [М]. М.：ЗАО Центрполиграф, 2007：34.

② Kansan Uutiset (Финляндия)：писатель надежды и смерти верит в добро (интервью с Е. Водолазкиным) [EB/OL]. https：//inosmi. ru, 2019-01-26.

③ Водолазкин Е. Помнить о смерти -это улучшать жизнь [EB/OL]. 2019-02-08.

④ Шишкин М. Письмовник [М]. М.：АСТ, 2017：395.

⑤ Шишкин М. Взятие Измаила [М].

有疾病、没有悲伤、没有叹息、生命永恒的地方"① 重逢。

与此同时，在沃多拉兹金的作品中也可以看到对死亡的另一种不同的思考，即将其视为与幸福生活对立的恶。长篇小说《布里斯班》就是这样思考死亡的。对于死于癌症的少女薇拉，对于感到体内有不治之症的主人公来说，死亡毫无疑问是恶的。对死亡的这种看法在小说开头尤为明显，展示了与格列勃素不相识的一个姑娘在河中溺水而死的场景。沃多拉兹金在这里提供了自己对世界文化中普遍的"死神与少女"情节的解读。这个情节贯穿于各个国家和不同时代的艺术中。比如，德国浪漫主义诗人克劳迪乌斯就用这个称呼冠名自己的诗歌，而这部诗歌作品又奠定了舒伯特（1816 年）著名歌曲的基础。俄罗斯作曲家穆索尔斯基曾根据戈列尼谢夫·库图佐夫的诗创作了声乐系列《歌与死亡之舞》，其中名为《小夜曲》（1875 年）的部分讲述了一位妙龄少女和随后而来的死神的对话。这些作品体现了各种对立本源的冲突，比如少女形象代表的生与夺走生命的恶之间的冲突。同样的情节出现在沃多拉兹金的《布里斯班》中：象征生命之美和快乐的少女突然被死亡偷走。死亡在这里毫无疑问是恶的，它被呈现为恐怖的、不受人类控制的、与良好世界秩序对立的存在。

上面分析的《布里斯班》中还出现了一个对于任何时代的文艺作品都很典型的主题，即爱与死密不可分的主题。弗洛伊德将爱神和死神视为异向（建构和解构）的存在，而且这位著名心理学家的思考与世界文化现实有关。在不同国家和不同时代（尤其从 14 世纪下半叶开始）的作品中，爱与死都息息相关，这是两个既互相对立又互相补充、彼此不分的存在层面。比如，在瓦格纳的歌剧《特里斯坦和伊索尔德》（1865 年）中，爱与死的形象相互"交融"——既在内容层面（死亡之杯装满爱情饮品），也在音乐层面（爱情与死亡主题具有深厚的音乐亲缘关系）。在梅特林克的话剧《佩利亚斯与梅丽桑德》（1892 年）以及德彪西以它为基础写成的歌剧（1902 年）中，爱情与死亡主题也紧密相关。19、20 世纪之交的俄罗斯文学也能让人想起高尔基浪漫主义童话长诗《少女与死神》（1892 年），其中"爱神与死神，像两姐妹，如影随形，死神在爱神身后，带着锋利的镰刀，像老鸹一样徘徊"②。沃多拉兹金在《布里斯班》里少女死亡的情节中，死亡最初的瞬间也与爱和美主题紧密相关。"格列勃端详着"已逝姑娘阿丽娜的脸，"发现极其美丽。鼻子直挺。薄薄的嘴唇微微张开。只有

---

① Водолазкин Е. Лавр［М］. М.：АСТ，2016：99—100.

② Горький М. Девушка и Смерть［А］//Горький М. Собрание сочинений в 30 тт. Том 1. М.：Государственное издательство художественной литературы，1949：29.

毫无血色的嘴唇和停滞的眼神显示出的死亡气息。其他地方则没有"①。第二天晚上格列勃梦到自己与阿丽娜幸福地结为伉俪，之后他"带着微笑和充满阳光的心醒来"②。死亡与爱情在这里仿佛具有亲缘关系。

但读者还会在新现代主义文本中发现一种不太传统的死亡主题，即将死亡视为真正的幸福，视为获得人在世时可望而不可即的东西的机会。戈卢布科夫的小说《米乌斯广场》的第一部分就展现了这种死亡观。主人公康斯坦丁·阿列克谢耶维奇·格拉乔夫只有在死亡时刻才得到他穷其一生所追寻的东西，即回到自己"亲近"的时代（20世纪30年代的青春时代）。在弥留之际，他再次见到那些亲近的人——哥哥鲍里斯和好友沃尔特，他明白自己回到了20世纪30年代（他一生中最美好的时代）的时空中。这样死亡对他而言是至上的幸福，也是真正的、唯一可行的通往幸福的路径。

沃多拉兹金曾说，俄罗斯文学是"末世论的、形而上的"。这毫无疑问是正确的。正如索尔达特金娜所言，死亡主题和复活主题，"（身体上或象征性克服死亡的）复活，对20世纪的俄罗斯文学、哲学和文化都至关重要"③。但需要强调的是，在所有当代文学思潮中，末世论主题在新现代主义文学中最为典型。在现代主义作家的创作中，死亡经常被以怪诞形式思考，丧失了本体论的意义，比如索罗金长篇小说《罗曼》中人物的死亡结局，短篇小说《娜斯佳》中被煎烤食用的女孩等。现实主义流派的作品也关注死亡主题，但现实主义作家对这一现象的思考不会像后现代主义作家那样充满幻想和怪诞。现实主义作家对死亡的思索在很大程度上是对其中的社会因素感兴趣，因为死亡常与各种社会环境和现实有关，比如：维克托·阿斯塔菲耶夫的《柳达奇卡》中同名女主人公的死，尤里·波利亚科夫的《动荡时期的爱情》中根纳吉·斯科良京的死，古泽尔·雅辛娜的《祖列伊哈睁开了眼睛》中穆尔塔扎的死，等等。新现代主义作家感兴趣的不是导致死亡的社会因素或造成悲剧的社会决定条件，而是死亡本身，以及死亡存在的意义和本体论的本质。这体现了新现代主义艺术思维的典型特点——普世性。

四、新神话主义

沃多拉兹金、希什金、瓦尔拉莫夫等作家艺术意识特有的普世性，还特别

---

① Водолазкин Е. Брисбен［M］. M.：ACT, 2019：108.

② Водолазкин Е. Брисбен［M］. M.：ACT, 2019：109-110.

③ Солдаткина Я. В. Мотивы прозы А. П. Платонова в романе Е. Г. Водолазкина 《Авиатор》［J］. Rhema. Рема, 2016（3）：21.

体现在新神话主义原则中，即转向神话或神圣的历史事件，让它们成为独特的叙事内容基础，充当解释当下事件隐秘含义的"密码"或"暗号"。新神话主义作为俄罗斯现代主义文学的一个艺术原则已被明茨①、斯科罗斯佩洛娃等学者研究。在我们看来，这一原则完全可以推及新现代主义艺术意识上。和现代主义作家一样，新现代主义作家将神话或神圣的历史事件作为作品的内容基础。他们也常像现代主义作家一样，经常引用《福音书》中的事件和世界形象。长篇小说《月桂树》是最典型的例子，其中完全定位于《福音书》中宣扬的对上帝和亲人的爱与仁慈的思想。《月桂树》的主人公形象本身与基督教中的圣人形象相近，小说的结构也让人想起古罗斯文学中讲述圣人生活和善行的行传体裁。

在希什金的艺术世界中，主要的神话范畴是语言，它是构建世界的基础，是神明旨意的承载者和表达者。比如《书信集》开篇改写了《福音书》中"语言是万物之源"的信条，"有人写道，语言是开始的开始"②。语言在《书信集》中被理解为能创造生命的能量和保存记忆的存储器。类似的思想也可以在希什金的其他小说中窥见一斑。比如《爱神草》的卷首题词引自《巴鲁克启示录》（旧约信条的起源），其中包含与《福音书》相似的内容："世界由语言创造，所以我们会因语言而复活。"

旧约中的情节与《福音书》中的思想和形象一样，都成为新现代主义小说思想内容的重要来源。它们在希什金小说中具有相当大的作用。比如《书信集》中有这样一个情节：女主人公与一个化形为燃烧的灌木丛的全知全能者对话。③这直接引用了旧约中关于燃烧的荆棘的情节，即上帝以正在燃烧的灌木丛形象向摩西显现，把自己对子民命运的意愿昭示给这位先知。《书信集》中的女主人公正是以同样的方式，通过与至高无上的神的对话理解了真理，尽管是与人民的命运无关的真理，却是关于爱情的真理和相爱之人天注定的真理。

瓦尔拉莫夫的《臆想之狼》和戈卢布科夫的《米乌斯广场》完全可以称为新神话主义文本。两部小说都出现了人格化的恶之形象（瓦尔拉莫夫小说中的狼，戈卢布科夫小说中的路西法），而且用基督精神理念将其阐释为具有诱惑性和破坏性的本源。叶夫谢耶夫的小说《未来见证者》中也出现了人格化的恶之形象概隐，小说中的所有形象内容都可以追溯到旧约中兄弟相残的情节。

---

① Минц З. Г. О некоторых «неомифологических» текстах в творчестве русских символистов [А] //Минц З. Г. Блок и русский символизм: Избранные труды. В 3 кн. Кн. 3: Поэтика русского символизма. СПб., 2004: 59-96.

② Шишкин М. Письмовник [М]. М.: ACT, 2017: 5.

③ Шишкин М. Письмовник [М]. М.: ACT, 2017: 99.

新现代主义和现代主义文学都经常关注斯拉夫神话。在希什金的作品中可以找到明显例证，比如长篇小说《攻克伊兹梅尔》开篇就出现了雷神佩伦、太阳神斯瓦罗格、畜神维列斯、丰收女神莫科什等，作家用他们来为小说中的行为人（革命前时代的人物）命名。这样一来，叙事就获得了超越时间的意义，所描写的事件就不再是发生在某个具体时间，而是"永恒的""永远的"。

在思考新神话主义的规律时，比较理性的做法是将新现代主义和后现代主义作品中的原则进行对比。因为后现代主义作家也经常使用神话来进行创作，但他们更多的是在解构神话，比如弗拉基米尔·索罗金的作品对苏维埃神话范式的解构；而神话在新现代主义作家那里成了作品真正的内容基础和思想主体，将作品内容从具体时间层面拓展到永恒。

新现代主义者和后现代主义者们对文学的任务和功能有着完全不同的理解，这也是新现代主义艺术思维的一个重要特征。如果说后现代主义者的特征是总体的相对主义、拒绝任何元叙事（包括道德元叙事），那么新现代主义者首先将文学理解为讨论道德问题的重要场所。每一部大部头新现代主义小说都建立在道德思考的基础之上：关于恶的本质（《米乌斯广场》《臆想之狼》），基督教义下爱的真正本质（《书信集》），艺术的变革性力量（《布里斯班》）。如果说后现代主义倾向于怀疑道德话语，那么新现代主义正是将道德层面置于首位。

还值得一提的是，新现代主义者在很大程度上沿袭了现代主义艺术技巧。现代主义小说造就了一系列手法：叙事层面的漂移，即将行为从一个时空移至另一时空，这在每一部新现代主义小说中都存在，最典型的例证是希什金的《攻克伊兹梅尔》《爱神草》和《书信集》，沃多拉兹金的《月桂树》《飞行员》和《布里斯班》，克鲁萨诺夫的《夜之深处》等，戈卢布科夫的《米乌斯广场》；引入奇幻而怪诞的意象，比如瓦尔拉莫夫的《臆想之狼》，戈卢布科夫的《米乌斯广场》，叶夫谢耶夫的《未来见证者》；抛弃统一视角而在文本中植入对同一事物或情景的不同乃至相反的看法，比如克鲁萨诺夫的《夜之深处》。虽然后现代主义者也经常采用上述技巧，但新现代主义者和现代主义者使用上述技巧的目的有着原则性的不同：后现代主义者是为了表达总体的相对主义立场，而新现代主义者把文学理解为讨论道德问题的场所。

值得注意的是，新现代主义作家大都接受过语文学教育。沃多拉兹金是语文学博士，著名的古罗斯文学研究者。瓦尔拉莫夫和戈卢布科夫也是语文学博士，从事语文学研究和教学。希什金在教育背景上也属于语文学家。或许，这些作家的新现代主义思维与他们对现代主义文学规律的专业研究有关。但语文学教育因素并不是决定性的。比如，克鲁萨诺夫的早期创作也属于新现代主义范畴，但他并不是语文学家，叶夫谢耶夫亦如此。

　　新现代主义在今天已成为俄罗斯文学进程中极具前景和成就的思潮。21 世纪前 10 年就诞生了大量鲜明的新现代主义长篇小说，比如希什金的《书信集》，沃多拉兹金的《月桂树》《飞行员》和《布里斯班》，瓦尔拉莫夫的《臆想之狼》和《我亲爱的帕维尔》，叶夫谢耶夫的《未来见证者》等。可以肯定地说，新现代主义流派不止在今天拥有丰硕的艺术成果，将来也会在文学史中蓬勃发展。从这个方面来讲，新现代主义和后现代主义思潮的命运在许多方面截然不同：后现代主义文学在最近 20 年里没有推出任何新的美学原则，虽然今天依旧存在且出现了一些鲜明的天才作品，但没有任何创新之处；而新现代主义正处于蓬勃发展的上升期，且会达到越来越新的文学高度。

第三节　阿列克谢·瓦尔拉莫夫的新现代主义创作

　　阿列克谢·尼古拉耶维奇·瓦尔拉莫夫（Алексей Николаевич Варламов，1963—），当代最优秀的作家之一。他毕业于莫斯科大学语文系，获得文学博士学位。毕业后曾任教于莫斯科大学语文系，现任高尔基文学院院长。20 世纪 80 年代末开始发表文学作品。1995 年中篇小说《生》和长篇小说《傻瓜》的先后发表，使作家声名鹊起。迄今为止，瓦尔拉莫夫的创作成果相当丰硕，包括多部长篇小说、中篇小说、短篇小说以及多篇政论文、文学批评、随笔等。作家还参与了"优秀人物传记"丛书的编纂工作，撰写了普利什文、布尔加科夫、普拉东诺夫、舒克申、阿列克谢·托尔斯泰等作家的传记。瓦尔拉莫夫 21 世纪的新作《臆想之狼》于 2014 年发表后，不仅引起广大读者的阅读热潮，而且备受文学研究者的关注。

　　在我们看来，瓦尔拉莫夫的创作宗旨倾向于新现代主义。从他的早期创作到 21 世纪的新作，都始终遵循新现代主义的普世性原则，即作品中占主导地位的不是具体的历史层面，而是存在层面。尽管新现代主义作家也描绘具体的时代，但他们追求的首先是揭示历史进程中发挥作用的某些普遍规律，揭示历史进程中的本体论基础。瓦尔拉莫夫在《臆想之狼》中，尽管叙述了 19、20 世纪之交的俄罗斯历史，但与其说他是在进行社会历史层面的分析，不如说是他对当时历史进程的存在基础进行的反思。革命年代本身就是瓦尔拉莫夫艺术探索的对象，因为作家将革命理解为俄罗斯民族生活中的一种自发现象，理解为俄罗斯民族精神面貌中最重要的一种表现。从这里可以明显感觉到，其创作重点从具体历史层面向普世层面的转移，而这就是新现代主义艺术思维的一个典型特征。

总体上可以将瓦尔拉莫夫的创作主题定性为典型的新现代主义。同沃多拉兹金一样，"历史中的人"这一主题在瓦尔拉莫夫的创作中也具有至关重要的作用。他的作品常常通过个人命运的棱镜折射出整个历史时期。他的历史视野既投向苏联时代（《沉没的方舟》 《傻瓜》），也投向苏联解体初期时代（《生》），甚至投向 20 世纪初的历史时代（《臆想之狼》）。新现代主义另一大典型主题——道德，在瓦尔拉莫夫的创作中也占据重要地位。新现代主义将文学视作解决道德任务的领域，这从根本上与后现代主义美学观不同。道德内涵显然在小说《臆想之狼》中占主导地位，因为这部小说的核心主题是本体论意义上的恶。新现代主义文学另一个至关重要的主题是时间。如果说沃多拉兹金热衷于叙述如何超越时间的问题，那么瓦尔拉莫夫则醉心于叙述不同年代之间的联系以及它们之间的相似之处。比如在小说《臆想之狼》中，作家描绘的 20 世纪初与当代有着明显的相似之处。瓦尔拉莫夫虽然没有在小说中直接对比这两个时代，却在思考一个世纪前的历史事件如何在 20、21 世纪之交得到回应。

长篇小说《臆想之狼》是典型的新现代主义文本。瓦尔拉莫夫本人曾说，对他而言重要的是在这部小说中传达"人与宇宙独处时的感觉"①。也就是说，和其他新现代主义者一样，瓦尔拉莫夫作品中的存在层面是首位的。同时，小说中的具体历史因素与沃多拉兹金的《飞行员》中的历史因素同样重要。瓦尔拉莫夫对俄罗斯社会生活中一个至关重要的时代——1914—1918 年（其中包括第一次世界大战、1917 年革命和革命后初期）进行了艺术探究。

这部小说的主题是复杂的、多层面的。除了历史层面，还有对俄罗斯民族性格、民族自我意识的反思。这也是对白银时代这一文化时期的独特阐释。作家本人曾坦言，这部小说于他而言是"讲述白银时代的一次个人尝试"。梅列日科夫斯基、吉皮乌斯、罗扎诺夫、格林、雷米佐夫等历史人物被纳入情节，而这些人物的活动恰恰决定了那个时代的艺术面貌。他们有时以真名真姓的形式出现在小说中，有时以化名的形式出现。小说的一个中心人物形象——作家帕维尔·马特维耶维奇·列赫科贝托夫，具有苏联作家普利什文的影子（瓦尔拉莫夫曾指出，普利什文的生平事迹是与列赫科贝托夫相关的情节冲突的基础）。此外，这部小说还致力于书写新现代主义思维中重要的道德主题，特别是道德

---

① Мысль становится волком. Интервью. А. Варламовым [EB/OL]. https：//godliteratury. ru，2015-11-27.

选择问题。其中做出道德选择的是瓦西里·赫利斯托福罗维奇·科米萨罗夫和他的妻子，后者为了生病的女儿在绝望中转向邪恶势力。小说中还存在另一种道德选择，即 1917 年俄罗斯面临的道德选择——只不过这不是个人命运层面的道德选择，而是整个国家命运层面的道德选择。

革命主题在小说中具有关键意义。但瓦尔拉莫夫不是从社会历史的角度思索革命，而是根据新现代主义思维原则以本体论的方式理解革命。

这部小说主要致力于反思革命及其原因，反思革命的显性和隐性驱动力。瓦尔拉莫夫眼中革命是极其个人化的，并以这种独特的方式使人审视革命运动的源头、原因和进程。小说《臆想之狼》在很多方面融合了白银时代特有的革命认知，同时又与那个时代的观念有原则性的不同。鉴于这一层面是小说的一大主要内容，下面将进行更细致的论述。

对革命进程的反思早已出现在见证过革命的文学家的创作中。20 世纪初的小说、诗歌、文章和随笔中，业已形成对已发生的巨大历史变革的一定认知和革命观。其中最引人注目的包括勃洛克的"作为自然力的革命"（революция-стихия）、"作为变革力的革命"（революция-метаморфоза）等观念，这样的观念在勃洛克的政论文、抒情诗，当然还有长诗《十二个》中都有所体现。除了勃洛克的革命观，还有其他一系列对革命的著名认知，比如皮利尼亚克的小说对革命的认知，新农民作家和诗人们创作中呈现的革命形象，以及 20 世纪最伟大的作家高尔基、肖洛霍夫等对革命的思索。试图对 20 世纪革命经验进行反思的作家不胜枚举。几乎每一位 20 世纪的重要俄罗斯作家或诗人，都在其创作中以某种方式触及了革命主题，直接或间接地对革命进程及后果进行了反思。

对革命问题的思索也是当代俄罗斯作家一项具有现实意义的任务。如今的世纪之交是一个危机重重的时代。为了更好地理解当代，作家们有时会转向俄罗斯历史上最富戏剧性的转折时刻。瓦尔拉莫夫就是这样的，他认为革命年代是俄罗斯历史进程中至关重要的阶段，对其进行分析可以得出关于整个俄罗斯史的结论。

在《臆想之狼》中，对革命进行了最细致思索的是机械师瓦西里·赫利斯托福罗维奇·科米萨罗夫。我们正是借助小说中科米萨罗夫的视角观察已经过去的革命和 1917—1918 年的彼得格勒。科米萨罗夫不仅对革命进程而且对其后果都给出了自己的解释。

对革命的第一次深刻反思表现在小说第二章科米萨罗夫与他的论敌的对话中。多年来一直向革命事业提供资金援助的科米萨罗夫在与布尔什维克党联络人"汤姆叔叔"一次例行见面后的谈话中，表露了对革命的看法。他坦言自己将革命理解为"具有灵魂的现象"。他说：革命"与俄罗斯一样，是具有灵魂的现象。不能用金钱衡量它，不能租让、存进银行、出售或交换，对它不能有任何预料或猜想。不能跟它讨价还价，只能献身于它、爱它、与它融为一体，沉浸其中、成为它的一部分"①。革命"将席卷全人类，并置我们所有人于死地"②。总之，科米萨罗夫认为革命是一场"灾难"，但这场灾难无法避免且必不可少，因此科米萨罗夫说："我不仅不打算与这场灾难做斗争，还要呼吁它、催促它、祝福它。"③

完全可以将这种对革命进程的理解同勃洛克的观念进行比较，因为勃洛克不仅将革命视为政治变革，而且首先将其视为精神生活的大事件，视为触及国家和个人生活所有领域的大转折。但勃洛克在革命中看到的首先是变革潜力，革命在他的认知中具有变形和改造的力量。尽管革命对许多人来说是致命的，但按勃洛克的理解，革命进程依然是有益的、美好。《臆想之狼》中科米萨罗夫说他"呼吁"和"祝福"革命，这与勃洛克的观念完全相符。

尽管瓦尔拉莫夫的主人公表达的思想和勃洛克的观点存在某些相似之处，但小说《臆想之狼》强调的重点却有所不同。科米萨罗夫反思了革命进程的隐性原因和驱动力。他认为，几个世纪以来俄罗斯一直处于积蓄能量的过程中，到了20世纪初时已经"被塞得过满，过度饱和，孕育着巨大能量，急需宣泄口"。他在小说中这样形象地描述："多个世纪以来俄罗斯一直在积蓄燃料物资，现在这个积蓄过程已经结束，因为已经到了极限，达到了临界质量。"④ 积蓄的能量即将爆发——革命一触即发，而且这种爆发即能量的释放，可能会有益，也可能会有害、导致毁灭，正如小说中所言："要么是我们的飞速进步，要么是邪恶力量的大爆发。"⑤ 如果爆发的能量被纳入积极的轨道，那么革命将成为真正的规模宏大的蜕变，改变现有的一切（勃洛克就是这样看待革命的）。但也有另一种可能，即巨大的毁灭。

科米萨罗夫在已经发生的革命中看到的恰恰是第二种可能性，即破坏性。正如小说中写道，革命根本不是"智者们所幻想的国家从躯壳到灵魂的改变，也不是他们写下的鼓舞人心的论文、诗篇和乐章，这是一个肮脏的、沾满脓液和尿液、布满瓜子皮、充满胆怯、下流和自私的怪物……机械师感到的不是失望，而是极大的侮辱。俄罗斯发生的一切，在他看来就是奇耻大辱"①。科米萨罗夫意识到，已经发生的革命的本质就是贬损一切道德价值，革命"不仅彻底改变了人，颠覆了他们的尊严、荣誉、良心和财产，也颠覆了意义，将其扔进泛着泡沫的脏沸水池里，煮到一无所有"②。

为什么会这样，为什么大规模的革新没有发生，而释放的能量朝着破坏性而非建设性的方向发展？

瓦尔拉莫夫在小说中做出了这样的解释：革命后，俄罗斯的政权掌握在那些将国家视为谋取私利的来源的人手中。这些反爱国主义的势力在小说中的化身是汤姆叔叔，他通过革命在政府中窃取高位。科米萨罗夫在彼得格勒与汤姆叔叔见面时，公然地指责他说道："您需要的不是俄罗斯，而是统治世界的力量！……您把那个我为之而战的俄罗斯，那个我的士兵为之吞咽毒气的俄罗斯，在布列斯特送给了德国人。您为了发横财，出卖了所有牺牲的人，出卖了所有俄罗斯人的骨血。而当这里的一切坍塌，您将第一个跑到国外，那里的银行有您存的卢布。如果您想因为这些话击毙我，请开枪吧，请把我投进监狱，让我烂在牢里吧，但我还是要说出对您的所有看法。"③

已经发生的革命在小说中被诠释为"臆想之狼"的胜利。这是小说的中心形象，有多个维度和层次的象征意义。该词本身来自圣餐后的祈祷词，"……上帝啊，不要让我脱离您太久，否则就会招来臆想之狼"。瓦尔拉莫夫在多次访谈中指出小说标题的来源，并解释了该词的含义，"……臆想之狼是我们不纯洁的思想，是灵魂的阴暗面"④。但小说中的"臆想之狼"不仅仅指人类的意识领域。从文本来看，作者赋予了该词更广泛的内涵——某些在历史和文化中发挥了作用的力量，这首先是个人主义和人类中心论（人类崇拜）的力量，正是这些力量导致了革命。"臆想之狼"是将人而非上帝作为宇宙中心的一种文化趋势，也是将个人的意愿和需求而非基督教伦理规范作为最高价值的一种企图。科米萨罗夫在小说中探讨了"臆想之狼"如何逐渐攫取统治世界霸权的过程：在中世纪的宗教社会，人的意识以神为中心，"臆想之狼""虚弱而萎靡，它胆怯地徘徊在人类村落的边缘，用饥饿的目光盯着房子里暗淡的灯火，盯着城墙和教堂高高的尖顶。它的狂叫声回荡在人烟稀少的旷野上，听到的人恐惧害怕，

---

① Варламов А. Н. Мысленный волк [M]. М.：АСТ，2015：484.

② Варламов А. Н. Мысленный волк [M]. М.：АСТ，2015：492.

③ Варламов А. Н. Мысленный волк [M]. М.：АСТ，2015：502.

④ Мысль становится волком. Интервью С А. Варламовым [EB/OL]. https：//godliteratury. ru，2015-11-27.

编造出恐怖的传说，而后更加虔诚地向造物主祈祷，从而得到救赎，使臆想之狼一直处于苦闷和孤独之中"①。文艺复兴时期，"臆想之狼"获得了截然不同的面孔："出现了形形色色的智者、泰斗、天才，衣着华丽的骑士、演说家、思想家、哲学家、人文主义者大放异彩，他们喂饱了臆想之狼。于是这头瘦弱无力、视力很差的野兽……变得很壮实、很有威望，皮毛变得光滑……他征服了繁华的城市、富丽堂皇的宫殿、市民的房子、大学、科学院、银行……"② 文艺复兴时代是以人为中心的时代，它将人、人的利益、人的个性本身置于中心地位，因此"臆想之狼"占据了当时文化进程的前沿阵地。

但有一个国家不仅没有向"臆想之狼"屈服，而且对它还特别有吸引力，"祈祷之声像炉子里冒出的烟一样笼罩住这个国家，让这野兽占不到任何便宜"③。可到了 19 世纪末，"臆想之狼"还是发现了入侵这个国家的可乘之机：它和哲学家尼谢（Нитще）的学说一起乘虚而入。小说中这位哲学家的名字显然指涉其历史原型尼采（Ницше）及其鼓吹超人、宣扬摒弃传统道德、宣称"上帝已死"的理念。尼采的诱人学说成为"臆想之狼"邪恶的、有害的能量的体现。正是借助尼采的学说，"臆想之狼"终于潜入俄罗斯并占领了它。对个人主义和人类中心论的宣扬导致第一次世界大战和俄罗斯革命。俄罗斯积蓄了数世纪的革命能量最终被导向破坏性的轨道，"臆想之狼"胜利了。"臆想之狼"在小说中指称那些在 1917 年毁灭性事件后掌握国内政权的人。

瓦尔拉莫夫以此说明，应当在文艺复兴时期的文化中寻找革命思想的起源。在这点上，瓦尔拉莫夫与别尔嘉耶夫的思考在一定程度上不谋而合。别尔嘉耶夫在其论述（《文艺复兴的终结和人文主义的危机：人的形象的分解》）中多次宣称，社会主义的真正根源和真正基础是文艺复兴时代包含的那种世界观，而这种世界观的本质在于个人主义，在于人与人之间的分离，在于"孤独感"；社会主义恰恰是"人类最深重的隔绝状态的反面"④。"这表明，社会主义与个人主义诞生在同一片土壤之上，是人类社会和整个历史进程原子化的结果。"⑤这样一来，瓦尔拉莫夫试图以当时的思想和世界观来理解革命前夕的转折性时

---

① Варламов А. Н. Мысленный волк［M］. М.：ACT, 2015：229.

② Варламов А. Н. Мысленный волк［M］. М.：ACT, 2015：230.

③ Варламов А. Н. Мысленный волк［M］. М.：ACT, 2015：230.

④ Бердяев Н. А. Философия творчества, культуры и искусства. В 2-х т. т. 1［M］. М.：Искусство, 1994：393.

⑤ Бердяев Н. А. Философия творчества, культуры и искусства. В 2-х т. т. 1［M］. М.：Искусство, 1994：393.

代。这既与别尔嘉耶夫形成对照，也与我们在上文已经提到的勃洛克的革命观形成对照。

瓦尔拉莫夫与勃洛克的相近之处还在于，透过女性命运的棱镜对国家命运进行思考。在小说第三章的开头，俄罗斯与女性形象之间建立起了勃洛克式的关联，"臆想之狼"对她产生了强烈的欲念，"俄罗斯展现在它面前，神奇而庞大，富庶而美丽，还毫无防备。它看到了这个国家的一切，所有的城市、教堂、围墙、栅栏、路灯、简陋的木房和华丽的宫殿、大河大湖、辽阔的田野、山泉、幽处、鸟巢、兽穴、沼泽，还有长满浆果的地方。某一刻它甚至都可怜这个国家了，但是这种怜惜只能增加野兽心中的淫欲。之前无论何时何地，它都没有如此的贪婪，其身体中积聚的欲望也是人类连做梦都没想到过的。"臆想之狼"带着这样的贪婪和欲望抓紧俄罗斯，开始将她撕成碎片"①。

将俄罗斯与女性形象进行比较的另一个维度是女主人公乌利娅的形象。正如梅斯金明确指出："笼罩乌利娅的恶是侵袭俄罗斯的大恶的特殊表现。"② 乌利娅是处于十字路口的俄罗斯的化身，各种完全不同的力量拉扯着她。小说结尾处发生在乌利娅身上的悲剧，体现了俄罗斯正在承受的悲剧、贬损和耻辱。乌利娅觉得自己似乎在深渊之上摇摇欲坠，且这深渊之中升起一头可怕的巨兽，"它不断变大、膨胀、鼓起，变得比这个城市还大，用嘴叼着城市，将大地举起，遮住半个天空。乌利娅明白，她不会得救了，她就要落入这张开的大嘴里了"③。这个象征性的场景意味着笼罩在俄罗斯上空的威胁——国家正处于生死存亡的边缘。革命是具有诱惑力的黑暗力量"臆想之狼"的胜利。但小说的最后一个场景除了悲剧的意味之外还蕴含着希望。当乌利娅觉得狼即将吞噬她时，她突然"抬头看向天空，看到一个十字架。它出现在午夜的骚乱中，开始并不明显，在星光中勉强能看出影像，但它的轮廓变得越来越清晰"④。十字架比狼更强大，"狼凶狠地咆哮着，露出凶戾的兽牙，撤退了"，乌利娅被十字架拯救了。这一幕以象征的手法揭示了作者关于国家命运的思考：革命是将国家引向灾难性歧途的诱惑，但救赎之路是存在的，它以十字架的形式出现，意指东正

---

① Бердяев Н. А. Философия творчества, культуры и искусства. В 2-х т. т. 1 [M]. М. : Искусство, 1994：336.

② Мескин В. А. «Мысленный волк» Алексея Варламова как опыт символистского романа [J]. Вестник РУДН. Серия：Литературоведение. Журналистика, 2017（1）：61.

③ Бердяев Н. А. Философия творчества, культуры и искусства. В 2-х т. т. 1 [M]. М. : Искусство, 1994：508.

④ Варламов А. Н. Мысленный волк [M]. М. : АСТ, 2015：508.

教信仰。

　　小说中的乌利娅既是一个鲜活而富有表现力的人物，又是一个象征性的形象。类似的关联也是小说中许多其他人物的特征，比如拉斯普京。他的形象对理解小说《臆想之狼》表达的革命观非常重要。小说中没有出现拉斯普京的名字。正如评论家拉蒂宁娜所言，"作家用'农夫''老人''流浪者'等词，最后用人称代词'他'，巧妙地绕过了拉斯普京的名字"①。但通过的人物描写很容易猜出其历史原型。瓦尔拉莫夫对此人的作用和命运有自己的看法，这种看法有别于苏联时代和20世纪70年代瓦连京·皮库尔小说中简化呈现的观点。瓦尔拉莫夫认为，拉斯普京代表了真正民族性的一切——这是一个真正的俄罗斯人，对祈祷和忏悔充满难以遏制的热忱，同时又无休止地纵酒狂欢。瓦尔拉莫夫以象征的手法诠释了拉斯普京之死——他在小说中的死意味着真正信奉东正教的俄罗斯的消逝，以及统领革命的异邦邪恶势力的"臆想之狼"的胜利。

　　分析小说《臆想之狼》对革命主题的诠释时，还应当将它与皮利尼亚克文本中的革命形象进行对比。皮利尼亚克在一系列作品中表达了其对革命的看法，其中在今天最负盛名的或许是长篇小说《荒年》与《机器和狼》。在《机器和狼》中，皮利尼亚克通过狼的隐喻思索革命形象。但如果说瓦尔拉莫夫的"臆想之狼"纯粹是一种消极的、破坏性的力量，那么皮利尼亚克则赋予这个形象完全不同的内涵：狼是自由、骄傲和独立的化身。"狼的身上蕴含着我们所有的豪迈激情，整个革命的全部精神 …… 应当释放它，让它获得自由，就像1918年一样。"② 狼的形象在瓦尔拉莫夫的文本中体现了革命潜在的破坏力，而在皮利尼亚克笔下则表现出美和力量，"就在那时，走出来一匹狼——一匹俊美无比的狼。它骄傲地抬起头，步伐矫健……在其现身的灰色灌木丛中，它如同一团炽热的火焰，动作敏捷而自信"③。两位作家通过同一个隐喻来表现革命，但对这一隐喻的理解却大相径庭。对于皮利尼亚克来说，狼的形象是民族自然力的化身，而革命本身也极具民族性。瓦尔拉莫夫则认为，狼是操控革命进程的反民族、反爱国主义势力的隐喻。

　　瓦尔拉莫夫的小说总体上为历史—文学背景下的研究提供了广阔空间。当代文艺学家们已经展开类似研究。例如，索尔达特金娜阐释了《臆想之狼》与

---

①　Латынина А. Кто управляет историей? Заметки о романе Алексея Варламова «Мысленный волк»［J］. Новый мир，2014（9）：185.

②　Пильняк Б. Романы［M］. М.：Современник，1990：271.

③　Пильняк Б. Романы［M］. М.：Современник，1990：224.

普拉东诺夫创作的相似之处,① 梅斯金则令人信服地论证了《臆想之狼》与白银时代小说思想原则之间的关联。② 可以想象,随着时间的推移,此类学术研究的广度将得到进一步显著拓展。

最后总结一下瓦尔拉莫夫的"臆想之狼"到底所指为何,作家赋予这一象征性形象哪些内涵。我们可以从中读出各种不同层面的内涵,但首先是道德的、宗教的、社会的层面。在道德层面,"臆想之狼"代表人类意识中黑暗的、邪恶的冲动,以及毁灭人格的思想。在宗教层面,小说反映的宗教内涵与道德内涵融为一体,"臆想之狼"代表着世界的罪恶之源,代表着"捕获"、控制人的恶魔的力量。在社会层面,"臆想之狼"象征着操纵革命进程的各种势力,以及社会上弥漫的推动革命爆发的个人主义。

应当指出,瓦尔拉莫夫创作中的"臆想之狼"形象是逐渐成熟起来的。例如,1997 年的中篇小说《沉没的方舟》中有一个人物叫鲍里斯·菲利波维奇·柳波,其姓氏来源于拉丁语"lupus",意思是"狼",这个人物是小说中邪恶势力的化身,这绝非巧合。《沉没的方舟》和《臆想之狼》的相似性还在于,两部作品的女主人公玛莎和乌利娅的形象也明显有关联。这两个女性形象都被赋予重要的象征意义。此外,将二者关联起来的还有相似的情节。例如,乌利娅和玛莎出生时都被赋予至高的力量。

《臆想之狼》是一部主题非常广泛的小说,其中包含社会小说、哲理小说和冒险小说的各种元素。还有许多方面使这部作品与所谓的成长小说联系起来,因为女主人公乌利娅的命运——她的诞生、童年、少年和青年时代,都位于小说艺术探索的中心。同时,这部小说最重要或者最主要的内容是历史层面的反思,即对革命的原因、进程和结果的反思。瓦尔拉莫夫在小说中试图理解革命思想的性质、起源和本质。

---

① Солдаткина Я. В. Творческое наследие А. П. Платонова и семантико-эстетические поиски в современной русской прозе (А. Н. Варламов «Мысленный волк», А. В. Иванов «Ненастье») [J]. Вестник РУДН. Серия: Литературоведение. Журналистика, 2016 (1).

② Мескин В. А. «Мысленный волк» Алексея Варламова как опыт символистского романа [J]. Вестник РУДН. Серия: Литературоведение. Журналистика, 2017 (1).

第四节 叶甫盖尼·沃多拉兹金的新现代主义创作

叶甫盖尼·盖尔曼诺维奇·沃多拉兹金（Евгений Германович Водолаз-кин，1964—），语文学博士，俄罗斯科学院俄罗斯文学研究所（普希金之家）资深研究员，古罗斯文学专家。沃多拉兹金是一位大器晚成的作家，自21世纪才开始发表文学作品。但2009年长篇小说《索洛维约夫和拉里奥诺夫》的发表立刻引起评论界的关注，随后长篇小说《月桂树》（2012年）和《飞行员》（2016年）的发表为他赢得巨大的成功和更广泛认可。此外，他还创作了长篇小说《劫夺欧罗巴》（2005年），小说集《时移世易》（2013年）、《房子和岛屿，或语言工具》（2014年）等作品，并斩获一系列权威文学奖项。

在沃多拉兹金的创作中，新现代主义因素显而易见。这主要体现在沃多拉兹金对文学的独特理解和态度上。如前所述，新现代主义者先从道德角度理解文学。对他们而言，文学是探讨道德问题的领域，这从根本上使新现代主义有别于后现代主义。后现代主义公然拒斥文学的道德内涵。正如索罗金宣称，文学和道德是两个毫不相干的领域。而在佩列文的艺术思维中，虚空是基本范畴，它否定了包括文学文本道德内容在内的一切价值。相反，在新现代主义者的艺术思维中，道德取向总是起主导作用。沃多拉兹金的创作就是典型证明。他的每一部作品首先反映的是一整套道德内涵。比如小说《月桂树》以基督教的罪恶和救赎思想为基础，正是这一思想成了小说的核心；而小说其他重要方面的主题，比如时间问题，相对于占主导地位的道德问题处于附属地位。作家将时间理解为完善个人道德的手段，正是时间使人得以精神成长。整体而言，《月桂树》首先是一部关于人通往上帝之路的小说，其次才是一部关于时间的小说。

道德问题在长篇小说《飞行员》中也占主导地位。这部小说讲述了20世纪俄罗斯历史的悲剧篇章，其中包括劳改营主题。沃多拉兹金首先从道德角度思考这一主题。一个人对他人的凌辱能到何种地步，人与非人的区分界限在哪里，人何时因为什么原因彻底抛弃了上帝以及对上帝的想象？

正是因为道德主题在沃多拉兹金创作中占据主导地位，才不应将这位作家归入后现代主义美学体系（近年来总有文学批评界的人这么做）。沃多拉兹金确实运用了一些后现代主义手法，这很自然——后现代主义美学体系的影响很强，要想对它所取得的艺术成就视而不见简直是不可能的。但沃多拉兹金只是借鉴了后现代主义的一些手法，绝没有在总体上遵循后现代主义艺术原则。后现代主义坚持彻底的相对主义，这绝对不是沃多拉兹金的艺术思维特点。

沃多拉兹金像其他新现代主义作家一样，艺术手法在很大程度上秉持普世化原则。他关注的与其说是具体的历史层面和某些社会问题，不如说是人类存在的某些普遍而永恒的规律，这些规律不会随着时代和历史时间的转移而变化。沃多拉兹金有时甚至为了普世性原则而故意忽视具体的历史层面。小说《月桂树》中的一些片段在这方面非常典型。比如，这部情节发生在 15 世纪的小说，其主人公在早春的森林漫步时，竟在松软的融雪之下发现了"变得不再透明的塑料瓶"①。还有一个很具说服力的片段：普斯科夫的圣愚福马向阿尔谢尼说，他需要"回到扎韦利奇耶，那里有施洗约翰修道院矗立在未来的共青团广场上"②。沃多拉兹金此处故意将不同时代的现实杂糅，因为对于作家而言，一定情景下的瞬时性事物和现象在这种情况下并不重要，重要的是超越时间的东西——人以及人的情感世界、爱与忠贞、过错与报应、罪恶与救赎，而历史背景总归可以是任何一个。这就体现出新现代主义意识思维中具有本质意义的普世化原则。

小说《飞行员》的构思本身就明显体现出普世化原则。主人公从 20 世纪初穿越到 20 世纪 90 年代，这对于人本身总体来说变化甚微。无论是 19、20 世纪之交，还是 20、21 世纪之交，人的个性、人与世界的关系等根基性东西都从未改变。历史和政治形势如沧海桑田般变幻，日常环境也变动不居，外部因素（历史的、政治的、社会的）可能强烈影响人的生活，甚至扭曲和摧残人的生活（正如小说主人公的命运被毁），但它们并不能决定生活的本质。在沃多拉兹金看来，决定生活本质的是善与恶、信与不信之类的范畴，而它们在任何历史时期都亘古不变。

我们在前面介绍新现代主义艺术思潮的总体原则的章节中已经阐述过，新现代主义者的创作具有一系列明确的主题，其中主要是道德问题、时间主题以及对历史和历史中的人的思考。上述每一个主题在沃多拉兹金的作品中都很明显：道德主题是沃多拉兹金作品的中心内涵；时间主题几乎在作家的每一个文本中都发挥着极其重要的作用（下文将详细探讨这一主题在小说《月桂树》中的体现）；对历史和"历史中的人"的思考在沃多拉兹金的创作中也起着基础性作用，作家表达了对历史的独特理解和对历史进程的看法，阐述了人与时代的关系。比如在《索洛维约夫和拉里奥诺夫》以及《飞行员》中，沃多拉兹金对

① Водолазкин Е. Лавр［M］. M.：ACT, 2016：82.
② Водолазкин Е. Лавр［M］. M.：ACT, 2016：179.

人和时代的关系进行了这样的细致思考："……与个人相比，历史是次要的，在某种意义上是辅助性的。在他小说的主人公——克罗托娃看来，历史似乎只是一个或简朴，或奢华的画框，其中置放有人的肖像。"① 沃多拉兹金在小说《房子和岛屿，或语言手段》中也进行了类似的思考。作家说，历史的目的是"极度个人化的，在于给我们自我表达的机会"②。小说《飞行员》延续了相关的思考，其中表达了这样的观点：对于个人来说，独特的个人历史比普遍的世界历史意义更为重大。每个人都有自己的个人历史，对他个人而言，自己的个人历史有时比世界大动荡更涤荡心灵。沃多拉兹金在一系列访谈中解释说，小说《飞行员》的主人公再现了一段"别样"历史，这不是由行军和战争组成的历史，而是塑造人格的历史。《飞行员》中的主人公是这样思考的："乍看之下，滑铁卢事件与心平气和的私人交谈似乎没有可比性，因为滑铁卢事件是世界历史的一部分，而私人交谈则似乎不是。然而，谈话是个人史中的一个事件。在个人史中，世界史只占一小部分，仅仅是一个前奏。可以理解，在这种情况下滑铁卢事件可能会被遗忘，而美好的谈话永远不会被遗忘。"③ "存在两种历史，一种是个人史，由微小的事件组成；另一种是世界史，或普遍的历史，由革命、政变、战争等各种波澜壮阔的事件构成。事实上，宏大历史只是个人史的一部分。与一个人的个人史相比，宏大历史微不足道。一个人铭记的，不是时代的洪流和伟大的事业，而是茶炊沸腾的声音、新年的枞树、对生日礼物的期待……"④ 沃多拉兹金认为，不能把事件划分成主要的和非主要的，因为能塑造人的个性的一切都在其性格和命运中打上了烙印——这才是具有原则性重大意义的主要事件。

下面我们来详细分析新现代主义思想体系在沃多拉兹金更负盛名的作品《月桂树》中的表现。

《月桂树》是当代俄罗斯文学中最受欢迎的作品之一，被广泛阅读，并在网络、电视和广播上引起讨论热潮。正是2012年《月桂树》的出版，才使沃多拉兹金成为享有世界声誉的作家。这部小说于2013年荣膺"大书奖"。

① Водолазкин Е. Соловьев и Ларионов［А］// Водолазкин Е. Совсем другое время：роман，повесть，рассказы. М.：АСТ，2014：340.
② Водолазкин Е. Дом и остров, или Инструмент языка［М］. М.：АСТ，2015：191.
③ Водолазкин Е. Авиатор［М］. М.：АСТ，2017：381.
④ Водолазкин Е. Писатель - это человек, который может, но не хочет делать ничего другого. Интервью с Е. Водолазкиным［ЕВ/OL］. http：//evgenyvodolazkin. ru，2016-09-29.

如前文所述，这部作品建立在一系列道德问题的基础上。作家从基督教的角度反思人生活的目的和意义，即小说主人公为自己的错误和罪行付出什么代价，他又如何为自己造成的恶（即使是无意）赎罪？沃多拉兹金根据基督教的道德原则回答了上述问题。

小说传达的思想：人类生活中发生的一切都有其道德基础。小说主人公阿尔谢尼是一名医生，他深信身体的疾病是精神疾病、罪恶行为和罪恶思想导致的后果。在治病救人过程中，阿尔谢尼首先寻找病人患病的道德原因。治疗本身也具有道德性质和意义。在阿尔谢尼看来，治病的能力首先在于为病人热切地祈祷，其次才是掌握某些草药的特性。要想妙手回春，"最为紧要的是阿尔谢尼的内心努力和他专注于祈祷的能力"[1]。

为什么沃多拉兹金在思索人生的意义、目标和道德基础时，将这部小说的背景置于中世纪？作家在一次访谈中回答了这一问题。他说，在中世纪文化背景下更容易展现小说想表达的基督教世界观，因为那个时代的人们觉得自己离上帝更近。现代人掌握了科学知识和先进医学技术，甚至能够开发宇宙空间，而中世纪的人们对这些一无所知，他们更相信奇迹，相信上帝直接存在于他们的日常生活中。沃多拉兹金认为："有些内容在古罗斯的语境下讲述起来更容易，比如上帝。我觉得过去人们与上帝的联系更直接。重要的是，过去这种联系在人们心中的确存在。而现在关于这种联系却令少数人产生疑问。难道中世纪以来我们获知了全新的知识，以至于可以切断和上帝的联系吗？"[2]

沃多拉兹金将自己的这部作品的体裁界定为非历史小说。这样的体裁界定似乎表明，作家拒绝遵循历史准确性的理念。与此同时，沃多拉兹金却真实地再现了那个历史时代以及其典型日常现实（住宅的布置和经济结构特点等）。那么，为什么这部小说被称为"非历史"小说呢？首先，小说杂糅了不同时代（中世纪和现代）。其次，沃多拉兹金用类似的体裁界定强调，他与其说在描绘一个特定的历史时代（不管是中世纪、20 世纪还是其他时期），不如说在描绘任何时代都永远运作的人类生活普遍规律。

除了沃多拉兹金本人对这部作品的体裁界定外，还可以在小说中看到许多其他重要的体裁元素。其中最重要的是圣徒传元素。小说与《圣徒传》的经典规范具有明显的相似之处，比如叙事主人公笃信宗教的父母，其接受的美德教育，很早就表现出的对上帝的渴望，决定其精神飞升的人生转折时刻，禁欲苦

---

① Водолазкин Е. Лавр［M］. M.：ACT, 2016：359.

② Истина на поводке. Интервью С Е. Водолазкиным［N］. Русская газета, 2010-06-16.

修，像圣徒一样凭借上帝的恩典所做的善举，以及虔诚的死亡和死后的奇迹。沃多拉兹金本人曾经坦言，这部小说"借用了数十本《圣徒传》，其中包括《圣愚传》，比如《圣瓦西里传》《圣克谢尼娅传》《尼古拉·科查诺夫传》等"①。

　　《月桂树》中的寓言元素也很明显。整部小说可被视为一个充分扩展的寓言。寓言是一种以讽喻形式传达道德观念的叙事体裁。寓言通常不会细致地描写人物性格和心理动机，也不会对人物形象进行细节化处理。寓言的任务在于表达道德观念，而非详细描绘人物性格和形象。《月桂树》当然不是真正意义上的寓言，但其寓言叙事要素却显而易见。和寓言一样，这部作品建立在道德观念基础之上，对人物形象的细节刻画仅是传达小说思想所需，文本中没有给出其他任何具有独立意义的心理描写。因此，尽管说阿尔谢尼的形象生动鲜明、心理层面也令人信服，但读者对阿尔谢尼的认知丝毫没有超出小说表达道德观念的必要程度。主人公的内心世界由两种原则决定，即对乌斯季娜的爱和对上帝的信仰（这一信仰赋予他为乌斯季娜和儿子求得永生的希望）。阿尔谢尼的气质不具有任何其他特点，读者对他的其他想法和感受一无所知。就像在寓言中，人物个性是为了传达思想所需而展示。《月桂树》中的其他角色也如此，尤其是乌斯季娜，读者对她知之甚少。小说略微勾勒了她与阿尔谢尼相遇之前的人生轨迹：1455 年，乌斯季娜居住的村庄鼠疫肆虐，所有亲人都离世，她背井离乡、长久流浪，最后才来到阿尔谢尼的住处。这就是关于她的一切。读者对她的思想、情感等内心世界几乎一无所知。小说中写道，乌斯季娜爱上了阿尔谢尼。但她的精神世界在叙事中鲜有透露，她究竟对生命中这种初次拥有情感有何体验，读者几乎无从得知。小说中的次要人物同样缺少心理细节，但这并不意味着他们的形象是平面的、单维的。恰恰相反，不论是安布罗乔，弗朗提斯坎的雨果修士，还是阿尔谢尼的祖父赫里斯托福尔，他们的形象都非常鲜明、令人难忘。但对这些人物的描绘仍只限于表达小说道德思想所需的范围。就像寓言一样，《月桂树》中重要的是普世的道德思想，而非某些人物的心理面貌。这就是小说为什么要对人物的特征进行刻意的简化描写，也很少描写他们的感觉和体验，而将更多的笔墨集中于他们的所见所闻和行动。这绝不意味着人物没有感情和情绪体验。他们有各种体验，而且他们的情感极其强烈、深沉。男主人公终其一生都听命于感情，即对乌斯季娜的爱。但关于感情本身作家并未大肆

---

① Писатель Евгении Водолазкин：《 Каждый из нас повторяет историю Адама 》［EB/OL］. https：//www. pravmir. ru, 2013-12-24.

渲染，只偶尔在行文中写到其外在的表现。这些都体现出寓言、行传典范以及（某种程度上）《福音书》叙事的特色。

《月桂树》文本的书写格式也让人联想到《福音书》。比如，文本中一些成片对话没有按照现代书写规范呈现：其中在转述对话时既没有加引号，也没有用破折号区分人物的对白，甚至疑问句后连问号也没有。

分析长篇小说《月桂树》时，有必要详细阐释时间问题。所有新现代主义作家对这个问题都特别关注，与此同时他们对该问题的理解大相径庭。沃多拉兹金的《月桂树》和戈卢布科夫的《米乌斯广场》这两个新现代主义文本在对时间问题的探讨上呈现出两极化极端对立的世界观，与此同时在诠释这一现象时又展现出明显的趋同点。

《米乌斯广场》和《月桂树》都对时间现象本身及其存在提出疑问。两部小说都表达了同一思想，即时间是一种幻象，是一种假定性的存在。《米乌斯广场》中的沃尔特·冯·斯坦因对此进行了思考。根据他的理解，时间"也许是最大的幻象"，"时间可能根本不存在"[1]。这一论断几乎与沃多拉兹金的小说中表达的时间观念不谋而合，"时间的存在值得怀疑。或许，未来根本不存在"[2]。戈卢布科夫小说的主人公认为时间类似于空间，而未来也因此像一种可以穿越的实体。而在《月桂树》中，过去、现在和未来这种对时间的划分被解释为条件性的假设，实际上所有事件同时存在。小说情节发生在 15 世纪，但"小说的时间同时包括现在，即当下"[3]，有时主人公甚至知道几个世纪以后世界将会发生的事情。比如，阿尔谢尼的祖父赫里斯托福尔为自己选择远离村庄的隐居地时，"非常清晰地想象出了这个地方未来的命运"，"……在久远的过去，他就已预见 1495 年他的木屋遗址上会建起一座墓地教堂 …… 1609 年这座教堂被波兰人摧毁，之后墓地年久失修、荒凉寥落，长出一片松树林，那里的幽灵时不时地与采蘑菇的人交谈。1817 年商人科兹洛夫买下这片林子用于生产板材。两年后松林被砍伐殆尽，原地建起一所贫民医院。整整百年后县肃反委员会搬入医院大楼，并根据对这片土地的最初使用规划而修建万人坑。1942 年德国飞行员

① Голубков М. М. Миусская площадь［M］. М.：ЗАО Центрполиграф, 2007：34.

② Водолазкин Е. Лавр［M］. М.：АСТ, 2016：14-15.

③ Архангельская А. В. Время древнерусское и современное в романе Евгения Водолазкина 《Лавр》［C］//Материалы Научной конференции 《Ломоносовские чтения》 2013 года и Международной научной конференции студентов, аспирантов и молодых ученых 《Ломоносов-2013》/Под ред. М. Э. Соколова, Г. А. Голубева, В. А. Иванова, Н. Н. Миленко, В. В. Хапаева. Севастополь：Экспресс-печать, 2013：114.

海因里希·冯·艾因西德尔用精准的投弹将这座建筑从地球表面抹去。1947年这个地方被改建为军事训练场，并移交给K. E. 伏罗希洛夫红旗坦克第7旅。自1991年起这片土地就属于'白夜'园艺场……赫里斯托福尔这么详细的预见说明，这片土地在他生活的时代不会被染指"[①]。对于赫里斯托福尔来说，不同时间层似乎同步存在，一个人生活在自己的时代，却同时能"看到"所有时代。

戈卢布科夫和沃多拉兹金的小说表达的时间观念还有一个共同点，即都将线性的时间和非线性的时间模式相结合。比如在《月桂树》中，一方面，时间从主人公的童年推移到老年，体现出线性模式；另一方面，时间周而复始地循环，因为时间的运动其实是向着原初复归。小说首尾呼应，垂垂老矣的拉夫尔经历的事件与年轻的阿尔谢尼生命中发生的一切类似（阿尔谢尼心爱的乌斯季娜和前来向拉夫尔寻求帮助的阿纳斯塔西娅的形象明显对应）。这种循环，不是字面意义上的返回原初，而是在新的层次上的回归，因为"世界上没有什么会重演"[②]。但无论如何，小说中的时间是循环往复的，封闭在一个圆环之中的。沃多拉兹金很大程度上遵循了基督教对时间的理解，因为在基督徒看来，教会年历上的事件每年都会重复发生，教会节日不是对公元纪年初期发生事件的回忆，而是对这些事件的重新体验，因为这些事件一次又一次地重复发生。因此，在沃多拉兹金的《月桂树》中，线性和非线性的时间模式相互组合并叠加在一起。

在戈卢布科夫的小说中，读者也会遇到线性和非线性时间的类似组合。线性时间原则体现在，小说追溯了每个人物一生中的重要片段，而且这些片段内的事件按时间顺序排列。但小说也体现出非线性时间模式。比如，小说第一章将1933年和1973年这两个不同的时间层面结合在一起，而在第二章中的时间则形成一个闭环，其开头和结尾是主人公生命中的同一天。

《米乌斯广场》和《月桂树》这两部新现代主义小说对时间现象的诠释表现出明显的类似之处。与此同时，戈卢布科夫和沃多拉兹金对时间现象的深层本质的理解具有原则性的不同。简而言之，沃多拉兹金将时间理解为手段，而戈卢布科夫将时间理解为目的。

具体来说，沃多拉兹金的小说建立在宗教世界观的基础之上。道德主题是《月桂树》的基础，这是一部关于人走向上帝之路的小说。与这个中心主题相比，所有其他内容层面都是从属的、次要的，时间问题也从属于宗教道德思想

---

① Водолазкин Е. Лавр［М］. М.：АСТ, 2016：14-15.

② Водолазкин Е. Лавр［М］. М.：АСТ, 2016：411.

主题。《月桂树》中的时间首先被视作一种手段，上帝赋予人以时间，是为了给人修身、行善的机会。"人不是生来就完备了的。他需要学习、理解经验并形成自己的个人史。为此，他需要时间。"① 时间现象在沃多拉兹金的观念中因此具有了宗教和道德内涵，时间本身成为一种手段，使人得以自我完善、沿着认识上帝之路向上攀升。

小说《米乌斯广场》对时间现象的本质的理解则完全不同。作家在对时间的理解中没有强调道德或宗教。如果说时间对沃多拉兹金来说是一种手段，那么时间本身在戈卢布科夫的小说中就具有价值。此外，人生的目的和意义（以及人死的目的和意义）恰恰是回归到"自己的""原生的"时间。对主人公康斯坦丁·阿列克谢耶维奇来说，这一时间就是 1933 年。康斯坦丁·阿列克谢耶维奇生命中的最后一次旅行（从切廖穆什基穿越整个莫斯科来到米乌斯）的真正结果是回到他的"原生"时代。而对《月桂树》的主人公来说，"原生"时间的概念是不可想象的。阿尔谢尼根本不可能有"原生的"时代，因为他并不总是清楚，"什么时间才是现在"②。沃多拉兹金这里对时间的理解与其说与戈卢布科夫相似，不如说与克鲁萨诺夫相似。后者曾在一部短篇小说中写道："时间在脑海中粘在一起，形成一个黏糊糊的永远，那里没有日历，没有四季，也没有难忘的日期。"③ 在沃多拉兹金的小说中，事件也"并不总是在时间之中进行……有时它们自行发生，从时间中被抽离出来"④。有时事件远非总与人生中的特定时期相关。

对于沃多拉兹金笔下的主人公来说，时间只不过是一个局部，"只有物质世界才需要时间"⑤。生命的意义对于沃多拉兹金的主人公来说，绝不是回到某一时间中（比如回到"原生时间"），而在于重返上帝并战胜时间。《月桂树》的主人公认为，"我们是因为软弱才被囚禁在时间之中"⑥，而且时间的牢笼迟早会崩塌。

《米乌斯广场》的主题思想与时间消除的观念完全无关。相反，"原生时间"是根植于一个人内心的时间，也是其身心力量全盛的时期，是小说的核心概念。无法想象小说《米乌斯广场》中的主人公会像沃多拉兹金笔下的主人公

---

① Водолазкин Е. Лавр［M］. M. : АСТ, 2016：281.

② Водолазкин Е. Лавр［M］. M. : АСТ, 2016：10.

③ Крусанов П. В. Царь головы［M］. M. : АСТ, 2014：270.

④ Водолазкин Е. Лавр［M］. M. : АСТ, 2016：205.

⑤ Водолазкин Е. Лавр［M］. M. : АСТ, 2016：281.

⑥ Водолазкин Е. Лавр［M］. M. : АСТ, 2016：279.

那样思索存在于时间之外的事件。相反，每个事件都与某一特定的时间紧密相关，每个时间阶段的面貌都由一系列事件决定。这些事件完全不像沃多拉兹金的小说或克鲁萨诺夫的"黏土"时间那样在主人公的意识中混杂成一条超越时间的洪流。

因此，沃多拉兹金和戈卢布科夫理解时间现象的世界观基础就有着原则性的不同。沃多拉兹金以基督教的方式诠释时间现象，认为时间属于不完美的人类世界。时间终究可以被克服，它将在肉体存在之外的"永恒"空间中被消除。小说《米乌斯广场》的主题思想与宗教无关，戈卢布科夫没有按照基督教的观念来理解时间，他将时间视为一种恒常，视为世界秩序中从来就固有的、不必消除的东西。虽然"现在"可能是一种幻象、是相对于过去或未来的假设，虽然小说中的主人公认为未来实际上已经存在，但时间本身不会消除，它将永远存在。对于《月桂树》的主人公来说，永恒是对时间的消除和克服。而对于《米乌斯广场》的人物来说，则恰恰相反，永恒是回归、穿越到某一时间段，那里人的存在和他的"原生"时间之间有着坚不可摧的联系。

小说《月桂树》明显折射出沃多拉兹金创作中的新现代主义艺术宗旨，在借助现代主义小说技法的一些原则的同时，囊括了新现代主义的基本主题层面，发展了新现代主义特有的内容和主题元素。

第五节　米哈伊尔·希什金的新现代主义创作

米哈伊尔·帕夫洛维奇·希什金（Михаил Павлович Шишкин，1961—）侨居瑞士的当代俄罗斯作家。他 1961 年出生于莫斯科，1982 年毕业于莫斯科列宁师范学院日耳曼语系。大学毕业后在《同龄人》杂志工作过，做过看门人、铺过柏油马路，在中学教过德语和英语。20 世纪 90 年代初在莫斯科结识自己的第二任妻子——瑞士姑娘符兰切斯卡。1995 年得子后全家迁往瑞士苏黎世。

作为一名侨民作家，希什金在远离故土的地方带着一定距离来审视俄罗斯，自然有着独特的感想和思考。2000 年，作家以长篇小说《攻克伊兹梅尔》斩获 2000 年的"俄罗斯布克"奖。2005 年，希什金又以长篇小说《爱神草》荣膺俄罗斯"国家畅销书"奖，该书被翻译成法语、意大利语、波兰语、保加利亚语、塞尔维亚语、克罗地亚语及汉语等多种文字，汉译本曾在中国获得 2005 年度"21 世纪年度最佳外国小说"。2011 年，希什金再次以长篇小说《书信集》摘取"大书"奖桂冠，成为当代俄罗斯文学进程中一大重要现象。

《书信集》吸引读者的不仅是其真诚的情感、精湛的风格技巧，还有其深刻的本体论主题。小说思考的是最基本的存在层面，其中死亡主题占据重要地位。死亡是《书信集》最基础的一个范畴，它在很大程度上决定了这部作品整个艺术世界的轮廓。希什金本人不止一次强调死亡主题在这部小说中的特殊作用。①《书信集》反映了多种死亡，整个文本贯穿着离开人世、与生命诀别的情节。其中描写的死亡形形色色：因病猝死或久病而死，意料之外的死或意料之中的死，暴力死亡或自然老死。正如小说的主人公沃洛佳坦言，死亡"在这里是一个圈。从早到晚甚至在梦里都有"②。不管是沃洛佳还是他心爱的姑娘萨尼卡，都在不断思考死亡的问题，且死亡现象在小说中被进行了多维度、多层面的大量思考。

《书信集》中的死亡本体论与绝对的恶有着明显的关联。对于死亡这一层面的思考包含着总体的荒诞、无意义的色彩。死亡经常以无法解释的、灾难性的、令人发指的意外游戏呈现出来。比如，沃洛佳的死摧毁了他与相爱之人的结合。而无数将生命献给毫无意义的破坏性战争的士兵的死更是荒诞不经。小说中年轻力壮、身体健康的人却在战争中饱受痛苦而死，这是悲剧的，同时也是不合理的。

死亡的荒诞性甚至透过沃洛佳的母亲收到的儿子阵亡通知书的修辞体现出来：其中的语言充满荒诞的官僚主义陈词滥调，官方罗列的沃洛佳的不同死亡可能性全都荒诞不经。死亡在这里被作为无法避免的恶展示出来，它戴着畸形的面具，让人难以理解且恐怖可怕。

日常生活层面的死亡在小说中也没有被拔高。在这里是常常令人生厌的生理细节。比如，萨尼卡身患癌症的母亲在离世前夕成了"被疾病折磨得消瘦不堪的老太婆"，其"胸部被难看的巨大伤疤取代"。③ 对女主人公行将就木的父亲的描写更是充满令人生厌的生理主义，比如松弛耷拉的皮肤、褥疮、病体的气味。甚至深爱父亲的女儿萨尼卡在照顾他时也"因为臭气皱着眉"。描写死亡时的审丑美学强调了死亡的破坏性、解构性，以及与美好的生命本源的对抗性。

与此同时，希什金小说中的死亡并非单义的，而是复杂的，包含各种各样的，甚至是相反的层面。比如，死亡及其包含的恶实际上并非无坚不摧。死亡在小说的艺术空间中原则上可以被克服。比如，沃洛佳死后与相爱的人之间的联系并未断裂，他们并未失去心灵的结合，罗曼史也在书信中得以继续。此外，

---

① Михайл Шишкин о своем новом романе « Письмовник ». Беседа с Л. Данилкиным [N]. Афиша Daily, 2010-08-16.

② Шишкин М. Письмовник [M]. М.：ACT, 2017：204.

③ Шишкин М. Письмовник [M]. М.：ACT, 2017：329.

小说的最后沃洛佳和萨尼卡很快也要相见。死亡并不能阻止他们的结合，爱情的力量最终战胜了腐烂的尸体。

死亡在小说中不仅被视为破坏性源头，而且被视为一种必需的存在，它体现了不完美的人的意识看不到的世界智慧。类似的思想在萨尼卡与最高本源的对话情节中占据首位。最高本源在小说中被称为"信使"（之前它以燃烧的灌木形象在她面前出现过，在这里显然使用了圣经典故）。"信使"向萨尼卡解释说，死是爱的反面：要善于牺牲、善于奉献，而且体验到的情感越强烈，牺牲获得的本体论的意义就越多。死亡根本不是无意义的失去，死亡最终会获得福祉。萨尼卡在爱人离世后独自度过漫长的一生，最终与爱人在永恒的空间相会。

希什金在这部小说中一大存在主义式的重要思考是，爱情与死亡范畴之间深刻的内在统一性。在写给沃洛佳的一封信中，萨尼卡甚至说："所有伟大的书籍和绘画都根本不谈爱情。它们表面在谈爱情，只是为了读起来更有趣。实际上谈论的是死亡。"① 这两个范畴本质上的亲缘关系在世界艺术史中不止一次从多方面被反映出来。死亡与爱情范畴的联系尤其在 19 世纪后半叶至 20 世纪初艺术家们的创作中得到思考。比如，理查德·瓦格纳的音乐剧《特里斯坦与伊索尔德》（1865 年），莫里斯·梅特林克的剧作《佩利亚斯与梅丽桑德》（1892年），以及德彪西在这部剧作基础上创作的同名歌剧（1902 年）。在同时期的俄罗斯文化中，这一主题也有一些艺术表现。比如在高尔基的童话诗《少女与死神》（1892 年）中，死亡与爱情两个范畴的相似性主要建立在一个观念上，即丑陋、破坏总与美好、崇高如影随行，生命过程在很大程度上就是与相反本源的斗争。

希什金思考死亡与爱情这两个本源时处于首位的是道德层面。与爱情相互交织的死亡成为决定道德的必然因素，而其中必定伴随着损失，但这种损失只会加强相爱双方的永恒结合，并使两颗历经苦难的心灵更加般配。这里希什金一方面遵循世纪之交的学者（弗洛伊德）和文艺家们关注的爱洛斯和塔纳托斯的统一性，另一方面又提出自己对这两个范畴深刻的相互关系的解读。

死亡本体论的一个关键层面表现在萨尼卡父亲离开人世的情节中：女主人公把死亡时刻定性为"人一生中最重要的"② 时刻。她握着父亲的手，"感觉自己很幸福"③。这里的死亡根本不是恶，而是人的存在中必经的、具有最高意义

---

① Шишкин М. Письмовник［M］. M.：ACT, 2017：15.

② Шишкин М. Письмовник［M］. M.：ACT, 2017：395.

③ Шишкин М. Письмовник［M］. M.：ACT, 2017：395.

的时刻。

不管听起来有多荒诞，死亡在小说的一系列情节中正是作为滋生生命的自然力被思考的。类似的思想从小说开篇就展现出来，其中呈现出一个具有讽刺性和怪诞的假设："起初发生了大爆炸，一切灰飞烟灭。而且一切似乎在大爆炸之前就存在——一切还未说的话，一切看得见的和看不见的星系。"①生命始于"第一个西瓜开裂。种子飞散，长出幼芽"②。大爆炸与之前的世界同归于尽，然后给了宇宙新的存在阶段，并成为新生活的推动力。

小说中与滋生生命的自然力有关的隐喻出现在传统上与死亡相关的自然现实上。这里指的是萨尼卡女儿魔幻般的出生：她由雪捏制而成，之后因为被母亲的体温而暖和过来，变成通常意义上的孩子。民间故事和文学中形成的冬之形象的惯常语义通常与死亡、生命力消失、冻僵等相关。在《书信集》中，新的生命正是在冬天的自然力中诞生，从而使萨尼卡的存在获得了前所未有的意义。

死亡深刻的本体论意义还在于，当意识到人的存在行将结束时的情感加剧让生命体验更鲜明、更充实、更清晰。沃洛佳在战斗前夕给萨尼卡写道："也许，这是因为对第一次战役的期待，我不知道，但我在这里对一切感觉更敏锐……我以别样的、更清晰的方式看清一切，我仿佛茅塞顿开，不再像以前那样看待生活。所有的情感高度紧张，我能清晰地听见周围夜的声音——一切簌簌声，鸟叫声，小草的沙沙声。仿佛我以前生活的不是真实的世界，而现在一个真正的我才开始存在。"③ 希什金表达的类似思想遵循的是现代主义文学传统。比如，阿赫玛托娃诗集《黄昏》的编撰者 M. 库兹明也说到女诗人的诗歌中的情感加剧现象，并这样回忆亚历山德里亚的一个团体："亚历山德里亚有一个团体，其中的成员为了更敏锐、更强烈地享受生命而相信自己注定要死亡。他们的每一天、每一小时都是死亡前的时刻……关于临死前表皮和情感的感知度和灵敏度加剧的想法本身是正确的。"④ 希什金小说的主人公在死亡前夕对存在的感知更深刻，甚至因此他对萨尼卡的爱也发生了变化："我不止一次对你说过：我爱你。但现在我觉得，我是第一次对你说。因为现在我对你的爱不同了。

---

① Шишкин М. Письмовник [M]. М.：ACT, 2017：5.

② Шишкин М. Письмовник [M]. М.：ACT, 2017：5.

③ Шишкин М. Письмовник [M]. М.：ACT, 2017：122.

④ Кузмин М. Предисловие к сборнику А. Ахматовой «Вечер» [EB/OL]. http：//az. lib. ru/k/kuzmin_ m_ a/text_ 1912_ akhmatova. shtml.

话还是那些话，但对我来说具有了更多意义"①。

　　由于对生与死的思考，小说文本中多次出现一列驶向永恒的有轨电车这一主题性形象。萨尼卡在城里闲逛时突然明白，"电车轨道通向支撑整个世界的细高跟儿鞋的根部。而且她突然非常清晰地看见：所有的物体都像细线一样汇聚到这个倾斜的点上。确切地说，仿佛紧绷的橡皮筋"②。这个形象同样出现在萨尼卡母亲和父亲先后去世的情节中。比如，妈妈临死前，爸爸感慨道："看，她要死了！可我们难道不会死吗？我们正坐在电车里！我们正往哪里去？正往那里去！"③同样的话萨尼卡很快也用到临死前的父亲身上："他要死了！可我们难道不会死吗？我们不是正坐在电车里吗？"④ 行驶的电车这一主题形象出现在一系列其他的小说情节中，成为漫长的存在和日常生活的标志。古米廖夫的诗歌《迷途的电车》就出现过类似的语义，标题中的电车形象扩展为复杂的本体论象征：电车载着抒情主人公沿着通往"灵魂印度"的路到了尘世存在之外。希什金的小说与古米廖夫的诗歌一样，其中的电车是一个神秘的象征，它在行驶中自由地克服了时间和空间。古米廖夫的电车"穿越棕榈林"，"穿过尼罗河和塞纳河"，将抒情主人公载向一个地方，那里可以见到"赤贫的老头，当然，还是原来的那个，一年前死在贝鲁特的老头"。⑤ 希什金小说中的电车也成为连接两个世界的环节。比如，萨尼卡坐上电车后见到了已经跨过尘世存在的门槛的父亲。不管是在古米廖夫还是希什金的笔下，电车的形象都包含了一系列存在意义：这既是生命运动本身的象征，也是神秘穿越到其他世界以及各种世界边界交汇的符号，甚至是进入死亡同时又摆脱死亡的表征。

　　在思考希什金小说中克服死亡的方式时，不能不提语言（язык）这个范畴，它是作家思维中最重要的一个范畴，且在其一系列文本中得到深刻的艺术表现。语言在希什金那里被赋予真正现实的地位。按照索恩采娃和赫列布斯的观点，希什金笔下的人物"活在语言空间中"⑥。语言范畴在《书信集》中的意义在小说标题中昭然若揭。同时两位通信主人公也在思考，什么是语言，它有什么样

① Шишкин М. Письмовник［М］. М.：АСТ，2017：123.

② Шишкин М. Письмовник［М］. М.：АСТ，2017：175.

③ Шишкин М. Письмовник［М］. М.：АСТ，2017：345.

④ Шишкин М. Письмовник［М］. М.：АСТ，2017：394.

⑤ Гумилев Н. Собрание сочинений：в 3 т. Т. 1［М］. М.：Художественная литература，1991：298.

⑥ Солнцева Н. М.，Хлебус М. А. Буква и слово в пространстве художественного текста（С. Есенин，М. Шишкин）［J］. Вестник РУДН. Серия：Литературоведение. Журналистика，2018（1）：37.

的存在特征。在思考这个范畴时，最鲜明的一个隐喻是，语言形象就像诺亚方舟，它可以使现实中的现象和事物避免不存在的状态。沃洛佳在自己的一封信中将语言称为通往永生的唯一途径。他回忆一个人的存在，那人"像你我一样现实，曾写下'语言是源起'。之后他的语言保留了下来，而他本人得以在语言中保留，语言成了他的身体。这就是唯一的、现实可行的永生。其他永生之道不存在"①。

萨尼卡父亲的见解与沃洛佳一致。他想战胜和报复自己的敌人，因此想出了一条最有效的方法：不在自己的回忆录中提及这些人。因为能活下来的只有被语言记载的人和事，其他的一切都将消逝得无影无踪。因此关于敌人和坏人，父亲威胁性地说："只字不提！就当他们不存在！从生活中将他们删除！萨尼卡，你说说，这难道不是最理想的杀人方法？"②就这样，语言在这部小说中就获得了通往永生之路的意义，与不存在抗衡。

总之，在希什金的艺术世界中，爱情、永恒、死亡、永生等普世性范畴起着决定性作用，它们展现出作家的新现代主义思维。新现代主义作为当代俄罗斯文学的一大思潮，其本质是追求普世性，即对人类存在的总体本源进行思考，这些本源不受政治风云变幻的影响，不与历史语境和社会环境直接相关。这一原则是新现代主义者从现代主义者那里继承而来。

新现代主义作为当代俄罗斯文学的一大思潮，其特征我们在一系列论著中已经有阐述，比如笔者的专著《当代俄罗斯文学：后现代主义与新现代主义》③。在我们看来，希什金的创作也可以归入这一思潮，关于这一点索尔达特金娜在其文章中也明确地指出了。④ 作家本人也强调《书信集》中的行为超越了任何具体的历史时代，"很难回答行为发生在什么地点、什么时间这样的直接问题，——它随时随地发生。而且小说讲述的是所有人的故事"⑤。

---

① Шишкин М. Письмовник［M］. М.：ACT, 2017：217.

② Шишкин М. Письмовник［M］. М.：ACT, 2017：387.

③ Кротова Д. В. Современная русская литература. Постмодернизм и неомодернизм［M］. М.：МАКС Пресс, 2018.

④ Солдаткина Я. В. Неомодернистские тенденции в современной русской прозе［A］// Литературоведение на современном этапе. Теория. История литературы. Творческие индивидуальности. К 130 - летию со дня рождения Е. И. Замятина：по материалам Международ. конгресса литературоведов（1 - 4 октября 2014 г.）. Тамбов - Елец：Елецкий гос. ун-т имени И. А. Бунина, 2014：377-381.

⑤ Шишкин М. «Роман всегда умнее автора». Беседа с Н. Кочетковой［N］. Известия, 2010-02-12.

　　小说的普世性因素还体现在，它思考的是人类生活中普遍的本体论基础。正如尼奇波罗夫所言："两个中心人物的通信，以及信中包含的他人文本，记载了战争与和平的原型，这些原型时而被分解成不同的极端，时而以各种存在认知互相补充。"① 社会的、同时也是暂时的内容被推到第二层面，因为两个相爱的人甚至生活在不同的时代，但这并不妨碍连接他们的真正真诚的感情。希什金本人坦言，在他看来，"真正的小说始于临时的东西渗出而只留下那些永存的东西"②。从类似的结论可以看出，希什金在某种程度上继承的是文学前辈们的经验，其中包括萨沙·索科洛夫，后者按照科瓦连科的话说，"在作品中塑造了某种超越时空的世界"③。

　　对死亡主题的艺术关照和探究也符合普世性逻辑。希什金在小说中对死亡现象及其本体论本质进行了翔实的思考。对该主题的关注原则上说是新现代主义艺术意识的一大特点，比如沃多拉兹金的创作（《月桂树》《飞行员》《布里斯班》），瓦尔拉莫夫的创作（《臆想之狼》），戈卢布科夫的创作（《米乌斯广场》），以及克鲁萨诺夫的早期创作。这些作家都很注重对死亡本体论的思考。希什金在《书信集》中表达的观点，具有多层面性、艺术方法深刻性的特点，同时也是对悠久的美学传统和精神传统的创新。

---

① Ничипоров И. Б. Люди и тексты в романе Михаила Шишкина « Письмовник » [J].
　　Русистика без границ, 2019 (3)：17.

② М. Шишкин о своем новом романе « Письмовник ». Беседа с Л. Данилкиным [N].
　　Афиша Daily, 2010-08-16.

③ Коваленко А. Г. Очерки художественной конфликтологии. Антиномизм и бинарный
　　архетип в русской литературе XX века [M]. М.：РУДН, 2010：432.

第四章

思潮和流派对比①

后现代主义、现实主义、新现代主义作为当代俄罗斯文坛并驾齐驱的三大主要文学思潮和流派，它们有着不同的创作原则和美学属性，同时又不可避免地相互影响，互相借鉴彼此的艺术手法和技巧，甚至会关注同样的问题和现象。因此，有必要以这三大文学思潮和流派共同关注的对象为参照物，对比分析它们书写的不同，从而具体地理解它们之间的本质区别和联系。本章选择了三大文学思潮和流派都比较关注的问题——对经典文学遗产的态度、对当代俄罗斯农村的书写、对当代俄罗斯知识分子的书写，进一步阐释这三大文学思潮和流派的创作原则与美学属性。

第一节　当代俄罗斯小说对陀思妥耶夫斯基文学遗产的多元化接受

接受美学的重要理论家伊瑟尔曾说，文学作品的整体形象、含义、价值和社会效果，会随着时间、地域和接受意识的变化而不断变化。② 陀思妥耶夫斯基作为 19 世纪俄罗斯经典文学的集大成者和重要代表之一，在苏联时期曾被奉为文学的偶像与权威。然而从 20 世纪 80 年代中后期开始，随着整个社会的去意识形态化和文化价值观的多元化，包括当代作家在内的当代接受者对陀氏文学遗产的接受呈现出多元化趋势。这通过当代小说创作能窥见一斑，"在当代作家的作品中可以发现对经典文本的神话化、变形、游戏、讽刺转码"③。总体而言，当代俄罗斯小说对陀氏文学遗产的接受呈现出三种主要范式：后现代主义式的戏仿和解构，现代主义式的对话与重构，现实主义式的传承与更新。

---

① 本章由李新梅撰写。

② 林一民. 接受美学：精要与实践 [M]. 南昌：江西人民出版社，2019：6.

③ Черняк М. А. «Достоевскому — от благодарных бесов»: к вопросу о восприятии классики в XXI веке [J]. Вестник Герценовского университета, 2009 (4)：57-58.

一、后现代主义式的戏仿与解构

对陀氏创作的戏仿和解构主要出现在后现代主义小说中，且与整体解构 19 世纪俄罗斯经典文学和文化传统相关。因为后现代主义文学的哲学基础是后结构主义，"后结构主义也常被人们称为新尼采主义。后结构主义继续沿着尼采批判西方传统文化的方向，紧紧围绕它的知识、权力和道德三大轴心，试图将人从理性、道德和权力三重压抑的窒息状态中解脱出来，创造一个充分满足人的自然本能需求的高度自由的新文化"①。在质疑和否定传统文化的价值观导向下，出现了后现代主义文学"对经典文学的枪决"②。陀氏作为 19 世纪经典文学的重要代表，其权威性、神圣性遭到后现代主义作家的解构，其创作中的人物形象、情节、主题、思想，乃至作家生平，都被后现代主义作家通过互文手法进行戏仿与解构。

德米特里·加尔科夫斯基的长篇小说《没有尽头的死胡同》就是最典型的例证之一。这部由 949 条注释构成的超级互文文本，其实是作者借助叙事人奥金诺科夫之口，对自我、父辈、俄罗斯语言、文学、历史、哲学等进行的无穷无尽的思考。"从体裁上看，《没有尽头的死胡同》仍旧最接近奥古斯丁、卢梭、列夫·托尔斯泰等人的经典忏悔录，但这种忏悔录非常独特——是后现代式的，因为忏悔者不是作者，而是他的第二自我奥金诺科夫。"③ 小说对众多 19、20 世纪俄罗斯作家、思想家、文化学家的创作与思想进行反思与重释，其中涉及陀氏的《地下室手记》《罪与罚》《双重人格》《作家日记》《卡拉马佐夫兄弟》《群魔》《被侮辱的与被损害的》《穷人》等多部作品，对陀氏文学遗产进行了多个层面的解构。

首先，小说通过对陀氏作品中主人公性格的重释，解构了俄罗斯民族性格中爱幻想、少实干、双重人格、宗教性等病态特征。比如，小说认为《群魔》中主人公斯塔夫罗金的缺陷，不在于他强暴幼女并导致其自杀，而在于他虚构了一个并不存在的女孩。小说还把《地下室手记》中地下室主人公说成是充满仇恨心理的手淫者，说他像所有俄罗斯人一样渴望行动、渴望生活，却像女人一样阴柔无力，最终只能沉湎于无济于事的幻想。小说还提醒读者注意《作家日记》中的儿童管教所的教导员也是一个手淫者。与此同时，又通过奥金诺科

---

① 高宣扬. 后现代论［M］. 北京：中国人民大学出版社，2005：237.

② Золотусский И. П. Наши нигилисты［N］. Литературная газета，1992-07-17.

③ Руднёв В. П. Словарь культуры XX века［M］. M.："Аграф"，1997：32.

夫之口揭示陀氏描写手淫现象，"并不是指某种手淫行为，而是指某种心理和精神情绪"①。特别值得一提的是，小说从俄语语言的变形联想到双重人格注定是每一个俄罗斯人性格命运中的一部分，并认为陀氏在《双重人格》中通过戈利亚德金这一形象将俄罗斯民族性格中的双重人格展现到不再有救赎可能的极致。与此同时又调侃陀氏这样做的历史意义，在于将双重人格、冒名顶替、背叛、冒充为王等俄罗斯历史中的现象达到巅峰时将它们纳入安全的文学领域。小说还指出《卡拉马佐夫兄弟》中《宗教大法官》一章主人公对话的本质在于揭示俄罗斯人灵魂深处的宗教性，又通过《罪与罚》中拉斯科尔尼科夫经不住波尔菲里的试探性侦查而立刻在内心招供这一细节，讽刺俄罗斯人容易自我反省和忏悔的宗教性。

其次，小说通过对陀氏生平及创作背景的加工，解构作家神圣伟大的权威形象，戏谑俄罗斯历史文化中的各种现象。比如，以陀氏曾经居住在圣彼得堡铁匠胡同的事实为依据，说作家曾经与马车夫、妓女等混杂在一起过着贫穷可耻的生活。以陀氏晚婚的事实为依据，说他受此影响喜欢把小说中的年轻人描写成比实际年龄大 8~10 岁的样子。以陀氏晚年与屠格涅夫的书信交恶的事实为依据，说陀氏自我评价过高、对同时代其他作家的态度卑劣无耻。以陀氏生前被捕并差点死于断头台的事实为依据，猜想陀氏在行刑前如果没有被赦免，就不会有《群魔》这部小说，更不会有后来的革命之"群魔"。以陀氏《罪与罚》创作受斯拉夫派的影响为依据，挪揄了俄罗斯文化中的斯拉夫派与西欧派之争。小说还提到陀氏生前创办的报纸《时世》遭政府禁止、陀氏具有民粹派思想等事实，以此暗示沙俄时代的书刊审查制度。同时又将陀氏作品中亵渎上帝的思想和言论归结为作家为了应付共济会而非官方书刊检查，从而嘲讽了俄罗斯历史上的共济会与官方之斗。

最后，小说通过奥金诺科夫的观察、总结和思考，对 19 世纪俄罗斯文学进行了整体的批判与解构。他调侃 19 世纪俄罗斯文学替代了哲学、历史、政治等而成为一种综合性学科；讽喻俄罗斯文学史中具有延续性的"多余人""小人物"等形象，甚至因此说"所有的作家在集体写一本与现实没有任何关系的书"；把俄罗斯人阅读陀氏作品的心理感觉比喻成观看裸体芭蕾舞时既羞愧又享受的矛盾感觉，从而形象地揭示 19 世纪俄罗斯文学书写内容的粗野与原始；引用陀氏中篇小说《斯捷潘契科沃村》中的对话，展示了 19 世纪文学书写语调的

---

① Галковский Д. Е. Бесконечный тупик［EB/OL］. https：//booksprime.ru/readbook/112115/3

生硬与说教。

　　总之，《没有尽头的死胡同》对俄罗斯语言、历史、现实、文学、文化中的种种奇特现象进行了反思和解构。小说尤其颠覆了 19 世纪俄罗斯文学神话，认为它给读者传达了俄罗斯社会生活中过多的阴暗面，证明了俄罗斯走向灾难的必然性，直接或间接预言了未来的灾难，从而导致了 20 世纪初革命与战争等破坏性事件的发生。正如俄罗斯研究者鲁德涅夫所言，19 世纪俄罗斯文学在这部小说的描写中"成了影响现实的有力工具"①。

　　除了加尔科夫斯基的《没有尽头的死胡同》，其他大量后现代主义小说也通过对陀氏创作中的人物形象、思想情节、作品名称、细节描写等进行了或多或少的互文和戏仿实现解构。比如，维克托·叶罗费耶夫短篇小说《和白痴一起生活》中的白痴沃瓦，与陀氏短篇小说《农夫马列伊》中的同名主人公形象形成互文，通过知识分子领养沃瓦的失败经历，颠覆了以陀氏为代表的 19 世纪经典文学所倡导的人道主义精神和文学的教育感化功能。安德烈·比托夫长篇小说《普希金之家》中第三章标题《贫穷的骑士》杂糅陀氏的《穷人》和普希金的《青铜骑士》的名字，展示了这部"博物馆小说"② 对 19 世纪经典作家的滑稽模仿和颠覆。阿纳托利·科罗廖夫中篇小说《果戈理的头颅》，通过魔鬼感慨"美不再有任何希望，无法拯救人"③，颠覆了陀氏在《白痴》中提出的"美拯救世界"的理念。弗拉基米尔·索罗金长篇小说《蓝油脂》展示出被克隆的陀氏及其作品，而中篇小说《特辖军的一天》的主人公干脆把陀氏作品扔进壁炉取暖。后现代主义小说正是通过上述种种互文片段，颠覆陀氏作为 19 世纪经典作家的权威形象。

　　总之，后现代主义小说将陀氏文学遗产视为 19 世纪俄罗斯经典文学乃至传统文化的构成部分进行解构，旨在消解经典的权威神话，以达到消解中心和霸权的目的。正如俄罗斯研究者特鲁宁所言："对于后现代主义作家来说，特别重要的是文化积层，其背后经常可以发现陀思妥耶夫斯基是作为某种文化或象征符号出现的代表性作家之一。"④

---

① Руднёв В. П. Словарь культуры XX века［M］. M. :" Аграф", 1997：32.

② Битов А. Г. Пушкинский дом［M］. Москва：Вагриус, 2007：13.

③ Королев А. В. Голова Гоголя：Роман；Дама пик. Носы：Коллажи［M］. Москва：Издательство "XXI век - Согласие", 2000：181.

④ Трунин С. Е. Рецепция Достоевского в современной русской прозе：основные тенденции и типы［J］. Вестник Российского университета дружбы народов. Серия：Литературоведение. Журналистика, 2010（1）：47.

二、现代主义式的对话与重构

与陀氏创作的对话和重构主要涌现在兼具现实主义和现代主义乃至后现代主义风格的小说中。这类创作不像后现代主义小说那样彻底颠覆陀氏的创作，也不像现实主义小说那样忠实地继承，而是借用其中符合当代现实的人物类型、思想主题、文学手法，同时对其中不合时宜的内容表达质疑，然后按照自己的创作理想进行重构，且通常"定位于存在主义问题"①。正如当代作家亚历山大·伊利切夫斯基所言："托尔斯泰和陀思妥耶夫斯基是巨大的支点，是可以借助他们进行创作的两大工具。但完全停留在这两条轨道上也没有任何意义。利用某位作家的创作方法意味着什么？意味着要依靠他所创造的语言，借鉴这种语言，尝试借助这种语言创作出自己的东西。"②

典型例证当属弗拉基米尔·马卡宁的长篇小说《地下人，或当代英雄》。"马卡宁在小说中对陀思妥耶夫斯基的依靠以及与他的争论从小说的标题就开始了。"③ 标题中的"地下人"直接让人联想到陀氏中篇小说《地下室手记》。马卡宁本人在访谈中也不止一次提到，尽管标题中的"地下"（андерграунд）是一个外来词④，但与俄语固有词汇"地下"（подполье）具有同等意义。如果深入小说内容就更毋庸置疑，两部小说的主人公在身份上具有高度的相似性和继承性：陀氏的主人公是一个退休后蛰居地下室、与社会事务脱节的"地下人"，马卡宁的主人公是一个歇笔多年、穷困潦倒、替筒子楼居民看守空房子的地下作家。不仅如此，两个"地下人"的形象都具有高度的象征性、概括性和时代性：陀氏笔下的地下人是 19 世纪俄罗斯现代化进程和西欧浪漫主义余波影响下诞生的一类人，而马卡宁笔下的地下作家是 20 世纪苏维埃时代的一种文化遗产。

但马卡宁笔下的地下作家绝不是陀氏笔下地下室人的翻版，而是一种重构。陀氏笔下的地下室人虽然是思想的先驱，却无力冲破传统价值观和既定等级体系的束缚，因此表现出个人心理和行为上的矛盾，对自己的地下室人身份充满疑虑，既自负又自卑。而马卡宁笔下的地下作家尽管遭遇不幸与磨难，却从未

---

① Трунин С. Е. Рецепция Достоевского в современной русской прозе: основные тенденции и типы [J]. Вестник Российского университета дружбы народов. Серия: Литературоведение. Журналистика, 2010 (1): 46.

② Иличевский А. Будут читатели-будут писатели [N]. The New Times, 2008-11-03 (44).

③ Семыкина Р. С. -И. Новый подпольный человек в романе В. Маканина «Андеграунд, или Герой нашего времени» [J]. Известия Уральского государственного университета. Сер. 2, Гуманитарные науки, 2008 (59/16): 173.

④ 该词是英语单词 underground 的俄文音译。

对自己的身份产生困惑、怀疑与自卑，恰恰相反，他坚守自己的地下作家身份并为这种身份而自豪。因此不难看出，马卡宁笔下的地下人的个性意识更强烈，捍卫个性意识的行动更坚决、更果断。这与 20 世纪人的个性张扬不无关系：对于 20 世纪的地下人来说，社会的认可已退居次位，他们完全可以从自己不认同的社会体制中脱离出来而追求个人主义，坚守自己的行动、记忆和想象的自由。正如俄罗斯研究者阿巴舍娃所言：“地下人——是一种生活方式，一种意识类型，一种具有创造力的人的存在方式，也是不安的、发酵的革命源起，是‘群魔’，是一代人的思想形象。”①

马卡宁小说不仅借用和重构了陀氏《地下室手记》中的主人公形象，而且借用和重构了陀氏长篇小说《罪与罚》中的杀人情节。马卡宁笔下的彼得罗维奇与陀氏笔下的拉斯科尔尼科夫都有过两次杀人行为，但他们对是否有罪的认识完全不同。拉斯科尔尼科夫杀死放高利贷的老太婆之后，紧接着又杀死了无意目睹其杀人场景的放高利贷老太太的妹妹，这两次杀人之间几乎没有时间间隔，而且第二次杀人几乎是无意识所为，完全是为了掩盖第一次杀人罪行在慌乱中发生的偶然行为，其后来强烈的负罪感也主要是针对他的第二次杀人。彼得罗维奇的两次杀人间隔时间较长，而且都是有意识的行为和决定。他第一次杀人是出于报复高加索人对俄罗斯知识分子乃至整个俄罗斯民族的作弄和侮辱，这与拉斯科尔尼科夫受超人哲学的驱动而杀人具有一定的相似性。但彼得罗维奇第一次杀人后，尽管心有惋惜和遗憾，却没有丝毫悔恨。原因在于，“彼得罗维奇虽然记得‘不可杀人’的训诫，但与拉斯科尔尼科夫不同的是，他将其理解为社会的、而非宗教的训诫”②。他在第一次杀人后，对陀氏等 19 世纪作家所宣扬的“不可杀人”的训诫进行过反思，结果发现这一训诫仅对个人道德起规约作用，而对克格勃等国家机器完全无效。有过这样的反思之后，他不仅很快终止了短暂的心罚，而且更渴望捍卫自我、捍卫思想自由和独立，并开始信奉以牙还牙的“打击哲学”。在这种生存哲学的主导下，他过了一段时间后有意识地实施了第二次杀人，杀死了克格勃派来挑拨地下文艺家们进行相互告密的秘密警察。可以说，拉斯科尔尼科夫“犯罪—负罪—赎罪”的精神升华过程在

---

① Абашева М. П. Литература в поисках лица (русская проза в конце XX века: становление авторской идентичности) [М]. Пермь: Изд-во пермск. ун-та, 2001: 62.

② Семыкина Р. С. -И. Новый подпольный человек в романе В. Маканина « Андеграунд, или Герой нашего времени » [J]. Известия Уральского государственного университета. Сер. 2, Гуманитарные науки, 2008 (59/16): 180.

彼得罗维奇"犯罪—犯罪—再犯罪"的经历中被瓦解和重构。不仅如此，小说还通过彼得罗维奇之口直接否定了陀氏和整个19世纪文学的神圣权威，他说："作为一种暗示的文学。作为一种伟大病毒的文学。（那个文学仍然在我们身上劳作着。）但书页上的'不可杀人'还不是雪地上的不可杀人。俄罗斯人有权既不贬低费·米的神圣权威，又可以从他的时代倒退回去，从他的殉道者的时代倒退30年（统共才一代人的时间！）而拜倒于其他权威的时代。"①

马卡宁的小说还出现对陀氏《罪与罚》结构布局的借用和重构。杀人和赎罪是陀氏小说的中心事件和主题，也是塑造拉斯科尔尼克科形象及其宗教道德内涵的关键，因此小说对他杀人前后两周的行为和心理进行了高度浓缩、详细、逼真的描写，占据小说的主要篇幅。而杀人和反思并不是马卡宁小说的主要事件，它只是展现主人公性格的一个插曲和片段，进而消解了杀人本身和道德反思在小说中的分量。而且，马卡宁小说情节的展开方式松散，整部小说从20世纪70年代初延续到20世纪90年代末，而且有很多具有狂欢色彩和象征内涵的细节。比如小说描写了彼得罗维奇第一次杀人后，整个筒子楼的居民被警察局传唤受审时被诱骗、恐吓，甚至被鼓励互相揭发和告密等细节。在这里杀人本身的罪恶与否已降到次位，而重在反思社会体制，这是马卡宁小说与陀氏小说的不同之处。

总之，在马卡宁的小说中，既能看到作家对陀氏创作的借用，又能看到与陀氏创作的对话、辩论，甚至重构。这样的创作理念总体上属于现代主义范式，"现代主义作家积极阐释陀思妥耶夫斯基的创作形象和主题，并根据作品设置的艺术范式对它们进行重新编码"②。

三、现实主义式的继承与更新

陀氏是俄罗斯现实主义文学的集大成者，作家本人将自己的创作称为"最高意义上的现实主义"③。其创作主题和手法丰富多样，因而又被文学批评家冠之以象征现实主义、本体现实主义、神秘现实主义、心理现实主义、形而上现实主义、宗教现实主义、福音书现实主义、精神现实主义等各种称呼。陀氏丰

---

① 马卡宁. 地下人，或当代英雄 ［M］. 田大畏，译. 北京：外国文学出版社，2002：220.

② Трунин С. Е. Рецепция Достоевского в современной русской прозе：основные тенденции и типы ［J］. Вестник Российского университета дружбы народов. Серия：Литературоведение. Журналистика，2010（1）：46.

③ Достоевский Ф. М. Полное собрание сочинений в тридцати томах. Том 27 ［M］. Ленинград：Издательство " Наука"，1984：65.

富多样的现实主义创作，对同时代和之后的现实主义作家产生重要深远的影响。当代俄罗斯现实主义作家也不例外，他们从创作内容到形式都表现出对陀氏创作的继承，同时又以新的现实进行扩充和更新。

其中的典型例证是德米特里·格鲁霍夫斯基的长篇小说《活在你手机里的我》。小说在 2016 年出版后，被不少俄罗斯读者称为"21 世纪的《罪与罚》"，并先后于 2018 年、2019 年分别改编成戏剧和电影上演。该小说在中国也获评 2017 年度"21 世纪年度最佳外国小说"。尽管作家并未声明自己的创作与陀氏的《罪与罚》有直接联系①，但两部小说在情节、形象、结构、手法、风格等方面具有高度相似之处。

格鲁霍夫斯基小说的情节几乎是《罪与罚》的翻版。两部小说都讲述了大学生主人公杀人事件，以及犯罪后担惊受怕的心理，最后经由女性走向赎罪的历程，只不过内部的细节因为时代现实的不同而不同。其中，陀氏笔下的拉斯科尔尼科夫杀人是因为周围人遭受的贫穷和不公而产生的救赎社会和他人的超人哲学；而格鲁霍夫斯基笔下的伊利亚杀人是因为自己遭遇警察体制的不公而为自己失去的亲情、友情和爱情复仇所为。拉斯科尔尼科夫犯罪后经过两周左右的内心挣扎和不安，最终受所爱女子索菲娅的宗教信仰的影响走向忏悔和赎罪之路；而伊利亚犯罪后只有七天时间在逃生与等死之间做出选择，最后由于爱上死者的女友妮娜而选择舍己为她。从这些细节不难看出，陀氏的小说更具宗教性和哲学性，强调个人对他人的牺牲与救赎；而格鲁霍夫斯基的小说更具人性化和个性化，强调个人对自我的救赎与回归，这也是当代小说区别于 19 世纪小说的特征之一。

格鲁霍夫斯基小说的主题也是对《罪与罚》的回旋与合奏。两部小说都涉及社会主题，但因为时代现实的不同而呈现出不同的景象：陀氏小说主要展现封建专制下诞生的各种不公和矛盾，比如剥削阶层的压迫和底层人毫无出路的生存悲剧等；而格鲁霍夫斯基小说主要展现当代俄罗斯社会体制滋生的各种混乱无序，比如警察为非作歹、权贵阶层狼狈为奸、青年一代颓废堕落等。同样，两部小说都具有深刻的道德主题，且道德主题超越了社会主题：陀氏的小说主要展现拉斯科尔尼科夫杀人后的精神困扰和良心折磨，以及他最终在基督精神的指引下走向自首赎罪的道德选择；而格鲁霍夫斯基的小说主要展现伊利亚复仇后担惊受怕的心理，以及最终在爱情魔力的驱动下做出牺牲自我、保全爱人

---

① 2018 年笔者在俄罗斯访学期间翻译这部小说，因此约见了作家并对其创作进行了采访。采访中被问及与陀思妥耶夫斯基创作的关联性时，作家未置可否。

的道德选择。唯一不同的是，陀氏的小说具有极强的宗教性，强调拉斯科尔尼科夫的赎罪是通过宗教信仰得以实现；而格鲁霍夫斯基的小说更具世俗性，因为伊利亚的赎罪并没有宗教信仰的支撑，而主要依靠发自本能的爱和内心的道德力量。但小说仍旧在结尾处试图在宗教性问题上与陀氏作品形成呼应，因此把死去的伊利亚描写成殉道圣人圣塞巴斯蒂安的模样："当浑身插满手榴弹碎片的伊利亚——有点像圣塞巴斯蒂安——被裹在床单里抬出屋子时，电视还在继续放着。"①

两部小说的结构布局也存在相似之处，即杀人情节远远少于忏悔和赎罪情节。《罪与罚》总共六章，但杀人情节只占一章，其余章节全部是拉斯科尔尼科夫杀人后内心的煎熬、挣扎和走向赎罪的历程。格鲁霍夫斯基的小说同样如此，叙事时间总共七天，其中杀人情节只占一天，剩余六天全是杀人后的恐惧心理和逃生现实。但与《罪与罚》已经相对浓缩的时空相比，格鲁霍夫斯基小说的叙事时空更浓缩。由于七天的时空跨度对长篇小说的情节展开来说非常有限，格鲁霍夫斯基就详细地描写了伊利亚的往事回忆以及死者手机中的短信、视频、语音等内容。这样不仅大大拓展了叙事时空，而且使手机空间成为推动情节发展的重要因素，充分展示了当代人生活技术化和媒介化特点。

格鲁霍夫斯基的小说还继承了《罪与罚》中的复调手法。两部小说为了让读者充分体会主人公内心深处的冲突与斗争，都展开了贯穿于整部作品的争论声音。这些争论的思想性极强，且都包含对立的正反面结论。比如，两个主人公在杀人后都因为意识到触犯法律而觉得有罪，同时又都认为自己主持了社会正义而无罪。不同的是，两位主人公开脱罪行的理念由于时代文化的不同而显示出差异。拉斯科尔尼科夫遵循的是"超人哲学"，伊利亚遵循的是"以牙还牙"的现代生活经验。从这里也可以看出陀氏小说的哲理性特征和格鲁霍夫斯基小说的世俗性特征。

格鲁霍夫斯基的小说与《罪与罚》在文体上也具有相似性。两部小说都是颇为严肃的批判主义，同时都融合侦探小说、心理小说、感伤主义小说等各种风格元素于一体，呈现出严肃文学与大众文学交融的叙事风格。侦探小说特征在两部小说中都体现在作家为主人公故意设置的各种巧合和偶然事件上，比如意外杀人、意外遭遇警察、意外获得逃生机会等。心理小说元素也贯穿两部始终，比如都详细描写了主人公杀人前的犹豫不决、杀人后的忐忑不安、最后赎

---

① 格鲁霍夫斯基. 活在你手机里的我［M］. 李新梅，译. 北京：人民文学出版社，2019：355.

罪的心理抉择等。感伤主义小说特征在两部小说中都体现在主人公对家人和亲情的眷恋上。不同的是，格鲁霍夫斯基还采用了言情小说手法，比如在对死者生前与女友的情爱描写中伴有脱衣舞、色情片、酒精、毒品、怀孕、堕胎等元素。这恰恰体现了当代小说的内容特色。

总之，格鲁霍夫斯基的小说在方方面面都显示出对陀氏《罪与罚》的借鉴，只不过用当代的现实、生活、人物、心理、语言、技巧进行了包装、改造和更新。这种高度近似的借鉴也引发了当代文学批评家不小的争论。有人持赞扬态度，认为"这部小说是完全的现实主义，其中即使有幻想，也是哲学式的"[1]。有人持批评态度，认为这是"文学犯罪"[2]。显然，对于现实主义作家来说，如何在借鉴经典的同时又进行创新和突破是一大难题。

总体而言，当代俄罗斯小说对陀氏文学遗产的接受呈现出多元化趋势。现实主义范式的创作主要在传统框架内继承陀氏创作中的形象、情节、主题、手法等。现代主义范式的创作经常对以上内容进行变形、重构，旨在从当代文化语境出发探究善恶等道德主题和人的存在问题等内容。后现代主义范式的创作则倾向于对以上内容进行戏仿和解构，从而诞生出全新的，甚至有完全相反的意义和形象。

陀氏创作在当代俄罗斯小说中的多元化接受趋势，主要受当代多元化文化语境和作家不同创作理念的影响。这也恰恰证明，文学作品的效果取决于读者的接受意识，而读者的接受意识因时、因地、因人的变化而变化。但不管以何种接受方式，都说明了陀氏创作对后世作家的深远影响，同时也能让陀氏的创作在争论中不断产生新的意义、影响和作用，因为"文学作品只有在接受活动中，才能产生影响和作用"[3]。

---

① Юзефович Г. Л. Дмитрий Глуховский становится большим писателем，а Ольга Брейнингер — надеждой русской литературы［EB/OL］. https：//meduza. io/feature/2017/07/01/dmitriygluhovskiy - stanovitsya - bolshim - pisatelem - a - olga - breyninger - nadezhdoy-russkoy-literatury

② Демидов О. В. Катастрофа в космосе русской словесности о писательских преступлениях в «Тексте» Дмитрия Глуховского［EB/OL］. https：//www. rara-rara. ru/menu-texts/katastrofa_ v_ kosmose_ russkoj_ slovesnosti？ ysclid=lztw6c83jg246585363

③ 林一民. 接受美学：精要与实践［M］. 南昌：江西人民出版社，2019：6.

第二节 当代俄罗斯小说的农村精神家园沦丧书写

农村一度是俄罗斯作家的精神家园。从普希金的《叶甫盖尼·奥涅金》开始，到屠格涅夫的《乡村》《猎人笔记》，格里戈罗维奇的《乡村》，涅克拉索夫的抒情诗，托尔斯泰的作品，契诃夫的《在峡谷里》《农民》，布宁的《安东诺夫卡苹果》《乡村》，以及叶赛宁等"新农民派"诗人的作品，甚至到索尔仁尼琴的短篇小说《玛特廖娜的家》，俄罗斯农村成为整个俄罗斯乃至整个地球的象征保留在原始神话诗学和"大地母亲"的文学原型综合体中。① 在俄罗斯文学的农村叙事传统中，"乡村作为都市的对立面，代表着人类诗意的栖居和精神上的故乡。人们习惯于把自然、清新、淳朴、真实等名词赋予乡村，寄托自己和谐美好、世界大同的浪漫幻想"②。

然而，苏联的改革和解体，使俄罗斯农村陷入万劫不复的深渊。"今天的俄罗斯农村面临更加严重的问题，已经到了濒死边缘。首先是经济的全面瓦解，土地的荒凉、破败、人烟稀少，村庄数量大大减少，现存的村庄也奄奄一息、赤贫如洗。改革前这些村庄几乎被废弃，农民逃难到外地，改革后曾有人试图拯救，农民也纷纷回来，结果国家的剧变带来的是农村经济的迅速滑坡直至崩溃。同时，青壮年的大量流失造成了村民的老无所依，而市场化经济又带来人性的彻底丧失。"③ 当代俄罗斯作家笔下的农村，不仅是国家剧变后更加衰败的现实环境，而且是人在道德精神领域进一步的堕落。这些在阿列克谢·瓦尔拉莫夫、扎哈尔·普里列平、柳德米拉·彼特鲁舍夫斯卡娅等作家的创作中都有体现。然而，他们的乡村书写又体现出不同的风格和特色。

一、新现代主义书写：瓦尔拉莫夫的《沉没的方舟》

20 世纪 90 年代，阿列克谢·瓦尔拉莫夫的创作比较关注当代俄罗斯农村书写。他的一系列小说，比如中篇小说《乡间的房子》（1997 年）、《沉没的方舟》（1997 年）和《教堂的圆顶》（1999 年）等，都涉及俄罗斯农村的生态、信仰、

---

① 波尔沙科娃，孙雪森. 俄罗斯诗学关键词：作为原型的乡村［J］. 俄罗斯文艺，2020（4）：119.

② 侯玮红. 乡村梦醒，路在何方?：当代俄罗斯"乡村散文"探析［J］. 俄罗斯文艺，2015（4）：7.

③ 侯玮红. 启蒙与当代俄罗斯"乡村散文"［J］. 学习与探索，2014（10）：127.

道德等问题。与此同时，我们注意到，瓦尔拉莫夫的俄罗斯农村书写与传统意义的农村文学（以舒克申、拉斯普京、别洛夫等人的创作为代表）有着明显的不同。这种不同主要体现在写作风格上：传统意义上的农村书写采用写实主义手法，客观、逼真地书写俄罗斯农村生活、塑造农民形象、反映农民精神道德面貌，而瓦尔拉莫夫的农村书写则在农村生活和现实的基础上融入隐喻、象征、神秘主义等现代主义技巧。其中，长篇小说《沉没的方舟》最具代表性。很多研究者已经敏锐地感觉到了这部小说写作风格的独特性。比如，这部小说的中文译者白春仁和苗澍称其为"新试验小说"，俄罗斯评论者则称其为"新现实主义"。尽管研究者们给予的称呼各不相同，但都说明了同一个本质：这部小说的确不属于传统意义上的现实主义小说。如今纵览作家从 20 世纪 80 年代末初登文坛以来的创作，不难发现这部小说无论在时空设置还是文学技巧方面，都属于新现代主义创作。

《沉没的方舟》的第一个特征是具有新现代主义文学多个历史时空交织的特点。小说的叙事时空整体上可以分为两个：一个是古老、神秘、封闭的布哈拉村，另一个是苏联解体前后混乱、自由、开放的大都市列宁格勒（圣彼得堡）。两个风格完全不同的时空以女主人公玛莎的命运和经历为线索联系起来并相互影响。

第一部的时空主要在布哈拉村，其中的内容也构成了小说的上部。布哈拉村是俄罗斯东部原始森林里一个有着 300 年历史的古老村子，多年来村民们一直过着与世隔绝的生活，坚持旧礼教信仰，恪守祖辈习俗。主人公玛莎是布哈拉村"四十二"镇村民舒拉·茨冈诺娃在"不孕不育"的年龄时生下的女儿，其出生本身就被村民们视为奇迹。玛莎 14 岁时在伊利亚预言家节那天去森林采野果时遭到雷击却意外活了下来，这一奇迹更使布哈拉村的老人们认为，玛莎是上帝选中的"圣女"，并希望她的母亲把她送进修道院。而此时那些从外面世界流入村子教堂的伪神父和传教士们利用这次的神奇事件，千方百计地想让漂亮贞洁的玛莎进入教堂成为满足他们的牺牲品。正直善良的校长伊利亚想保护自己的学生玛莎，并试图以他的科学知识破除布哈拉村的迷信，但这不仅遭到布哈拉村民和干部的反对，更遭到当地教堂主教和执事的诬陷并被送进监狱。

父母双亡又失去校长保护的玛莎，只好投奔列宁格勒（圣彼得堡）的姐姐卡佳，由此展开了小说的第二个时空，即苏联解体前后的列宁格勒（圣彼得堡），这也构成了小说的第二部内容。玛莎来到这个城市经历了一个又一个的磨难。起初她住在姐姐家，但好色的姐夫迫使她不得不流浪街头。后来她偶遇自由派雕塑家科尔达耶夫，在他的威胁和恐吓下当人体模特、拍摄裸体照片。重病缠身的玛莎在一个饥寒交迫的冬夜逃了出来，但在大街上被一辆救护车撞倒，最后同心脏病人罗果夫院士一起被送进医院。恢复健康后的玛莎被罗果夫收留在自己家中，但新时期圣彼得堡伪教头目柳波在雕塑家那里看见玛莎的裸照后，心底的淫欲使他拿走了玛莎的所有裸照和底片，并用这些照片勒索罗果夫院士。为了换回玛莎的清白，罗果夫院士亲自去邪教组织谈判，结果心脏病发作去世，他的前妻在柳波的安排下再次让玛莎沦落街头。走投无路的玛莎被正好前来寻找她的校长发现。原来，玛莎离开布哈拉村不久后，苏联的解体使伊利亚先前的无神论信仰完全崩塌，遭遇精神危机的他决定加入布哈拉村的教堂以获得精神的救赎，但教堂接收他入教的条件是找回玛莎并送她进教堂。

小说的结尾处，出现了两大时空的融合：校长带着玛莎从圣彼得堡回到布哈拉修道院，柳波也在圣彼得堡的邪教组织被查封后逃到布哈拉修道院；而此时的布哈拉村民正因为百年不遇的旱灾聚集在修道院前，要求与修道院一起自焚来获得救赎；最终一场大火在布哈拉修道院上空燃起，圣彼得堡时空和布哈拉时空中的人全都葬身火海，只有玛莎被主教释放而得以逃生，校长在地窖下也躲过了劫难。

《沉没的方舟》作为新现代主义小说的第二个特征是新神话思维原则，这主要体现在布哈拉村的神话上。小说中的布哈拉村充满神秘、古旧、宗教神秘主义色彩。这个孤立封闭、与世隔绝的古老村子位于俄罗斯东部的原始森林里，其形成史和发展史都表明，这是一个与尘世生活格格不入的神话王国。该村最早形成于18世纪初，是彼得大帝征集到圣彼得堡修建新都的农民中反对尼康宗教主张的人组建而成的。从18世纪初到20世纪末的300余年发展史中，布哈拉村民始终过着与世隔绝的生活，坚持旧礼教信仰，恪守祖辈习俗。这种生活导致了两方面的后果。一方面，远离人群、远离当权者、远离大都市的布哈拉村，自然也避免了战争、瘟疫、制度高压和迫害等天灾人祸带来的威胁，加上这里始终风调雨顺、土地肥沃，布哈拉人一直过着相对太平、安宁和丰衣足食的日子。显然，布哈拉村成为世俗社会中纯洁、神秘、美丽的一方净土，这无异于圣经神话中的"诺亚方舟"。另一方面，几百年来的与世隔绝导致了布哈拉村的封闭保守、愚昧落后，甚至戕害人性的缺点。比如老布哈拉人强迫后人过禁欲主义生活，让男人与女人分开居住，尊崇贞洁高过婚姻。但这种强制的禁欲主义无法压制人的天性，男人与女人常常偷偷摸摸地发生性关系，而老人们却把这视为淫乱，并无时无刻不进行追踪、捉奸、惩罚。布哈拉人的封闭还导致愚昧无知和封建迷信思想：村民们把村里失踪的女药剂师叶芙斯托莉娅视为神灵，昼夜为她祈祷、禁欲，认为是她的魂魄保佑了在一次大火中幸免于难的布哈拉村，但实际上女药剂师失踪是背叛情人被杀的结果；他们把经历一系列神奇事件却奇迹般生还的玛莎视为上帝选中的女儿，并希望把她送进修道院，最终差点让玛莎成为村子教堂的伪神父们满足兽性和私欲的牺牲品。总之，布哈拉村是一个神话，其中既有美好、纯洁、光明的一面，又有丑陋、肮脏、黑暗的一面；它看似是尘世生活的"诺亚方舟"，实则隐藏着各种图谋不轨的"恶魔"。正因如此，小说的结尾处，一场大火使布哈拉村消失殆尽，让这个人间的"诺亚方舟"永远沉没。类似的结尾让人联想起 20 世纪初米哈伊尔·布尔加科夫的《大师与玛格丽特》的结尾，也让人联想起 20 世纪末当代作家塔吉雅娜·托尔斯泰娅的《野猫精》的结尾。它们都颇具神秘魔幻色彩，同时又富含深刻的现实意义。

小说中的女主人公玛莎既是一个现实人物形象，也是一个充满神话色彩和隐喻意义的人物形象，这种双重性也使这部小说拥有了新现代主义的属性。玛莎的名字让人联想到基督教中的圣女玛利亚，而发生在她身上的数次神奇事件更凸现其圣女特征。第一件神奇事件是玛莎的出生：妈妈在 47 岁不孕不育的年龄怀上她，而且多次尝试堕胎未遂；与她同胎诞生的男孩生下后立刻死掉，而她却活了下来；妈妈当晚上将她扔进猪圈喂猪，结果连猪也没碰她。第二件神奇事件发生在玛莎 14 岁时：她在伊利亚预言家节那天去森林采野果时遭到雷击，却奇迹般生还。第三件神奇事件是在圣彼得堡大街：寒冷、饥饿和疾病使处于死亡线的玛莎恍恍惚惚来到圣彼得堡大街，却被载着心脏病发作的罗果夫院士的救护车撞倒，她也因此被顺便送进了医院，出院后寄宿在罗果夫院士家中并得到其庇护。第四件神奇事件是她在走投无路时被校长伊利亚所救：罗果夫院士去世后，玛莎被其前妻赶出家门、再次流落街头时，被前来寻找他的校长伊利亚所救。最后，最神奇的是，玛莎无论在布哈拉村还是都市圣彼得堡都多次遭遇无耻之徒的色欲危险，但最终都顺利脱险，保存了圣女般的贞洁。小说的结尾处，玛莎在布哈拉村修道院的大火中被主教瓦西安释放并得以幸存，最后又因为从瓦西安那里继承了丰富的历史知识而成了著名历史学家。显然，玛莎在小说中是一个隐喻性人物，她是过去文化的载体和传承者，是一切贞洁、美好、淳朴、天然的化身。尽管在小说中一切恶的因素都想破坏其代表的善，但最终因为神秘主义因素而得以完整保存。

作为一部新现代主义小说，《沉没的方舟》以 20 世纪末俄罗斯社会农村和城市的现实为背景，书写超越现实的普世性话题，即现代人的信仰危机和精神救赎问题。苏联的解体使人们的无神论信仰遭遇严重打击，宗教再次成为现代人寻求精神寄托的场所，而很多心怀鬼胎的人利用大众的精神危机创建各种伪教组织，成为腐蚀和危害现代人精神和心灵的毒瘤。瓦尔拉莫夫曾在一次访谈中说，《沉没的方舟》最主要的两大写作主题是末世论和当代俄罗斯的宗派主义，因为 20 世纪末，末日情绪和宗派主义成了俄罗斯的两种"民族病"，它们导致人们从对现实的忽视到渴望世界末日，从逃离生活到生理自残和阉割，其根本原因是人们对现实生活不够信任。① 的确如此，作家通过俄罗斯偏远农村到大都市的时空跨度，全方位地展现了 20 世纪末俄罗斯农村和城市的精神危机以及伪教盛行的问题。

关于俄罗斯农村的精神危机，瓦尔拉莫夫主要通过古老、神秘、封闭的布哈拉村在 20 世纪末受新风尚、新思潮、新思想的冲击而导致的覆灭来反映。300 年未受外界侵染的布哈拉村，在 20 世纪末却没有躲过这一劫难。原因在于，这一人间的"诺亚方舟"已被新时代的不良之风腐蚀，其中潜入了各种心怀鬼胎的骗子和魔鬼。主教瓦西安原本是一位历史学家，为了获得古书和圣像而冒充神父混进布哈拉。执事卡戎知道瓦西安的秘密，却从不揭露他，反而帮助他隐藏秘密。瓦西安的秘密后来被圣彼得堡最大的邪教头目柳波所知并利用，他以此为要挟强迫瓦西安答应他不定期来布哈拉修道院参加宗教仪式和居住，其目的是要得到布哈拉少女玛莎的肉体。为了达到自己的淫欲，他还利用布哈拉村的愚昧无知和迷信，与主教瓦西安联合制造了挖出叶芙斯托莉娅干尸的"神迹"，从而让布哈拉人坚信玛莎是圣女而将她送进修道院。小说的最后，布哈拉村遭遇了创世纪 7500 年以来最严重的干旱和炎热。长期被教会欺骗和愚弄的布哈拉村民认为这是天意，是世界末日到来的征兆，因此聚集到教堂门口要求集体自焚，以拯救自己的灵魂。而这场自焚的牺牲品恰恰是以玛莎为首的童男童女们。悔过的主教瓦西安最终偷偷放走了玛莎，其他人和他一起湮没在熊熊大火之中。小说以布哈拉村的沉没为结尾，传递出悲观的末世论情绪。但作家正是以此样的结尾，表达了宗教无法救赎现代人、无法使其摆脱精神危机的这一思想。正如瓦尔拉莫夫在一次访谈中所言："殊不知，脱离现实社会，建造世外桃源是根本不可能的。我不喜欢城市生活，但逃离是死胡同，是没有出路的。布哈拉方舟的沉没就是个明证。"② 小说中校长伊利亚的结局同样证明，宗教不是救赎现代人精神危机的良方，科学才是唯一的出路：抛弃无神论信仰的校长伊利亚最后又恢复了自己对科学的信仰，他与来到布哈拉的女教徒们将生命延

---

① Послесловие. Беседа с Алексеем Варламовым [J]. Октябрь, 1997 (4).

② 张建华. 俄罗斯现实主义文学追求的当代姿态：访当代作家阿列克谢·瓦尔拉莫夫 [J]. 中国俄语教学, 2006 (1)：39.

续，并用科学知识武装他的后代，鼓励他们走出布哈拉，用科学战胜和拯救外面混浊的世界。

关于俄罗斯城市的精神危机，小说主要通过列宁格勒（圣彼得堡）的邪教组织的危害来展现。其中主要描写了邪教组织新新约教派在民众精神危机时乘虚而入，对大众进行精神控制、肉体损害、钱财搜刮等欺骗和犯罪行为。新新约教派也称阉割派，它规定入教者无论男女都要进行阉割，以此消灭人与人之间的区别而成为平等之人。阉割派依靠未来千禧年的谎言赢得新教徒，通过收买和贿赂权贵维持存在，依靠讹诈和勒索获得发展经费。小说中的柳波自称是阉割派教徒的后代，并将其更名为新新约教派。但实际上，他曾是苏联高干子弟，因强奸守院人13岁的女儿而被守院人当场阉割，"从此他装作阉割派教徒的后代，自己阉割教派里的男人，致他们处于心理完全无助的状态"①。柳波通过阉割其他男性甚至女性教徒获得病态的满足，以此弥补自己男性特征丧失带来的痛苦和区别，同时将所有教徒牢牢拴在一起，使他们永远听他的指挥。尽管失去了男性生殖器，柳波好色的本性并未改变。他从雕塑家那里看到玛莎的裸体照片后，好色本性被再起激起，于是打着保护圣女的宗教旗号，费尽心机地得到了这些照片，偷偷满足自己的意淫。柳波的伪教组织吸引了很多精神空虚的人误入歧途并惨遭精神、钱财甚至肉体的控制：罗果夫精神封闭的儿子加入其中，最后被柳波利用来作为与罗果夫谈判的筹码，希望他帮助其邪教组织消除与当局的不愉快；雕塑家科尔达耶夫也因为无法雕塑出玛莎的像而加入其中，被诱骗拱手让出自己的高级别墅后，惨死于柳波的四处搜寻和恶语中伤。柳波的邪教组织被当局查封后，他本人从圣彼得堡逃到布哈拉村修道院。当有着虔诚信仰的布哈拉人放火自焚时，柳波乘坐直升机逃跑的计划被瓦西安打破，他最终葬身火海。显然，对邪教组织的抨击和揭露，也是小说最重要的一个现实主题。瓦尔拉莫夫在小说中明确指出："俄罗斯真正的不幸——她的伪宗教，无论国家如何振兴，如何强大而令左邻右舍嫉妒，伪教徒们都会把一切给毁坏了。"

总之，瓦尔拉莫夫在长篇小说《沉没的方舟》中，通过不同历史时空的交织、新神话思维原则、普世性主题，塑造了一部以20世纪末俄罗斯现实为基础、充满神秘主义色彩和象征隐喻的新现代主义杰作。在这部小说中，作家通过三百余年不受外界侵染的"诺亚方舟"布哈拉村最终在现代社会各种不良风气的侵染下沦丧的结局，表达了其对现代文明发展的悲观态度。

---

① 瓦尔拉莫夫. 沉没的方舟［M］. 苗澍，译. 北京：中国青年出版社，2003：162.

二、现实主义书写：普里列平的《萨尼卡》

扎哈尔·普里列平在长篇小说《萨尼卡》中，不仅用经典现实主义的手法直接描写了同名主人公在俄罗斯首都莫斯科和外省小城的各种"革命"活动，而且还以同名主人公的视角间接描写了当代俄罗斯农村的各种巨变。

外省农村是主人公萨尼卡的爷爷和奶奶的生活地，也是萨尼卡的出生地。尽管萨尼卡后来跟随父母搬迁到城市居住，但他和父母经常往返于农村和城市之间。小说有三次描写了萨尼卡回农村老家。一次是父亲死后他运送父亲的尸体回农村下葬，还有两次是萨尼卡为了逃避警察的通缉而到农村避难。由此不难看出，无论在萨尼卡的父辈心中，还是在他本人的心中，俄罗斯农村原本是他们心灵的栖息地和灵魂的落脚点。但随着时局的变动，农村家园从昔日童话般的美好天堂逐渐变成了衰落、肮脏、充满破旧和死亡气息的地狱。

小说对俄罗斯农村变化的描写借助传统的对比手法实现，即以萨尼卡的视角描写其童年时代和青年时代对农村的不同感受。这种不同感受首先与爷爷奶奶等家人的命运变化有关。童年时代的萨尼卡与爷爷奶奶生活在农村，那时的萨尼卡，每天早上睡到自然醒。而爷爷奶奶早早起床，打开收音机，准备早餐。萨尼卡起床后总是心情舒畅，因为尽管卫生条件不好，饭菜也很简单，但家里充满温馨。而墙角上挂着的"家庭圣像"，更让萨尼卡百看不厌，因为里面有爷爷奶奶在 20 世纪 30 年代农业集体化年代度过的美好青春：虽然大家都在为工分而劳动，照片中 16 岁的奶奶身体健康、发育很好，爷爷目光炯炯、神采奕奕，对生活心满意足，对未来充满美好憧憬。20 世纪 40 年代卫国战争期间，爷爷奶奶生活的农村开始发生变化，这种变化首先反映在爷爷和其他村民的命运上：爷爷 20 世纪 30 年代同框照里的友人，在战争期间作为飞行员牺牲在前线；爷爷在 1942 年秋应征上前线，不久后沦为德军俘虏，战争结束才回村，但俘虏经历使他遭遇被开除党籍的命运。尽管如此，爷爷奶奶在艰难的战后仍旧生养了三个儿子。然而，到了自由和平的新俄罗斯时代，爷爷奶奶的三个儿子一个比一个死得早且毫无意义：小儿子谢廖沙醉酒后骑摩托车最早被撞死；之后二儿子尼古拉因为酒后斗殴而死；大儿子即萨尼卡的父亲作为家里最有文化的人，最后因为大弟的死悲伤酗酒无度而死。三个儿子在壮年时代接二连三的死亡，使爷爷奶奶在精神和肉体上都遭遇重创：曾经高大有力的爷爷失去了生活的信心，卧病在床、消瘦不堪、口齿不清，完全是即将赴死的状态；曾经充满温情和活力的奶奶，如今面无表情、一动不动地坐在长凳上，即使心爱的孙子的到来，也激不起她内心的任何波澜和惊喜，只有麻木迟钝的表情，以及责备和抱怨。总之，爷爷奶奶等家人从充满生命活力的状态到死亡或衰老的状态转变，说明了俄罗斯农村的衰败。

除了对爷爷奶奶等家人命运的对比描写，小说还以萨尼卡的视角对比描写了他在返乡路上的所见、所思和所感。曾经的返乡令萨尼卡感到无比愉快，但现在他已感觉不到任何喜悦。因为他目睹的一切让他沮丧和难过：曾经充满生命气息的河边小路，如今再也遇不到赶着鹅群的邻居；小河上的桥也破旧不堪，河边停泊着旧船和无主船；曾经聚集着打情骂俏的年轻小伙和漂亮姑娘的沙滩，如今长满丑陋的牛蒡草，而河里的水像果冻一样冰冷黏滑；曾经和父亲一起躺在上面享受日光浴的大石块，如今长满绿色的水生植物；曾经炊烟袅袅、人声鼎沸的村子，如今只剩下鳏寡孤独者，壮年男子有的离开村子，有的自杀，有的病死，有的死于酗酒或车祸，只剩下一个被称为"夜猫子"的男人，每晚他也喝得酩酊大醉，回家就对沉默寡言的老婆大喊大叫。"种种迹象表明，村子正在消失、死亡。它像一块凹凸不平的坚冰，在水中静静地漂移。路边废弃的，已经陷进地里的木棚的四周因木板受潮和腐烂而出现黑色。木棚顶上长出了青草甚至还冒出了几株羸弱的小树枝，却不知将根扎在何处——它们柔弱的小根下面是冰冷的空间，里面有游蛇在破牛奶罐和木桶间爬行，全然不为人的到来所扰。"[①]

比农村破旧荒芜的表层景象更可怕的是，俄罗斯传统文化和民族精神遭遇断裂、无人传承的事实。这不仅通过村里男性的消失和堕落得以证明，还通过萨尼卡第二次回乡逃难路上在一个村民家的所见所闻得以证明。萨尼卡带着几个被警察通缉的创联党人一起顶风冒雪回乡避难，然而汽车在半路上卡在泥泞的雪地里无法继续行驶，他们只好到附近一个农户家里过夜。这是一个保留着传统俄罗斯农民生活方式和礼仪习俗的家庭。暖和的小屋、厚实的墙纸、墙上的挂毯、角落里的圣像和五斗橱、男女主人和老爷爷的热情好客等，都说明了这一点。然而，这也是一个正在经历贫穷和衰败的家庭，很多细节同样证明了这一点：比如小屋低矮黑暗，屋内陈设破旧腐朽，老人羸弱矮小，女主人将萨尼卡他们带来的红酒视为珍品等。最重要的是，这个曾经接待过无数路人的家庭，好久都没接待过任何人了。正如老爷爷说："我一直在等，等你们往乡下跑，所有的城里人：末日要到啦。城里面哪里如今还没有火？要不了多久就会着起来的。""我告诉你们，等你们明白自己让别人厌烦的时候，你们就会逃跑的。可是你们又无处可逃：能接待你们的人都死光了。在你们的心里所有的人

---

① 普里列平. 萨尼卡［M］. 王宗琥，张建华，译. 北京：人民文学出版社，2008：31.

都死了，所以没人能接待你们。"① 老爷爷的话说明，堕落的城市文化正糟蹋着俄罗斯民族的精神和文化，纯净天然的农村文明正逐渐消失。老爷爷将整个俄罗斯历史发展进程视为倒退的过程，认为俄罗斯祖先们创建了强大繁荣的国家，后来的人们经历了内忧外患，他的时代则直接面临末日灾难。老爷爷甚至认为这一切都是人为作恶的后果："可悲的并不是人的无知，而是无知中的恶。他越发现其他人看透他的无知，便会变得越凶恶……"②

俄罗斯民族精神和传统无人传承的现实，还通过萨尼卡与奶奶和父亲之间的疏离感隐喻表现出来。在奶奶的眼里，萨尼卡没有继承她身上的东西，所以祖孙之间总有一种陌生感。而且，奶奶爱自己的三个儿子胜过爱孙子，萨尼卡对她来说只不过是一个时代的见证，见证了她家族美满、儿子们都健在的兴旺时期，但她无法让萨尼卡具有他父亲的特征，无法在萨尼卡身上感受到她传给儿子的血脉。而且萨尼卡与父亲之间也几乎没有情感的纽带和文化的传承：父亲虽然是一位文化人，差一点做了教授，但从来没有管过萨尼卡，甚至很少和他说话、交流；再加上萨尼卡学识浅薄，在该读书的年龄固执地参了军。这些因素最终导致萨尼卡的不自信，这种不自信和不良的自我感觉把他引向一群在他看来对世界有着深刻理解的创联党人。

总之，普里列平的长篇小说《萨尼卡》用传统现实主义的笔法，从有着城市和农村两种生活经历的主人公萨尼卡的视角出发，对比书写了当代俄罗斯农村文明逐渐衰亡的事实，从而反思了苏联的改革和解体导致的灾难性后果。生活在这个时代的有志青年是痛苦的、悲剧的，因为他们既无法回到过去，也无力创造新的未来，充满了深深的无奈感和绝望感。

三、后现代主义书写：彼特鲁舍夫斯卡娅的《鲁滨逊一家》

从本质上讲，经典现实主义作家扎哈尔·普里列平在《萨尼卡》中的农村书写重在展现体制变迁给俄罗斯农村带来的生存困境和文化危机，新现代主义作家瓦尔拉莫夫在《沉没的方舟》中的农村书写重在展现体制变迁给俄罗斯农村带来的精神危机和信仰危机。尽管如此，两位作家笔下的农村仍旧不失精神家园的意义，他们笔下的农民也不失传统意义上的美好，只不过农村精神家园被当代体制和现代文明共同摧毁，作家们表达的恰恰是面对废墟时的失望和惋

① 普里列平. 萨尼卡［M］. 王宗琥，张建华，译. 北京：人民文学出版社，2008：320-322.
② 普里列平. 萨尼卡［M］. 王宗琥，张建华，译. 北京：人民文学出版社，2008：323.

惜。而在当代女作家柳德米拉·彼特鲁舍夫斯卡娅的笔下，当代俄罗斯农村的沦丧不仅仅与社会体制和现代文明这些外部因素有关，更与人性本身这一内在因素有关。其代表作就是短篇小说《鲁滨逊一家》。

短篇小说《鲁滨逊一家》的副标题为"20世纪末大事记"（Хроника конца XX века），但其实小说没有描写任何重大的历史或现实事件。小说情节简单，且充满一种虚无缥缈的乌托邦感：叙事人"我"年仅18岁就厌倦了物化的、冷漠的城市生活，"我"的父母也讨厌城市的喧闹和复杂的人际关系，因此全家逃到偏远僻静的农村，企图在乡间别墅过上与世无争的生活，临走时甚至只带了一些工具、食品、猎枪和狗。然而，逃离并没有带来预想的美好结果，"我"一家的到来引起村子仅剩的三位老太的警惕和戒备，并在她们的提防中开始了艰难的生存之旅。

小说的建构材料中有现实主义因素，其中作者用了大量篇幅描写"我"一家到来之前三位老太之间的生存竞争，以及"我"一家到来之后遭遇到的戒备和防范。三位老太中最具生存竞争力的是塔尼娅，同时她也是为了生存最不择手段的一个老太。年轻时，她曾担任过村医疗所主任，在当地人眼里算有钱有权的大人物。如今她独居村里，儿孙偶尔从城里来看望她。为了保证自己有连续不断的生存资本，她完全放弃了道德底线，让极其信任她的当地牧羊女染上毒瘾，然后逼迫其源源不断地用自己的劳动力从她这里换取毒品。塔尼娅类似于犯罪的道德堕落行为，最终导致牧羊女失去购买力后自杀，留下可怜的老母和幼女。村子里生存能力仅次于塔尼娅的是阿尼西娅老太。年轻时，她曾在集体农庄劳动过20年，也曾在塔尼娅的医疗所做过五年清洁工，但年老时却因为没在集体农庄干满25年而没有资格领取退休金。老无所依的阿尼西娅只能自己努力劳动，在算计中度日。三位老太中几乎丧失生存力的是八十五岁的老太玛尔富特卡。她无亲无故且没有劳动能力，只能在贫穷、饥饿、严寒中度日。对她来说，活着就是等死。"我"一家来到乡下后，三位老太都表现出了提防、戒备和算计。玛尔富特卡老太担心她的菜园被抢走，因此完全拒绝"我"一家的帮助。塔尼娅老太打着保护玛尔富特卡老太权益的幌子，对"我"一家进行吓唬和警告，逼迫"我"一家用带来的罐头食品换取她那只被母猪压死的小猪。阿尼西娅尽管愿意帮助"我"一家，但前提条件是使她自己的个人利益最大化：她用羊奶交换"我"一家的罐头食品和土豆等食物；她看见自己曾经的上司塔尼娅从"我"家得到的"战果"后，嫉妒心使她也将自家小羊故意弄死来换取"我"家的食品；她甚至要求"我"一家用10袋草换回她帮"我"一家喂养的一头小羊。恶劣的自然条件加上三位老太的防备与算计，使"我"一家在这个远离人烟的孤村里面临基本的温饱和生存问题。正当"我"一家通过艰辛劳动勉强维持生计时，村子又面临被一支部队后勤分队抢占的命运。于是，"我"一家不得不逃到森林深处，在那里过上了真正的隐居生活。

显然，彼特鲁舍夫斯卡娅小说中的一家人逃离现代都市到农村生活却遭遇艰难生存处境的故事，与18世纪英国作家丹尼尔·笛福笔下的主人公鲁滨逊在孤岛上为生存而做顽强斗争的故事有些相像。但不同的是，鲁滨逊需要战胜的仅仅是恶劣的自然生存条件，而"我"一家不仅要战胜恶劣的自然生存环境，还要战胜人性的自私与险恶。从彼特鲁舍夫斯卡娅的小说中不难看出，在私有制和市场化的影响下，当代俄罗斯农村人的价值观和道德观发生质的变化，不仅完全丢弃了苏联时期宣扬的国家利益至上、集体主义、劳动致富等观念，而且丧失了东正教传统宣扬的互帮互助、团结友爱、鄙视金钱等观念。这些现象说明，改革时代以来的俄罗斯发展道路充满危机，"这不仅是一场经济危机，而且更是文化危机、精神危机、文明危机、人类社会危机，是整个世界秩序的危机"①。

小说中环境与人的关系、人与人的关系都说明，这是一部现实主义小说。但其中的互文、隐喻、象征、夸张、幻想等假定性手法，以及冰冷的叙事语调、虚无缥缈的叙事人和主人公、模糊不清的叙事时空，都使这部小说具有明显的后现代性。

首先，小说的标题暗示了这部作品与18世纪英国作家丹尼尔·笛福的《鲁滨逊漂流记》的互文关系。然而，正如彼特鲁舍夫斯卡娅在《带狗的女人》对契诃夫作品《带小狗的女人》的互文一样，这里并不是要延续和继承经典作品的主题思想或人物形象，恰恰相反，作家的目的是解构经典作品中的思想和形象。在这部作品中，柳德米拉的目的不是挖掘逃离到农村的"我"的一家在陌生环境中的生存勇气和斗争精神，而是要挖掘人为了生存而暴露出来的自私、算计、阴险、狡诈等人性之恶。

其次，小说的叙事人、叙事语调、叙事内容，展示出的是一种后现代式的冷漠生存范式。叙事人"我"及父母都没名没姓，其中只知道"我"是一个18岁的姑娘，父母42岁。小说中没有人物性格的塑造，没有肖像、对话、心理等描写，也没有其他细节描写，只有人与人为了争夺生存空间和资源进行的斗争。而且，叙事人"我"作为一个18岁少女，在小说中既没有对美景的感触，也没

---

① 拉斯普京. 拉斯普京访谈录：这灾难绵绵的20年［M］. 王立业，李春雨，译. 北京：社会科学文献出版社，2013：267.

有对爱情的忧思，更没有其他娱乐享受，叙事语调中似乎不包含人类的任何情感。而叙事的内容，除了三位老太的生存斗争和叙事人自己家庭的物资生存（事务、住所、劳动），其他东西似乎都没有引起她的注意。另外，"我"的一家在逃往更僻静、更幽远的森林深处途中，不仅收养了牧羊女的幼女，还在路边捡到一个男弃婴，这无疑是保证生命和家庭延续的基础。阿尼西娅老太在村子被抢占后也投奔了"我"家，隐喻文化传承有了可能性。显然，作家在这里故意采用了一种高度抽象化和概括化的叙事模式，旨在展示最基本的人类家庭生存模式。

最后，小说的时空表明，这是一部典型的反乌托邦小说。其中的空间是单维度的，没有后现代主义小说中常见的那种多时空交织，但由于故事本身发生在远离人群的孤村，因此颇具乌托邦性。整部小说也没有特别强调叙事时间，但从个别地方闪现的季节词汇可以看出，"我"的一家是夏天逃离到乡村。小说的结尾处，时间已进入寒冷的冬季，随着"我"的一家越来越逃往森林深处，将面临寒冷、饥饿乃至死亡等更大的生存挑战。显然，这不是传统意义上的乌托邦小说，而是揭示人性之恶的反乌托邦小说。

然而，无论小说的情节多么虚幻缥缈、荒诞离奇，却始终和现实紧密联系在一起，其中展现了当代生活的荒谬性和非逻辑性，展示了人类生存的悲剧性，并向现实发出了一种警示。这也是彼特鲁舍夫斯卡娅这部后现代小说的主要叙事目的。

第三节　当代俄罗斯小说的知识分子道德书写

俄罗斯知识分子群体从19世纪初形成以来，素有"社会智力精英""人民的良心"等荣誉称号，并在传承民族传统、弘扬民族文化、支撑民族信仰、引领时代精神乃至救国救民方面都做出了巨大贡献。然而20世纪末，随着时代的巨变，俄罗斯知识分子的地位和命运发生了根本性的改变，知识分子群体内部也出现了明显的道德堕落现象。一大批知识精英放弃精神追求，或跟随市场经济大潮成为各种拜金主义、拜物主义中的一员，或打着学术的旗号追求权力、玩弄政治。对于当代知识分子的道德堕落现象，各种思潮和流派的作家都进行了主题相同但风格迥异的书写。

一、经典现实主义书写：邦达列夫的《诱惑》

邦达列夫发表于苏联解体后第二年的长篇小说《诱惑》，一如之前的创作一样，表现出经典现实主义风格。这表现在作品最突出的道德主题上。在这部小说中，作家将笔触伸向苏联高级知识分子和政府官员，通过描写他们围绕建设西伯利亚奇利姆电站工程而产生的各种矛盾冲突，透析当代俄罗斯高级知识分子的道德面貌。正如俄罗斯研究者所言："生态问题乍一看似乎是长篇小说《诱惑》的主要主题，但实际上只是作家进行哲学探究的所有问题的一部分，该作品的情节基础是道德心理属性的冲突，而其中的知识分子主人公面临必须的精神道德选择，以及在复杂生活情形下的行动。"①

小说的主人公是俄罗斯高级知识分子群体像，主要包括俄罗斯科学院生态研究所的研究人员（老所长格里戈里耶夫，他的两名学生兼副所长德罗兹多夫和切尔内绍夫，普通研究员塔鲁京），以及他们的上级俄罗斯科学部的学者高官（科学院院士兼副院长科津等）。小说在展现道德主题时，采用了经典现实主义最常见的二元对立手法，书写他们在面临道德选择时做出的不同决定，最终区分出了道德上的善与恶。

最严重的道德败坏者是俄罗斯科学院院士兼科学院副院长科津。这是一位典型的官员型学者，处处表现出高傲自信的姿态，咄咄逼人、居高临下地对待下属，而且深谙如何利用自己的学术获取官场仕途，套取国家经济利益。他负责的奇利姆水电站的建设方案原本不合理，不仅会导致周围农业和畜牧业的损害、动植物的死亡、生态环境的破坏，而且水电站建成后将得不到充分利用。但以他为首的一批高官学者却昧着良心说水电站的建设将使国家获利。他们之所以蒙骗国家，旨在从这个项目中获取部门的权力和钱财的垄断。科学院下属的生态研究所成员塔鲁京，非常清楚奇利姆水电站建设的危害性，也明白科津等人积极支持这一工程建设背后的阴谋，因此千方百计进行揭露和阻挠。他不仅大胆抨击整个科学院是"中央豢养的一帮跑龙套的集市"②，而且当众称科津为"没有用的人""高贵的垃圾""游手好闲者""最无才能的人"。视仕途为生命的科津，自然不允许自己的下属冒犯他作为上级领导的威严和地位，因此对塔鲁京的抨击进行了以牙还牙的报复，用恶毒的语言攻击塔鲁京说："您简直就

---

① Шкурат Л. С. Проблема духовно-нравственного самоопределения героя-интеллигента на рубеже XX-XXI веков（по роману Ю. В. Бондарева «Искушение»［J］. Вестник ТвГУ. Серия «Филология», 2015（3）：120.

② 邦达列夫. 诱惑［M］. 石国雄，译. 北京：昆仑出版社，2006：122.

是恰茨基！您是个失掉自控力的人！"①

显然，科津与塔鲁京的对立与冲突，很像《智慧的痛苦》中恰茨基与法穆索夫的矛盾和对立。但实际上，科津比法穆索夫更残酷、更阴险。为了让不合理的水电站建设工程顺利实施，也为了扫清自己仕途升迁上的所有障碍，他不惜成为刽子手。当生态研究所所长格里戈里耶夫院士由最初服从走向反对他的建设方案时，他开始对之采取冷淡态度，甚至让对方回家休息。正是他的阴谋和态度，导致以学术为生命的老院士的死亡。而对于反对水电站建设工程并到处揭露他本质的塔鲁京，他在拉拢和诱惑未遂后采取了谋杀手段。总之，小说中的科津是道德严重腐化的知识分子的代表。他为了攫取短期经济效益和个人仕途升迁，不惜毁灭大自然的生态平衡，昧着良心支持不合理的水电站工程，诱导政府部门做出错误的决策，并与总统顾问、科学部部长等结成强大联盟和利益团伙，对所有反对水电站工程的科学界人士进行打压、恐吓、诱惑甚至迫害。

面对上级领导的压力和国家利益的损失，下属生态研究所成员的选择，恰恰反映了他们各自的道德面貌。

老所长格里戈里耶夫院士是一位正直却软弱的知识分子。他有真才实学，在科学界享有极高声誉，但面对上级领导的压力时表现得非常软弱。这种性格与他20世纪40年代的流放经历有关。强权让他体会到个人反抗的无力，所以他逐渐由反抗变为淡漠。另外，作为一名有着贵族血统的老知识分子，他始终信奉托尔斯泰"不以暴力抗恶"的人生哲学，因此造就了过分善良和软弱的性格。这些都使他不敢拒绝执行上级下达的工程建设的命令。然而，老院士仍旧保持着知识分子的良知。他最后深刻意识到腐败的学术界对大自然犯下的错误，并最终用翔实的资料向国家汇报了这一不合理的工程决策。与此同时，作为一名人生坎坷、命运多舛的老者，他深知学术早已与政治合谋的腐败本质，因此对问题的解决不抱希望。在迈向真理的最后一步前夕，他对自己的学生和前女婿德罗兹多夫倾诉自己的绝望。老院士勇敢正直的行为遭到上级领导科津的冷遇，甚至被迫离开研究所，最终抑郁而死。

切尔内绍夫和德罗兹多夫，虽然都是老院士的学生兼研究所副所长，但表现出截然不同的人生追求和道德取向。切尔内绍夫不学无术，其终极目标是仕途升迁，因此表现出极其伪善的性格特征。导师在世时，他为了和与自己平分秋色的德罗兹多夫竞争，多年来一直无条件服从导师，从来不与导师争论，不

①　邦达列夫. 诱惑［M］. 石国雄，译. 北京：昆仑出版社，2006：124.

提出任何异议。然而，导师尸骨未寒时，他就在葬礼上不停对导师生前的对手科津表现出巴结、讨好和谄媚。导师去世后，为了保证自己顺利晋升至所长，他完全服从上级部门和自己的直接上司科津，因此积极支持不合理的水电站工程建设。对自己的上级，他表现出唯唯诺诺的姿态，甚至甘愿忍受他们的侮辱和责难，将他们的每句话都视为决定自己前途命运的征兆。为了仕途升迁，他甘愿受同事的责难、讽刺和挖苦，甚至讨好和巴结，只是为了维持一种虚假的联合，以保证自己的仕途升迁。

德罗兹多夫很像自己的导师，保持着知识分子良心，同时不失道德瑕疵。小说对他的道德叙述比较复杂，其道德全貌通过他与自己的对手切尔内绍夫、导师格里戈里耶夫院士、朋友塔鲁京的对照来展示。相对于伪善的切尔内绍夫，德罗兹多夫诚实正直，从未像切尔内绍夫那样对导师言听计从，相反与导师在很多问题上的立场和结论都不一致，但他冷静、理智、善于自控，不反驳研究所里关于他与导师不合的流言蜚语，同时又坚守自己不同于导师的真理。相对于善良却懦弱的导师，德罗兹多夫清醒、勇敢，他很早就批判导师"不以暴力抗恶"的人生哲学，并提出"导致人类灭亡的不是恶，而是善良和软弱"① 的人生观。相对于塔鲁京，德罗兹多夫是一个视个人幸福高于国家利益的自由主义者、中庸主义者和务实主义者，他的人生经历（出身于外省小城普通家庭，到首都求学后安家扎根）决定了他的价值观以个人幸福为准则。他内心深处向往舒适宁静的生活，反对快节奏的现代城市生活。但他并不反对科学，只希望将真正的学者与伪学者进行区分对待。他还是一位中庸主义者。他同塔鲁京一样认识到俄罗斯历史和现实中存在很多问题，但他不像塔鲁京那样极端否定一切，恰恰认为"俄罗斯性格中最恶劣的一个特点就是自我毁灭"②。

尽管德罗兹多夫有着中庸、保守的缺陷，但他在道德上总体是向善的，因此他自始至终都视塔鲁京为心灵上的导师。尽管他不赞同塔鲁京身上那种咄咄逼人、毁灭一切的气势，但他认同塔鲁京对科学界腐败现象的深刻认识。因此，整部小说实际上反映了德罗兹多夫受塔鲁京的影响而不断发生心理转变和精神升华的历程。小说的前半部分，德罗兹多夫更多地表现出自由主义者、世界主义者和中庸主义者的特征。但小说的后半部分，当他经历了权势和利益集团的恐吓和诱惑后，精神和心理开始发生重大变化，变得越来越坚强、执着、正义。

小说详细描写了德罗兹多夫经历的道德考验，以此展现他从道德的不完美

---

① 邦达列夫 . 诱惑 [M]. 石国雄，译 . 北京：昆仑出版社，2006：20.
② 邦达列夫 . 诱惑 [M]. 石国雄，译 . 北京：昆仑出版社，2006：118.

走向提升和完善的过程。比如，小说第十三章描写了他经历的第一个考验：电话恐吓。深夜他从塔鲁京的住所返回时，突然接到匿名电话恐吓说："败类！放弃吧！我们用你来打牌！"① 此后，这样的恐吓电话经常在半夜响起，德罗兹多夫起初接到这样的电话时充满恐惧，但后来逐渐变得镇定和平静。小说第十四章描写了他经历的第二个考验：职位诱惑。中央科学部部长亲自接见他，言谈中流露出任命他为研究所所长的诱惑，但附加条件是让他同意水电站建设工程方案，面对这个诱惑，德罗兹多夫有过短暂的犹豫和心理斗争，但他最终轻松放弃了这一诱惑，坚持反对水电站设计方案。小说第十六章描写了他经受的第三次考验：学术职称诱惑。他被上级部门的科津等人邀请同去洗桑拿时，被劝说接受水电站工程方案，联合反对塔鲁京，并被允诺推选他为科学院院士。但德罗兹多夫再次经受住了诱惑，他不仅理智、冷静、机敏地为塔鲁京开脱，而且辩清了科津强加给自己的罪责。

塔鲁京的死，促使德罗兹多夫的道德发生质的飞跃，开始像塔鲁京一样走上了公然揭露和反抗之路。他不相信塔鲁京是意外身亡，并不顾生命危险来到死者的身亡之地——奇利姆河地区查明真相。他的奇利姆河之行表面上看无果而归，但他越来越坚定一个事实：水电站建设方案不仅完全错误，而且塔鲁京之死是权势和利益集团联手制造的阴谋。因此，他向上级部门递交了报告书，揭露了权势和利益集团，挽救了国家的利益。

如果说上述人物都存在大大小小的道德问题，那小说中的塔鲁京是作为他们道德问题的对立者和暴露者出现的。塔鲁京是一个有过两次不幸婚姻的独身男人。他才华横溢，放荡不羁，喜欢与人争论，对所有看不惯的人和事都毫不留情地揭露与批判。小说中很多章节都以对话形式，描写他与其他人物针锋相对的言语论战。正因为如此，他被科津等人称为"恰茨基"，被研究所同事称为"虚无主义者"，甚至被德罗兹多夫等好友称为"悲观主义者""大怪人"和"毕巧林"。但如果仔细分析塔鲁京的言论和观点就会发现，他的批判不仅针对上述人物的道德问题，而且针对整个俄罗斯社会的种种弊病和阴暗面，乃至整个人类在工业文明时代对大自然的罪行。

塔鲁京首先批判的是科学技术治国论。尽管他是一名科学工作者，但他到处批判科学技术对自然的负面作用，尤其攻击俄罗斯科学界为提高工业化水平而破坏生态的野蛮低级做法。在塔鲁京看来，科学改变不了世界，只有人类的爱和信仰才能征服世界。塔鲁京还批判当代科学界知识分子不再是民族的良心

---

① 邦达列夫. 诱惑［M］. 石国雄，译. 北京：昆仑出版社，2006：187.

和精神的骑士。他甚至批判从古至今、从国内到国外的科学界人士为了各自名利而相互迫害，最终导致真正的学者成了伪学者的牺牲品。塔鲁京尤其认为，俄罗斯知识分子应该为俄罗斯社会的混乱无序负责。最遭他批判的是，权势对科研工作者的掌控导致科学研究脱离求真本质。在他看来，现代学者只是按照权势人物的旨意搞伪科学研究，而不是真正探索大自然的奥秘。最后，塔鲁京还批判改革前后俄罗斯社会的假民主和西化趋势，悲观地看待俄罗斯民族和国家的未来，认为俄罗斯民族和民族性格从二战后就逐渐消亡，改革时代更是如此，因为构成俄罗斯民族核心的人民既失去了地缘中心，也失去了信仰、希望、爱情、道德等精神支柱。总之，塔鲁京在言行举止方面酷似恰茨基，而他的结局比恰茨基更惨烈：不仅被周围人孤立，而且最终被科学界道德腐化分子和权势人物共同谋杀。

显然，小说中的知识分子群体面临道德选择时分成了不同的两派。一派由科津、切尔内绍夫等构成，是恶的代表和体现。他们号称学者，但其实不学无术、追求权力、玩弄权术，而且为达到自己的各种私利，甚至不惜做出践踏国家利益、谋害他人性命的行为。另一派由塔鲁京、格里戈里耶夫、德罗兹多夫构成，前者从头到尾都是善的化身和道德楷模，后两者虽然面临道德选择时有过犹豫和彷徨，但最终都选择了向善，因此总体也是善的体现和代表。小说中格里戈里耶夫、塔鲁京的先后死亡，证明了俄罗斯社会转型时代学术圈的道德如此堕落，以至于善的一方被恶的一方战胜。但德罗兹多夫的斗争以及最后为塔鲁京的复仇，又展现了作家正面积极的道德观，即善终将战胜恶。总之，小说将道德问题与政治、生态、工业建设等问题紧密交织，表达了作家对俄罗斯转型期高级知识分子道德面貌的全面探究。

二、现实主义与现代主义的结合书写：马卡宁的《关于爱情的成功叙事》

《关于爱情的成功叙事》是弗拉基米尔·马卡宁发表于 2000 年的一部短篇小说。在这部小说中，作家将现代主义手法融入现实主义基调之中，通过一对中年男女的爱情故事来书写当代知识分子道德堕落的现象。

小说的男主人公塔尔塔索夫是一位中年知识分子。在苏维埃时代，他是一名年轻的自由主义作家。严格的书刊审查制度使他那些"在每一页上都塞进了自由主义的棍棒"① 的小说无法出版。但在审查手稿的情人拉丽萨的帮助下，他的小说经过删减后常常能顺利出版。后来，塔尔塔索夫一部经由拉丽萨审查

---

① 马卡宁. 透气孔 [M]. 侯玮红，等译. 海口：南海出版公司，2006：145.

出版的小说被官方发现问题，拉丽萨遭到官方警告，塔尔塔索夫也被迫停止写作。失去唯一生活来源的塔尔塔索夫变得一贫如洗。拉丽萨后来暗地里通过以献身电视台领导维尤仁为交换条件，帮助塔尔塔索夫在电视台谋取到了一个职务。在新俄罗斯时代动荡不安的转型期，书刊检查制度被取消，但拉丽萨却失业了。四处求职碰壁后，她将自己的家改造成旅馆，接纳一帮年轻妓女，经营起了色情旅馆服务。而塔尔塔索夫成为电视台颇有名望的谈话节目主持人之后，不再是以前那个动力十足、才思泉涌的作家，而成了一个思想空空、百无聊赖的鳏夫。他常常去拉丽萨的家庭旅馆，央求她替他找其中的妓女享乐。尽管他是出名主持人，但他又老又没钱，因此总是遭到妓女们的拒绝。小说的最后，拉丽萨终于说服妓女加里雅对塔尔塔索夫进行一次免费服务，但没想到维尤仁找到拉丽萨，以塔尔塔索夫面临被替换的危险为由，让拉丽萨与自己进行一次性交易。为了保住塔尔塔索夫的职务，拉丽萨忍辱答应。

　　表面上看，这是一部爱情小说，但其中心主题却是当代知识分子的道德问题。作家以现实主义的基调书写了这一主题，其中塑造了塔尔塔索夫这一关键人物形象。这是一个极其自我、自负、自私的知识分子。苏联解体之前，他30岁左右，才思泉涌，充满自信与活力。为了能使自己的小说顺利出版，他成功地获得了审查员拉丽萨的青睐，并不知疲倦地奔波于妻子和情人之间，贪婪地享受着情人带给他的肉体快乐的同时，也得到了精神上的巨大支持。但当不幸降临，他的书被发现问题时，他没想到拉丽萨将要受到的惩罚和压力，却只担心自己和儿子未来的生活，并在失去生活来源时失去了男人应有的坚强，变得颓废不堪。在拉丽萨的暗中帮助下得到电视台主持人一职后，他又变得非常自信、派头十足，"他认为，是他的短篇小说和中篇小说，过去创作上的功绩为他赢得了这个灵活的位置"①。成为主持人后，塔尔塔索夫再也写不出任何东西了，因为他的创作灵感消失殆尽，脑袋空空、心灵空虚。更卑劣的是，看见昔日的情人青春不再，他将过去的情感一笔勾销，甚至不知廉耻地在她那里祈求年轻妓女的免费服务。

　　小说在塑造塔尔塔索夫的形象时，将他与拉丽萨进行对比，从而凸显伪知识分子道貌岸然的形象之下隐藏的卑劣道德本质。与他相比，拉丽萨平凡普通，甚至有点庸俗，但有着独立、自尊、自爱的精神人格。在苏联解体前供职于书刊审查部门时，她没有颠倒黑白、是非不分，懂得欣赏塔尔塔索夫那些充满灵感的精美小说，并尽其所能帮助他通过审查。谁又能说苏联解体后她迫于生存

---

　　① 马卡宁．透气孔［M］．侯玮红，等译．海口：南海出版公司，2006：151．

的需要收留街头流浪妓女、经营家庭旅馆是一种下流事呢？"她的工作不甜蜜，也不高雅，但很诚实。"① 在拉丽萨的眼里，现在"自己活得更有尊严，比那些日子要有尊严得多"②；以前的审查员工作才是下流的，"在那个空格和句子的下流世界里，在那个地方，爱情……尊严……良知……仁心……——一切，一切，一切都落进了狭窄的空隙，掉进了两个单词之间的缝隙"③。与塔尔塔索夫的自私、自负相比，拉丽萨温顺、谦卑且具有奉献精神。为了塔尔塔索夫，她愿意牺牲一切且从不要求回报。当塔尔塔索夫的书被发现问题时，她首先想到的不是自己的不幸，而是塔尔塔索夫以后的生存。为此，她偷偷献身电视台领导，为塔尔塔索夫谋取到一份工作。而当塔尔塔索夫对青春不再的她失去往日兴趣时，她没有埋怨，没有仇恨，对他仍旧抱有爱情幻想的同时，从来不祈求他的温存和爱抚，甚至抑制住内心的伤痛去说服妓女为他提供免费服务。

小说在现实主义的基调之下，将爱情主题通过现代主义手法穿插其中。首先，小说中塔尔塔索夫和拉丽萨的爱情故事，颇似白银时代作家布宁在《幽暗的林荫小道》中描写的那种爱情，充满哀怨与忧伤。女主人公拉丽萨也颇似布宁笔下的娜杰日塔，对爱情充满执着和奉献精神。其次，小说对拉丽萨的情感体验描写颇具意识流特征，其中有她对往昔爱情的甜蜜回忆，展现了她对塔尔塔索夫深情的爱；也有她对青春不再的当下的哀怨和感伤，体现了她既期盼往日爱情重现又深感绝望和无力。相比之下，小说对男主人公塔尔塔索夫的情感体验描写比较粗线条化，这说明他对拉丽萨的爱远远没有那么深刻。即使在当初激情冲动时刻，他考虑的更多的也是自己的作品发表和生存问题。而当岁月流逝，他对青春不再的拉丽萨没有丝毫的眷恋和感激，甚至厚颜无耻地祈求她说服妓女为他提供免费服务。如果说以前的他尚有一丝精神追求，那么现在的他完全成了一个灵魂堕落、思想贫乏、颓废无聊的人。他的道德和心灵如同他那老化的牙齿一样，在逐渐退化，走向灭亡。

总之，知识分子的道德问题是当代俄罗斯作家共同关注的一大主题。这既是一个传统的主题，也是一个颇具现实意义的主题。20 世纪末，随着俄罗斯社会体制的巨变、自由主义和个人主义的泛滥、市场经济和西方大众文化的肆虐，当代俄罗斯人的生产方式、生活方式和价值取向都发生了重大变化，由此形成了一系列新的道德伦理问题，它们引起当代作家的担忧。正如老作家瓦西里·

---

① 马卡宁. 透气孔［M］. 侯玮红，等译. 海口：南海出版公司，2006：164.
② 马卡宁. 透气孔［M］. 侯玮红，等译. 海口：南海出版公司，2006：152.
③ 马卡宁. 透气孔［M］. 侯玮红，等译. 海口：南海出版公司，2006：164.

别洛夫所言："我担心的不是每天的政治冲突，而是'总统时代'我们人民当中出现的道德败坏现象。"①

三、后现代主义书写：佩列文的《"百事"一代》

维克托·佩列文1999年发表的长篇小说《"百事"一代》，这不仅引起当时俄罗斯文坛轰动，至今依然是俄罗斯文坛的一大神话。小说从首次发表至今平均每年都要再版一次，2011年甚至被搬上电影银幕。小说在国外获得的赞誉也丝毫不逊色于俄罗斯国内：它被翻译成多国文字在美国、英国、法国、西班牙、德国和中国出版；作家于2000年在德国获奖，2001年在奥地利获奖，且为佩列文带来了"俄罗斯的王朔"的美称。

《"百事"一代》的主题之一就是当代俄罗斯知识分子的精神危机和道德堕落，这主要通过主人公瓦维连·塔塔尔斯基在新时代的精神蜕变来展示。塔塔尔斯基是伴随着百事可乐输入苏联成长起来的一代，也是亲眼看见、亲身经历苏俄变迁的一代。少年时代，他因为不想参军而报考了技术学院。21岁时偶尔读到的帕斯捷尔纳克的诗作，唤醒了他内心深处的文学潜质。从那时起，塔塔尔斯基开始写诗作赋，并梦想进入文学院学习，但由于未能通过诗歌系的考试而只能从事苏联各民族语言的翻译工作。他为未来设想的理想生活模式是，白天在空荡荡的教室里进行逐字逐句的翻译工作，晚上钟情于自己的诗歌创作。苏联的解体使他无法再从事翻译工作而只剩下文学梦想，但这一梦想也很快被打破：一次，塔塔尔斯基路过商店的橱窗时，看见一双皮质优良、做工精细的俄式皮鞋落满尘埃，被随意丢放在一堆色彩艳丽、样式新奇的土耳其旧货中。触景生情的塔塔尔斯基不由感慨，他所坚持的文学梦想就像这一双过时的俄式皮鞋，早已不符合商业化的时代要求，甚至显得荒唐可笑。这次偶然的经历和感触使这位文学青年心中那唯一的、可怜的、苍白的理想轰然倒下，塔塔尔斯基决定弃笔从商。初入现实社会，塔塔尔斯基才发现，"原来，他对身边这个近几年才出现的世界一无所知"②。社会贫富差距加剧，强盗和恶势力猖獗，生意场上尔虞我诈，甚至政治领域也发生了巨大变化："电视上展现的还是那儿张脸，近20年里，他们已让所有的人感到恶心。如今他们所说的，恰好是他们从前攻击的东西，只不过说得更大胆了、更坚定了、更激进了。"③ 满腹狐疑的塔

① Белов В. И. Когда воскреснет Россия ［М］. М.：Алгоритм, 2013：191.

② Пелевин В. Generation "П"［М］. М.：Эксмо, 2015：18.

③ Пелевин В. Generation "П"［М］. М.：Эксмо, 2015：18.

塔尔斯基更焦虑的是自己的生存问题。他没有任何关系，只能从事各种体力活来维持生计，直到有一天与以前的文学院同学莫尔科文偶然相遇，开始跟随莫尔科文进入广告界。经历了数次坎坷后，塔塔尔斯基最终获得了梦寐以求的成功，成为广告界首富和第一掌权者。但与此同时，他的精神也发生了彻底蜕变，从钟情于诗歌和理想的文学青年彻底蜕变成市场经济主义者和物质主义者，他宁愿以丧失人格为代价而充当女神伊什塔尔的人间丈夫，以此获取"任何想象力所及的机会"①。

小说首先用拟像展现塔塔尔斯基的道德堕落。其中的拟像主要由电视、广告等大众媒体营造的虚拟现实构成。正如法国哲学家博德里亚尔在《完美的罪行》一书中写道："这个世界的气氛不再是神圣的。这不再是表象神圣的领域，而是绝对的商品领域，其实只是广告性的。在我们符号世界的中心，有一个广告恶神，一个恶作剧精灵。它合并了商品及其被摄制时候的滑稽动作。"② 小说中的塔塔尔斯基正是利用广告和电视制造的拟像世界操控现代人的意识，最终达到赚钱，甚至攫取权力的目的。

广告的虚拟性主要由它的各种目的决定。比如，为了达到赚钱目的，广告首先要让消费者相信，消费这种商品会得到不一般的享受。而荒唐的是，现代人明知广告的欺骗性，却还是乐在其中，因为他们在空虚无聊的现实生活中很难获得幸福感和满足感，而购买广告中的产品却可以带给他们这样的快乐和满足。"广告描绘了一幅虚假的现实图景，其中展现了一个令人心满意足地微笑着的'富裕'世界。这个世界就像一个美丽的童话，可以获得很多东西，充满幸福与和谐……"③ 小说中的塔塔尔斯基等广告设计者，正是利用现代人的这一心理和情感需要制造广告神话。为了获得更多利润，他们在广告设计中甚至不惜出卖自己灵魂深处最珍贵的宝藏——"童年时激动过他的每一张画：棕榈树，轮船，傍晚蓝色的天空"④ 等。他们甚至将俄罗斯乃至世界上的文化遗产、历史人物和事件都利用进广告文本，比如，莎士比亚的《暴风雨》情节被篡改用在"爱丽尔"洗衣粉的广告中，丘特切夫的诗句出现在"斯米尔诺夫"香烟广告中，彼得大帝形象被用在"帝俄金币"银行宣传片中。

比广告更能制造虚拟现实并控制人的意识的是电视。电视利用一系列虚拟

---

① Пелевин В. Generation "П" [M]. М.：Эксмо, 2015：357.

② 博德里亚尔. 完美的罪行 [M]. 王为民，译. 北京：商务印书馆，2000：72.

③ Шульга К. В. Поэтико-философские аспекты воплощения "виртуальной реальности" в романе "Generation 'П'" Виктора Пелевина [D]. Тамбов, 2005：79.

④ Пелевин В. О. Generation "П" [M]. М.：Вагриус, 2004：83.

手段——高度清晰的音像的虚拟（实地），时间的虚拟（实时），音乐的虚拟（高保真），性的虚拟（淫画），思维的虚拟（人工智能），语言的虚拟（数字语言），身体的虚拟（遗传基因码和染色体组），等等，使人们的大脑完全放松，部分丧失的意志，就像毒品的催眠作用一样。然后虚拟现实乘机长驱直入，直达人们的意识深处，使人变成它的奴隶。① 塔塔尔斯基等人利用广告和电视，秘密领导和策划针对自己同胞的大众意识战争：他们可以帮企业家兜售商品，可以帮意识形态家们进行各种意识形态宣传，甚至可以制造政治家和领袖。比如，塔塔尔斯基和他的同事们为了影响政治，先虚拟出一些政治人物和政治事件，然后通过电视播出来影响广大的电视观众，从而影响政治。正如塔塔尔斯基的同事莫尔科文所言："我们要做的，并不是将这些傻瓜数字化，而是做出新的政治家来，正常的、年轻的政治家。从零做起，通过魔术——意识形态和相貌一起……"②

新神话主义是佩列文书写塔塔尔斯基精神蜕变的第二个重要手法。尽管新神话主义是新现代主义的一种主要创作原则，但也经常被后现代主义作家借用。区别主要在于：神话在新现代主义作家的笔下经常是叙事的基础和重要的意义的源头，而后现代主义作家经常会破坏、解构神话。③ 佩列文在小说中主要将古巴比伦神话融入塔塔尔斯基追名逐利的现实生活中，通过人与神的结合，营造出一幅幅虚幻图景，从而解构了物质压过精神、欲望超越极限的当代俄罗斯现实。

小说主要涉及两个古巴比伦神话，一个是关于巴别塔的神话，一个是关于女神伊什塔尔的神话。巴别塔亦称"通天塔"，源于《圣经》故事，在文学中常常被用来比喻"空想"或"混乱"。④ 伊什塔尔是古巴比伦时期的自然和丰收女神，也是古代农奴制国家的战争女神。她一方面可以庇护人，另一方面邪恶无情，曾杀死自己的丈夫坦姆斯——植物之神，从而导致自然灾害，最后伊什塔尔独闯冥界经历七重考验带回丈夫，将富饶和活力重新赐给人间。

佩列文在小说中将两个古巴比伦神话融入塔塔尔斯基的现实生活，使得小说充满亦实亦虚、亦真亦幻的色彩。塔塔尔斯基放弃文学梦想后，进入广告界

---

① 穆尔扎. 论意识操纵［M］. 徐昌翰，宋嗣喜，王晶，等译. 北京：社会科学文献出版社，2004：358.

② Пелевин В. О. Generation "П"［M］. М.：Вагриус，2004：316-317.

③ Кротова Д. В. Современная русская литература. Постмодернизм и неомодернизм［M］. М.：МАКС Пресс，2018：35-36.

④ 文庸，乐峰，王继武. 基督教词典：修订版［M］. 北京：商务印书馆，2005：29.

写广告词。但他初入商界时，商路并非一帆风顺，接到的订单并不多，因为产品商们并不喜欢请他这样单枪匹马的人，而更愿意去找广告公司。所以，他被迫去广告公司老板普金那里求职。普金为了测试塔塔尔斯基，给他布置了几项广告任务，其中之一就是为"议会"牌香烟写广告词。这一任务令塔塔尔斯基劳力伤神，他翻箱倒柜找各种有关俄罗斯议会的材料。资料没有找到，但在翻查资料的过程中，塔塔尔斯基无意中读到了关于女神伊什塔尔的三个谜语和女神挑选人间丈夫的故事。当然，小说中描写的伊什塔尔神话和巴别塔神话与传统神话并不相同，而是经过了作家的杂糅和改写。故事称，女神为了挑选人间丈夫而设置了三个谜语。巴比伦的每一位男性居民都有可能成为女神的丈夫，为此他必须先喝下一种特殊饮料，然后攀登上巴别塔的顶层，走进祭祀女神的房间，与女神金像进行性结合。但是，在通往祭祀塔的螺旋形阶梯上有三道关卡，女神未来的丈夫要猜出三个谜语才能抵达塔之巅。如果猜错了，就会有丧生或被阉割的危险。即使这样，"甘愿前来的人还是很多，因为那可以使人登上塔顶与女神结合的正确答案，毕竟是存在的。数十年间，有某个人能成功一次。那个猜出所有谜语的人，就登上塔顶，与女神相见，然后，他便成了神圣的迦勒底人和女神礼仪上的尘世丈夫（这样的丈夫可能有好几位）"①。

塔塔尔斯基阅读的关于巴别塔和女神伊什塔尔的神话成了小说由实转虚的一个铺垫。他在随后三次有意无意地经历了上述神话中的场景，展示出越来越堕落的道德蜕变之旅。第一次是他到老同学吉列耶夫家做客时喝了一种名为蛤蟆菇泡茶的毒品后产生的幻觉。在幻觉中，他突然来到一座祭祀塔前。他进入塔内，沿着螺旋形坡道向塔顶攀爬，沿路拾到"议会"牌空烟盒、印有格瓦拉头像的古巴共和国硬币、卷笔刀。最后他抵达塔顶房间里，发现墙上贴着几张女人照片，其中一位几乎全裸，皮肤被日光晒成金色，正在热带的沙滩上奔跑。那种难以形容的自由让塔塔尔斯基大为震惊，并突然产生创作灵感，写出了为之苦闷很久的"议会"牌香烟的广告词。第二次登塔是塔塔尔斯基吃了一种名叫"巴比伦邮票"的毒品后产生的幻觉。在幻觉中，他来到一个既像工厂烟囱又像电视塔的高大建筑物前，与看门狗西鲁福进行了一番关于广告、电视与消费实质的对话。这次幻觉经历不仅使他写出了"奔驰"轿车的广告词，还让他明白了广告业的本质。第三次登塔是他主动向好友吉列耶夫索要蛤蟆菇毒品，然后独自来到森林吸食，希望借此重温登塔经历。借着毒品的幻觉，塔塔尔斯基爬到了塔顶的房间。房间里依旧挂着他第一次登塔时见到的女人照片，还堆

① Пелевин В. О. Generation "П"［М］. М.：Вагриус, 2004：50.

着酒瓶。塔塔尔斯基喝下剩余的伏特加，借着酒精的作用产生了似梦非梦的感受。在梦幻中，他感到自己被蒙着眼睛带到塔底 100 多米深的房间里，与伊什塔尔女神举行了结婚仪式，替代了女神的前任丈夫、广告巨头阿扎多夫斯基的位置，拥有了随心所欲的财富以及掌控广告和电视界的无限权力。

古巴比伦神话经过佩列文的改写和加工，融入塔塔尔斯基的现实生活中，从而打造了一个文学青年变成俄罗斯新贵的现代神话，也形象地展示了知识分子的道德蜕变。第一次登塔后，塔塔尔斯基写出了折磨他很久的广告词，并在广告界初步成名，但同时学会了去酒吧放松，开始习惯性地吸食毒品。第二次登塔后，他写出了"奔驰"轿车广告词，深入了解到广告和电视的实质，摸透了商业规则，但同时变得厚颜无耻，学会了阿谀奉承，变成了一个见风使舵、投机取巧、世俗精明的商人。第三次登塔后，塔塔尔斯基成了女神的人间丈夫，拥有了掌控广告和电视业的最高权力。从表面上来看，这个现代神话展示的是塔塔尔斯基在广告界的不断上升之旅，他从一穷二白的文学青年变成了拥有无限财富和权力的寡头，但实际上这一过程也恰恰是知识分子的精神堕落之旅。因为，最后他虽然成了坐拥财富和权力的最高统治者，却出卖了一生的自由和做人的资格。与代表女神化身的狗举行婚礼仪式，证明了塔塔尔斯基作为"人"的存在的彻底丧失。小说最后对此进行了暗示：塔塔尔斯基并没有上升到塔的顶层，而是被带到塔底的地下房间，他结婚的对象不是具体的人，而是"被剥夺了躯体，降为金子概念"的女神。"成为伊什塔尔女神的丈夫——象征着完全丧失了文学院毕业生本来的个性和面目。"①

小说还通过语言杂糅、互文、怪诞等后现代文学常见手法展现当代知识分子的道德堕落。比如，小说原著的标题由英语单词"generation"和俄文字母"П"杂糅而成，它讽刺了苏联时代后期一种标志性的现象：俄语正在受到经济发达的英语世界的语言侵略，随之而来的是西方文化对俄罗斯本土文化的全面侵袭。② 除了标题的英俄杂糅，小说中很多文本也是英俄杂糅，比如广告制作人被称为"криэйтор"（英语 creator），广告文本直接用英文等。如此使用语言，制造了戏剧化的效果，讽刺了新一代俄罗斯知识分子对西方文化的媚俗现象。此外，小说标题还包含广泛的互文内涵，涉及俄罗斯乃至世界文学和文化文本。

① ЛейдерманН. Л., Липовецкий М. Н. Современнаярусская литература. В2тома. Т. 2 ［M］. M.：Издательскийцентр "Академия"，2003：508.

② Шульга К. В. Поэтико-философские аспекты воплощения "виртуальной реальности" в романе "Generation 'П'" Виктора Пелевина ［D］. Тамбов：Тамбовский государственный технический университет，2005：28.

比如，对加拿大作家道格拉斯·库普兰的《X代：加速文化的故事》一书进行了互文。道格拉斯在书中描画了1965—1980年期间出生、对前途无法预知又不愿继续父辈们的职业和生活方式的一代人，作者冠以这代人"X代"的称谓，表达他们未知或虚无的人生。佩列文以道格拉斯的小说为蓝本，塑造了俄罗斯的"X代"，只是将英文字母"X"换成了俄文字母"П"。"П"在小说中具有多重含义。第一，指像塔塔尔斯基一样出生于20世纪六七十年代的人，这代人成长于社会主义红旗下，然后又亲身经历了苏俄两个时代的变迁，他们中的一些人在社会转型期道德精神蜕化。第二，"П"是"百事可乐"的俄语首字母，它象征西方文化入侵后期苏联社会的后果：整整一代青年经历社会巨变后丧失生活希望、精神颓废、道德堕落，从而将物质追求看成生活的首要目标。第三，"П"还指长有五个爪子的跛脚狗。它曾经是多神教中的一个叫皮兹杰茨（Пиздец）的神，也是女神伊什塔尔死后的化身。第四，"П"还可以理解成"пост-"的首字母大写，表示后现代、后结构主义、后工业社会一族。他们是生活在电视、电脑、广告等大众媒体所营造的虚拟现实中的空虚一代，是当代社会的"多余人"，是和小说作者佩列文同龄的一代中年人、作家或诗人。①

小说细节描写随处可见的怪诞美学，也使整部小说具有了后现代主义的荒诞感。最怪诞的细节莫过于小说最后一章《太堡人》对塔塔尔斯基在各种各样的广告片中的形象描写。已经成为伊什塔尔女神人间丈夫的塔塔尔斯基，时而"戴着密实的黑面具"参加联邦安全局的新闻招待会，时而"臂上缠着黑纱"参加追悼会，时而"身穿特警队服"在机场等待卸货，时而身着黑装扮演成福音派教徒、踩着"可口可乐"空罐、口中念着赞美诗。这些恐怖怪诞的场景，暗示塔塔尔斯基最后变成了是人非人、是神非神的魔鬼，身上作为人的属性丧失殆尽。

总之，佩列文在长篇小说《"百事"一代》中，借助拟像、新神话主义、互文、怪诞等后现代诗学手段，展现了当代俄罗斯知识分子在20世纪末俄罗斯社会转型期的道德堕落和精神蜕变。尽管小说中现实与虚幻的交错相织造成了强烈的虚幻感和混乱感，但仍具有深刻的现实意义。

---

① Шульга К. В. Поэтико-философские аспекты воплощения "виртуальной реальности" в романе "Generation 'П'" Виктора Пелевина［D］. Тамбов：Тамбовский государственный технический университет，2005：105.

结　语

　　当代俄罗斯文坛呈现出创作多元、百花齐放的态势，然而在其纷繁芜杂、异彩纷呈的表象下依然能窥见三大主要文学思潮和流派，即后现代主义、现实主义和新现代主义。诞生于20世纪六七十年代之交的后现代主义文学，在20世纪90年代成为引领当代文坛的主流文学思潮，但在经历了十余年轰轰烈烈的发展后，于21世纪逐渐走向衰微，如今只是一部分成熟作家的创作选择和个别新作家的创作尝试。有着两百多年悠久历史和深厚传统的现实主义文学，在20世纪末以更新后的面貌和姿态出现，经过与后现代主义文学十余年的发展博弈后，于21世纪初开始取代其在当代文坛的领头羊地位。源于20世纪初的现代主义创作实践的新现代主义，20世纪末在一部分具有深厚语文学根基的作家创作中复兴和发展，成为21世纪与现实主义文学争夺文坛霸主的文学思潮。

　　当代俄罗斯文坛还有很多大大小小的文学流派和现象，不同的人根据不同的视角可以划分出很多。但在我们看来，各种文学思潮和流派的本质区别，不在于文学技巧和形式，也不在于塑造的文学形象，甚至不在于美学纲领，而在于作家如何看待文学的任务和功能，如何看待人与环境（时代）的关系。后现代主义作家旗帜鲜明地否定文学的道德使命，不关注人与环境（时代）的关系，只将文学创作视为个人的文字游戏。现实主义作家视文学创作为一种社会责任，坚持文学的道德使命，重视人与环境（时代）的关系。新现代主义作家也将文学视为解决道德问题的场所，但他们笔下的道德超越任何环境（时代）之上，书写永恒主题。

　　与此同时，当代俄罗斯作家个个力求创作的个性化，当代俄罗斯文学也始终处于发展变化之中。因此，将当代作家的创作归入某一文学思潮和流派的尝试，本身带有一定的假定性、主观性和局限性。这样做不是为了给作家创作贴上标签，而只是为了在变动不居的动态表象下摸出一条有迹可循的发展规律，从而让学习者和研究者能宏观把握当代俄罗斯文坛。实际上，针对作家的每部作品，都应该从微观层面具体判断其内容和风格，而不能盲目地按照已有的归类进行一刀切。

本书的创新之处主要在于三点。第一，学术观点新。本书首次将新现代主义理论引入中国学界，完善和补充了现有的文学思潮理论，从而全景式呈现出当代俄罗斯文学的发展图景。第二，研究对象新。本书首次在国内对当代俄罗斯文学思潮和流派进行系统性的梳理和研究，而且分析了国内学界之前鲜有研究或从未研究的 21 世纪作家新作。第三，研究方法新。本书不仅结合具体作家作品阐释了三大文学思潮各自的创作原则和美学属性，而且结合具体作家作品对比阐释了的三大文学思潮在相同的主题下不同的创作风格和审美特征。

本书的学术价值在于，运用统一划分标准，实现对当代俄罗斯文学思潮和流派的系统研究；借助新现代主义理论，解决当前国内外学界关于一些争议性较大的作家创作的划归问题；通过对后现代主义、现实主义和新现代主义三大主要思潮及代表性作家作品的研究，实现对当代俄罗斯文学的全景研究。本书的应用价值主要在于，可以作为俄罗斯文学爱好者和研究者系统深入地认知当代俄罗斯文学的参考资料，也可以用作中国高校当代俄罗斯文学教材或辅助材料。

参考文献

中文专著、译著

[1] 阿格诺索夫 . 20 世纪俄罗斯文学 [M]. 凌建侯，译 . 北京：中国人民大学出版社，2001.

[2] 邦达列夫 . 百慕大三角 [M]. 闫洪波，译 . 北京：外国文学出版社，2002.

[3] 邦达列夫 . 诱惑 [M]. 石国雄，译 . 北京：昆仑出版社，2006.

[4] 鲍曼 . 现代性与矛盾性 [M]. 邵迎生，译 . 北京：商务印书馆，2003.

[5] 博德里亚尔 . 完美的罪行 [M]. 王为民，译 . 北京：商务印书馆，2000.

[6] 高宣扬 . 后现代论 [M]. 北京：中国人民大学出版社，2005.

[7] 格里芬 . 后现代宗教 [M]. 孙慕天，译 . 北京：中国城市出版社，2003.

[8] 格鲁霍夫斯基 . 活在你手机里的我 [M]. 李新梅，译 . 北京：人民文学出版社，2019.

[9] 蒋承勇 . 19 世纪西方文学思潮研究：第二卷 现实主义 [M]. 北京：北京大学出版社，2022.

[10] 拉斯普京 . 拉斯普京访谈录：这灾难绵绵的 20 年 [M]. 王立业，李春雨，译 . 北京：社会科学文献出版社，2013.

[11] 梁赞诺夫斯基，斯坦伯格 . 俄罗斯史 [M]. 杨烨，卿文辉，译 . 上海：上海人民出版社，2007.

[12] 林一民 . 接受美学：精要与实践 [M]. 南昌：江西人民出版社，2019.

[13] 陆南泉 . 苏联真相：对 101 个重要问题的思考：中 [M]. 北京：新华出版社，2010.

［14］马卡宁．地下人，或当代英雄［M］．田大畏，译．北京：外国文学出版社，2002.

［15］马卡宁．透气孔［M］．侯玮红，等译．海口：南海出版公司，2006.

［16］穆尔扎．论意识操纵［M］．徐昌翰，宋嗣喜，王晶，等译．北京：社会科学文献出版社，2004.

［17］普里列平．萨尼卡［M］．王宗琥，张建华，译．北京：人民文学出版社，2008.

［18］索尔仁尼琴．牛犊顶橡树：索尔仁尼琴文集［M］．陈淑贤，张大本，张晓强，译．北京：群众出版社，2000.

［19］索尔仁尼琴．杏子酱：索尔仁尼琴中短篇小说集［M］．李新梅，译．南京：译林出版社，2015.

［20］瓦尔拉莫夫．沉没的方舟［M］．苗澍，译．北京：中国青年出版社，2003.

［21］王先霈，王又平．文学理论批评术语汇释［M］．北京：高等教育出版社，2006.

［22］韦勒克．批评的诸种概念［M］．罗纲，王馨，杨德友，译．上海：上海人民出版社，2015.

［23］文庸，乐峰，王继武．基督教词典：修订版［M］．北京：商务印书馆，2005.

［24］伊格尔顿．后现代主义的幻象［M］．华明，译．北京：商务印书馆，2000.

［25］泽齐娜，科什曼，舒利金．俄罗斯文化史［M］．刘文飞，苏玲，译．上海：上海译文出版社，2005.

［26］张建华．俄国史［M］．北京：人民出版社，2004.

［27］张建华．新时期俄罗斯小说研究：1985—2015［M］．北京：高等教育出版社，2016.

［28］张杰，汪介之．20世纪俄罗斯文学批评史［M］．南京：译林出版社，2000.

［29］赵秋长，孟国华，王亚民．俄罗斯文化史［M］．石家庄：河北教育出版社，2002.

中文期刊、报纸文章

［1］波尔沙科娃，孙雪森．俄罗斯诗学关键词：作为原型的乡村［J］．俄

罗斯文艺, 2020 (4).

[2] 陈建华, 杨明明. 世纪之交俄罗斯现实主义文学的转型 [J]. 同济大学学报 (社会科学版), 2008 (5).

[3] 邓蜀平. 当代苏联小说的史诗化倾向 [J]. 文艺评论, 1987 (6).

[4] 董树宝. 差异与重复: 德勒兹论拟像 [J]. 苏州大学学报 (哲学社会科学版), 2018 (4).

[5] 侯玮红. 继承传统、多元发展: 论当代俄罗斯现实主义小说 [J]. 外国文学评论, 2007 (3)

[6] 侯玮红. 启蒙与当代俄罗斯 "乡村散文" [J]. 学习与探索, 2014 (10).

[7] 侯玮红. 乡村梦醒, 路在何方? ——当代俄罗斯 "乡村散文" 探析 [J]. 俄罗斯文艺, 2015 (4).

[8] 李新梅. 当代俄罗斯知识分子访谈录: 三 [J]. 俄罗斯文艺, 2014 (2).

[9] 廉亚健. 索尔仁尼琴 "两部分小说" 的文体特色 [J]. 时代文学 (上), 2010 (3).

[10] 刘涛. 索尔仁尼琴 90 年代文学创作述评 [J]. 外国文学动态, 2004 (2).

[11] 刘文. 辩证性和革命性: 克里斯蒂娃和巴特的互文本理论 [J]. 西南民族大学学报 (人文社科版), 2005 (5).

[12] 陆晓云. 德里达《论文字学》的解构思想 [J]. 广西社会科学, 2011 (9).

[13] 邱静娟. 俄罗斯新现实主义文学流派述评 [J]. 广东开放大学学报, 2019, 28 (1).

[14] 石国雄. 深邃隽永的艺术世界: 当代俄罗斯著名作家尤·邦达列夫的创作个性 [J]. 南京大学学报 (哲学社会科学版), 1994 (4).

[15] 王树福. 当代俄罗斯新现实主义的兴起 [J]. 外国文学研究, 2018 (3).

[16] 王宗琥. "新的高尔基诞生了": 俄罗斯文坛新锐普里列平及其新作《萨尼卡》[J]. 外国文学动态, 2008 (2).

[17] 张建华. 俄罗斯现实主义文学追求的当代姿态: 访当代作家阿列克谢·瓦尔拉莫夫 [J]. 中国俄语教学, 2006 (1).

［18］张建华. 论俄罗斯小说转型期的美学特征［J］. 当代外国文学, 1995 (4).

［19］张捷. 邦达列夫推出新作《百慕大三角》［J］. 外国文学动态, 2000 (6).

［20］周启超. 后现实主义: 今日俄罗斯文学的一道风景［J］. 求是学刊, 2016, 43 (1).

俄文专著

［1］Абашева М. П. Литература в поисках лица (русская проза в конце XX века: становление авторской идентичности) ［M］. Пермь: Изд-во пермск. ун-та, 2001.

［2］Белов В. И. Когда воскреснет Россия ［M］. М.: Алгоритм, 2013.

［3］Бердяев Н. Философия творчества, культуры и искусства. В 2-х тт. Т. 2 ［M］. М.: Искусство, 1994.

［4］Битов А. Мы проснулись в незнакомой стране: Публицистика ［M］. Л.: Сов. писатель, 1991.

［5］Битов А. Пушкинский дом ［M］. М.: Вагриус, 2007.

［6］Битов А. Собр. соч.: В 3 т. Т. 1 ［M］. М.: Мол. гвардия, 1991.

［7］Блок А. О назначении поэта ［M］. М.: Советская Россия, 1971.

［8］Варламов А. Н. Мысленный волк ［M］. М.: АСТ, 2015.

［9］Водолазкин Е. Авиатор ［M］. М.: АСТ, 2017.

［10］Водолазкин Е. Брисбен ［M］. М.: АСТ, 2019.

［11］Водолазкин Е. Дом и остров, или Инструмент языка ［M］. М.: АСТ, 2015.

［12］Водолазкин Е. Лавр ［M］. М.: АСТ, 2016.

［13］Водолазкин Е. Совсем другое время ［M］. М.: АСТ, 2014.

［14］Генис А. Иван Петрович умер ［M］. М., 1999.

［15］Голубков М. М. История русской литературной критики XX века ［M］. М.: Юрайт, 2016.

［16］Голубков М. М. Миусская площадь ［M］. М.: ЗАО Центрполиграф, 2007.

［17］Горький М. Собрание сочинений в 30 тт. Том 1 ［M］. М.:

Государственное издательство художественной литературы，1949.

［18］Гумилев Н. Собрание сочинений：в 3 т. Т. 1 ［М］. М. ：Художественная литература，1991.

［19］Давыдова Т. Т. ，Сушилина И. К. Современный литературный процесс в России：учеб. пособие ［М］. М. ：МГУП, 2007.

［20］Достоевский Ф. М. Полное собрание сочинений в тридцати томах. Том 27 ［М］. Ленинград：Издательство " Наука"，1984.

［21］Ерофеев Венедикт. Мой очень жизненный путь ［М］. М. ：Вагриус, 2003.

［22］Ерофеев Венедикт. Москва － Петушки ［М］. СПб. ：Азбука, М. ：Азбука－Аттикус, 2016.

［23］Зощенко М. М. Голубая книга ［М］. СПб：Азбука－классика, 2008.

［24］История русской литературы XX－XXI веков：учебник и практикум для академического бакалавриата/Под общ. ред. В. А. Мескина ［М］. М. ：Юрайт, 2016.

［25］История русской литературы XX －начала XXI века. Часть III. 1991–2010 годы. Сост. и науч. ред. В. И. Коровин ［М］. М. ：Владос, 2014.

［26］Казначеев С. М. Судьба русского реализма：происхождние, развитие и возрождение ［М］. М. , 2012.

［27］Коваленко А. Г. Очерки художественной конфликтологии. Антиномизм и бинарный архетип в русской литературе XX века ［М］. М. ：РУДН, 2010.

［28］Королев А. Голова Гоголя：Роман；Дама пик. Носы：Коллажи ［М］. М. ：ИД " XXI век － Согласие"，2000.

［29］Кременцов Л. П. Русская литература XX века. Т. 2 ［М］. М. , 2005.

［30］Кротова Д. В. Современная русская литература. Постмодернизм и неомодернизм ［М］. М. ：МАКС Пресс, 2018.

［31］Крусанов П. В. Царь головы ［М］. М. ：АСТ, 2014.

［32］Левин Ю. Комментарий к поэме « Москва －Петушки » Венедикта Ерофеева ［М］. Грац：Изд. Хайнриха Пфайля, 1996.

［33］Лейдерман Н. ，Липовецкий М. Современная русская литература. В 3 кн. Кн. I ［М］. М. ：УРСС, 2001.

［34］Леонов Б. Русская литература о Великой Отечественной войне ［M］. М. : Издательство Литературного института им. А. М. Горького, 2010.

［35］Литература и революция. Век двадцатый под ред. О. Ю. Панова. Вып. 4 ［M］. М. , 2018.

［36］Литературная энциклопедия терминов и понятий /Рос. акад. наук. Ин-т науч. информ. по обществ. наукам; Гл. ред. и сост. А. Н. Николюкин ［M］. М.: Интелвак, 2001.

［37］Литературоведение на современном этапе. Теория. История литературы. Творческие индивидуальности. К 130-летию со дня рождения Е. И. Замятина: по материаламМеждународ. конгресса литературоведов (1-4 октября 2014 г.) ［M］. Тамбов -Елец: Елецкий гос. ун-т имени И. А. Бунина, 2014. Вып. 2. Кн. 2.

［38］Лотман Ю. В школе поэтического слова: Пушкин. Лермонтов. Гоголь: Кн. для учителя ［M］. М. : Просвещение, 1988.

［39］Лотман Ю. М. О русской литературе : статьи и исследования (1958 - 1993): история русской прозы, теория литературы ［M］. Санкт - Петербург : Искусство-СПб, 1997.

［40］Маньковская Н. От модернизма к постпостмодернизму via постмодернизм. Коллаж2 ［M］. М. : ИФ РАН, 1999.

［41］Минц З. Г. Блок и русский символизм: Избранные труды. В 3 кн. Кн. 3: Поэтика русского символизма ［M］. СПб. : Искусство-СПб, 2004.

［42］Пастернак Б. Избранное: в 2-х тт. Т. 2. Доктор Живаго ［M］. СПб: Кристалл, Респекс, 1998.

［43］Пелевин В. Generation "П" ［M］. М. : Вагриус, 2004.

［44］Пелевин В. Generation "П" ［M］. М. : Эксмо, 2015.

［45］Пелевин В. Жизнь насекомых ［M］. М. : Эксмо, 2016.

［46］Пелевин В. Омон Ра ［M］. М. : Эксмо, 2015.

［47］Пелевин В. Чапаев и Пустота ［M］. СПб. : Азбука-классика, 2016.

［48］Пелевин В. Числа ［M］. М. : Эксмо, 2016.

［49］Пильняк Б. Романы ［M］. М. : Современник, 1990.

［50］Постмодернисты о посткультуре: Интервью с современными писателями и критиками ［M］. М. : ЛИА Р. Элинина, 1996.

〔51〕Прилепин З. Книгочет: пособие по новейшей литературе с лирическ
ими и саркастическими отступлениями〔M〕. М.: Астрель, 2012.

〔52〕Проблемы неклассической прозы. Вып. 2. Сост. и ред. Е. Б. Скоро-
спелова〔M〕. М. ТЕИС, 2016.

〔53〕Пушкинские чтения - 2012. " Живые" традиции в литературе:
жанр, автор, герой, текст〔M〕. Санкт-Петербург: Ленинградский гос. ун-т
им. А. С. Пушкина, 2012.

〔54〕Ротай Е. М. « Новый реализм » в современной русской прозе:
художественное мировоззрение Р. Сенчина, З. Прилепина, С. Шаргунова:
автореф. дисс. ... канд. фил. наук〔D〕. Краснодар: Кубан. гос. ун-т, 2013.

〔55〕Руднёв В. П. Словарь культуры XX века〔M〕. М.: "Аграф", 1997.

〔56〕Русская проза конца XX века Под ред. Т. М. Колядич〔M〕. М.:
Литфакт, 2005.

〔57〕Сенчин Р. Дождь в Париже〔M〕. М.: АСТ, 2018.

〔58〕Сенчин Р. Не стать насекомым. Публицистика. Критика. Очерк
〔M〕. М.: Литературная Россия, 2011.

〔59〕Скоропанова И. С. Русская постмодернистская литература〔M〕. М.:
Флинта: Наука, 2004.

〔60〕Скороспелова Е. Б. Русская проза XX века: от А. Белого (« Петербург»)
до Б. Пастернака (« Доктор Живаго »)〔M〕. М.: ТЕИС, 2003.

〔61〕Современная филология: материалы II междунар. науч. Конф
〔M〕. Уфа: Лето, 2013.

〔62〕Современное зарубежное литературоведение (Страны Западной
Европы и США). Концеции. Школы. Термины: Энциклопедический справочник
〔M〕. М.: Интрада, 1996.

〔63〕Солженицын А. Публицистика. Т. 3〔M〕. Ярославль: Верхняя
Волга, 1997.

〔64〕Сорокин В. День опричника〔M〕. М.: АСТ: CORPUS, 2017.

〔65〕Сорокин В. Ледяная трилогия: Лед. Путь Бро. 23000〔M〕. М.:
Астрель: АСТ, 2009.

〔66〕Сорокин В. Манарага〔M〕. М.: АСТ: CORPUS, 2017.

〔67〕Сорокин В. Норма〔M〕. М.: Ad Marginem, 2002.

［68］Сорокин В. Тридцатая любовь Марины ［M］. М. : Астрель : АСТ, 2008.

［69］Спиваковский П. Е. Феномен А. И. Солженицына : новый взгляд（К 80-летию со дня рождения）［M］. М. , ИНИОН РАН, 1998.

［70］Сушилина И. К. Современный литературный процесс в России ［M］. М. МГУП, 2001.

［71］Теория литературы : В 4 т. / Рос. акад. наук. Ин-т мировой лит. им. А. М. Горького; Редкол. : Ю. Б. Борев（гл. ред.）и др. Литературный процесс Т. 4 ［M］. Москва : ИМЛИ РАН : Наследие, 2001.

［72］Терц А.（Синявский А. Д.）Прогулки с Пушкиным ［M］. М. : Глобулус, НЦ ЭНАС, 2005.

［73］Тимина С. И. Современная русская литература（1990-е. гг. — начало XXI в.）［M］. СПб. : Филологический факультет СПбГУ; М. : « Академия », 2010.

［74］Толстая Т. Девушка в цвету ［M］. М. : АСТ, 2018.

［75］Толстая Т. День : личное ［M］. М. : Подкова, 2001.

［76］Толстая Т. Кысь : роман ［M］. М. : Подкова, 2001.

［77］Толстая Т. Легкие миры ［M］. М. : АСТ, 2015.

［78］Толстая Т. Ночь : рассказы ［M］. М. : Подкова, 2001.

［79］Толстая Т. , Толстая Н. Двое : разное ［M］. М. : Подкова, 2001.

［80］Урманов А. В. Поэтика прозы Александра Солженицына ［M］. М. Прометей, 2000.

［81］Шишкин М. Письмовник ［M］. М. : АСТ, 2017.

［82］Шульга К. В. Поэтико - философские аспекты воплощения "виртуальной реальности" в романе "Generation 'П'" Виктора Пелевина ［D］. Тамбов : Тамбовский государственный технический , 2005.

俄文期刊、杂志文章

［1］Аверьянова Н. Дорога в никуда ［N］. Литературная Россия, 2015-02-23（39）.

［2］Басинский П. Возвращение. Полемические заметки о реализме и модернизме ［J］. Новый мир, 1993（11）.

［3］Басинский П. Неманифест ［J］. Октябрь, 1998（3）.

［4］Басинский П. Что такое русский реализм? ［J］. Литературная учеба, 1995（2/3）.

［5］Баткин Л. Синявский, Пушкин-и мы ［J］. Октябрь, 1991（1）.

［6］Беневоленская Н. П. Рассказ Татьяны Толстой Соня: иллюзия нравоописательного контраста ［J］.Вестник Санкт-Петербургского университета. Сер. 9. Филология, 2009（3）.

［7］Бондаренко В. Новый реализм ［N］. Завтра, 2003-08-19（34）.

［8］Генис А. Андрей Синявский: эстетика архаического постмодернизма ［J］. Новое литературное обозрение, 1994（7）.

［9］Голубков М. М. Русский постмодернизм: начала и концы ［J］. Литературная учёба, 2003（6）.

［10］Гуга В. С открытым забралом ［J］. Урал, 2013（4）.

［11］Гуль Р. Прогулки хама с Пушкиным ［J］. Кубань, 1989（6）.

［12］Гурлянд И. Я. Из воспоминаний об А. П. Чехове ［J］. Театр и искусство, 1904（28）.

［13］Дьякова К. Слушайте музыку эволюции ［J］. Новый мир, 2008（8）.

［14］Есин С. Стоящая в дверях ［J］. Наш современник, 1992（4）.

［15］Зоберн О. Меганом ［J］. Новый мир, 2007（6）.

［16］Зоберн О. Плавский чай ［J］. Новый мир, 2006（4）.

［17］Золотусский И. П. Наши нигилисты ［N］. Литературная газета, 1992-07-17.

［18］Зорин А. Пригородный поезд дальнего следования ［J］. Новый мир, 1989（5）.

［19］Истина на поводке. Интервью с Е. Водолазкиным ［N］. Российская газета, 2010-06-16（5208/129）.

［20］Карабчиевский Ю. Точка боли ［J］. Новый мир, 1993（10）.

［21］Карпович В. В. Исследование новообразований и далевских слов у Солженицына ［J］. Грани, 1974（94）.

［22］Кулаков В. Лианозовская школа: история одной поэтической группы ［J］. Вопросы литературы, 1991（3）.

［23］Курицын В. Мы поедем с тобой на А и на Ю ［J］. Новое

литературное обозрение, 1992 (1).

［24］ Латынина А. Кто управляет историей? Заметки о романе Алексея Варламова «Мысленный волк» ［J］. Новый мир, 2014 (9).

［25］ Ли Синьмэй. Обзор исследований русской постмодернистской литературы в Китае ［J］. Русский язык за рубежом, 2013 (1).

［26］ Маканин В. Нимфа, рассказ; Старики и Белый дом, рассказ ［J］. Новый мир, 2006 (9).

［27］ Маканин В. Удавшийся рассказ о любви ［J］. Знамя, 2000 (5).

［28］ Мескин В. А. «Мысленный волк» Алексея Варламова как опыт символистского романа ［J］. Вестник РУДН. Серия: Литературоведение. Журналистика, 2017 (1).

［29］ Москвин А. Париж-то я и не заметил ［J］. Нева, 2018 (12).

［30］ Мы - рисковое поколение. Беседа Сергея Шаргунова и Владимир - аБондаренко ［N］. Завтра, 2002-12-17.

［31］ Ничипоров И. Б. Люди и тексты в романе Михаила Шишкина «Письмовник» ［J］. Русистика без границ, 2019 (3).

［32］ Пессимистический реалист. Беседа Натальи Осс с Романом Сенчиным ［N］. Известия, 2010-11-16.

［33］ Послесловие. Беседа с Алексеем Варламовым ［J］. Октябрь, 1997 (4).

［34］ Пустовая В. Диптих ［J］. Континент, 2005 (125).

［35］ Пустовая В. Пораженцы и преображенцы. О двух актуальных взглядах на реализм ［J］. Октябрь, 2005 (5).

［36］ Рубинштейн Л. Предисловие к пьесе В. Сорокина «Пельмени» ［J］. Искусство кино, 1990 (6).

［37］ Рудалёв А. Возможность чуда ［J］. Дружба народов, 2017 (10).

［38］ Рудалёв А. Катехизис нового реализма. Вторая волна: Не так страшен «новый реализм», как его малюют ［J］. Российский писатель, 2010 (4).

［39］ Семыкина Р. С. - И. Новый подпольный человек в романе В. Маканина «Андеграунд, или Герой нашего времени» ［J］. Известия Уральского государственного университета. Сер. 2, Гуманитарные науки, 2008 (59/

16）：173.

［40］Сенчин Р. В закрытые финалы не верю［N］. Газета Культура, 2018-05-09.

［41］Сенчин Р. Новый реализм—направление нового века［J］. Пролог, 2001（3）.

［42］Скрипко В. Возвращение к язычеству. О новом романе Сенчина Дождь в Париже［N］. День литературы, 2018-06-08.

［43］Сны о СМОГе［J］. Новое литературное обозрение, 1996（20）.

［44］Солдаткина Я. В. Мотивы прозы А. П. Платонова в романе Е. Г. Водолазкина « Авиатор »［J］. Rhema Рема, 2016（3）.

［45］Солдаткина Я. В. Творческое наследие А. П. Платонова и семантико-эстетические поиски в современной русской прозе（А. Н. Варламов « Мысленный волк », А. В. Иванов « Ненастье »）［J］. Вестник РУДН. Серия：Литературоведение. Журналистика, 2016（1）.

［46］Солженицын А. «··· Колеблет твой треножник »［J］. Вестник РХД, 1984（142）.

［47］Степанян К. Реализм как заключительная стадия постмодернизм［J］. Знамя, 1992（9）.

［48］Темпест Ричард. Военный палимпсест: личность маршала Жукова в интерпретации Александра Солженицына［J］. Вестник Рязанского государств енногоуниверситета имени С. А. Есенина, 2013（3/40）.

［49］Ускользающая современность. Русская литература XX-XXI веков: от "внекомплектной" к постсоветской, а теперь и всемирной［J］. Вопросы литературы, 2007（3）.

［50］Хлебус М. А. Феноменология слова в романах М. Шишкина « Венерин волос »（2005）, « Письмовник »（2010）［J］. Мир науки, культуры, образования, 2018（4）.

［51］Чередниченко С. Постмодернист с человеческим лицом［J］. Вопросы литературы, 2010（5）.

［52］Черняк М. А. « Достоевскому—от благодарных бесов »: к вопросу о восприятии классики в XXI веке［J］. Вестник Герценовского университета, 2009（4）.

［53］Шаргунов С. Отрицание траура ［J］. Новый мир，2001（12）.

［54］Шишкин М. Роман всегда умнее автора . Беседа с Н. Кочетковой ［N］. Известия，2010-02-12.

［55］Шкурат Л. С. Проблема духовно - нравственного самоопределения героя-интеллигента на рубеже XX - XXI веков（по роману Ю. В. Бондарева 《Искушение》）［J］. Вестник ТвГУ. Серия 《Филология》，2015（3）.

［56］Шульпяков Г. Сердце не камень ［N］. Независимая газета，2002-05-16.

［57］Эпштейн М. Н. Истоки и смысл русского постмодернизма ［J］. Звезда，1996（8）.

附录一 重要作家、批评家中俄译名对照表

阿布贾罗夫，伊利达尔·安维亚罗维奇 Абузяров Ильдар Анвярович（1975—）

阿尔乔莫夫，弗拉季斯拉夫·弗拉基米罗维奇 Артёмов Владислав Владимирович（1954—）

阿夫琴科，瓦西里·奥列格维奇 Авченко Василий Олегович（1980—）

阿格诺索夫，弗拉基米尔·韦尼阿米诺维奇 Агеносов Владимир Вениаминович（1942—）

阿克肖诺夫，瓦西里·帕夫洛维奇 Аксёнов Василий Павлович（1932—2009）

阿库宁，鲍里斯 Акунин Борис（1956—）

阿利耶夫，罗斯季斯拉夫·弗拉基米罗维奇 Алиев Ростислав Владимирович（1973—）

阿列克谢耶夫，米哈伊尔·尼古拉耶维奇 Алексеев Михаил Николаевич（1918—2007）

阿列伊尼科夫，弗拉基米尔·德米特里耶维奇 Алейников Владимир Дмитриевич（1946—）

阿斯塔菲耶夫，维克托·彼得罗维奇 Астафьев Виктор Петрович（1924—2001）

爱波斯坦，米哈伊尔·纳乌莫维奇 Эпштейн Михаил Наумович（1950—）

艾特玛托夫，钦吉斯·托列库洛维奇 Айтматов Чингиз Торекулович（1928—2008）

安季平，安德烈·亚历山德罗维奇 Антипин Андрей Александрович（1984—）

安年科夫，帕维尔·瓦西里耶维奇 Анненков Павел Васильевич（1813—

1887)

奥尔洛夫，弗拉基米尔·维克托罗维奇 Орлов Владимир Викторович（1936—2014）

奥尔洛娃，瓦西里娜·亚历山德罗夫娜 Орлова Василина Александровна（1979—）

奥列沙，尤里·卡尔洛维奇 Олеша Юрий Карлович（1899—1960）

巴巴耶夫斯基，谢苗·彼得罗维奇 Бабаевский Семён Петрович（1909—2000）

巴布琴科，阿尔卡季·阿尔卡季耶维奇 Бабченко Аркадий Аркадьевич（1977—）

巴西洛娃，阿廖娜·尼古拉耶夫娜 Басилова Алёна Николаевна（1943—2018）

巴辛斯基，帕维尔·瓦列里耶维奇 Басинский Павел Валерьевич（1961—）

邦达连科，弗拉基米尔·格里戈里耶维奇 Бондаренко Владимир Григорьевич（1947—）

邦达列夫，尤里·瓦西里耶维奇 Бондарев Юрий Васильевич（1924—2020）

鲍列夫，尤里·鲍里索维奇 Борев Юрий Борисович（1925—2019）

彼特鲁舍夫斯卡娅，柳德米拉·斯捷凡诺夫娜 Петрушевская Людмила Стефановна（1938—）

比托夫，安德烈·格奥尔吉耶维奇 Битов Андрей Георгиевич（1937—2018）

别雷，安德烈 Белый Андрей（1880—1934）

别林斯基，维萨里昂·格里戈里耶维奇 Белинский Виссарион Григорьевич（1811—1848）

别洛夫，瓦西里·伊万诺维奇 Белов Василий Иванович（1932—2012）

别洛乌先科，阿廖娜·阿纳托里耶夫娜 Белоусенко Алёна Анатольевна（1992—）

别兹鲁卡瓦娅，玛丽娜·瓦西里耶夫娜 Безрукавая Марина Васильевна（？—）

波波夫，米哈伊尔·米哈伊洛维奇 Попов Михаил Михайлович（1957—）

波波夫，叶甫盖尼·格奥尔吉耶维奇 Попов Евгений Георгиевич（1978—）

波格丹诺娃，奥莉加·阿列克谢耶夫娜 Богданова Ольга Алексеевна（1957—）

波利休克，叶甫盖尼·谢苗诺维奇 Полищук Евгений Семёнович（1986—）

波利亚科夫，尤里·米哈伊洛维奇 Поляков Юрий Михайлович（1954—）

波利亚科娃，塔吉雅娜·维克托罗夫娜 Полякова Татьяна Викторовна（1959—2021）

勃洛克，亚历山大·亚历山德罗维奇 Блок Александр Александрович（1880—1921）

博罗京，列昂尼德·伊万诺维奇 Бородин Леонид Иванович（1938—2011）

博亚绍夫，伊利亚·弗拉基米罗维奇 Бояшов Илья Владимирович（1961—）

布宾诺夫，米哈伊尔·谢苗诺维奇 Бубеннов Михаил Семёнович（1909—1983）

布尔加科夫，米哈伊尔·阿法纳西耶维奇 Булгаков Михаил Афанасьевич（1891—1940）

布克莎，克谢尼娅·谢尔盖耶夫娜 Букша Ксения Сергеевна（1983—）

布雷切夫，基尔 Булычёв Кир（1934—2003）

布宁，伊万·阿列克谢耶维奇 Бунин Иван Алексеевич（1870—1953）

布伊达，尤里·瓦西里耶维奇 Буйда Юрий Васильевич（1954—）

达什科娃，波林娜 Дашкова Полина（1960—）

达维多娃，塔吉雅娜·季莫费耶夫娜 Давыдова Татьяна Тимофеевна（1953—）

德鲁日宁，亚历山大·瓦西里耶维奇 Дружинин Александр Васильевич（1824—1864）

德米特里耶夫，安德烈·维克托罗维奇 Дмитриев Андрей Викторович（1956—）

东佐娃，达利娅·阿尔卡季耶夫娜 Донцова Дарья Аркадьевна（1952—）

杜勃罗留波夫，尼古拉·亚历山大罗维奇 Добролюбов Николай Александрович（1836—1861）

多甫拉托夫，谢尔盖·多纳托维奇 Довлатов Сергей Донатович（1941—1990）

法捷耶夫，亚历山大·亚历山德罗维奇 Фадеев Александр Александрович（1901—1956）

菲利波夫，德米特里·谢尔盖耶维奇 Филиппов Дмитрий Сергеевич（1982—）

富尔曼诺夫，德米特里·安德烈耶维奇 Фурманов Дмитрий Андреевич（1891—1926）

弗拉基莫夫，格奥尔基·尼古拉耶维奇 Владимов Георгий Николаевич（1931—2003）

高尔基，阿列克谢·马克西莫维奇 Горький Алексей Максимович（1868—1936）

格拉宁，达尼伊尔·亚历山德罗维奇 Гранин Даниил Александрович（1919—2017）

格拉西莫夫，安德烈·瓦列里耶维奇 Геласимов Андрей Валерьевич（1966—）

格里什科维茨，叶甫盖尼·瓦列里耶维奇 Гришковец Евгений Валерьевич（1967—）

戈卢布科夫，米哈伊尔·米哈伊洛维奇 Голубков Михаил Михайлович（1960—）

格鲁霍夫斯基，德米特里·阿列克谢耶维奇 Глуховский Дмитрий Алексеевич（1979—）

格罗斯曼，瓦西里·谢苗诺维奇 Гроссман Василий Семёнович（1905—1964）

格罗伊斯，鲍里斯·叶菲莫维奇 Гройс Борис Ефимович（1947—）

格尼斯，亚历山大·亚历山德罗维奇 Генис Александр Александрович（1953—）

古巴诺夫，列昂尼德·格奥尔吉耶维奇 Губанов Леонид Георгиевич（1946—1983）

古茨科，杰尼斯·尼古拉耶维奇 Гуцко Денис Николаевич（1969—）

古谢夫，弗拉基米尔·伊万诺维奇 Гусев Владимир Иванович（1937—2022）

果戈理，尼古拉·瓦西里耶维奇 Гоголь Николай Васильевич（1809—1852）

哈里托诺夫，马克·谢尔盖耶维奇 Харитонов Марк Сергеевич（1937—）

霍林，伊戈尔·谢尔盖耶维奇 Холин Игорь Сергеевич（1920—1999）

基比罗夫，铁木尔·尤里耶维奇 Кибиров Тимур Юрьевич（1955—）

吉洪诺夫，尼古拉·谢苗诺维奇 Тихонов Николай Семёнович（1896—1979）

季霍洛兹，安东·帕夫洛维奇 Тихолоз Антон Павлович（1972—）

季明娜，斯韦特兰娜·伊万诺夫娜 Тимина Светлана Ивановна（1931—）

季莫菲耶夫，安德烈·尼古拉耶维奇 Тимофеев Андрей Николаевич（1985—）

加楚拉，根纳季·格里戈里耶维奇 Гацура Геннадий Григорьевич（1956—）

加尔科夫斯基，德米特里·叶甫盖尼耶维奇 Галковский Дмитрий Евгеньевич（1960—）

加尼耶娃，阿利萨·阿尔卡季耶夫娜 Ганиева Алиса Аркадьевна（1985—）

杰格捷夫，维亚切斯拉夫·伊万诺维奇 Дёгтев Вячеслав Иванович（1959—2005）

杰金娜，叶甫盖尼娅·维克托罗夫娜 Декина Евгения Викторовна（1984—）

杰涅日金娜，伊琳娜·维克托罗夫娜 Денежкина Ирина Викторовна（1981—）

金，阿纳托利·安德烈耶维奇 Ким Анатолий Андреевич（1939—）

卡尔波夫，弗拉基米尔·瓦西里耶维奇 Карпов Владимир Васильевич（1922—2010）

卡拉肖夫，亚历山大·弗拉基米罗维奇 Карасёв Александр Владимирович（1971—）

卡塔耶夫，弗拉基米尔·鲍里索维奇 Катаев Владимир Борисович（1938—）

卡扎科夫，弗拉基米尔·瓦列里耶维奇 Казаков Владимир Валерьевич（1970—）

卡兹纳切耶夫，谢尔盖·米哈伊洛维奇 Казначеев Сергей Михайлович（1958—）

科尔吉亚，维克托·普拉东诺维奇 Коркия Виктор Платонович（1948—）

科雷切夫，弗拉基米尔·格里戈里耶维奇 Колычев Владимир Григорьевич（1968—）

科利亚季奇，塔吉雅娜·米哈伊洛夫娜 Колядич Татьяна Михайловна（1953—）

科利亚金娜，叶连娜·弗拉基米罗夫娜 Колядина Елена Владимировна（1960—）

克鲁平，弗拉基米尔·尼古拉耶维奇 Крупин Владимир Николаевич（1941—）

克鲁萨诺夫，帕维尔·瓦西里耶维奇 Крусанов Павел Васильевич（1961—）

柯罗连科，弗拉基米尔·加拉克季奥诺维奇 Короленко Владимир Галактионович（1853—1921）

科罗廖夫，阿纳托利·瓦西里耶维奇 Королёв Анатолий Васильевич（1946—）

克罗皮夫尼茨基，叶甫盖尼·列昂尼多维奇 Кропивницкий Евгений Леонидович（1893—1979）

克罗托娃，达利娅·弗拉基米罗夫娜 Кротова Дарья Владимировна

柯涅楚克，亚历山大·叶夫多基莫夫 Корнейчук Александр Евдокимович（1905—1972）

科切尔金，伊利亚·尼古拉耶维奇 Кочергин Илья Николаевич（1970—）

科瓦连科，亚历山大·格奥尔吉耶维奇 Коваленко Александр Георгиевич（1952—）

科兹洛夫，尤里·维利亚莫维奇 Козлов Юрий Вильямович（1953—）

孔拉多娃，娜塔利娅·亚历山德罗夫娜 Конрадова Наталья Александровна（1974—）

库布拉诺夫斯基，尤里·米哈伊洛维奇 Кублановский Юрий Михайлович（1947—）

库里岑，维亚切斯拉夫·尼古拉耶维奇 Курицын Вячеслав Николаевич（1965—）

库切尔斯卡娅，迈娅·亚历山德罗夫娜 Кучерская Майя Александровна（1970—）

拉夫罗夫，瓦连京·维克托罗维奇 Лавров Валентин Викторович（1935—）

拉斯普京，瓦连京·格里戈里耶维奇 Распутин Валетин Григорьевич（1937—2015）

利波韦茨基，马克·纳乌莫维奇 Липовецкий Марк Наумович（1964—）

利莫诺夫，爱德华·韦尼阿米诺维奇 Лимонов Эдуард Вениаминович（1943—2020）

利普金，谢苗·伊兹赖列耶维奇 Ли́пкин Семён Изра́илевич（1911—2003）

利丘京，弗拉基米尔·弗拉基米罗维奇 Личутин Владимир Владимирович（1940—）

列昂诺夫，列昂尼德·马克西莫维奇 Леонов Леонид Максимович（1899—1994）

列别杰夫-库奇马，瓦西里·伊万诺维奇 Лебедев-Кумач Василий Иванович

（1898—1949）

列伊捷尔曼，纳乌姆·拉扎列维奇 Лейдерма́н Нау́м Ла́заревич（1939—2010）

鲁巴诺夫，安德烈·维克托罗维奇 Рубанов Андрей Викторович（1969—）

鲁巴诺娃，娜塔利娅·费奥多罗夫娜 Рубанова Наталья Фёдоровна（1974—）

鲁宾娜，吉娜·伊利尼奇娜 Рубина Дина Ильинична（1953—）

鲁宾施泰因，列夫·谢苗诺维奇 Рубинштейн Лев Семёнович（1947—）

鲁达廖夫，安德烈·根纳季耶维奇 Рудалёв Андрей Геннадьевич（1975—）

卢基扬年科，谢尔盖·瓦西里耶维奇 Лукьяненко Сергей Васильевич（1968—）

卢宁，尤里·阿列克谢耶维奇 Лунин Андрей Алексеевич（1984—）

洛特曼，尤里·米哈伊洛维奇 Лотман Юрий Михайлович（1922—1993）

洛谢夫，列夫·弗拉基米尔 Лосев Лев Владимирович（1937—2009）

罗扎诺夫，瓦西里·瓦西里耶维奇 Розанов Василий Васильевич（1856—1959）

马卡宁，弗拉基米尔·谢苗诺维奇 Маканин Владимир Семёнович（1937—2017）

马雷舍娃，安娜·维塔利耶夫娜 Малышева Анна Витальевна（1973—）

玛丽尼娜，亚历山德拉 Маринина Александра（1957—）

玛玛耶娃，伊琳娜·列昂尼多夫娜 Мамаева Ирина Леонидовна（1978—）

曼德尔施塔姆，奥西普·埃米利耶维奇 Мандельштам Осип Эмильевич（1891—1938）

梅利霍夫，亚历山大·莫捷列维奇 Мелихов Александр Мотелевич（1947—）

梅日耶娃，尼娜·阿纳托利耶夫娜 Межиева Нина Анатольевна

梅斯金，弗拉基米尔·阿列克谢耶维奇 Мескин Владимир Алексеевич（1950—）

米哈伊洛夫，弗拉基米尔·德米特里耶维奇 Михайлов Владимир Дмитриевич（1929—2008）

莫斯科维娜，玛丽娜·利沃夫娜 Москвина Марина Львовна（1954—）

纳吉宾，尤里·马尔克维奇 Нагибин Юрий Маркович（1920—1994）

尼古拉耶夫，伊戈尔·伊戈列维奇 Николаев Игорь Игоревич（1924—2013）

尼古拉耶娃，奥莉加·尤里耶夫娜 Николаева Ольга Юрьевна（1975—）

尼基金，伊万·萨维奇 Никитин Иван Саввич（1824—1861）

涅法金娜，加林娜·利沃夫娜 Нефагина Галина Львовна（1952—）

涅克拉索夫，弗谢沃洛德·尼古拉耶维奇 Некрасов Всеволод Николаевич
（1934—2009）

涅克拉索夫，维克托·普拉东诺维奇 Некрасов Виктор Платонович
（1911—1987）

涅斯捷罗夫，德米特里 Нестеров Дмитрий（1978—2009）

诺维科夫，德米特里·根纳季耶维奇 Новиков Дмитрий Геннадьевич
（1966—）

帕尔希科夫，阿列克谢·马克西莫维奇 Парщиков Алексей Максимович
（1954—2009）

帕夫洛夫，奥列格·奥列格维奇 Павлов Олег Олегович（1970 —2018）

帕斯捷尔纳克，鲍里斯·列昂尼多维奇 Пастернак Борис Леонидович
（1890—1960）

帕乌斯托夫斯基，康斯坦丁·格奥尔吉耶维奇 Паустовский Костантин
Георгиевич（1892—1968）

佩尔尚宁，弗拉基米尔·尼古拉耶维奇 Першанин Владимир Николаевич
（1949—）

佩列文，维克托·奥列格维奇 Пелевин Виктор Олегович（1962—）

皮库尔，瓦连京·萨维奇 Пикуль Валентин Саввич（1928—1990）

皮利尼亚克，鲍里斯·安德烈耶维奇 Пильняк Борис Андреевич（1894—
1938）

皮萨列夫，德米特里·伊万诺维奇 Писарев Дмитрий Иванович（1840—
1868）

皮耶楚赫，维亚切斯拉夫·阿列克谢耶维奇 Пьецух Вячеслав Алексеевич
（1946—2019）

普拉东诺夫，安德烈·普拉东诺维奇 Платонов Андрей Платонович
（1899—1951）

普拉托娃，维多利亚 Платова Виктория（1965—）

普里戈夫，德米特里·亚历山德罗维奇 Пригов Дмитрий Александрович
（1940—2007）

普里列平，扎哈尔 Прилепин Захар（1975—）

普利什文，米哈伊尔·米哈伊洛维奇 Пришвин Михаил Михайлович（1973—1954）

普罗哈诺夫，亚历山大·安德烈耶维奇 Проханов Александр Андреевич（1938—）

普斯托瓦娅，瓦列里娅·叶菲莫夫娜 Пустовая Валерия Ефимовна（1982—）

普希金，亚历山大·谢尔盖维奇 Пушкин Александр Сергеевич（1799—1837）

契诃夫，安东·帕夫洛维奇 Чехов Антон Павлович（1860—1904）

恰科夫斯基，亚历山大·鲍里索维奇 Чаковский Александр Борисович（1913—1994）

切尔尼亚克，玛丽娅·亚历山德罗夫娜 Черняк Мария Александровна（1966—）

丘普里宁，谢尔盖·伊万诺维奇 Чупринин Сергей Иванович（1947—）

萨杜拉耶夫，格尔曼·乌玛拉里耶维奇 Садулаев Герман Умаралиевич（1973—）

萨尔蒂科夫—谢德林，米哈伊尔·叶夫格拉福维奇 Салтыков - Щедрин Михаил Евграфович（1826 —1889）

萨姆索诺夫，谢尔盖·阿纳托里耶维奇 Самсонов Сергей Анатольевич（1980—）

萨普吉尔，根里赫·韦尼阿米诺维奇 Сапгир Генрих Вениаминович（1928—1999）

萨图诺夫斯基，扬 Сатуновский Ян（1913—1982）

沙尔古诺夫，谢尔盖·亚历山德罗维奇 Шаргунов Сергей Александрович（1980—）

沙罗夫，弗拉基米尔·亚历山德罗维奇 Шаров Владимир Александрович（1952—2018）

什梅廖夫，伊万·谢尔盖耶维奇 Шмелёв Иван Сергеевич（1873—1950）

斯科罗潘诺娃，伊琳娜·斯捷潘诺夫娜 Скоропанова Ирина Степановна（1945—）

斯科罗斯佩洛娃，叶卡捷琳娜·鲍里索夫娜 Скороспелова Екатерина Борисовна（1961—）

斯拉波夫斯基，阿列克谢·伊万诺维奇 Слаповский Алексей Иванович

（1957—2023）

斯拉夫尼克娃，奥莉加·亚历山德罗夫娜 Славникова Ольга Александровна（1957—）

斯捷潘尼扬，卡连·阿绍托维奇 Степанян Карен Ашотович（1952—）

斯捷普诺娃，玛丽娜·利沃夫娜 Степнова Марина Львовна（1971—）

斯涅吉列夫，亚历山大 Снегирёв Александр（1980—）

斯维里坚科夫，马克西姆·彼得罗维奇 Свириденков Максим Петрович（1984—）

苏克涅夫，米哈伊尔·伊万诺维奇 Сукнев Михаил Иванович（1919—2004）

苏罗夫，阿纳托利·阿列克谢耶维奇 Суров Анатолий Алексеевич（1910—1987）

苏什利娜，伊琳娜·康斯坦丁诺夫娜 Сушилина Ирина Константиновна（？—）

绥拉菲莫维奇，亚历山大·绥拉菲莫维奇 Серафимович Александр Серафимович（1863—1949）

索尔达特金娜，亚宁娜·维克托罗夫娜 Солдаткина Янина Викторовна（？—）

索尔仁尼琴，亚历山大·伊萨耶维奇 Солженицын Александр Исаевич（1918—2008）

索夫罗诺夫，阿纳托利·弗拉基米罗维奇 Софронов Анатолий Владимирович（1911—1990）

索科洛夫，米哈伊尔·德米特里耶维奇 Соколов Михаил Дмитриевич（1904—1992）

索科洛夫，萨沙 Соколов Саша（1943—）

索洛古勃，费多尔·库兹米奇 Сологуб Фёдор Кузьмич（1863—1927）

索罗金，弗拉基米尔·格奥尔吉耶维奇 Сорокин Владимир Георгиевич（1955—）

索洛维约夫，弗拉基米尔·谢尔盖耶维奇 Соловьёв Владимир Сергеевич（1820—1879）

索洛乌欣，弗拉基米尔·阿列克谢耶维奇 Солоухин Владимир Алексеевич（1924—1997）

塔尔科夫斯基，米哈伊尔·亚历山德罗维奇 Тарковский Михаил

Александрович（1958—）

特鲁宾娜，柳德米拉·亚历山德罗夫娜 Трубина Людмила Александровна（1953—）

特瓦尔多夫斯基，亚历山大·特里丰诺维奇 Твардовский Александр Трифонович（1910—1971）

屠格涅夫，伊万·谢尔盖耶维奇 Тургенев Иван Сергеевич（1818—1883）

图卢舍娃，叶连娜·谢尔盖耶夫娜 Тулушева Елена Сергеевна（1986—）

托尔斯泰，阿列克谢·尼古拉耶维奇 Толстой Алексей Николаевич（1883—1945）

托尔斯泰，列夫·尼古拉耶维奇 Толстой Лев Николаевич（1828—1910）

托尔斯泰娅，塔吉雅娜·尼基季奇娜 Толстая Татьяна Никитична（1951—）

托尔斯特赫，叶甫盖尼·亚历山大罗维奇 Толстых Евгений Александрович（1951—2019）

陀思妥耶夫斯基，费多尔·米哈伊洛维奇 Достоевский Фёдор Михайлович（1821—1881）

瓦尔拉莫夫，阿列克谢·尼古拉耶维奇 Варламов Алексей Николаевич（1963—）

瓦西里耶夫，鲍里斯·利沃维奇 Васильев Борис Львович（1924—2013）

瓦西连科，斯维特兰娜·弗拉基米罗夫娜 Василéнко Светлáна Владимировна（1956—）

瓦西列夫斯卡娅，万达·利沃夫娜 Василевская Ванда Львовна（1905—1964）

瓦西娜，尼娜·斯捷潘诺夫娜 Васина Нина Степановна（1959—）

韦杰涅耶夫，瓦西里·弗拉基米罗维奇 Веденеев Василий Владимирович（1947—2008）

沃多拉兹金，叶甫盖尼·盖尔曼诺维奇 Водолазкин Евгений Германович（1964—）

沃洛斯，安德烈·格尔曼诺维奇 Волос Андрей Германович（1955—）

沃兹涅先斯基，安德烈·安德烈耶维奇 Вознесенский Андрей Андреевич（1933—2010）

乌利茨卡娅，柳德米拉·叶甫盖尼耶夫娜 Улицкая Людмила Евгеньевна（1943—）

西蒙诺夫，康斯坦丁·米哈伊洛维奇 Симонов Константин Михайлович
（1915—1979）

西尼亚夫斯基，安德烈·多纳托维奇 Синявский Андрей Донатович
（1925—1997）

希什金，米哈伊尔·帕夫洛维奇 Шишкин Михаил Павлович（1961—）

先钦，罗曼·瓦列里耶维奇 Сенчин Роман Валерьевич（1971—）

肖洛霍夫，米哈伊尔·亚历山德罗维奇 Шолохов Михаил Александрович
（1905—1984）

谢达科娃，奥莉加·亚历山德罗夫娜 Седакова Ольга Александровна
（1949—）

谢尔巴科夫，谢尔盖·阿纳托里耶维奇 Щербаков Сергей Анатольевич
（1960—）

谢根，亚历山大·尤里耶维奇 Сегень Александр Юрьевич（1959—）

谢卡茨基，亚历山大·库普里亚诺维奇 Секацкий Александр Куприянович
（1958—）

亚尔克维奇，伊戈尔·根纳季耶维奇 Яркевич Игорь Геннадьевич
（1962—）

雅辛娜，古泽尔·沙米列夫娜 Яхина Гузель Шамилевна（1977—）

叶尔马科夫，奥列格·尼古拉耶维奇 Ермаков Олег Николаевич（1961—）

叶菲莫夫，阿列克谢·根纳季耶维奇 Ефимов Алексей Геннадьевич
（1977—）

叶夫谢耶夫，鲍里斯·季莫菲耶维奇 Евсеев Борис Тимофеевич（1951—）

叶基莫夫，鲍里斯·彼得罗维奇 Екимов Борис Петрович（1938—）

叶利扎罗夫，米哈伊尔·尤里耶维奇 Елизаров Михаил Юрьевич（1973—）

叶罗费耶夫，维克托·弗拉基米罗维奇 Ерофеев Виктор Владимирович
（1947—）

叶罗费耶夫，维涅季克特·瓦西里耶维奇 Ерофеев Венедикт Васильевич
（1938—1990）

叶辛，谢尔盖·尼古拉耶维奇 Есин Сергей Николаевич（1935—2017）

伊利切夫斯基，亚历山大·维克托罗维奇 Иличевский Александр Викторович
（1970—）

伊利英，伊利亚·亚历山德罗维奇 Ильин Илья Александрович（1988—）

伊斯坎德尔，法兹尔·阿卜杜洛维奇 Искандер Фазиль Абдулович（1929—

2016）

伊瓦西科娃，伊琳娜·维克托罗夫娜 Иваськова Ирина Викторовна（1981—）

伊万诺夫，阿列克谢·维克托罗维奇 Иванов Алексей Викторович（1969—）

伊万诺娃，娜塔利娅·鲍里索夫娜 Иванова Наталья Борисовна（1945—）

扎米亚京，叶甫盖尼·伊万诺维奇 Замятин Евгений Иванович（1884—1937）

祖耶夫，维克托·亚历山德罗维奇 Зуев Виктор Александрович（1950—）

佐贝尔，奥列格·弗拉基米罗维奇 Зоберн Олег Владимирович（1980—）

附录二　重要作品中俄译名对照表

阿尔汗—尤尔特 Алхан-Юрт

阿富汗的冬天 Зимой в Афганистане

阿桑 Асан

爱神草 Венерин волос

爱——抑或不爱 Любишь - не любишь

岸 Берег

安静地睡吧，儿子 Спи спокойно，сынок

奥克维利河 Река Оккервиль

奥蒙·拉 Омон Ра

八个中篇 Восьмёрка

巴黎的雨 Дождь в Париже

百慕大三角 Бермудский треугольник

白墙 Белые стены

"百事"一代 Generation "П"

白昼 День

暴风雪 Метель

暴风雨 Буря

卑微的魔鬼 Мелкий бес

彼得斯 Петерс

蝙蝠侠·阿波罗 Бэтман Аполло

病理学 Патологии

冰上三部曲 Ледяная трилогия

波斯人 Перс

不抵抗 Непротивление

布里斯班 Брисбен

布罗之路 Путь Бро

不同风格 В стиле different

残舌人 Человек-язык

草原众神 Степные боги

车臣战争小说集 Чеченские рассказы

沉没的方舟 Затонувший ковчег

惩戒营长官日记：1941—1945 年营长回忆录 Записки командира штрафбата. Воспоминания комбата. 1941–1945

痴愚说客 Факир

重返潘日鲁德 Возвращение в Панджруд

充满了热伏特加的靴子 Ботинки, полные горячей водкой

出入孔 Лаз

聪明人喝的可乐 Кола для умных

从莫斯科到佩图什基 Москва—Петушки

大城市 В большом городе

达到斯巴达 Спарта достигнута

大矿石 Большая руда

大师与玛格丽特 Мастер и Маргарита

大元帅斯大林 Генералиссимус

带狗的女人 Дама с собаками

带小狗的女人 Дама с собачкой

当代启示录 Апокалипсис нашего времени

碲钉国 Теллурия

帝国的最后一名士兵 Последний солдат империи

第六个时辰 Час щестый

地球之女 Землянка

第三颗信号弹 Третья ракета

地下人，或当代英雄 Андеграунд, или Герой нашего времени

第一次基督的第二次降临 Первое второе пришествие

第一次呼吸 На первом дыхании

定额 Норма

动荡时期的爱情 Любовь в эпоху перемен

东方罗曼史 Восточный романс

杜波罗夫斯基 Дубровский

俄罗斯美女 Русская красавица

俄罗斯诗歌的三个世纪 Три века русской поэзии

俄罗斯人 Русские люди

反首领 Антилидер

房子和岛屿，或语言工具 Дом и остров, или Инструмент языка

非他人骚乱 Не чужая смута

飞翔的纤夫 Летучие бурлаки

飞行员 Авиатор

疯人日记 Записки психопата

富士山的神秘景象 Тайные виды на гору Фудзи

富苏克木偶 Кукла Фусукэ

父与子 Отцы и дети

该死的日子 Окаянные дни

该诅咒的和被杀死的 Прокляты и убиты

告别马焦拉 Прощание с Матёрой

跟不上的人 Отставший

工厂委员会会议 Заседание завкома

公家神话 Казённая сказка

攻克伊兹梅尔 Взятие Измаила

古怪人眼中的瓦西里·梁赞诺夫 Василий Розанов глазами эксцентрика

关于爱情的成功叙事 Удавшийся рассказ о большой любви

果戈理的头颅 Голова Гоголя

和白痴一起生活 Жизнь с идиотом

黑夜 Ночь

虹 Радуга

红褐色 Красно-коричневый

侯爵 Маркиз

黄箭 Желтая стрела

荒年 Голый год

活到黎明 Дожить до рассвета

火星被蚀 Затмение Марса

火与尘 Огонь и пыль

火灾 Пожар

活在你手机里的我 Текст

活着，可要记住 Живи и помни

嫉妒 Зависть

基洛夫和我们在一起 Киров с нами

机器和狼 Машины и волки

家庭教师 Гувернер

将军和他的部队 Генерал и его армия

教堂的圆顶 Купол

劫夺欧罗巴 Похищение Европы

姐妹 Сёстры

静静的杰里科 Тихий Иерихон

旧书 Старые книги

飓风 Ураган

绝对独唱 Абсолютное соло

觉醒 Пробуждение

军人不是天生的 Солдатами не рождаются

卡拉干达的九个集中营 Карагандинские девятины

看管人 Смотритель

克柳恰廖夫和阿里穆什京 Ключарев и Алимушкин

科托罗斯利河 Которосль

恐怖头盔 Шлем ужаса. Креатифф о Тесее и Минотавре

恐惧 Испуг

库克斯基医生的病案 Казуса Кукоцкого

昆采夫教区 Кунцевская патриархия

昆虫的生活 Жизнь насекомых

拉扎尔的女人们 Женщины Лазаря

蓝灯 Синий фонарь

蓝油脂 Голубое сало

老村庄的故事 Повесть о старом поселке

老人与白宫 Старики и белый дом.

两姐妹和康定斯基 Две сестры и Кандинский

两人的创作 Двое: разное

列昂尼德·列昂诺夫：他的玩笑太过火 Леонид Леонов：Игра его была огромна

列宁：巨人之死 Ленин. Смерть титана

柳达奇卡 Людочка

罗曼 Роман

马蒂斯 Матисс

玛丽娜的第三十次爱情 Тридцатая любовь Марины

马丘申事件 Дело Матюшина

玛土撒拉的灯：又题秘密警察与共济会的终极之战 Лампа Мафусаила, или Крайняя битва чекистов с масонами

美狄亚和她的孩子们 Медея и ее дети

梅干诺姆岬角 Меганом

没有父亲的孩子 Безотцовщина

没有尽头的死胡同 Бесконечный тупик

没有照片的书 Книга без фотографий

米乌斯广场 Миусская площадь

迷雾中的梦游症患者 Сомнамбула в тумане

妙龄少女 Девушка в цвету

命运线，或米拉舍维奇的小箱子 Линии судьбы, или сундучок Милашевича

模仿者 Имитатор

蘑菇王 Грибной царь

肖洛霍夫：非法的 Шолохов. Незаконный

拿起自己的石头 Взять свой камень

娜斯佳 Настя

农夫马列依 Мужик Марей

农夫与少年 Крестьянин и тинейджер

排队 Очередь

佩利亚斯与梅丽桑德 Пеллеас и Мелизанда

疲倦的太阳 Утомленное солнце

苹果 Яблоки

普拉夫斯克的茶 Плавский чай

普希金之家 Пушкинский дом

铺着呢布，中央放着长颈玻璃瓶的桌子 Стол, покрытый сукном и с

графином посередине

七种人生 Семь жизней

恰巴耶夫与普斯托塔 Чапаев и Пустота

前线 Фронт

强攻布列斯特要塞 Штурм Брестской крепости

侵略 Нашествие

青年近卫军 Молодая Гвардия

轻松的世界 Легкие миры

轻松即逝的生活故事 Истории из лёгкой и мгновенной жизни

青铜骑士 Медный всадник

群魔 Бесы

热的血 Горячий снег

人道主义的第二次覆灭 Крушение гуманизма №2

日日夜夜 Дни и ночи

日瓦戈医生 Доктор Живаго

萨德, 萨德主义和20世纪 Маркиз де Сад, садизм и XX век

萨尼卡 Санька

萨尼卡的爱情 Санькина любовь

三次约会 Три свидания

三分钟的沉默 Три минуты молчания

噪音 Голоса

四个人的心 Сердца четырёх

四十岁男子的回忆录 Мемуары сорокалетнего

傻瓜 Лох

上尉的女儿 Капитанская дочка

少女与死神 Девушка и Смерть

神父 Поп

神圣的战争 Священная война

审讯桌 Стол, покрытый сукном и с графином посередине

时移世易 Совсем другое время

生 Рождение

胜利公园 Парк победы

圣女 Старая девочка

生者与死者 Живые и мертвые

兽的印迹 Знак зверя

书汇 Книгочёт

书信集 Письмовник

水流湍急的河 Река с быстрым течением

损失 Утрата

索洛维约夫和拉里奥诺夫 Соловьев и Ларионов

他人的梦 Чужие сны

坦克手或 "白虎" Танкист или "Белый тигр"

糖克里姆林宫 Сахарный Кремль

逃离天堂的流亡者 Беглец из рая

特里斯坦与伊索尔德 Тристан и Изольда

特罗普曼的死刑 Казнь Тропмана

特务无人知 Агент Никто

特辖军的一天 День опричника

Т 伯爵 t

天使之咬 Укус ангела

透气孔 Отдушина

图书管理员 Библиотекарь

陀思妥耶夫斯基和法国存在主义 Достоевский и французский экзистенциализм

瓦尔普吉斯之夜，或骑士的脚步 Вальпургиева ночь, или Шаги Командора

瓦西里·焦尔金 Василий Тёркин

尉官 Лейтенанты

围困 Блокада

未来见证者 Очевидец грядущего

为玛丽娅借钱 Деньги для Марии

我的斯大林格勒 Мой Сталинград

我的政治生涯 Моя политическая биография

我叫什么? Как меня зовут?

我来自俄罗斯 Я пришёл из России

我亲爱的帕维尔 Душа моя Павел

乌拉! Ура!

无形的少女 Невидимая дева

无望的逃离 Замыслил я побег

戏 Игра

西米奇 Химич

"吸血鬼" 帝国 Empire "V

下葬 В ту же землю...

献给三位朱克布林的爱 Любовь к трём цукербринам

陷落 Провал

先驱者 Предтеча

小孩被罚 Малыш наказан

乡间的房子 Дом в деревне

谢尼亚上路了 Сеня едет

新鲁滨逊一家 Новые Робинзоны

信息 Информация

新职业 Новая профессия

熊掌山 Манарага

选择 Выбор

淹没地带 Зона затопления

烟与影 Дым и тень

燕子的故乡 Предел ласточки

妖怪传说 Священная книга оборотня

药片 Таблетка

叶尔特舍夫一家 Елтышевы

野猫精 Кысь

夜之深处 Ночь внутри

一寸土 Пядь земли

一党长篇小说 Однопартийный роман

伊凡·杰尼索维奇的一天 Один день Ивана Денисовича

伊格纳特魔法师和人们 Колдун Игнат и люди

一个人的遭遇 Судьба человека

一男一女 Один и одна

伊万的女儿，伊万的母亲 Дочь Ивана, мать Ивана

臆想之狼 Мысленный волк

一些人不会下地狱 Некоторые не попадут в ад

隐士与六趾 Затворник и Шестипалый

隐修院 Обитель

营请求火力支援 Батальоны просят огня

诱惑 Искушение

与普希金散步 Прогулки с Пушкиным

雨神 Бог дождя

与小鸟的约会 Свидание с птицей

约安纪元 Летоисчисление от Иоанна

月桂树 Лавр

月亮从迷雾中出来了 Вышел месяц из тумана

在斯大林格勒的战壕里 В окопах Сталинграда

在天空和山岗相连的地方 Где сходилось небо с холмами

在诸多该死问题的迷宫里 В лабиринте проклятых вопросов

自己是自己的主人 Сам себе хозяин

字母 "А" Буква "А"

毡毛世纪 Войлочный век

站在门口的女人 Стоящая в дверях

战争·惩戒营·他们为祖国而战 Война. Штрафбат. Они сражались за Родину

这里的黎明静悄悄 А зори здесь тихие…

这只涉及我 Это касается лично меня

针叶林的心脏 Сердце пармы

真正的人 Повесть о настоящем человеке.

政治学家 Политолог

直线 Прямая линия

中和的情节 Сюжет усреднения

中了魔法的国家 Заколдованная страна

忠实的鲁斯兰 Верный Руслан

祝贺通行! За проезд!

注意! 注意! 波克雷什金在空中! Ахтунг! Ахтунг! В небе Покрышкин!

转型时代辩证法 Диалектика переходного периода из ниоткуда в никуда

"自由" 工厂 Завод "Свобода"

祖列伊哈睁开了眼睛 Зулейха открывает глаза

最后的炮轰 Последние залпы

最后的期限 Последний срок

最后时日的故事 Повести последних дней

罪孽 Грех

坐在金色台阶上…… На золотом крыльце сидели…

后　记

本书可以视为我的中年献礼！

2018年9月，我将两岁半的儿子留给丈夫，只身前往莫斯科大学访学，因为当时我经历了严重的中年危机。儿子从嗷嗷待哺到咿呀学语耗费了我几年的学术黄金期，之前的研究对象（俄罗斯后现代主义文学）已经陷入停滞发展期，旧的研究方法也让我觉得难以忍受。我需要新的生活环境来调节自己，需要新的研究对象来刺激自己，需要新的研究方法来提高自己。所以我申请了出国访学，好在一切得到了丈夫毫无怨言的支持！

莫斯科大学的访学给我带来了全新的感受和刺激！尽管从第一天起我就被思念和牵挂儿子的心折磨，但当我像一个大学生那样走进莫斯科大学的课堂，我的内心世界又开始变得充盈而丰满。我不仅走进了久负盛名的米哈伊尔·戈卢布科夫教授的课堂，而且走进了青年才俊达利娅·克罗托娃的课堂。如果说前者带给我的是期待的收获，那么后者带给我的是出乎意料的惊喜。这种惊喜就是，她课堂上分析的大部分作品我都读过，而且她讲出来的观点与我之前的思考也惊人地一致！这让陷入中年危机、对自己整个人生和学术都充满怀疑的我，开始有了新的自信和力量！我贪婪地吸收着这个比我还要年轻的学者兼教师的知识，努力与她的思想和逻辑保持共鸣，积极与她实现对话和交流。在我即将结束访学时，我的内心就坚定地对自己说：回国后一定要与她合作，写出一部全面研究当代俄罗斯文学的著作！

如今这个愿望终于实现！我不敢说，它非常成功，但我尽了自己最大的努力，克服了一切困难，尽可能做到最好！最重要的是，我感觉到了自己的成长，学会了用新的视角看待世界，学会了用新的方法进行研究和写作，学会了不再怀疑自己（但仍旧保持自我反省）！我走出了中年危机，走出了深陷母亲、妻子、女儿等各种身份泥潭而难以自拔的女性危机。尽管我走得跌跌撞撞，但我找到了新的自我，以后会更坚定地走下去，用自己的力量克服一切困难，实现新的目标！

感谢所有让我重新认识自我、找回新的自我的人和事！

李新梅

2023 年 7 月 6 日于复旦大学文科图书馆